기타기타 사건부

きたきた捕物帖

옮긴이 이규원

한국외국어대학교에서 일본어를 전공했다. 문학, 인문, 역사, 과학 등 여러 분야의 책을 기획하고 번역했으며 현재 전문 번역가로 활동중이다. 옮긴 책으로 미야베 미유키의 『이유』, 『얼간이』, 『하루살이』, 『미인』, 『진상』, 『피리술사』, 『괴수전』, 『신이 없는 달』, 덴도 아라타의 『가족 사냥』, 마쓰모토 세이초의 『마쓰모토 세이초 걸작 단편 컬렉션』, 『10만 분의 1의 우연』, 『범죄자의 탄생』, 『현란한 유리』, 우부카타 도우의 『천지명찰』, 구마가이 다쓰야의 『어느 포수 이야기』, 모리 히로시의 『작가의 수지』, 하세 사토시의 『당신을 위한 소설』, 가지야마 도시유키의 『고서 수집가의 기이한 책 이야기』, 도바시 아키히로의 『굴하지 말고 달려라』, 사이조 나카의 『오늘은 뭘 만들까 과자점』, 『마음을 조종하는 고양이』, 하타케나카 메구미의 『요괴를 빌려드립니다』, 아사이 마카테의 『야채에 미쳐서』, 『연가』, 미나미 교코의 『사일런트 브레스』 등이 있다.

KITAKITA TORIMONOCHO
by MIYABE Miyuki

Originally published in Japan by PHP Institute, Inc., Tokyo.
Korean translation rights arranged with RACCOON AGENCY INC., Japan
through THE SAKAI AGENCY and JM CONTENTS AGENCY.

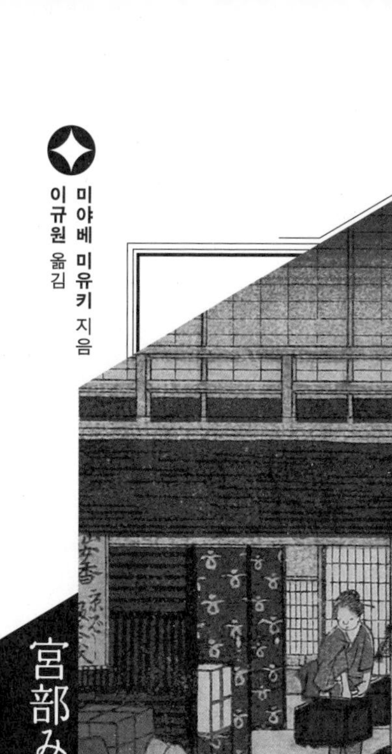

기타기타 사건부

미야베 월드 제2막

宮部みゆき

きたきた捕物帖

미야베 미유키 지음
이규원 옮김

북스피어

제1화 복어와 후쿠와라이 007
제2화 쌍륙 가미카쿠시 063
제3화 말이 없는 지킴이 137
제4화 저승에서 돌아온 신부 251

역자 후기 371

일러두기

* 작게 표시된 본문의 주는 옮긴이 주입니다.
* 괄호로 표시된 주는 원저자의 주입니다.

제 1 화

복어와 후쿠와라이

1

후카가와 모토마치의 오캇피키이며 문고상인 센키치 대장은 꽃샘추위에 가랑눈이 흩날리는 날 오후, 친하게 지내는 고우타샤미센 반주로 노래하는 1~3분짜리 짧은 속요. 에도 시대 유곽에서 생겨나 일본 전역에 유행하였다 사범 집에서 복엇국을 안주로 술을 마시다 복어 독에 중독되어 죽었다.

미녀와 좋은 술에 사족을 못 쓰는 사람이니 호상이라면 호상이었다. 수하 중에 제일 막내인 기타이치는 그렇게 생각했다. 저승에서 대장이 들으면 이마에 피도 안 마른 녀석이 못하는 소리가 없네, 하며 웃겠지만.

향년 46세. 대장은 가부키 배우 뺨치게 생긴 남자여서 소싯적부터 뭇 여자들이 따랐지만, 마흔 줄 들어 원숙미까지 더해지면서 인기가 더 많아졌다고 한다. 본인부터가 예쁜 여자만 보면 금방 티를 내고야 마는 사람인지라 염문이 끊일 새가 없었다.

"하여간 센키치 대장은 타고났다니까. 여자라면 아기부터 할망구까지 금방 흐물흐물 녹아나거든."

대장과 절친한 후카가와의 셋집관리인 간에몬, 통칭 도미칸이 그렇게 말한 적이 있다. 그러는 도미칸부터가 남들보다 길게 단 하오리 끈으로 독특한 매듭을 짓고 다니는 풍류가에다 유곽 출입이 잦다는 소문이 있으니 유유상종이란 바로 이들을 두고 하는 말이겠다.

대장은 오캇피키라도 고압적이지 않고, 짓테포리가 방어와 타격을 위해 휴대하던 길이 50센티미터 정도의 쇠막대로 포리의 상징과도 같은 무기. 손잡이 끝에 술이 달려 있다. 민간인 신분인 오캇피키에게는 허용되지 않는 무기였으나 유사시에 한시적으로 지급되기도 했다는 하수나 휘두르는 물건이라면서 싫어했으며, 언변이 뛰어나 중재에 능했다. 싸우는 사람들 사이에 들어가 이쪽은 어르고 저쪽은 달래서 어느새 타협안을 끌어냈다.

그것도 타고난 바람둥이니까 가능한 일이지—라고 도미칸은 말했다.

"동네 시끄러운 싸움은 태반이 여자나 돈 때문이고, 돈 문제만 해도 큰소리로 소란을 피우는 것은 십중팔구 여자들이니 여자 다루는 데 능하면 싸움을 말리는 데도 능할 수밖에."

대장의 통칭이 '분코야'인 까닭은 이름 그대로 문고분코文庫를 파는 사람이기 때문이다. 책력한 해의 월일, 그날의 간지와 길흉, 월식과 일식, 절기 따위를 날짜 순서에 따라 각종 삽화나 도판과 함께 적어 둔 책. 에도 시대의 달력은 이러한 소책자 형태가 일반적이었다이나 통속소설, 전기소설 따위를 담는 문고, 즉 두꺼운 종이로 만든 상자를 파는 것이 본업이다. 가게와 살림집은 후카가와 모토마치에 있고, 기타이치는 그곳에 기숙하며 문고 행상을 한다. 매일매일 "문고 사세요, 문고 사세요!" 하고 외치며 다닌다.

기타이치는 세 살 적 여름에 요쓰메의 저녁시장저녁 시간에 맞춰 잠깐 서는 시장에서 엄마를 놓쳐 "일단 우리 집으로 가자"라며 달래는 대장을 따라갔다가 그대로 그 집에 눌러앉아 올해 열여섯 살이 되었다. 그러므로 대장은 아버지나 마찬가지였고, 잃어버린 엄마의 얼굴은 기억도 못한다. 미아라고 하기에는 너무 긴 세월이라 애초에 엄마를 잃어버린 게 아니라 버려졌던 것인지도 모른다.

센키치 대장이 쓰러진 날도 기타이치는 양쪽 받침대에 문고를 쌓은 멜대를 메고 오나기가와 운하를 따라 사루에의 목재하치장 근처를 걷고 있었다. 그 주변은 여전히 논밭이 많은 후카가와 변두리로, 하타모토나 다이묘의 저택이 모여 있고 촌장의 저택이나 부유한 상인의 별택도 흩어져 있는데, 그런 저택에서 일하는 하녀나 머슴들이 문고를 사 주곤 한다.

문고 뚜껑에는 대개 가문家紋을 그려 넣는데, 손님은 자기가 속한 가문의 문장이 그려진 문고를 산다. 그런데 몇 년 전 센키치 대장의 착상으로 다양한 꽃이나 길상을 넣은 문고를 만들어 보니 뜻밖에 잘 팔렸다. 화려한 무늬가 들어간 문고는 호남인 대장과도 잘 어울리는 물건이어서, 대장이 특별히 하사받은 짓테에 빗대어 '붉은 술 문고'라 불리며 큰 인기를 누리고 있다막부가 포상으로 주는 짓테에는 붉은 술이 꿰어져 있다.

문양은 직접 그려 넣지 않고 문양이 그려진 종이를 오려 붙인다. 그렇게 하면 화공에게 의뢰할 것 없이 다소 그림 재주가 있는 사람에게 부업거리로 준 뒤 이쪽에서 오려 붙이면 값싸게 해결할 수 있기 때문이다. 다양한 그림을 이쪽 뜻대로 조합해서 붙일 수도 있으므로 문양의 종류도 풍부해진다.

새해에 처음 장사를 시작할 때는 보물선이나 후지산 그림을 넣은 문고를 판다새해에 후지산이나 보물선 꿈을 꾸면 사업이 번창한다는 속설이 있다. 그리고 요즘과 같은 철이면 매화나 꾀꼬리 그림이 제격이다. 상점주의 주문을 받고 옥호나 간판을 넣은 문고를 만든 적도 있다. 그렇게 열심히 궁리해 온 덕분에 요즘은 "넣어둘 책은 없어도 붉은 술 문고는 수집하고 싶다"고 말하는 손님도 늘어서 기타이치는 새삼, 우리 대장은 장사 수완이 좋구나, 하고 생각했다.

"자, 장안에 소문이 자자한 붉은 술 문고가 왔어요! 빨간 매화 하얀 매화 활짝 피어 있는 문고 사세요!"

기타이치는 아쉽게도 대장 같은 미남이 아니거니와 체구도 작고 빼빼 말랐다. 그런데 뜻밖에 목소리 하나는 낭랑하다. 게다가 새나

개, 고양이 소리를 흉내 내는 데 능해서, 그날도 호객하는 틈틈이 꾀꼬리 소리를 내며 어슬렁어슬렁 걷고 있었다.

이 근방의 건물은 주로 무가 저택인데, 무가 저택이라도 하번저전국의 260여 개에 이르는 번은 에도에 대저택을 할당받아 자기 번을 다스리고 막부를 상대로 정치를 했는데, 번저에는 상번저, 중번저, 하번저가 있었다. 상번저는 영주가 기거하며 정치를 하는 중심 관저로 에도 성 가까이에 있었고, 중번저는 영주의 은퇴한 부모의 거처, 혹은 화재 등으로 상번저가 피해를 입을 때를 대비한 예비 저택이며, 하번저는 예비 저택 용도 외에 정원, 채소밭, 창고 등 다양한 용도로 쓰이며 대개 에도 변두리에 있었다나 별장이어서 위압감을 풍기는 나가야몬좌우 양쪽에 공동주택형 건물을 지어 두 기둥으로 삼은 거대한 대문이나 가부키몬지붕 대신 대형 가로대를 얹은 대형 대문이 아니라 산울타리에 기도몬두 기둥을 가로대로 연결하고 작은 지붕을 얹은 문을 설치한 단순한 구조로 되어 있다. 지붕도 기와가 아니라 억새지붕이 많다.

그런 집들 가운데 기타이치가 좋아하는 집이 하나 있었다. 아담한 억새지붕을 얹은 이층집으로, 본채 서쪽의 거대한 느티나무가 저택을 보호하듯 가지를 길게 뻗은 풍경이 마음에 들었던 것이다.

마당에 동백이 피어 있는 것을 보면 무가 저택은 아닌 듯한데꽃이 질 때 꽃송이가 통째로 툭툭 떨어지는 모습이 목이 잘리는 모습을 연상한다고 하여 사무라이들은 동백꽃을 좋아하지 않았다, 그렇다고 가문이나 옥호를 넣은 등롱이나 포렴이 걸려 있는 것도 아니어서 도통 짐작이 가질 않았다.

기타이치는 어버이 역할을 훌륭하게 해 주는 대장은 있지만 빈털터리에 이름도 없이 어디서 굴러왔는지 근본을 모르는 처지인지라 아무리 기를 써도 이런 저택에 사는 신분이 될 수 없다. 부럽다…… 하고 생각하며 잠시 걸음을 쉬다가, 이쯤에서 발길을 돌려 돌아갈 참이었다.

배에 힘을 주어 연거푸 호객해 보지만 아쉽게도 이 '느티나무 집'에서는 아무도 문고를 사 준 적이 없다. 애초에 누가 드나드는 것을 보지도 못했고 늘 고요한 분위기만 감돌았다.

하지만 그날은 달랐다.

기타이치가 걸음을 쉬고 있는데 느티나무 집 뒤쪽에서 누가 나타나더니 거목 아래를 급하게 돌아 나와 출입문인 기도몬으로 다가왔다. 하오리에 하카마를 입은 사무라이였다. 그는 산울타리 앞에서 걸음을 멈추고 손나팔을 하며,

"어이, 문고장수."

하고 불렀다. 굵직한 목소리였다.

"너, 오캇피키 센키치의 식솔이지?"

산울타리 위로 각진 얼굴이 쑥 튀어나왔다. 기타이치는 귀가 시려 얼굴에 감았던 수건을 끌어내리며 "예!" 하고 고개를 숙였다.

"안녕하세요."

그러자 사무라이는 기타이치에게 가까이 오라고 급하게 손짓했다. 몹시 서두르는 눈치라 기타이치는 허리를 구부린 자세 그대로 산울타리 앞으로 잔달음질했다.

가까이서 보니 사무라이는 살집이 있고 날카로운 얼굴을 하고 있었다. 나이는 서른이 지난 정도—아니, 그보다 조금 젊은지도 모르겠다.

"미안하지만 물건 사려고 부른 건 아니다. 내가 방금 다카바시에서 막 돌아온 참인데."

스스럼없이 이야기를 꺼낸 사무라이는 무슨 까닭인지 매우 진지한 눈빛으로 기타이치의 얼굴을 쳐다보았다.

"너, 얼른 집에 가 봐라. 센키치가 복어 독 때문에 위급하다고 그 동네에서 야단이 났더라."

다카바시라면 후카가와 모토마치 근처다.

"네?"

기타이치는 숨이 턱 막혔다.

사무라이는 멀거니 선 기타이치를 안쓰럽게 바라보다가 얼른 기도몬으로 걸어가 빗장을 빼고 문을 열었다.

"뛰어가야 할 텐데 멜대를 메고선 곤란하겠지. 내가 맡아 둘 테니 나중에 찾아가거라."

짐을 내려놓으라고 재촉하며 통나무 같은 팔뚝을 내민다.

문고는 종이상자여서 산더미처럼 쌓아도 무겁지는 않다. 덕분에 힘이 약한 기타이치도 행상을 다니는 것이다. 힘을 주면 알통이 불끈거릴 것 같은 이 사무라이의 팔뚝과 어깨라면 힘이 남아돌 것이다.

경황없는 상황인데도 엉뚱하게 그런 생각이 들었다. 자신이 초라하게 느껴지기도 하고 그다지 내키지도 않았다.

"그쪽 동네 사람들이 허둥대는 걸 보니 안됐지만 센키치는 이미 가망이 없는 것 같더군. 그래도 복어 독이란 게 사람을 금방 죽이는 것은 아니니까 얼른 달려가면 늦지는 않을지도 모르지. 어려워할 것 없다, 자."

기타이치를 채근하는 사무라이는 조금 초조해하는 듯했다.

"이 집은 고부신구미시하이小普請支配 조장쇼군 직속의 고위 무사 하타모토는 약 5천여 명이 있었는데, 그 가운데 직책을 받지 못하고 가록만 받는 무직 하타모토가 4할에 이르렀다. 이들 무직 하타모토를 관리하는 막부 직책을 고부신구미시하이라고 하며, 고부신구미시하이 조장은 그 수하로 일하는 가신을 말한다 쓰바키야마 가쓰모토 나리의 별택이다. 나는 나리를 모시는 오우미 신베에. 네 물건을 뺏으려는 게 아니니 안심해라."

그렇게까지 말하자 기타이치도 그제야 경계심을 풀었다.

"아, 알겠습니다. 죄송합니다!"

멜대를 넘겨주고 다시 한 번 머리를 조아린 다음 뒤도 돌아보지 않고 달렸다. 그때 달려가는 모습을 우연히 본 단골 가운데 한 사람이 나중에,

"기타, 흙먼지를 날리며 달리더군."

이라고 했을 정도다. 기타이치는 몸집이 빈약한 만큼 발이 빠르다.

그렇게 달린 보람이 있어 기타이치는 대장의 숨이 붙어 있을 때 집에 도착할 수 있었다. 대화는 할 수 없었다. 대장은 유령처럼 파리한 낯으로 누워 있었고 숨도 가늘었다.

동네 부인들과 급보를 듣고 달려온 형님들이 응급처치에 필요한 물품들을 가져오라고 시켜서 기타이치는 또 이리저리 뛰어다녀야

했다. 심부름을 끝낸 뒤에는 방문 밖에 앉아 대장의 회복을 기도하며 밤을 꼬박 샜다.

복어 독에는 장뇌가 좋단다. 쪽물도 효험이 있단다. 오징어를 태워 연기를 마시게 하면 좋단다. 도미칸이 불러온 의원이,

"좌우지간 일단은 위장에 든 걸 몽땅 게워내게 해야 해."

라고 지시하여 대장을 모로 누이고 열탕을 식힌 물을 콸콸 쏟아 넣듯이 목구멍으로 집어넣었다. 대장은 나무 인형처럼 축 늘어져 있어 물을 마시게 하는 게 여간 힘들지 않았다. 수라장 같은 하룻밤이었다.

결국 센키치 대장은 동틀 무렵 숨을 거두었다.

포구 어시장에서 복어를 사 온 것도, 식칼을 잡고 다듬은 것도 대장이었으니 누굴 원망할 일도 아니었다. 함께 복엇국을 먹은 고우타 사범은 바이카梅香라는 멋진 예명에 제자도 많은 인기 사범이며 술고래로도 유명했다. 그날도 그녀는 줄창 술만 들이켜고 안주는 별로 먹지 않아 가벼운 중독으로 끝났다고 하니 참으로 얄궂다.

놀라서 달려온 사람들 앞에서 바이카 사범은 죄송하다며 하염없이 울었지만, 이래서 복어를 총탄(맞으면 죽으니까)'あたる맞다'에는 '중독되다'라는 뜻도 있다이라고 하는 거야, 이게 대장의 천수였다고 생각해야지 뭐, 하며 도미칸이 위로하였다.

대장과 사범은 한때 깊은 사이였으나 1년쯤 전 사범에게 새로운 남자가 생기고 나서는 그냥 술친구가 된 듯했다. 오늘도 대장이 복어를 들고 불쑥 찾아와 냄비와 화덕 좀 빌리자고 해서 사범이 하녀

에게 대파와 술을 사오라고 심부름을 시켰다고 한다.

"저도 대장에게 복어는 겨울이 제철이고 정월이 지나면 먹는 게 아니라고 말렸습니다만."

이렇게 추우니 한겨울이나 마찬가지잖아, 때마침 눈까지 내리고 말이야.

"그래서 저도, 그러네, 묘하네, 하고 생각하고 말았죠."

대장이 조리한 복엇국은 아주 맛있었다고 한다. 그 말을 들을 때 기타이치도 처음으로 잠시 울었다. 아주 잠깐이었다. 사내자식은 울면 안 된다, 라고 대장에게 배웠으니까.

한데 오캇피키 자리는 누가 물려받으려나.

센키치 대장에게 오캇피키 목패를 준 사람은 혼조 후카가와의 도신 사와이 렌타로라는 사람이다도신은 막부의 최하급 관리로, 전국시대의 보병인 아시가루에 상당하는 신분이다. 인구가 1백만에 달하던 에도에 경찰 업무를 담당한 도신이 30명 미만이었으므로 도신은 개인적으로 오캇피키를 고용해야 업무를 해 나갈 수 있었다. 즉 오캇피키는 막부의 공식 직책이 아니라 어디까지나 민간인 신분이다. 도신의 봉록은 수하를 고용할 만큼 여유롭지 않았으나 부유한 조닌에게 비공식적으로 받는 돈이 넉넉해서 오캇피키를 고용할 수 있었다. 이때 목패를 주어 오캇피키로 임명했다는 설이 있다. 에도 성 근처 핫초보리라는 동네는 이들 도신의 집단 거주지로, 이곳에 각자 100평의 땅을 할당받아 살았다. 열여섯 살 때부터 견습으로 도신 업무를 시작해서 올해 스물두 살이 되었다. 핫초보리에 모여 사는 도신은 공식적으로는 상속이 안 되는 직책이지만 실제로는 대부분 자식에게 세습되었으며, 사와이 나리도 부친이 도신으로 일하던 시절부터 센키치 대장과 일해 온 사이였다. 해서 기타이치를 비롯한 센키치의 수하들은 자연스레 '신임 사와이 나리'라 부르고 있었다.

선대 사와이는 은퇴하여 핫초보리의 집을 떠나 조닌 구역에서 하이카이 사범 노릇을 하며 유유자적 살고 있었는데, 대장이 급사했다는 소식에 사와이 부자가 나란히 달려와 조문했다. 그리고 대장을 안치한 싸구려 목관이 후카가와 모토마치의 집을 떠나는 모습을 지켜본 뒤 즉시 선후책을 상의하기 시작했다.

대장의 식솔 가운데 맏형격인 만사쿠는 나이가 서른이 넘었는데, 처 오타마와 함께 대장 집에 더부살이하며 대장을 따라 문고상 일을 해 왔다. 기타이치가 철들기 시작할 무렵에 부부는 이미 가족처럼 자리 잡고 자식들을 퐁퐁 낳고 있었다. 그래서 현재 열두 살 장남을 필두로 슬하에 여섯 아이를 두었고 그 장남은 아버지를 도와 행상 일을 하고 있다.

붉은 술 문고가 매출이 좋아 형편이 나아지자 대장은 장사를 만사쿠 부부에게 일임해 왔던 터라 문고상은 이 부부가 물려받는 수밖에 없었다. 지주(우시고메에 있는 대형 중고옷가게 주인이다)에도 시대에 의복은 일반적으로 고가품에 속했으며, 중고 의류 매매는 유력한 사업 가운데 하나였다의 허락이 떨어지면 임대계약서를 만사쿠 명의로 고치기만 하면 된다. 중개를 맡은 셋집관리인이 도미칸이므로 따로 수고가 들 것도 없다.

문제는 오캇피키 후계자를 누구로 정할 것이냐였다.

일단 만사쿠는 무리다. 내내 문고상 일만 해 온 터라 센키치 대장도 만사쿠에게 오캇피키 일을 시킨 적이 없고 그쪽으로는 기대도 하지 않았던 듯하다. 덩치는 크지만 무뚝뚝하고 말이 없으며 내성적인 성격도 걸린다. 처 오타마는 남편과는 딴판으로 수다스럽지만 생전에 대장이,

"하여간 머릿속이 일 년 내내 꽃밭이라니까."

라며 못마땅해했을 정도로 어수선하고 철이 없다.

그렇다면 그다음 고참인 네 명의 형님 가운데 하나가 물려받을 텐데 역시 나이가 우선이겠지. 하지만 지금까지 세운 공을 기준으로 생각한다면 불만이 나오지 않을까, 하고 기타이치가 생각한 그때, 신임 사와이 나리가 무릎에 손을 얹고 이렇게 선언했다.

"나는 센키치의 수하 누구에게도 목패를 내줄 생각이 없다. 붉은 술 짓테는 반납하도록!"

좌중은 묘지처럼 조용해졌다. 아니, 묘지도 히간춘분 · 추분의 전후 각 3일간, 즉 7일간을 말하며, 이때 성묘를 한다에는 제법 시끄러워진다.

더욱 놀라운 것은, 은퇴한 사와이 나리마저 이 선언에 당황했다는 사실이다.

"렌타로, 지금 무슨 소리를 하느냐!"

얼굴이 새빨개져서 호통을 치지만 신임 나리의 단정한 얼굴은 눈썹 하나 까딱하지 않았다.

"아버님께 미리 말씀드리지 않은 건 죄송합니다만 이건 센키치하고도 이미 얘기가 된 일입니다."

대장도 알고 있었다고?

"사람 목숨은 알 수 없는 것. 해서 수습 딱지를 떼고 정식으로 도신에 취임할 때 제가 센키치에게 만일의 상황이 일어나면 대책이 뭐냐고 물어보았습니다."

그랬더니 대장이 분명하게 말했다는 것이다. 자기 수하에게는 짓테를 물려주지 않겠다고.

"센키치가 직접 증서를 써 주었으니 확인해 보시죠."

형님들 얼굴이 붉으락푸르락해졌다가 차차 핏기가 가시며 창백해졌다. 신임 사와이 나리는 동요하지 않는 정도가 아니라 왠지 무서운 사람 같은 인상마저 풍긴다.

'꼭 시체가 말하는 것 같아.'

마침내 나이가 가장 많은 형님이 쥐어짜내는 듯한 목소리로 말했다.

"대장이 그렇게까지 깨끗하게 단념하고 있었다니, 부끄럽습니다. 정말 한심하군요."

고개를 툭 떨어뜨리자 다른 식솔들도 맥없이 고개를 숙이고 말았다.

기타이치는 슬펐다.

대장은 뛰어난 사람이어서 뭐든 직접 해결했으므로 심부름 이상을 해 줄 영민한 수하는 필요하지 않았다. 그래서 키우지도 않았고 크지도 않았다. 그건 모두가 아는 일이다.

'우리는 다 쓰레기다.'

기타이치 따위는 그 쓰레기 중에서도 맨 끄트머리에 있다.

그때 사와이 노인이 일갈했다.

"그럼 누가 마쓰바를 지켜줄 거냐!"

마쓰바는 센키치 대장 부인의 이름이다. 그냥 '마쓰松'가 아니라 이렇게 세련된 이름을 지어 준 것은 사와이 노인처럼 하이쿠 짓기를 좋아하던 부친이었다고 한다.

부인은 죽은 대장과 동갑이다. 아무도 들어 본 일이 없어 두 사람이 어떻게 만나게 되었는지는 모르지만 대장이 오캇피키가 되기 전부터 살림을 차리고 내내 화목하게 살아 온 듯하다. '듯하다'라고 한 까닭은 만사쿠 내외부터 기타이치까지 대장의 식솔들이 평소 부인을 만나는 일이 전혀 없었기 때문이다.

부인은 앞을 보지 못한다. 어릴 때 천연두를 앓았는데, 곰보 자국도 없이 나았지만 두 눈이 망가지고 말았다. 그래서 거의 외출도 하지 않은 채 방 안에만 틀어박혀 지냈고, 그 방에 드나든 사람은 센키치 대장과 오미쓰라는 하녀뿐이었다.

뭐랄까, 기타이치에게 부인은 구름 위에 있는 존재였다(형님들에게도 비슷할 것이다). 대장의 장례에서도 부인은 꿔다놓은 보릿자루 같았다. 이렇게 중대한 이야기를 나누는 자리에서조차 멀찍이 비켜나서 사람들에게 잊힌 것도 어쩔 수 없는 면이 있다.

'누가 지켜줄 거냐니. 이곳이 마님 집인데.'

둘러앉은 좌중의 맨 끄트머리에서 기타이치가 턱을 긁적거리고 있는데 불쑥 불똥이 튀어왔다.

"기타이치, 태평한 얼굴을 하고 있지만, 너는 앞으로 어떡할 셈이냐."

기타이치가 "예?" 하며 눈을 동그랗게 뜨자 사와이 노인은 딱하다는 듯이 얼굴을 찡그렸다.

"만사쿠가 이 문고상 주인이 되면 네가 지금까지처럼 지낼 수 있을지 어떨지 장담할 수 없지 않느냐."

그 말을 기다렸다는 듯이 오타마가 새된 소리로 끼어들었다. "물론 기타도 떠나야죠. 문고 제작과 행상은 우리 바깥양반과 아들들만으로 충분하니까."

'엥? 그런 거였어? 나, 잘리는 거야?'

사실 지금까지도 기타이치는 이 셋집에서 '살았다'고 말하기는 힘들다. 부엌 옆 비좁은 마루방에서 웅크려 자며 찬밥과 잔반을 먹었고, 매달 한 번 대장에게 급료라기보다 심부름 값에 불과한 푼돈을 받았다. 그래도 언젠가는 똘똘한 수하가 될 수 있겠지 하고(막연하긴 하지만) 기대하며 지내 왔는데.

오타마의 거슬리는 말에 사와이 노인이 더욱 화를 냈다.

"오타마, 기타'도'라니, 그건 또 무슨 말이지? 마쓰바도 내보내겠다는 건가?"

노인의 서슬에 오타마는 몸을 조금 움츠렸지만 애초에 머릿속이 가뿐한 사람이라 정말로 움찔한 것은 아니었다. 남편 만사쿠 등 뒤로 숨으며 볼멘소리로 항변한다.

"저희는 문고상을 물려받는 것만으로도 대장께는 충분히 보은하는 거예요. 앞으로 성묘도 거르지 않을 거고 공양도 할 거니까."

"보은 좋아하네! 가로채기지!"

사와이 노인은 얼굴이 새빨개지고 만사쿠는 지장보살처럼 미동도 없이 앉아 있고 오타마는 몸을 바르르 떨면서도 물러설 기미가 없고 형님들은 다들 입을 다물고 있다. 누구도 부인을 떠맡을 마음이 없고 그럴 능력도 없는 것이다. 물론 기타이치도 마찬가지지만.

신임 사와이 나리가 온화한 목소리로 달래듯이 말했다. "아버님, 진정하시죠."

"이게 진정할 일이냐!"

"센키치가 이렇게 급사해 버렸으니 박정해 보이더라도 정리를 하는 수밖에 없지 않습니까."

그러더니, 이봐, 만사쿠, 하고 불렀다. 그래도 만사쿠는 여전히 지장보살처럼 꼼짝하지 않는다.

"네가 이 문고상을 완전히 물려받는 대신 마쓰바에게 간판료를 주는 건 어떠냐. 그 돈으로 집을 빌리면 마쓰바도 하녀와 함께 이 집을 떠나서 살 수 있겠지."

오타마가 또 뭐라고 목청을 높이려다 신임 나리가 눈총을 쏘자 찔끔하며 입을 다물었다. 아까 보았던 그 시체 같은 눈빛이다. 혼이 다 오그라드는 것 같다.

그때 기타이치 뒤쪽에서 목소리가 들렸다.

"좋습니다. 그렇게 하죠."

돌아다보니 도미칸이 서 있었다. 싸구려 목관을 따라 화장터로

가는 것을 보았는데 어느새 돌아와 있었다. 오늘은 검은 몬즈키를 입고 있지만, 역시 끈이 치렁치렁하도록 길다.

"제가 증서를 작성하지요. 사와이 나리께서도 저와 함께 서명해 주시겠습니까."

신임 나리는 "당연히 그래야지" 하고 대답했다.

"간판료는 가게 몇 군데에 물어보고 시가대로 정하십시다. 괜찮지, 만사쿠 씨?"

그제야 만사쿠도 움찔하고 여전히 입을 다문 채 허리를 꺾어 인사했다. 알겠다는 뜻이었다.

"……이거야 원."

사와이 노인이 낮은 소리로 꿍얼거리고 휴지를 꺼내 얼굴을 닦았다. 눈가와 콧등이 붉다.

"기타."

반듯하게 선 채 얼굴만 아래로 향하며 도미칸이 불렀다. 누가 봐도 주걱턱이다.

"자네는 고참들과 달리 생계 대책이 없잖아. 장차 무슨 일을 할지는 젖혀 두고 일단은 문고 행상을 계속해야지. 안 그러면 굶을 수밖에 없어."

"아, 예."

"이 건도 잘 알아들었지, 만사쿠 씨?"

이번에는 만사쿠도 기타이치를 쳐다보며 고개를 끄덕였다. 오타마는 몹시 못마땅한지 주둥이가 병아리처럼 뾰족해졌다.

"이날 이때까지도 대장 내외에다 이 어린 군입까지 우리가 챙겨 왔단 말입니다."

신임 사와이 나리가 다시 그녀에게 눈길을 돌리자 이내 낯빛이 한천 빛깔이 되었다.

"그럼 증서를 작성하는 김에 그것도 증서로 만들어 둡시다." 도미칸이 짝, 하고 손뼉을 쳤다. "기타, 내가 관리하는 뒷골목 셋집에 마침 빈 방이 하나 있어. 거기서 지내. 기타나가호리초에 있는 도미칸나가야다."

좋지? 하고 말한다. 도미칸은 후카가와 주변에 여러 채의 셋집과 나가야를 관리하고 있는데, 그런 집 이름에는 어김없이 '도미富' 자가 붙는다. '도미칸富勘'이란 이름을 온전히 사용한 셋집은 그곳뿐이다. 그걸 다행으로 알라는 말일 것이다.

딱하군……이라며 사와이 어른이 길게 한숨을 토했다.

——신임 사와이 나리가 이런 분이었구나.

왠지 여우에 홀린 기분이었지만 아무튼 이로써 중요한 일이 마무리된 셈이다.

2

도미칸이 부지런히 알아봐 준 덕분에 마쓰바 부인의 새 집은 금방 찾을 수 있었다. 후유키초에 있는 상가로, 단층이지만 센다이보리 운하가 가까워 바람도 잘 통하고 볕도 잘 든다. 고에몬부로부뚜막에 직접 거는 철제 욕조로, 이용자가 나무 뚜껑을 밟아서 가라앉히며 입욕한다가 아니라 밖에 아궁이를 제대로 갖춘 실내 욕실까지 있는 제법 호사스러운 집이다.

그 근방에는 상인이고 직인이고 하루 벌어 하루 사는 가난뱅이고 할 것 없이 센키치 대장에게 신세를 진 사람이 많아서 이사하는 날에는 거들겠다며 여러 사람이 와 주었다. 궤나 수레도 "이렇게 많이는 필요 없어요"라고 사양해야 할 정도였다.

반면에 형님들은 매정했다. 죽은 대장에게 더는 충성할 필요가 없었고 장례가 끝났으니 지켜야 할 의리도 없다. 본래 하던 생업으로 돌아가거나 다른 오캇피키 대장에게 접근하는 등 각자 알아서 흩어져 버렸다.

하녀 오미쓰는 기타이치와 나이도 비슷하고 적당히 교류가 있어서 평소에도 세탁 따위를 거들어 주곤 했다. 그래서 그날도 이삿짐을 꾸릴 때부터 기타이치가 거들어 주고 있는데 오미쓰가 갑자기 울음을 터뜨렸다.

"마님이 불쌍해."

부인을 시중드는 하녀가 여러 번 바뀌어, 기타이치가 알기로 오미쓰는 네 번째 하녀였다. 고용되고 2년쯤 되었으려나. 때문에 정도 그리 깊지 않을 텐데 흐느낄 정도로 북받쳐 운다.

"오캇피키 일은 물려줄 수 없었지만 문고상은 물려주었으니 만사쿠 씨와 오타마 씨는 마님을 주인으로 받들고 보살피는 게 당연하잖아. 그런데 이렇게 몰아내다니."

오미쓰의 집은 아사쿠사고몬에도 성의 많은 성문 가운데 하나 근처에 있는 식당으로, 부모가 부지런히 일해서 장사가 잘 되었다고 한다. 그런데 오미쓰의 언니가 서양자사위를 양자로 들여 대를 잇게 한 것를 맞고 부부 사이에 자식이 태어난 뒤로 왠지 오미쓰를 쌀쌀맞게 대하는 바람에 함께 지내기가 거북해져서 집을 나와 버렸다고 전에 들은 적이 있다.

그런 내력이 있는 만큼 남편을 여의고 의지할 데가 없어진 부인의 처지가 남 일 같지 않아 가슴이 아픈 건가 싶지만, 이건 너무 앞지른 짐작인지도 모른다.

"오타마 씨의 속은 알 수 없지만 만사쿠 씨는 그럴 생각이었던 것 같아."

지난 세월을 생각해 보면 만사쿠는 욕심도 없고 사악한 사람도 아니고 은혜를 모르는 사람도 아니다. 다만 답답하도록 입이 무거울 뿐이다.

"하지만 그날도 만사쿠 씨가 지장보살처럼 입을 꾹 다물고 있는 사이에 사와이 나리가 마님을 이 집에서 내보내는 것으로 얘기를 뚝딱 해치워 버렸잖아."

오미쓰가 퉁퉁 부은 눈을 끔뻑거린다. "으음, 그랬었나……."

"도미칸 씨도 나리 의견에 맞장구쳤어. 오타마 씨가 원래 그런 사람이란 걸 아니까."

대장 없는 부인을 잘 모실 거라고 생각하기는 힘들다. 돈이나 확실하게 받아낼 수 있도록 증서를 쓰고 따로 사는 게 좋다. 그날 이후 마음이 차분해지자 기타이치도 저간의 사정을 알게 되었다. 그래서 새삼 사와이 나리가 생각이 깊은 분 아닐까 하고 짐작하게 된 것이다.

"그나저나 이 궤는 뭐가 들었기에 이렇게 무겁지?"

궤가 다섯 개나 된다. 전부 실으면 수레가 주저앉을 것 같다.

"마님이 좋아하시는 책이야."

얼른 믿기지 않았다. "뭐?"

그러자 오미쓰는 씩 웃었다. 방금 전에 울던 사람이 맞나 싶었다.

"내가 읽어 드리거든. 그게 제일 중요한 일인데, 기타는 몰랐어?"

그런 모습은 본 적이 없었다.

"오미쓰, 글을 잘 읽나 보네. 대단한데."

"어려운 글은 힘들지만 기뵤시나 에조시(기뵤시와 에조시는 모두 삽화를 곁들인 대중 취향의 서적. 에조시 중에서 지식층이 찾는 서적이 기뵤시이다. 크기는 대략 B6 정도이며 10쪽이 한 권을 이룬다)라면 그럭저럭 읽을 수 있어. 같은 책을 여러 번 읽으니까 읽을수록 쉬워지지."

읽다가 막히면 '무라타야'를 찾아가서 묻는다고 한다.

"무라타야?"

"사가초에 있는 대본소. 주인 지헤에 씨가 좋은 분이라, 부탁하면 사본도 만들어 줘. 가끔 마님한테도 찾아왔는데, 기타는 만나 본 적이 없나 보네."

기타이치는 아침부터 해 질 녘까지 물건을 팔러 다니고 돌아와도 밥만 먹으면 바로 드러눕는 것이 전부였다.

"한번 만나면 잊기 힘든 얼굴인데. 숯검댕이 같은 눈썹에 눈이 부리부리하니까."

이삿짐을 다 나르고 오미쓰가 당장 쓸 수 있을 만큼 부엌을 정돈하자 부인이 가마를 타고 왔다. 도미칸이 부인을 따라와 새 집 문지방을 넘을 때까지 거들어 주었다. 날이 맑고 따뜻해서 이사하기 딱 좋은 날처럼 느껴진다.

사람들 앞에 나설 일이 없기 때문인지 부인은 머리를 틀어 올리지 않고 간편하게 빗에 감아 올렸다. 오늘은 물결 모양의 줄무늬 옷 위에 연둣빛 나가바오리겉에 걸치는 하오리의 일종으로, 밑자락이 무릎에 닿을 만큼 길다를 걸치고 손에 천가방을 들었다.

기타이치가 말없이 서 있었는데도 부인은 귀틀에서 걸음을 멈추고 이쪽을 돌아다보았다.

"기타이치?"

놀랐다. 어떻게 아셨지? 나 같은 건 매해 연초에 딱 한 번 형님들 사이에 섞여 인사드리는 게 전부였는데.

"예, 마님."

너무 놀라 꺽꺽거리는 목소리가 되고 말았다.

부인 얼굴을 가만히 쳐다보니 갸름한 얼굴에 콧대가 조금 길게 뻗었다. 피부는 희고 머리숱은 여전히 풍성하고 새치도 보이지 않는다. 여자치고는 꽤 훤칠한 키에 허리가 가는데, 이런 체형을 두고 버드나무허리라고 하나 보다.

——대장이 첫눈에 반하셨겠구나.

무슨 말로 유혹했을까. 기타이치가 엉뚱한 생각을 하는데 부인이 닫힌 눈꺼풀을 희미하게 떨며 말했다.

"일이 이렇게 돼서 네가 딱하게 됐구나. 대장이란 사람이 너무 경솔해서 미안하다."

복어 독 따위에 중독되다니, 하며 희미하게 웃는다. 부인 목소리에는 갈라진 듯한 독특한 음색이 있었다.

기타이치는 고개를 꾸뻑 숙여 인사하며 단숨에 말했다. "천만에요. 주워다 길러 주신 은혜는 죽을 때까지 잊지 않겠습니다. 앞으로도 문고 파는 일을 열심히 하겠습니다. 진로도 제가 알아서 생각해 보겠습니다."

도미칸이 가만히 끼어들었다. "기타가 살 집도 정해졌으니 안심하세요. 제가 관리하는 도미칸나가야입니다."

그래요? 하고 고개를 끄덕이고 부인은 다시 눈꺼풀을 바르르 떨며 고개를 살짝 숙였다.

"그런데 기타이치, 팔 물건은 어디 맡겨 놓은 거 아니니?"

질문의 의미를 알아차리자 기타이치는 심장이 튀어나올 것 같았다.

맞다! 대장이 죽은 이래 이런저런 일로 너무 바빠서 행상도 쉬었기 때문에 깜빡하고 있었다.

"엇, 마님."

"그렇지?"

부인은 미소를 짓고 도미칸과 오미쓰는 눈을 휘둥그레 뜬다.

"진짜야, 기타?"

"어디다 맡겼는데?"

"당장 가져올게요!"

옷자락을 허리띠에 끼워 넣고 뛰어나가자 "조심해서 다녀와~" 하는 오미쓰의 목소리가 뒤를 따라왔다.

"호오, 왔네, 왔어."

느티나무집의 오우미 신베에는 평상복 소매를 멜빵으로 단속하고 산울타리를 가지치기하고 있었다. 곁에 대빗이 세워져 있다. 요닌에도 시대에 영주 밑에서 서무와 출납 등을 맡던 사람이라더니 동산바치화초 따위를 심고 가꾸는 일을 하는 사람 노릇까지 하는 자리였나.

"그 뒤로 연락을 못 드려서 죄송합니다. 제가—,"

숨을 가쁘게 몰아쉬며 사과하는 기타이치를 손짓으로 말리며 신베에는 산울타리 뒤쪽을 가리켰다.

"저쪽으로 돌아서 들어와."

저택 뒤쪽은 산울타리가 없는 널찍한 뒤뜰로서, 옆의 운하에서 물을 대는 좁은 용수로가 놓여 있었다. 경계를 이루는 둑은 비탈이 급해 판판한 돌을 계단처럼 층층이 놓아 두었다. 물가로 갈 때 이용하는 디딤돌인 듯한데, 빨래하러 갈 때 편리할 것 같다.

통용문으로 신베에가 얼굴을 내밀었다.

"급하게 달려왔군. 일단 차나 한잔해."

하며 손짓을 해서 기타이치는 느티나무집 안으로 발을 들여놓았다. 부엌 풍경이야 어느 집이나 엇비슷하지만 이곳은 물독이 엄청나게 컸다. 봉당은 깨끗하게 비질이 되어 있고 화덕 옆 받침대에 놓인 소쿠리에는 머위줄기가 수북이 담겨 있다. 막 따 왔거나 사 왔는지 희미하게 풋내를 풍긴다.

기타이치가 맡긴 물건은 봉당을 지나면 나오는 마루 벽 가에 그대로 놓여 있었다. 받침대는 멜대와 분리되어 있고, 문고들도 그 옆에 쌓여 있었다. 마음이 놓였다.

오우미 신베에는 정말로 엽차를 채운 잔을 들고 귀틀에 앉았다. 기타이치는 선 채로 공손히 잔을 받았다. 질그릇 잔이 뜨겁다.

"센키치 일은 안됐너군. 늦게나마 심심한 조의를 표하네."

일개 행상에게도 정중하게 예를 갖추는 신베에는 처음 생각했던 것보다 나이가 들어 보였다. 행동거지가 점잖다.

"오우미 나리는 저희 대장을 아세요?"

"다행히 센키치의 도움을 받을 일은 없었지만 다카하시 쪽 바둑모임에서 알게 되었지."

그날도 바둑모임을 마치고 돌아온 참이었다고 한다.

"저 유명한 붉은 술 문고를 만들어 파는 사람에게 흥미가 많았지. 해서 센키치를 만나면 이런저런 착상은 어떻게 떠올렸느냐고 다짜고짜 묻곤 했는데, 그때마다 언짢은 기색도 없이 대답해 주었어. 참 무던한 사람이었지, 자네 대장은."

그 이야기를 듣고 대장 얼굴을 떠올리던 기타이치는 코끝이 찡해짐을 느꼈다. 그걸 숨기려고 엽차를 벌컥 들이켜다 사레가 들자 신베에가 또 웃는다. 저택에는 그 웃음소리 말고는 아무 소리도 들리지 않고 인기척도 없었다.

화덕의 주전자가 딸깍딸깍 소리를 내며 김을 뿜었다.

"저어, 이 집에는 사람이 거의 없나 봐요?"

분명히 '별저'라고 했겠다. 고부신구미시하이인지 뭔지라는 주인은 하타모토 신분이다.

신베에는 흔쾌하게 고개를 끄덕였다. "지난 며칠은 나 혼자 집을 지켰지. 평소엔 좀 더 북적거리지만 본저에 행사가 있어서 다들 그리로 가 있거든."

그렇게 말하고 코 밑을 손가락으로 문질렀다.

"세토 님이 집에 있을 때는 이런 싸구려 엽차도 어림없지."

'세토 님'이라는 사람은 오우미 나리의 윗사람인 듯하다. 요닌은 싸구려 차도 마음껏 마실 수 없을 정도로 말단일까. 그래서 피차 말단이라는 이유로 나 같은 행상한테도 친절한 걸까.

"늦었지만 네 이름을 물어 봐도 될까."

그러고 보니 통성명도 하지 않았다.

"기타이치라고 합니다."

"기타라. 앞으로 잘 부탁하네."

예, 문고나 사 주시죠.

"괜한 질문이겠지만, 붉은 술 문고는 앞으로 어떻게 되지? 나는 영 그게 걱정되던데."

사 주지도 않으면서 그게 궁금해? 하며 장사에 연연하는 이쪽이 쩨쩨한 걸까.

"장사는 해 왔던 대로 할 겁니다. 대장의 으뜸가는 수하—,"

만사쿠 부부 이야기를 들려주자 신베에는 굵은 눈썹을 미간에 모았다.

"그럼 붉은 술 짓테는 누가 물려받고?"

"아무도요. 오캇피키 목패는 반납한답니다."

그러자 신베에는 기분이 상한 듯 입술을 씰룩거렸다. 찡그린 미간도 왠지 펴지 않는다.

"기타도 행상을 계속할 건가?"

"예. 저야 달리 먹고살 길이 없으니까요."

신베에는 잔을 내려놓고 품에 손을 찔러 넣었다.

"내친 김에 괜한 질문을 하나 더 할까. 이건 기타의 벌이하고도 관계가 있으니 말해 줄 수 있겠지."

저기 앉아서 차분하게 얘기하세. 저 빈 통이 좋겠군. 그래그래.

"내 기억이 맞다면 붉은 술 문고를 처음 판 것이 3년 전 정월 초였을 거야."

보물선 그림을 붙인 것과 후지산 그림을 붙인 것 두 종이었다.

"그때는 '붉은 술 문고 사시오~'라고 외치지는 않았지. 그렇게 외치기 시작한 것은 정월 중순이었던 것 같군."

이 사람은 왜 이렇게까지 세세하게 기억하지?

"그걸 붉은 술 문고라고 이름 지은 건 센키치 아니었나?"

기타이치는 잘 기억이 나지 않았다. "음, 그게."

"손님 중에 누가 지어 준 건가?"

"……마님이었는지도 모르죠."

어느 날 아침, 오늘부터는 이렇게 외쳐, 하고 대장이 흡족한 표정으로 말했던 것이다. 만사쿠나 오타마의 착상은 당연히 아닐 테고, 오미쓰는 장사에는 절대 참견하지 않는다.

"그래? 흐음."

신베에는 각진 턱을 손으로 비틀었다.

"그 뒤로 오늘까지 다른 문고상에서 붉은 술 문고를 모방한 일은 없었지?"

그렇게 묻더니 기타이치의 대답도 기다리지 않고 내처 말했다.

"적어도 혼조 후카가와 근방에서는 본 적이 없어. 문고상 중에는 상가에서 직접 주문을 받아 문고에 옥호를 넣어 주는 곳도 있겠지만 시중에 행상이 파는 물건 중에 계절의 꽃이나 풍물, 길조 그림을 붙인 문고는 붉은 술 문고뿐이었지."

그렇다면 그런가 보지.

"하지만 앞으로는 그렇게는 안 될걸."

──무슨 소리일까?

"그동안 다른 문고상이 모방하지 않았던 이유는 짓테를 갖고 있는 센키치의 착상을 흉내 내기가 두려웠기 때문이니까."

센키치 대장의 체면을 세워 준 것이고 동시에 노여움을 살까 두려워한 탓이기도 하다. 하지만 대장이 죽고 후계자도 없으니 이 근방 문고상은 마음만 먹으면 얼마든지 붉은 술 문고의 모방품을 만들 수 있다.

"센키치 부인이 그런 사태를 경계하고 있나? 부인은 매사 정확하게 따지는 사람인가?"

그건 아니다. "마님은 앞을 못 보세요."

신베에는 턱을 쓱 당겼다. "그으래?"

기타이치는 신베에가 묻는 대로 문고상 승계와 간판료에 관한 증서, 부인의 이사 등 저간의 사정을 다 들려주고 말았다. 이번 일을 외부 사람에게 이야기해 본 적도 없고, 기타이치로서는 자기가 더 똑똑했다면 다른 방법이 있지는 않았을까 하는 안타까움이(먼지만큼이나마) 쌓여 있었으므로 일단 입을 여니 멈출 수가 없었다.

"……그랬군."

신베에가 중얼거릴 때 주전자가 딸깍딸깍 울렸다. 아까부터 내내 딸깍거렸으니 이제 물이 다 졸아붙지 않았을까.

"저어, 주전자에 물을 더 넣을까요?"

"응? 아, 미안."

물독의 나무 뚜껑을 열어 보니 엄청나게 큰 물독 바닥에 자갈이 가득 깔려 있었다. 이 저택은 용수로의 물을 길어다 여과해서 쓰고 있는 듯하다.

물독 표면에 비친 자신의 수척한 얼굴에 퍼뜩 정신이 들었다고 나 할까, 잘 알지도 못하는 오우미에게 이런 이야기를 해도 괜찮은 걸까 하고 생각했지만, 어차피 늦었다.

"그렇다면 그 대책이 더욱 필요하겠군."

신베에는 혼잣말처럼 말한다.

"이 물건이 센키치의 붉은 술 문고라는 것을 한눈에 알려 주는 표식을 당장 만들어서 앞으로 만사쿠가 만드는 문고에는 전부 그 표식을 넣는 거야."

그걸로 모방품이 나도는 걸 막을 수는 없겠지만 구별은 지어 줄 수 있다.

"부인은 곤란하더라도 관리인 도미칸이라는 사람은 믿어도 될 것 같으니 네가 한번 얘기해 보는 게 어떨까."

만약 도미칸이 알아듣지 못하면 여기로 데려오라고 한다.

"내가 잘 얘기해 볼 테니까."

"고맙습니다."

그런데 무슨 사무라이가 이리 오지랖이 넓을까.

"오우미 나리께서는 대장의 문고를 정말 아껴 주시는군요."

"참 멋진 착상이구나 하고 감탄했지. 사실 나보다는 우리 젊은 나리께서 더 마음에 들어 하셨지만."

"젊은 나리요?"

신베에는 괜한 소리를 했다는 표정이 되었다. "아무튼 얼른 도미칸에게 얘기해 봐라."

"알겠습니다. 짐을 맡아 주셔서 고맙습니다."

"워낙 경황이 없었을 테니 짐을 깜빡하고 지낼 만도 하지. 이 집에 다른 사람이 있었으면 내가 알아서 전달해 주었을 텐데 공교롭게도 빈집을 지켜야 하는 처지여서."

용케 생각해 냈구나, 하며 웃는다.

"마님이 일깨워 주셨어요. 아니었으면 내내 까맣게 잊고 있을 뻔했어요."

기타이치가 말하자 신베에의 눈이 조금 커졌다. "부인이 뭐라고 했는데?"

"팔 물건을 어디에 맡겨 두고 깜빡한 거 아니냐고."

"앞도 못 보는 부인이 어떻게 그걸 짐작했을까."

듣고 보니 묘했다.

"자꾸 부탁해서 미안하지만 내가 정말 궁금해서 그러는데, 기타, 부인한테 어떻게 알았는지 한번 물어 보고 내게도 말해 주지 않겠나?"

그리 해 주면 또 엽차를 대접하지.

"세토 님 눈을 속일 수만 있다면 양갱 한 조각 정도는 곁들일 수 있을지도 몰라."

요닌이 무엇을 하는 사람인지는 몰라도 오우미 신베에가 호기심이 많고 세토 님 앞에서는 쩔쩔매는 사람인 줄은 알 수 있었다.

도미칸은 냉큼 알아들었다. 아니, 자신도 바로 그걸 걱정하던 참이라고 했다.

“나도 힘이 닿는 대로 모방품을 감시할 테지만, 나 혼자만으로는 한계가 있으니까. 표식을 넣는 방법이 있었군.”

번듯한 수결 형태로 만드는 게 좋을 테니 직인에게 부탁해 보자.

“그 사무라이 나리, 수완이 좋은 사람이군.”

그런 것 같지는 않았다.

“일 없이 빈둥거리는 것 같던데요?”

“요닌은 다이묘 가라면 가로에 상당하는 번듯한 직책이야. 안살림을 관장하고 고용인들을 지휘하는 자리지. 일 없이 빈둥거릴 리가 있나.”

“그럼 진짜 요닌이 아니라 그냥 빈집 지키는 사람 아닐까요?”

수완 좋은 사람은 필시 세토 님이라는 분일 듯한데.

“어쨌든 표식이 완성되면 인사드리러 가 보자. 자, 그럼 출발해 볼까, 기타.”

부인의 이사가 끝났으니 다음은 기타이치 차례였다. 하지만 보퉁이 하나 꾸리고 나니 끝이다. 도미칸과 나란히 기타나가호리초까지 어슬렁어슬렁 걷는다.

뒷골목 셋집 동네에는 문고를 사 줄 손님이 없으므로 기타이치는 도미칸나가야로 행상을 나가 본 적이 없다. 다만 재작년 여름 나가야 출입문 옆 작은 사당에서 낯선 낭인이 할복하여, 그 뒤처리로 뛰어다니던 도미칸을 잠깐 도운 적이 있다. 자해가 명백했으니 센키치 대장까지 나설 일은 아니었던 것이다.

그 뒤 도미칸나가야에서는 또 젊은 낭인 세입자가 한밤중에 누군가의 공격으로 목숨을 잃어서, 무슨 저주가 내린 건 아닐까, 하고 기타이치는 생각했다. 이때는 센키치 대장도 위험을 느끼고 도미칸과 상의한 것 같은데,

조닌 간의 갈등이 아니잖아. 모르는 척하는 게 상책이야.

라는 판단으로 상황을 마무리 지었다.

그 나가야에 내가 살게 될 줄이야. 저주니 뭐니 하는 이야기는 웃어넘긴다 해도 기분이 좋을 리는 없다. 그만큼 집세를 깎아 주지 않을까 하고 기대했다면 기타이치가 쩨쩨한 걸까.

이미 해 질 녘이어서 나가야 세입자들은 모두 귀가해 있었다. 출입문에서 두 번째 집에 산다는 모자가 문 앞에 풍로를 내놓고 생선을 굽고 있다. 그 탓에 연기가 꾸역꾸역 피어올랐다.

"이쪽은 새로 이사 온 문고 행상 기타이치야. 콜록콜록."

"앞으로 잘 부탁드립니다. 커컥."

"어마나, 우리야말로 잘 부탁해요, 기타라고 불러도 좋을까 몰라. 콜록콜록, 아이구, 매워라."

당신네 생선 탓이잖아, 라고 건넛집을 탓하는 이 모자는 오히데와 오카. 오히데는 집에서 바느질일을 한다. 그 건넛집은 생선 행상 도라조와 딸 오킨, 그리고 아들 다이치. 오킨은 오미쓰 또래로 보인다. 다이치는 기타이치보다 어려 보이지만 몸집은 훨씬 듬직하다.

내가 워낙 빈약하니까, 하고 기타이치는 생각했다.

기타이치의 옆집은 채소 행상 시카조와 오시카. 노부부다. 그리

고 맨 끝 집에는 노점상 다쓰키치와 오타쓰 모자가 산다. 모자라고는 하지만 아들 다쓰키치는 마흔이 넘었고 오타쓰는 빼빼 마른 노파이다.

기타이치는 사람들의 이름과 얼굴을 기억하는 능력이 비범하다. 연기에 눈이 매워도 이 정도 인원이라면 한 번만 봐도 충분하다. 게다가 길가에 중고품을 늘어놓고 파는 다쓰키치는 거리에서 몇 번 본 적이 있다.

후카가와의 이 근방에서 도미칸나가야만 유별나게 허름한 건 아니다. 이빨이 빠진 듯 군데군데 방이 비어 있는 까닭은 운하 옆이라 습기가 높은 탓일 것이다. 말 많은 부인들과 개구쟁이들이 우글거리지만, 시끄러워 죽겠다기보다는 마음이 편해서 좋다.

꾸뻑 인사하고 자신의 집으로 정해진 곳에 들어가려는데 오킨이 도미칸에게 건네는 말이 귀에 들어왔다.

“쇼 씨가 살던 방은 세를 주지 않을 줄 알았는데요.”

도미칸이 대답한다. “장선과 마루청이 망가지지 않은 방은 이곳뿐이거든. 지금까지 빈 방으로 있던 것도 그냥 어쩌다 보니 그렇게 됐을 뿐이야.”

전에 살던 세입자가 ‘쇼 씨’라는 사람인가? 한밤에 살해된 그 젊은 낭인 아닌가?

“누나, 보고 싶은 마음은 알지만 언제까지 그럴 수는 없잖아.”

그렇게 다독이는 사람은 다이치일 것이다. 동생이 더 어른스러운 건가, 하고 기타이치는 생각했다.

3

문고상 주인이 된 뒤에도 만사쿠는 여전히 말이 없고 무뚝뚝했다. 하는 일도 똑같았다.

하지만 오타마는 아니나 다를까 행동거지가 달라졌다. 거침없이 으스대기 시작했다. 지금은 으스대는 상대가 기타이치뿐이지만, 매대를 넓히고 행상과 점원도 늘리겠다면서 매일 고용 알선꾼을 만나러 다닌다. 대장의 사십구재도 지나기 전인데, 가게주인이 되었다고 사람이 붕 뜬 것이다.

일전에 이야기가 나왔던 붉은 술 문고 표식은 아직 만들어지지 않았다. 대장의 착상을 지켜내고 싶지만 돈을 더 써야 한다면 차라리 모방품을 방치하고 말겠다고 오타마가 말해서 기타이치는 체념하고 말았다.

문고를 팔러 나가도 전처럼 열심히 외치지 않게 되었다. 아침에 일어나도 후카가와 모토마치로 가는 게 내키지 않았다. '오캇피키 센키치의 문고상'이라는 말로 충분했고 딱히 옥호도 필요하지 않던 가게인데 어느새 '센키치야'라는 간판이 달리고, 게다가 오타마가, "사실은 '만사쿠야'인데" 하며 불만스러워하는 모습도 얄미웠다.

형님들 가운데 아무라도 나서서 일침을 놓아 주지 않으려나. 그것도 이제는 다 부질없는 일일까 하고 생각할 무렵, 형님 가운데 하나가 붉은 술통을 안고 찾아왔다. 매끈한 얼굴에 웃음을 지으며,

"혼조의 마사고로 대장 밑에서 일하게 되어서 인사하러 들렀다.

이곳은 우리 관할이 아니지만 마사고로 대장이 인정을 아는 분이니까 뭐든 어려운 일이 생기면 언제든 찾아와서 말해라."

라고 유들유들하게 말해서 한 대 패 줄까 생각했다. 생각뿐이었지만.

후유키초의 마님 집에는 매일 얼굴을 비치고 있다. 처음 며칠은 아침인사를 드리러 갔지만, 오미쓰가 가능하면 저녁에 행상을 마치고 들러 주지 않겠느냐고 했다.

"집주인이 목욕물 데울 땔감을 대 주는데, 사흘에 한 번은 마님 목욕을 시켜드리고 싶으니까 기타가 좀 배려해 줘."

이 집의 주인은 역시 후유키초에 사는 '후쿠토미야'라는 커다란 목재상이다. 그러므로 땔감이라면 남아돌 것이다.

누가 시중을 들어 줘도 욕실은 미끄러워서 위험하다. 부인이 후카가와 모토마치에 살 때는 늘 물을 끼얹는 정도로 끝냈었다. 하지만 이 집에는 집 안에 욕실이 따로 있으니 언제든 원할 때 목욕하게 해 드리고 싶다는 것이 오미쓰의 생각이다.

"알았어. 목욕물 긷고 불 지피는 것도 내가 해 줄게."

"고마워라. 대신 저녁밥은 여기서 먹고 가."

부인도 허락했다고 한다.

"기타이치가 끼니는 잘 챙기고 다니나 하며 늘 걱정하시니까."

이 고마운 배려 덕분에 기타이치는 배 곪을 걱정은 하지 않아도 되었고, 더불어 오우미 신베에가 부탁했던 수수께끼 풀이도 일찌감치 해결할 수 있었다.

부인은 욕실을 마음에 들어 했다. 뜨거운 목욕물을 좋아했다. 부인이 오미쓰의 시중을 받으며 목욕하는 동안 기타이치는 바깥 아궁이 앞에 앉아 불을 지피며 물 온도를 조절했다. 그러면서 욕실의 작은 환기창 너머로 부인과 이런저런 이야기를 나누었다. 그 기회에 기타이치는 팔 물건을 다른 곳에 맡겼던 이야기를 꺼낼 수 있었다.

"별로 어려운 것도 아니었어" 하고 부인은 말했다. "대장이 쓰러진 그날, 뛰어 들어오는 기타의 발소리밖에 들리지 않았으니까."

멜대를 메고 있었다면 달그락거리는 소리도 들려야 했는데.

"어디다 맡겨 놓고 왔구나 생각했지. 그리고 내가 기타에게 그 말을 하기 전날, 오타마가 멜대와 짐 받침대가 한 벌 부족하다, 문고 개수도 맞지 않는다고 야단이었으니까."

기타이치가 찾아 오는 걸 잊고 있을 거라고 생각했다고 한다.

"기타가 소중한 장사 밑천을 아무렇게나 다룰 리 없지. 오타마는 매사 흐리터분한 듯해도 빈틈이 없는 사람이고 장사에 관한 계산이라면 틀리는 일이 없고."

1 더하기 1은 2여야 하는 사람이지, 라고 말했다.

기타이치는 아궁이의 불길에 낯을 데우면서도 식은땀을 흘렸다. 행상도 매대 장사도 잠시 쉬고 있었으므로 오타마도 가게에 있는 문고 개수를 확인하지 않고 있었을 것이다. 자신의 실수를 오타마가 부인보다 먼저 눈치 챘다면 무슨 일을 당했을지 알 수 없다. 훔쳤다는 소리를 듣는 사태도 벌어질 수 있었다.

그나저나 놀라운 얘기였다.

"마님, 방 안에서도 제 발소리를 들으셨습니까?"

"음, 들었지."

"마님은 귀가 밝으셔. 발소리만 듣고도 누구인지 아시니까" 하고 오미쓰가 말했다. 제 이야기처럼 자랑스러워한다.

"소리만이 아니라 냄새나 기척만으로도 척척 아시지. 온갖 일에 능하셔서 나도 번번이 기겁한다니까."

목욕물을 치는 소리가 찰방 나더니 부인의 웃음소리가 들렸다.

"물 온도나 제 자랑이나 이쯤에서 그치지 않으면 어지럼증 오겠다."

그 뒤 받은 저녁상에는 머윗대튀김이 올랐다. 호강하네…… 하고 맛보며 기타이치는 생각했다. 오우미 나리는 그 많은 머윗대를 어떻게 드셨을까.

이튿날 오후의 일이다.

아침부터 재수가 좋아 문고가 잘 팔려서 일단 나가야로 돌아가 더운 물에 밥이나 말아 먹을까 하고 걸어가는데 길 저쪽에서 걸어오는 도미칸의 모습이 보였다. 떨떠름한 표정으로 팔짱을 낀 채 주걱턱이 가슴에 묻히도록 고개를 숙이고 있다.

"도미칸 씨."

그렇게 불러도 기타이치를 의식하지 못하고 지나가려고 한다. 다시 한 번 부르자 놀란 얼굴로 움찔하며 쳐다보았다.

"뭐야, 기타잖아."

"무서운 얼굴을 하시고. 무슨 일 있어요?"

도미칸이 걸어온 쪽에는 후쿠토미야 저택이 있다. 그를 고용한 집주인에게 꾸중이라도 들었나?

여우 같은 눈초리를 더욱 끌어올리는 것이 뭔가 하고 싶은 이야기가 있는 눈치다. 그 모습이 예사롭지 않아 기타이치는 목소리를 살짝 낮추었다.

"무슨 사고라도 터졌나요?"

도미칸은 대답은 하지 않고 기타이치 얼굴을 지그시 쳐다보다가 한숨을 토했다.

"센키치 대장이 있었으면 이런 일 정도는 식은 죽 먹기로 수습해 주었을 텐데."

물론 대장의 언변이 뛰어났지만 도미칸도 다투는 사람들을 어르고 달래서 화해시키는 데 능한 사람이다. 그게 생업이나 마찬가지니까.

"이젠 없구나. 이제야 그게 사무치게 실감 나고, 어디 의지할 사람이 없으니 허전하구나."

그러게요, 하고 기타이치도 생각했다.

"죄송해요."

도미칸의 표정이 문득 누그러졌다. "아니다, 괜한 소리를 했구나. 소바나 한 그릇 먹어야겠다. 같이 가자."

거리로 나서니 니하치소바 노점이 장의자를 놓고 영업을 하고 있었다.

"주인장, 가케소바 두 그릇. 메밀경단도 있나? 그것도 한 접시."

나란히 장의자에 앉자 곧 소바와 메밀차가 나왔다. 어서 들어, 들어, 하고 권하며 도미칸이 작은 소리로 이야기를 시작했다.

"기타는 저주니 재앙이니 하는 걸 믿나?"

아닌 밤에 홍두께 같은 말이었다.

"저는 겪어 본 적 없는데요."

"그거야 나도 마찬가지지. 소문은 들어 본 적이 있지만, 그게 대개 허풍이 많고 사실이 아니더군."

메밀경단을 우적우적 씹으며 곁눈으로 보니 도미칸의 표정이 다시 어두워져 있다.

"하지만 이번 건은 진짜 같은데, 어째야 좋을지 몰라 난처하구나."

별 도움이 안 되는 기타이치지만 맞장구 정도는 쳐 줄 수 있다.

"스님이나 네기신도에서 제사를 담당하는 신관님에게 액막이를 부탁하면 되잖아요?"

주인이 뜨거운 가케소바 그릇을 내주었다. 얼른 젓가락질을 해 보니 뜻밖에 맛집인 듯했다. 국물 향이 구수하고 국수 가락에도 찰기가 있었다.

"그런데 실은 액막이 방법이랄까 수습 방법이 알려져 있는 저주거든."

도미칸도 열심히 젓가락질을 한다. 이렇게 맛이 좋은데 저렇게 어두운 얼굴로 먹는 것은 좀 아깝다는 생각이 든다.

"하지만 그게 아주 어려운 일이라서."

듣고 보니 대충 이런 이야기였다.

후쿠토미야의 먼 친척인 어느 목재상에 '저주의 후쿠와라이'라는 것이 대대로 전해지고 있다. 후쿠와라이란 눈코입이 없는 오타후쿠납작코에 광대뼈가 불거진 추녀의 얼굴 종이가면에 눈가리개를 한 사람이 눈, 코, 입이 그려진 종잇조각을 하나하나 놓아 나가 우스꽝스러운 얼굴 모양을 만드는 것을 보며 웃고 즐기는 정월 민속놀이다.

그런데 이 저주 받은 후쿠와라이 가면을 꺼내 놓고 놀면 어김없이 재앙이 내린다. 그 집안 식솔이 얼굴을 심하게 다치거나 화상을 입거나 눈병을 앓는다는 것이다. 그래서 늘 깊숙이 넣어 두고 지내왔는데, 올 정월에 그 집안 꼬마들이 아무것도 모르고 그 가면을 꺼내어 이웃 꼬마들과 놀고 말았다.

뒤늦게 꼬마들이 노는 것을 발견한 식솔이 얼른 후쿠와라이를 빼앗아 다시 넣어 두었지만, 이미 엎질러진 물이라 저주가 내리고 말았다.

먼저 사흘도 지나기 전에 그 꼬마가 주전자의 열탕을 뒤집어쓰고 얼굴 절반을 심하게 데였다. 응급 치료를 하느라 우왕좌왕하는 와중에 그 꼬마의 할머니인 큰마님의 오른쪽 눈에 다래끼가 생기더니 며칠 만에 무화과만 한 크기로 부어올라 전혀 가라앉지 않았다. 게다가 그 꼬마의 부친이 치통을 앓기 시작했는데, 고약을 바르고 진통제를 먹어도 잠을 이루지 못할 정도로 고통스러워했다.

한 달이 지나기 전에 피골이 상접하도록 수척해지고 말았다고 한다.

"예전 3대 전에 시집 왔다가 죽은 며느리의 원한이 맺혀 있다는군."

못된 시집살이에 목을 매달았다고 한다.

"그 며느리 얼굴이 영락없는 오타후쿠였다지. 걸핏하면 못생겼네 눈코입이 뿔뿔이 노는 게 후쿠와라이를 닮았네 하며 시부모는 물론이고 신랑까지 놀려댄 탓이래."

도미칸이 떫은 감을 씹는 투로 말하자 기타이치는 어이없어했다.

"몹쓸 시집살이를 당한 거군요. 후쿠토미야의 친척이면 번듯한 상인 집안일 텐데, 오타마 씨 같은 사람들만 모여 있었나 보죠."

도미칸이 쓴웃음을 지었다. "이런 얘기에 오타마를 들먹이는 걸 보니 기타가 오타마한테 어지간히 화가 난 게로군."

"그 아줌마는 오타후쿠가 아니라 너구리상이지만요."

일단 저주가 현실로 드러나면 누군가 이 후쿠와라이를 해서 실수 없이 단번에 눈코입을 제자리에 놓아야 한다.

"단번에라니, 위치를 이리저리 바꾸면 안 되는 건가요?"

"그렇지. 손을 떼지 않은 채 밀고 당기는 건 상관없지만 일단 놓고 손을 뗀 다음에 다시 움직이면 안 된다는 거야."

참으로 까다로운 저주 아닌가.

"눈코입을 제자리에 잘 놓았으면 이번에는 그 오타후쿠를 칭찬해 줘야 한대."

미녀구나, 미녀야, 하며 아낌없이 칭송해 주고 나서 상자에 넣어 봉한다.

그게 뭐가 어렵냐고? 천만에. 눈가리개를 하고, 그러니까 눈을 감고 오타후쿠 얼굴을 제대로 만드는 건 아주 어려운 일이야.

"전에 저주가 내렸을 때는 운에 맡기고 후쿠와라이를 두 달간이나 거듭해서 간신히 완성했다더군."

그동안 두 명이나 죽었다고 한다.

"이번에도 그렇게 해야 할 판이야. 하루도 꾸물거릴 수 없게 됐지."

화상을 입은 아이는 여전히 드러누워 있고 큰마님의 다래끼는 왼쪽 눈으로도 번지고 말았다.

"애초에 그 후쿠와라이를 태워 버리지 않은 게 잘못이군요."

소바 국물을 다 마시고 나서 기타이치가 말했다.

"지금이라도 태워 버리면 될 텐데."

"나도 그렇게 생각했지. 불은 나쁜 기운을 다스려 주니까. 하지만 아무리 설득해도 그럴 마음이 없다고 하더군."

더 무서운 일이 일어나면 어쩌죠, 하고 벌벌 떨면서.

그랬구나.

센키치 대장이라면 그 사람들을 잘 설득해 주었을 텐데, 하며 도미칸은 영 아쉽다는 표정을 지었다.

"아니, 센키치 대장이라면 후쿠와라이의 눈코입을 정확히 맞춰 주지 못해도 그 표정과 목소리로."

——거 참 곱다, 홀딱 반하겠네. 이야, 삼삼한걸.

"하는 식으로 마구 칭찬해서 죽은 며느리의 원한을 싹 풀어 주지 않을까 싶은 거지. 여자를 어르고 달래는 데는 천하제일의 사내였으니까."

그렇군.

"그 후쿠와라이, 지금은 어디에 두었나요?"

"후쿠토미야에 있대. 본가니까. 말썽거리지만 본가가 떠안아야지."

그래서 도미칸이 주인에게 불려가 상의한 탓에 이렇게 곤혹스러워하는 건가.

"도미칸 씨, 저한테 늘 그러셨잖아요. 세상은 넓다고. 대장 못지않게 언변 좋은 남자라든지 후쿠와라이의 눈코입을 백발백중으로 맞추는 아이라든지, 찾기만 하면 어딘가에 있겠죠. 저도 행상 다니면서 찾아 볼게요."

"역시 그 수밖에 없는 건가."

이때 기타이치는 신임 사와이 나리에게 부탁해서, 가게 상속 문제를 이야기하던 자리에서 오타마를 입 다물게 하던 얼굴—시체 같은 차디찬 눈초리로 쳐다보게 하면 며느리 원혼도 겁을 먹고 달아나지 않을까 생각했지만, 역시 입 밖에 내지는 않았다.

마침 그날은 후유키초의 마님 집에서 욕실 가마에 불을 지피는 날이었다.

"물 좋은 대구를 샀으니 저녁밥은 대구탕이야. 마님이 기타한테도 대접하라고 하셨어."

이렇게 기쁜 일이라니, 기타이치는 하늘에 오르는 기분으로 아궁이 앞에 앉았다. 꼬르륵거리는 배를 달래 가며 오늘 장사하면서 있었던 일을 이야기하다 보니 도미칸의 어두운 얼굴이 떠올랐다. 대구탕에 기분이 들떠서 입이 가벼워진 탓에,

"낮에 도미칸 씨가 소바를 사 주셨는데요."

저주가 깃든 후쿠와라이 이야기를 하자 욕실 안이 조용해지고 말았다.

"마님?"

"듣고 있어" 하는 목소리가 들렸다. "해서 후쿠와라이 달인을 찾아냈나?"

"아직 찾지 못한 것 같은데요……."

왠지 오미쓰가 쿡쿡 웃는다.

"기타, 그런 일이라면 제일 먼저 마님한테 부탁했어야지."

"뭐라고?"

기타이치가 맥없이 모호하게 웃자 환기창 밖으로 오미쓰가 얼굴을 내밀었다.

"내가 말했잖아. 눈이 보이지 않아도 온갖 일에 능하시다고. 후쿠와라이 정도는 식은 죽 먹기지."

찰방.

"도미칸 씨한테 나를 후쿠토미야에 데려가 달라고 말해 주겠

니?" 하고 부인은 말했다. "빠르면 빠를수록 좋아. 내일이라도 괜찮아. 화상, 다래끼, 치통이 얼마나 괴롭겠어. 무엇보다 화상을 입은 아이가 제일 가엽네. 얼굴이 원래대로 회복되지 못할 테니."

"마님, 저주니 재앙이니 하는 걸 믿으시나요?"

"내가 믿고 안 믿고가 중요한 게 아니라 그 집안 식솔과 후쿠토미야 씨가 믿는다는 게 중요하지. 그리고 기타이치."

"예."

"외모를 두고 여자를 헐뜯다니, 무엇보다 해서는 안 되는 짓이야. 그런 이야기를 가벼이 듣고 넘기는 것도 좋지 않고."

센키치 대장은 사람들의 그런 감정을 잘 아는 사람이었는데—.

"기타도 대장 밑에서 컸으니 대장이 부끄러워할 만한 행동은 삼가야겠지."

기타이치는 자세를 바로 했다.

"잘 알겠습니다. 명심하겠습니다."

좋은 일은 서둘러야 한다. 동트기 무섭게 도미칸을 찾아가 여차저차 설명했다.

"부인이 할 수 있다고 했다면 할 수 있겠지."

도미칸도 얼른 후쿠토미야로 달려갔다.

부인은 몇 가지를 주문했다. 후쿠와라이를 하는 장소는 어디든 상관없지만 조용한 곳이 좋겠다. 나 혼자가 아니라 입회인이 있었으면 좋겠다. 도미칸, 오미쓰, 기타이치 세 사람에다, 후쿠토미야 측에서는 누구라도 좋지만 어린이는 곤란하며 인원이 너무 많아도 안 된다. 그리고 후쿠와라이를 하는 동안은 모두 정숙해야 한다.

그날 오후 두 시까지는 준비가 끝나 부인을 후쿠토미야의 객실로 모셨다. 화조풍월이 조각된 훌륭한 란마가 있는 8첩 방에는 향내가 은은했다.

연두색 나가바오리는 부인이 이 계절에 애용하는 옷 같다. 오늘도 그 옷을 입었다. 머리는 요염한 기레텐진전체적으로 동글동글한 모양의 전통적인 머리모양으로 틀어 올리고 역시 연두색 비단조각으로 장식했으며 산호비녀와 은빗을 꽂았다.

원래대로라면 기타는 후쿠토미야 같은 큰 상점의 안채에 출입할 수 없는 신분이다. 마루 끝에 앉는 것도 황공하다. 때문에 얼굴과 손발을 깨끗이 닦고 옷도 먼지를 탈탈 털어서 입었지만 최대한 숨을 죽이려 애썼다. 자신의 숨이 이 청결한 객실을 더럽힐 것 같아서다.

후쿠토미야에서는 저주의 후쿠와라이의 출처인 친척 점주와 후쿠토미야의 큰지배인이 자리를 함께했다. 도미칸과 이 두 사람은 하오리를 입고 있다. 오미쓰는 목깃을 새 것으로 바꾸고 행주만 벗은 평상복 차림이지만 머리는 새로 묶어 올렸다.

인사를 짤막하게 마치고 오미쓰가 부인에게 눈가리개를 채웠다. 진보라색 비단으로 만든 눈가리개였다. 부인 얼굴이 한층 창백해 보인다.

"그럼 시작하겠습니다."

저주의 후쿠와라이는 고급스러운 흑칠 문갑에 담겨 있었다. 친척 점주가 뚜껑을 열고 얼굴 가면과 눈코입이 각각 그려진 종잇조각들을 꺼냈다. 이 후쿠와라이는 입술도 위아래가 따로 있었다. 그만큼 까다로운 것이다.

"오미쓰."

부인이 부르자 오미쓰가 나서서 고개 숙여 인사하고 후쿠와라이 얼굴을 부인의 무릎 앞에 놓았다. 그리고 부인의 오른손을 잡아 끌어주었다.

"여기 얼굴이 있어요."

부인은 손가락을 부드럽게 움직여 오타후쿠의 윤곽을 살짝 만져 보고 고개를 끄덕였다.

"눈코입은 내 무릎 위에 놓아 줘."

오미쓰는 시키는 대로 하고 살짝 무릎을 끌며 뒤로 물러났다.

장례식이나 제사라도 치르는 듯한 분위기에서 다들 후쿠와라이를 에워싸고 앉았다. 이야기로 전해 듣는다면 웃어 버릴 장면이지만, 지금은 아무도 웃지 않거니와 표정이 잔뜩 굳어 있다.

부인은 뭔가 좋은 음향에 귀 기울이는 듯한 얼굴로 손끝을 매끄럽게 움직였다. 오른쪽 눈, 왼쪽 눈. 아랫입술. 하나씩 왼손으로 집어 들고 오른손 손가락 끝으로 윤곽을 만진다.

맨 처음 얼굴 위에 놓은 것은 코였다. 살짝 위로 올라가 버렸다고 생각하는 순간 밑으로 살짝 끌어내리고 손가락을 멈추더니 잠시 후 아주 미세하게 오른쪽으로 밀었다.

다음은 오른쪽 눈이다. 이번에는 망설이지 않고 단번에 마쳤다. 오른쪽 눈 가장자리에서 손가락으로 거리를 재어 왼쪽 눈을 두었다. 일단 손을 멈추고 부인은 감긴 눈꺼풀 속에서 눈동자를 굴리고 있었다.

그러더니 손가락 끝으로 왼쪽 눈을 아주 조금 옆으로 미끄러뜨렸다. 후쿠토미야의 큰지배인이 잔뜩 숨죽인 듯이 가는 숨을 흘렸다. 방금 전의 왼쪽 눈 위치였다면 너무 가운데로 쏠린 눈이 되어버리기 때문이다.

이 후쿠와라이에게 저주를 받은 친척 점주는 풍채 좋은 대흑천칠복신의 하나 같은 복스러운 상이지만 지금은 땀을 뻘뻘 흘리고 있다. 잔뜩 겁에 질린 얼굴로 한 줄기 희망에 매달려 마른침을 삼키며 지켜보는 중이다.

——웃을 일이 아니야. 화상 입은 아이가 고통 받고 있으니.

사태의 엄중함은 기타이치의 가슴에도 묵직하게 느껴졌다.

마무리는 입술이다. 부인은 입술을 주저 없이 아무렇게나 놓더니 뭔가 하고 싶은 말이 있는 듯 벌어진 입술을 손가락 끝으로 가지런히 맞춰 다물게 해 주었다.

그러고는 무릎 위에 손을 포개며 물었다.

"다 됐습니다만, 어떤가요?"

그 순간 친척 점주가 더는 참을 수 없다는 듯이 허리를 꺾어 부인에게 절했다.

"정말 고맙습니다!"

후쿠와라이 오타후쿠는 눈코입이 제자리에 놓여 있었다. 지극히 멀쩡하고 어디에나 있는 평범한 오타후쿠의 완성.

부인은 고개를 살짝 숙여 후쿠와라이에 미소를 던지고 말했다.

"세상에, 참 곱기도 해라."

후쿠토미야 큰지배인이 흠칫 놀라며, 아무렴요, 아무렴요, 하고 화답했다.

"벽에 붙여 둘 만한 미인도로군요."

도미칸은 "어허어어" 하며 신음한다. 어디가 아픈가 싶어 쳐다보니 주걱턱을 쓸며,

"호오, 아름다운 여인일세."

만면에 웃음을 짓는다. 오미쓰가 팔꿈치로 쿡 찔러 주자 기타이치도 입술을 바들바들 떨며 입을 열었다.

"이런 미인은 쉽게 볼 수 없지요."

"암요, 아이 부러워라."

오미쓰가 흔들리는 눈동자로 맞장구치는데 그 음정이 엉뚱하게 높다.

"오타후쿠 씨" 하고 부인은 후쿠와라이에게 말을 건넸다. "저는 삼십 년이나 함께 산 남편을 얼마 전에 여읜 과부입니다. 그 남편이란 사람이 호남자여서 밖에 여자가 많았습니다."

특유의 억양이 실린 살짝 갈라진 목소리가 듣는 이의 귀에 감미롭게 다가온다.

"깊이 원망한 적도 있지만, 여의고 보니 좋은 일만 떠오르네요.

그이가 오늘 여기 없는 게 다행이다 싶습니다. 당신을 보면 냉큼 수작을 걸 게 분명하고, 그럼 나는 또 질투의 불덩이가 되고 말겠죠. 미모는 죄의 씨앗인가 봐요."

친척 점주는 이목에 개의치 않고 울기 시작했다.

"용서해 주십시오, 부디 용서해 주십시오."

"정말이지 이게 바로 눈이 호강한다는 거로군요, 여러분."

밝은 목소리로 그렇게 말하며 도미칸이 무릎걸음으로 나와 양손으로 후쿠와라이를 얌전히 집어 올렸다. 종잇조각을 다루는 손놀림이 아니었다. 후쿠토미야 큰지배인도 거들어 두 사람이 후쿠와라이를 문갑에 돌려 넣었다.

도미칸을 남겨 두고 부인은 지체 없이 후쿠토미야를 떠났다. 한동네이므로 가마 없이 오미쓰의 팔을 잡고 걸었다. 기타이치가 두 여인을 뒤따랐다.

"오미쓰, 어땠는지 말해 보렴."

부인이 상냥하게 말하자 오미쓰는 숨을 크게 내쉬며 몸을 떨기 시작했다. 얼굴에서 핏기가 가신다.

"어, 왜 그래?"

"기타, 못 봤어?"

부인이 미모는 죄의 씨앗인가 보다고 말할 때 후쿠와라이의 입가가 웃음을 지었다는 것이다.

"분명히 웃었다니까. 내가 잘못 본 게 아냐!"

기타이치는 알아채지 못했다. 정말이야? 오미쓰는 분위기에 압

도되어 있던 게 아닐까?

"마님의 손놀림이 하도 신기해서 저는 거기에 정신이 팔려 있었습니다."

어떻게 그렇게 귀신처럼 해낼 수 있는지.

부인은 문득 목을 움츠리며 말했다.

"별 거 아냐. 나는 보지 못하지만 당신들 눈에는 후쿠와라이가 보이고 있었으니까—,"

그 방에 있던 사람들의 기척과 분위기를 느끼면서 제 위치에 눈코입을 놓아 갔다는 것이다.

"내가 제 위치에 눈코입을 놓으면 다들 안도하지. 위치가 잘못되면 숨을 삼키거나 몸을 움찔거리잖아. 그럼 다시 사람들이 안도하는 기척을 낼 때까지 움직이는 거야."

"겨우 그거뿐이었나요?"

어떻게 그렇게 미세한 조정을 할 수 있을까? 저는 도저히 믿기질 않네요.

"바로 그게 마님의 대단한 점이지."

새파랗게 질린 주제에 오미쓰는 이번에도 자기 일처럼 자랑스러워한다.

"시끄러운 장소거나 사람이 너무 많으면 기척이 어지러워지지. 기미를 읽을 수 없는 사람들만 있다면 내가 뭔가를 느껴도 해석이 잘못되고 말아. 그래서 미리 그런 주문을 해서 당신들이 참석하게 한 거야."

그리고 기타이치에게 웃음을 지어 보였다. “기타, 처음 얼마 동안은 죽은 듯이 숨을 죽이고 있더군. 그래서 조금 어려웠어.”

으악!

“죄, 죄송해요.”

“괜찮아, 잘 됐으니까. 돌아가면 맛난 거라도 먹자.”

부인은 즐거워 보였다. 오미쓰도 여전히 안색이 파리하면서도 웃음을 짓고 있다. 금방 술을 준비할게요. 삼치도 굽고요. 초무침을 하려고 바지락을 해감해 두고 왔거든요.

이 마님이란 분은 도대체.

——이런 걸 천리안이라고 하나?

기타이치는 뭔가에 홀린 심정이었다.

제 2 화
쌍육
가미카쿠시

1

기타이치는 머리숱이 없다.

열여섯 살이니 아직 대머리라고 할 정도는 아니다. 다만 또래에 비해 처음부터 머리숱이 적었다. 머리카락까지 가늘어 상투를 틀어도 상투가 너무 작아 맵시가 나지 않을 뿐 아니라 종종 머릿기름 때문에 두피가 가려웠다. 그래도 마땅한 대책이 없어 사시사철 밤송이처럼 어중간하게 기른 머리로 지내고 있다.

후카가와 모토마치의 이발소는 주인 이름인 우타지와 머리 모양인 촌마게일본식 상투를 섞어 '우타촌'이라고 하는데, 그것은 주인의 통칭이기도 했다. 이발소에서 머리를 맡기며 혹은 차례를 기다리는 사람들과 잡담을 나누며 관할 구역에서 이상한 일이 일어나지 않는지 살피는 것은 오캇피키의 일이어서 센키치 대장은 종종 우타촌을 찾았고, 두 사람은 속속들이 아는 사이였다.

장터에서 엄마를 잃은 기타이치가 대장 집에 들어간 것이 세 살 때인데 그 나이면 대개 얏코머리귀 위쪽과 뒤통수만 남기고 모두 면도로 밀어 버리는 머리 모양를 하게 마련이지만 기타이치의 머리는 매끈매끈했고 목덜미의 움푹 팬 자리에 겨우 솜털이 있는 정도였다. 그때 이미 우타촌은 '이 아이는 머리숱이 없겠구나' 하고 예상했다고 한다.

"그런 아이가 드물게 있지. 타고난 체질도 있고 갓난아기 때 젖이 모자란 탓도 있고."

우타촌의 눈은 정확해서, 대여섯 살이 되어 근처 상가나 직인의 자식들이 케시보즈정수리만 둥글게 남기고 나머지 머리는 모두 밀어 버리는 머리 모양나 쓰노다이시정수리 양쪽에 두 개의 뿔이 난 것처럼 다듬는 머리 모양를 하게 되어도 기타이치는 까까머리에 살짝 이끼가 낀 듯한 머리를 하고 있었다. 뒷골목 쪽방 아이라면 아비의 사카야키이마부터 머리 한가운데까지 면도로 미는 것. 이발을 게을리하면 밤송이머리처럼 북슬북슬해진다도 북슬북슬할 테고 어미의 마루마게나 이초모두 부인의 전통적 머리 모양도 엉뚱한 쪽으로 뒤틀려 있게 마련이므로 아무도 신경 쓰지 않겠지만, 지역을 관장하는 오캇피키 대장 밑에서 자라는 아이가 그렇게 볼품없는 머리를 하고 있으면 끼니도 제대로 챙겨 주지 않는 것처럼 보일 테니 남들

보기에 좋지 않다. 우타촌도 딱하게 여겨 당시는 기타이치의 머리에 늘 뭔가를 발라 주었다.

우타촌에 따르면 '머리카락 씨앗'이라는 그것은 질퍽거리는 진흙 같았고, 머리에 처덕처덕 바르면 약냄새를 풍겼다. 그게 마음에 들지 않았던 기타이치는 우타촌이 그것을 발라 줄 때마다 얼른 우물가로 달려가 씻어 버렸다. 그때는 그러고 나면 시원했지만, 지금은 얌전히 놔둘 걸 하고 후회하고 있다.

우타촌은 센키치 대장의 목관을 보낼 때 소매가 젖도록 통곡했지만 수하들 가운데 누구도 대장의 붉은 술 짓테를 물려받을 수 없게 되었다는 것을 알았을 때는 의외로 태연한 표정이었다.

"이 근방에 센 짱을 대신할 만큼 일 잘하는 사람이 없잖아."

대장을 친근하게 '센 짱'이라 부르는 것은 이 사람이 유일했다. 우타촌이 곰 같은 덩치를 가진 사람이 아니라 이발사들이 흔히 그렇듯이 나긋나긋하고 상냥한 남자였다면 두 사람 사이를 의심하는 이들도 있었을 것이다. 자고로 비역 짝꿍은 남녀 짝꿍보다 정이 깊다고 하니 말이다.

그나저나 더이상 오캇피키의 수하도 아니게 되었고 머리숱도 심심한 기타이치지만 우타촌과 인연이 끊긴 것은 아니었다. 우타촌이 문고의 단골손님이기 때문이다. 머릿기름, 상투 틀 때 쓰는 끈이나 월자머리숱이 많아 보이라고 넣은 모발 따위를 넣어 두는 용기로 문고가 맞춤이라고 한다. 물론 그런 용기는 전부 '붉은 술 문고'를 쓴다. 그림이 들어간 예쁜 문고를 늘어놓으면 이발소 풍경까지 한결 좋아져 일거양득이라고 우타촌은 말한다.

사루에에 있는 '느티나무집'의 요닌 오우미 신베에가 조언한 대로 관리인 도미칸이 표식 제작을 추진한 덕분에, 만사쿠가 물려받은 문고상의 문고에는 모방품 방지를 위해 대장의 수결 도장을 찍게 되었다. 직인이 만든 훌륭한 옥도장으로 '千吉'(센키치)라는 두 글자가 새겨졌다. 이것을 뚜껑 안쪽에 찍는다.

상황이 이렇게 되자, 만사쿠의 처 오타마는 기타이치가 문고 행상을 계속하는 것은 어쩔 수 없는 일(이런 말본새부터가 야박하지만)이라 해도 붉은 술 문고는 우리 가게가 독점하는 것이 순리이므로 기타이치에게는 센키치 도장이 찍힌 문고를 나눠 주지 않겠다고 말했다.

"도장도 문양도 없는 평범한 문고라면 나눠 줄게. 그게 싫으면 기타가 다른 데서 사입하면 되잖아?"

말 없고 얌전한 만사쿠는 처가 뭐라고 하든 끼어들지 않으므로 도미칸이 끼어들어 오타마를 달랬다.

"괜히 심통 부리지 말어. 기타는 대장의 아들 같은 사람이잖아."

"아들 같은 거지 피를 나눈 아들은 아니잖아요."

수그러들지 않는 오타마의 창끝을 일단 치워 준 것이 우타촌이었다.

"당신이 그렇게 고약한 소견머리라면 내가 우리 손님들에게 죄다 퍼뜨려 주지. 만사쿠와 오타마의 문고는 대장의 유지를 깔아뭉갠 배은망덕한 문고라고."

이발소는 세간의 풍문이 모이는 곳이므로, 일단 이발사의 도마에 오르면 악평이 천리를 달린다. 오타마는 분해서 치를 떨었지만 물러서지 않을 수 없었다. 게다가 우타촌은,

"앞으로 나는 기타한테만 살 거야. 거기서 생기는 이문도 결국 당신네로 들어가는 거니까 대장에게 공양을 거르면 알아서 해."

라고 다그쳐 주었다.

우타촌에서는 문고가 연장함이나 마찬가지이므로 각종 도구를 빈번하게 출납할 뿐 아니라 직인이 머릿기름 묻은 손으로 만지므로 먼지와 때가 묻는다. 놓는 자리에 따라서는 문고 뚜껑이 햇빛에 바래 금방 삭는다. 또 장식품 역할로 따져도 계절이 바뀔 때마다 제철 문양이 있는 것으로 교체하지 않으면 도리어 궁색한 풍경이 되고 만다. 그러므로 재구매가 잦은 우타촌은 중요한 고객이다. 오타마는 기타이치에게 심술을 부리려다 월척을 놓치게 된 것이다.

옥신각신이 일단락되자 기타이치는 우타촌에 인사하러 갔다. 우타촌은 웃으며 "너도 참 착하구나. 역시 센 짱이 키운 아들이야. 내가 다 자랑스럽다." 눈웃음을 짓지만 거반 우는 것처럼 보였다.

아버지나 다름없는 센키치 대장을 여읜 기타이치는 좋게 말하면 '구름 위의 존재', 박하게 말하면 '꿔다 놓은 보릿자루'였던 부인과 빠르게 친해지고, '도미칸나가야'의 세입자가 되어 생전 처음으로 혼자 살게 되었다. 기타이치의 봄은 심신이 다 어수선했다. 모든 것이 마침내 정돈되어 새삼 주위를 살펴보니 매화는 진즉에 졌

고 거리에는 벚꽃이 활짝 피어 있었다.

흐드러지게 핀 벚꽃을 바라보며 기타이치는 도장을 만들어 모방품을 막으라고 권해 준 오우미 신베에를 찾아갔다. 모처럼 우타촌에게 칭찬을 들은 만큼 이런 은혜에 인사를 거를 수 없었다.

아침을 먹기 무섭게 나서서 발길을 동으로 잡고, 무리를 떠나 바람에 실려 코앞을 앞질러가는 성급한 벚꽃 잎을 좇는다.

——벚꽃이 금세 지는 것은 너저분하게 시드는 모습을 사람들에게 보이고 싶지 않기 때문이야. 얼마나 자존심 강한 꽃이냐.

언젠가 대장이 이런 말을 했는데. 물론 칭송이었겠지만 대장이 벚꽃을 좋아했는지 아닌지는 모르겠다. 그 말에는 어느 쪽으로 받아들여도 상관없을 의미가 모두 담겼으니까.

느티나무집 마당 구석에는 훌륭한 올벚나무 고목이 한 그루 있었다. 올벚나무는 개화가 늦어 아직 반쯤 핀 상태였다. 분홍 발을 걸어 놓은 듯한 그 풍정이 눈에 새로워 기타이치가 한눈을 팔고 있는데 저번처럼 신베에가 먼저 기타이치를 알아보고 문까지 나와 주었다.

덕분에 이런 훌륭한 도장을 찍었습니다, 라며 새로운 붉은 술 문고를 하나 내밀자 신베에는 크게 기뻐했다.

"잘됐구나, 다행이다. 그런데 기타, 잊고 있었나 본데, 나는 수수께끼 풀이를 학수고대하고 있었어."

기타이치를 향해 아이처럼 눈알을 반짝인다. 신베에라는 사람은 이런 표정을 지으면 기타이치와 비슷한 또래처럼 보이고 입을 다물고 있으면 나이 들어 보이는 것이 신기하다.

"수수께끼라니, 뭐였죠?"

"역시 잊고 있었군. 그쪽 마님 얘기 말이야."

대장이 복어 독에 쓰러진 그날, 마침 이 느티나무집 앞까지 행상을 왔던 기타이치가 급하게 뛰어서 돌아갈 수 있도록 신베에가 멜대를 맡아 주었다. 그 뒤로 장례니 뭐니 경황이 없어 기타이치도 까맣게 잊고 있었는데, 마님이 "팔 물건은 어디 맡겨 놓은 거 아니니?"라고 묻는 바람에 기억이 나서 물건을 찾으려고 숨이 턱에 차도록 달려왔을 때 신베에에게 저간의 사정을 털어놓았다. 그러자 이 (심심해 보이는) 요닌은 몹시 궁금했는지, 마님이 어떻게 그 사실을 간파했는지 물어보고 대답을 들으면 자기한테도 말해 달라고 했었다.

신베에가 신기해하는 것은 센키치 대장의 부인, '마쓰바'라는 이름의 마님이 앞을 보지 못하기 때문이다.

"아, 그랬죠."

기타이치는 웃고 말았다.

마님은 눈에 의지하지 못하는 만큼 목소리나 냄새나 기척이나 소리를 단서로 뭐든지 알 수 있다. 기타이치가 멜대를 까먹고 있던 일도 그렇게 짐작했다.

"그 뒤 더 놀라운 일도 있었습니다."

마님이 '저주의 후쿠와라이'를 깨끗이 해결한 일, 그때 주위에 있던 사람의 기척이나 숨소리를 단서로 삼은 것까지 이야기하자 신베에는 깊이 감탄했다.

"과연, 과연……."

굵은 목에 힘줄을 돋우고 각진 턱이 가슴에 묻히도록 자꾸 고개를 끄덕였다.

"그 부인은 정말 대단하구나. 참으로 흥미롭군. 또 뭔가 재미난 일이 생기면 언제든 와서 들려줘."

그렇게 말하더니 잠깐 저택 쪽을 흘끔거렸다.

"오늘은 집에 세토 님이 있어서 미안하게도 엽차나 과자를 내주지 못해. 다음번에 어떻게든 대접하지."

"아뇨, 보기 드물게 멋진 올벚나무로 눈 호강을 했는걸요."

신베에는 또 감탄한다.

"운치 있는 말이군. 기타도 제법 풍류가인가 봐."

아니. '눈 호강'이란 말도 센키치 대장이 했던 걸 기억하고 있었을 뿐이다. 그 말을 들었을 때도 벚꽃이 만개한 철이었는데.

언젠가 대장 같은 오캇피키가 되고 싶었던 기타이치는 이제 본보기를 잃고 행상 일을 하며 그날그날 먹고살 뿐이다. 대장의 말을 흉내 낼 수는 있지만 어떻게 해야 대장 같은 사람이 될 수 있는지는 알 수 없게 되고 말았다.

만개한 벚꽃에 들뜬 거리에서는 사람들의 지갑 끈이 느슨해지는지 그날은 매출이 아주 좋았다. 멜대를 내려놓고 후유키초의 부인댁에 가려고 일찌감치 도미칸나가야로 돌아오니 출입구 옆에서 여자 세 사람이 어딘지 험악한 분위기로 이마를 맞대고 있다.

"아, 기타, 이제 돌아오네."

알은척을 한 사람은 같은 세입자 중에 바느질일을 하는 오히데였다. 오카요라는 딸과 노모, 그리고 아들 하나와 함께 이렇게 허름한 나가야에 사는데도 어째서인지 늘 활기가 넘친다. 뭘 드시기에 저러나 싶을 정도였다.

그런 오히데가 지금은 눈살을 살짝 찌푸리고 있다. 누가 봐도 알 수 있는 '일 났어, 얘기 좀 들어 봐'라는 눈초리로 기타이치를 향해 종종걸음으로 다가온다.

기타이치는 사람이 좋은 건지 마음이 약한 건지 아니면 양쪽 다인지, 이럴 때 못 본 척 지나치지 못한다.

"무슨 일 있어요?"

슬쩍 떠보니 오히데는 더욱 뚜렷하게 '그렇잖아도 기다렸어'라는 얼굴로 "그게 말이야, 우리 오카요랑 같이 습자소에 다니는 사내아이 있잖아—" 하고 기세 좋게 이야기를 시작했다. 그러자 뒤에 있던 두 여자가 얼굴을 마주보았다. 이 나가야 세입자는 아니다. 한 사람은 허리는 꼿꼿하지만 제법 나이가 든 노파이고 또 한 사람은 오히데보다 젊은데 일을 많이 하는지 손이 거친 부인이었다. 노파가 오히데의 소매를 잡아당겼다.

"잠깐만, 오히데, 함부로 떠벌리면 어떡해."

오히데는 뜻밖이라는 듯 살짝 눈을 부릅떴다.

"떠벌리다뇨. 상의하는 거지. 왜냐면 여기 기타는 센키치 대장의 식솔이었단 말예요."

——내가 말한 적도 없는데 잘 아네.

센키치 대장이란 이름은 족두리풀 문장이 찍힌 인롱족두리풀 풀잎 세 장으로 구성된 문장은 도쿠가와 가의 문장. 그 문장이 그려진 인롱, 즉 남성이 약이나 작은 소지품을 넣기 위해 허리 품에 차는 작은 상자는 도쿠가와 미쓰쿠니(미토 고몬이라는 별칭이 있다)를 상징하는 물건이었다. 도쿠가와 이에야스의 손자이며 미토 번의 2대 번주 미쓰쿠니는 어사 박문수처럼 전국을 돌아다니며 탐관오리를 징치한다는 전설을 통해 민중에 널리 알려져 있었다. 그 전설에서 족두리풀 문장이 그려진 인롱은 암행어사의 마패와 같은 역할을 한다 같은 것이어서 두 여자의 표정이 즉시 변했다. 젊은 쪽은 어머나, 하며 눈이 휘둥그레졌지만 노파는 도리어 의심하는 눈초리였다. 기타이치가 나이도 어리고 초라한 모습이기 때문일 것이다.

"센키치 대장이라면, 그 문고상?" 하며 기타이치를 함부로 위아래로 훑어본다.

"센키치 대장이란 분이 달리 또 있나요."

"철포에 맞아 돌아가셨다면서요'철포에 맞다'는 말은 복어 독에 중독되는 것을 뜻하는 은어이기도 했다. 뭐라 위로의 말씀을 드려야 할지."

젊은 쪽이 말하며 고개를 꾸뻑 숙였다.

"저는 가미노하시 다리 옆 생선가게 우오세이의 며느리예요. 저희는 대장과는 인연이 없었지만 복어 독에 돌아가셨다는 소식을 들었을 때는 우리 바깥양반이 얼마나 안타까워했는지 몰라요."

기타이치도 잠자코 고개 숙여 응했다.

"오렌도 쓸데없이 체면을 차리네." 노파가 언짢은 눈초리로 기타이치를 보며 오히데에게 말했다. "당신도 그래, 오히데. 대장은 이미 가 버렸는데 이런 애송이한테 의지해서 뭘 어쩌자고."

지당한 말이라 기타이치는 한 마디도 대꾸하지 않았다.

"사내아이들이란 아무 생각 없이 멀리 나갈 때도 있으니까 기다리다 보면 금방 돌아오겠지. 그때 혼쭐을 내면 돼."

노파는 퉁명스레 뇌까리더니 냉큼 떠나 버렸다.

"저 아줌마, 나랑 같은 부업을 하는 사람이야." 오히데가 말한다. "기분 나빴다면 미안해."

"아뇨, 저야 상관없습니다만, 누가 어떻게 되었대요?"

우오세이의 며느리 오렌이 오히데와 얼굴을 마주보며 고개를 끄덕이더니 말했다.

"우미베다이쿠초의 후지토미다나라는 나가야에 사는 마쓰키치라는 아이가 아침에 나간 뒤 통 소식이 없어요."

"마쓰키치는 우리 오카요처럼 부베 선생 습자소에 다니거든. 오늘 아침에도 습자소에 간다고 집을 나갔는데 정작 습자소에는 오지 않았다는 거야."

지금도 돌아오지 않고 있는 모양이다.

"몇 살이죠?"

"열하나. 똑똑하고 착한 아이야."

"오카요 짱이 다니는 습자소라면 이 근처에 간판이 달린 그곳인가요?"

기타이치가 생각하는 방향을 가리키자 오히데는 냉큼 대답했다.

"맞아. 부베 선생도 기타한테 문고를 사는 단골이야?"

가게 쪽은 모르지만 행상하다 팔아 본 기억은 없다. 가까운 곳이어서 듬직한 체구의 낭인 선생이라면 몇 번 본 적이 있다. 제자들의 응석을 받아 줄 선생은 아닌 것처럼 보였다.

"아마 습자소를 땡땡이친 탓에 집에 돌아가지도 못하는 거겠죠. 부모와 선생에게 혼날 게 뻔하니까."

사내아이치고 공부 좋아하는 아이는 드물다.

"어쩌면 푼돈이라도 벌려고 누구 심부름을 맡아서 시간 가는 줄 모르고 돌아다니는지도 모르고요."

요즘이 해가 제일 긴 철이니 초저녁이라도 환하다.

"그렇게 걱정하지 않아도 곧 돌아올 겁니다."

"그럴까? 그렇겠지."

오히데는 그렇게 생각하는 듯하지만 오렌은 달랐다.

"그렇다면 다행이지만—우리 아이는 마쓰키치랑 친하니까 무척 걱정하고 많이 무서워해요. 그러면서 무슨 이상한 말을 하던데."

"이상한 말?"

기타이치가 묻자 아무것도 아니라는 듯 당황하며 웃었다.

"아뇨, 우리 아이가 워낙 겁이 많아요. 외동이라 그만 응석받이로 키워 놔서."

"마루스케 짱은 착해. 오카요도 늘 그렇게 말하던걸."

"어머, 고마워요. 나도 이렇게 딴짓하다 야단맞겠네. 그럼 이만 실례해요."

붙임성 있게 웃으며 오렌은 얼른 도미칸나가야 출입구를 나가 버렸다.

아무래도 마음에 걸린다.

"이상한 말이라고요? 오히데 씨, 들었어요?"

고개를 끄덕이더니 "정말 이상한 얘기거든" 하며 오히데는 가볍게 웃었다. "그래서 오렌 씨도 기타의 귀에 들어갈까 봐 부끄러워 한 것 같아."

기타이치는 평범한 문고 행상일 뿐인데.

"그게, 쌍륙이 어쨌다는 것 같던데."

"쌍륙?"

"그래. 마쓰키치가 없어진 건 쌍륙 탓이라고 마루스케가 말했다는 거야."

세상에는 이런저런 이유로 온갖 일들이 일어나지만 쌍륙 탓에 아이가 없어진다는 이야기는 처음 들어 본다.

"두 아이가 어제 같이 놀았다나 봐."

쌍륙은 정월 민속놀이지만, 뭐, 놀이니까 아이들이라면 언제라도 놀 수 있겠지.

"마쓰키치와 마루스케는 우리 오카요를 누이동생처럼 귀여워해 주는데, 어제 쌍륙에는 끼워 주지 않았대. 잘은 모르지만 다투기라도 한 건지."

기타이치는 고개를 갸웃거렸다. 쌍륙 탓? 제철도 아닌 쌍륙을 한 탓에 멀리 떠나고픈 마음이 생겨 집을 나가 버렸을까?

스스로 생각해도 어처구니없는 생각이다.

"뭐, 마쓰키치가 돌아오면 사정을 알 수 있겠지."

남 일이라는 듯 태연한 오히데와 헤어져 기타이치는 우물가에서 세수를 하고 개운한 기분으로 후유키초의 마님 집으로 걸음을 옮겼다.

오늘은 목욕물 데우는 날이다. 물 긷기부터 기타이치의 일이므로 다시 땀이 나도록 일하고 마님의 목욕이 끝날 즈음 하녀 오미쓰가 차린 저녁밥상을 함께했다. 송어 된장구이가 꿀맛이라 마님이 권하는 대로 밥을 세 공기나 비웠다.

"요즘 붉은 술 문고는 잘 팔려?"

마님은 희고 갸름한 얼굴을 갖고 있다. 앞을 보지 못하므로 눈은 내내 감겨 있다. 그 눈꺼풀까지 매끄럽고 뽀얗다. 마흔이 넘은 지 오래지만 목욕 후 머리에 빗을 꽂고 벚꽃무늬 유카타의 목깃을 느슨하게 젖혀 두 발을 한쪽으로 모은 채 나긋하게 앉아 있는 모습은 미인도를 방불케 했다.

"네, 잘 팔려요. 그러고 보니 어제는 아주 친절한 손님을 만났어요."

혼고쿠초의 포목점 사람으로, 철에 어울리는 그림이 장식된 붉은 술 문고를 수집하는 것을 낙으로 삼는다는데, 장사가 바빠 올해 처음으로 이곳까지 사러 왔다.

"대장 조문이 늦어 미안하다고 하셨어요. 앞으로도 애용해 주실 것 같습니다. 역시 붉은 술 문고에 대장 도장을 찍기 잘했어요."

그렇구나—하고 마님은 미소 지었다.

"다음에 그렇게 일삼아 구입하러 오시는 손님을 만나면 계절마다 새로운 문고가 나올 때 이쪽에서 먼저 전해드리겠다고 해 봐."

손님은 원하는 물건이 없어 헛걸음할 염려가 없고 굳이 찾아오는 수고도 덜 수 있다. 기타이치로서도 확실한 매출을 기대할 수 있다.

"그렇게 할 것까지는 없다고 사양한대도 상관없겠지. 일단 말해 보는 것뿐이니 장삿속이란 말을 들을 일도 없고."

"예, 알겠습니다."

이야기를 듣고 있던 오미쓰가 가시 돋친 눈초리로 입을 열었다.

"가게 쪽 매출은 어때?"

만사쿠 · 오타마의 가게 말이다.

"단골들은 다들 거기보다 기타한테 사고 싶어 하지 않아? 도장도 묘안이지만 단골손님들에게는 기타가 팔고 있다는 것 자체가 대장의 문고라는 증표 같은 거니까."

그렇게 추어올려 주니 쑥스럽다. 기타이치가 어쩔 줄 몰라 하자,

"저쪽은 저쪽대로 열심히 하고 있겠지. 너무 그러지 마."

하고 마님이 완곡하게 나무랐다.

그러자 오미쓰가 혀를 날름하고 말했다.

"예, 죄송합니다."

기타이치가 오미쓰의 뒷정리를 거들고 자잘한 부탁도 몇 가지 들어준 뒤, 내일 아침에 먹으라고 들려 준 주먹밥 꾸러미를 품고 도미칸나가야로 돌아갈 즈음에는 이미 하늘에 별이 총총했다.

쇼카쿠지正覺寺 옆을 지나는데 종이 울리기 시작하여 고오옹 하는 울림이 밤바람에 섞여 목덜미를 훑고 지나간다. 여덟 시로군.

"어이, 기타, 기타!"

좁은 운하 건너편에 등롱 하나가 흔들리며 나타나더니 이쪽을 부르는 소리가 들렸다. 누구지, 하고 시선을 모아 보니 도미칸나가야의 세입자 다이치다. 나이는 기타이치보다 두 살 아래지만 체격은 벌써 어엿한 청년에 가깝고 일도 빠릿빠릿하게 하는 일꾼이다. 그의 부친 도라조는 술을 좋아하는 행상인데 생선장수라는 사람이 늦잠을 자기 일쑤이지만, 아비가 한심하면 자식이 알차게 크는 모양이다.

"이런 시간에 무슨 일이지?"

그렇게 묻다가 다이치가 손에 든 등롱에 기타나가호리초 파수막 도시 지역의 서민들이 사는 구역은 기본적으로 지역 유지들에 의해 주민자치로 운영되어 소방, 자경, 갈등 처리 등 여러 가지 일들을 해결하였는데, 그들이 모이는 사무소 같은 것이 파수막이었다. 요즘의 파출소, 소방소, 간이재판소 따위를 합해 놓은 것과 같은 곳 표식이 있는 것을 알았다.

"무슨 일 있어?"

"응. 부베 선생의 제자 하나가 행방불명이라 다들 찾아다니고 있어."

기타이치는 흠칫 놀랐다.

"그 아이, 혹시 우미베다이쿠초의 마쓰키치라는 사내아이 아냐?"

다이치는 놀란 얼굴로 고개를 끄덕였다.

"알고 있었어? 역시 센키치 대장의 수하네."

됐어, 그냥 어쩌다 알고 있는 것뿐이야.

"오늘 아침 습자소에 간다고 집을 나간 뒤로 돌아오지 않는다고 하던데, 아직도 안 돌아왔어?"

"그래. 이 근방에서는 아무도 그 아이를 못 봤대. 이상하네."

자취를 전혀 찾을 수 없다는 것이다.

"그야말로 행방불명이네."

"가출한 거 아닐까?"

"부베 선생이 마쓰키치는 그럴 아이가 아니라고 했어. 그러니 다들 걱정하는 거지."

다이치는 도미칸의 지시로 후유키초의 후쿠토미야로 심부름을 가는 중이라고 했다. 목재상인 후쿠토미야는 이 근방에서 손꼽히는 대지주로 많은 주택과 나가야를 갖고 있다. 마님이 사는 셋집도 그 가운데 하나다.

"후쿠토미야라면 남자들도 많고 배도 띄울 수 있을 거라고."

운하가 종횡으로 달리는 후카가와 일대에서는 어린이가 행방불명되었다고 하면 우선 강물에 빠지지는 않았는지부터 걱정한다. 수색하려면 배가 있는 게 편하다.

"도미칸 씨도 여기저기 뛰어다니고 있지만 곧 나를 좇아 후쿠토미야로 가겠다고 하셨어."

마쓰키치가 사는 나가야의 이름은 후지후쿠텐이므로 역시 후쿠토미야 소유일 테고 도미칸이 관리를 맡고 있을 것이다. 도미칸 입장에서는 세입자의 자식이 행방불명이라니 큰 사건인 것이다.

세상에는 뒷골목 셋집 아이가 사라졌다고 해도 모르는 척 방관하는 관리인이 적지 않다. 하지만 도미칸은 다르다. 도미칸이 센키치 대장의 인정을 받았던 것도 그가 세입자를 차별하지 않고 보살필 줄 아는 사람이기 때문이다.

——대장이 지금 여기 계셨다면 사람들을 모아 마쓰키치를 찾으셨겠지.

가출이라고 해도 상관없다. 장본인이 후회하면서도 돌아오지 못하고 있는 거라면 딱한 일이지. 어디 다치기라도 해서 걷지도 못하는 상태라면 큰일이고. 유괴라면 더욱 큰일이지, 라면서.

기타이치는 밤하늘의 별을 올려다보고 동네를 감싼 한밤의 어둠을 건너다보았다.

"언제부터 찾았지?"

"해 질 녘부터."

족히 일각(약 두 시간)은 지났다. 마쓰바 마님 집에서 노닥거린 것을 생각하니 제 뺨을 후려치고 싶었다.

"좋아, 나도 같이 가자."

둘이 나란히 달렸다. 후쿠토미야에서는 마님의 이사를 거들었던 지배인이 금방 나와 주어서, 사정을 들려주는 중에 도미칸이 뛰어왔다. 이마에 땀을 흘리며 무서운 얼굴을 하고 있다.

"이 근방은 대강 둘러봤는데 아직 못 찾았다."

지금은 남자들이 구역을 나눠 운하를 향해 마쓰키치 이름을 부르며 수색하고 있다고 한다.

"마치 천구에게 잡혀간 것 같군요."

후쿠토미야 지배인도 낯이 어두워진다.

"우리 가게 식솔들을 내보내고 배도 다 띄웁시다. 어린아이가 볼일도 없이 갈 만한 곳은 아니지만 만에 하나라는 경우도 있으니 우리가 목재적치장 쪽도 찾아보지요."

후유키초에서 동쪽으로 펼쳐진 너른 공터에 후카가와의 목재상들이 공동으로 사용하는 목재적치장이 있다. 땅바닥에 목재를 쌓아올리거나 세워 두기도 하고 논처럼 물을 채운 곳에 뗏목으로 짠 목재를 띄워 놓기도 한다. 그 뗏목을 배로 끌어 운하에서 오나기가와 강이나 오오카와 강을 왕래하므로 수심은 논에 댈 바가 아니다. 열 살 전후의 아이라면 키를 훌쩍 넘길 정도로 깊다.

그런 곳에서 물에 빠져 재수 없게 뗏목 밑으로 들어가 버리면 부력 때문에 뗏목 밑바닥에 눌려 익사하는 것은 정해진 일이고 자칫 익사체를 찾지 못할 수도 있다. 그런 익사체를 찾기 위해 뗏목 위를 걸어 다니는 것은 일반인에게는 위험한 일이므로 지배인은 '우리가 찾겠다'고 말해 준 것이다.

"수고 끼쳐서 미안하이. 마쓰키치가 생각 없이 위험한 장소에 갈 아이는 아니지만."

도미칸은 얼굴이 잔뜩 굳어 있었다.

후쿠토미야에서 간도 등롱금속으로 만든 종 모양의 등롱으로 속에서 촛대가 자유롭게 회전할 수 있고 반사경이 있어서 전방만 비추게 되어 있다을 빌려주어 기타이치는 그걸 들고 거리로 나서서 수색을 시작했다. 도미칸과 다이치는 후쿠토미야가 내준 조키 선에도 시대의 쾌속선으로, 길쭉하고 끝이 뾰족하며 지붕이 없다을 타고 운하를 따라 우미베다이쿠초 쪽으로 돌아갔다.

"어어이, 마쓰키치."

"마쓰키치—."

한밤의 운하를 움직이는 조키 선이나 작은 배에서 마쓰키치를 부르는 소리가 계속되었다. 물가 둑과 운하 위에서 등롱과 간도 등롱 불빛이 어지러이 오가는 것이 흡사 성급한 반딧불이가 나타난 듯했다.

"마 · 쓰 · 키 · 치—."

기타이치도 배에 힘을 주고 밤의 저편을 향해 힘차게 불렀다.

"아아무도 화내지 않아—. 혼내지 않을 테니 돌아와라아—."

기타이치는 여덟 살 때 문고상 손님에게 결례를 범했다가 대장에게 혼쭐이 나자 서러운 마음에 가출한 적이 있다. 손님이 "거스름돈을 속였다"며 기타이치에게 시비를 걸었는데, 자신에게는 아무 잘못이 없음에도 다짜고짜 꾸중을 들은 데다 그 손님이 빙글빙글 웃고 있는 게 화가 나 견딜 수 없었다.

하지만 갈 곳이 없어 꼬박 하루를 근처 사당의 마루 밑에 숨어 있다가 한밤중에 허기를 견디기 힘들어 스스로 기어 나왔다. 숨어 있을 때 자기를 부르는 대장의 목소리를 여러 번 들었는데 이름만 부를 때는 죽어도 안 나가겠다고 다짐했다. 훌쩍훌쩍 울며 마루 밑에서 기어나온 것은 대장의 "혼내지 않아" "화나지 않았으니 어서 돌아와"라는 말을 들었을 때였다. 아이 마음이란 게 그렇다.

기타이치의 그 소리를 수색하는 사람들 가운데 누군가 들었던 모양이다. 마침내 똑같은 외침이 섞이기 시작했다.

"아아무도 혼내지 않아—, 마쓰키치— 나와라아—."

그러나 마쓰키치의 모습은 보이지 않았다.

2

마쓰키치가 사라지고 이튿날 아침, 우오세이의 마루스케가 겁에 질려 엉엉 울기 시작했다.

"쌍륙 때문이야, 그런 이상한 쌍륙으로 노는 게 아니었는데."

"어떡해. 다음은 센 짱이 당할지 모른단 말이야—."

센 짱이란 마루스케, 마쓰키치와 동갑내기이며 서로 친하게 지내는 습자소 친구다. 이름은 센타로. 미로쿠지彌勒寺 옆 '사사가와야'의 장남이다. 밀납초나 향을 파는 가게인데 이 근방의 사찰 여러 곳을 단골로 둔 덕분에 견실하게 성장하여 지금은 부유해졌다.

달리 단서도 없고 울어 대는 마루스케를 그냥 둘 수도 없었다. 사정을 들어 보려고 도미칸이 수배하여 아이들이 다니는 습자소에 모이게 되었다.

"너희를 혼낼 생각은 없다. 숨기지 말고 다 얘기해 다오."

습자소 선생 부베 곤자에몬이 꼼꼼하게 꿰맨 자국이 있는 하카마의 무릎에 손을 얹고 그렇게 입을 열었다. '붉은 귀신'이란 별명이 잘 어울리는 우락부락한 얼굴이지만 목소리는 온화하고 부드럽다.

오늘은 습자소가 쉰다. 아이들의 앉은뱅이책상은 방 한쪽 구석으로 밀어 놓았다. 마루방 한가운데 부베 선생과 도미칸이 나란히 앉고 맞은편에 사내아이 둘이 조금 주눅이 든 모습으로 앉아 있다.

오른편 아이가 생선장수 우오세이의 아들 마루스케. 옆에는 모친 오렌이 아들과 함께 주눅이 들어 있다. 마루스케는 훌쩍훌쩍 울고, 모친 오렌도 툭 건드리면 덩달아 울음을 터뜨릴 것 같다. 얼굴도 닮았지만 성격도 닮은 모자인 듯하다.

한편 그 옆의 센타로는 가족도 동반하지 않고 혼자 와서 허리를 쭉 펴고 무릎을 꿇고 앉았는데, 역시 걱정하는 기색은 있지만 울거나 하지는 않았다. 척 봐도 영리하고 어른스러워 보인다. 타고난 기질도 있을 테고 집안 형편의 차이도 있으리라.

"저희 어머니 아버지도 마쓰 짱을 걱정하고 있지만 갑작스런 일이라 가게를 비울 수 없답니다. 관리인께서 오신다고 하니 안심하고 혼자 왔습니다."

긴장했는지 음정은 조금 높았지만 얌전히 고개 숙여 인사하는 모습이 기특하다.

마쓰키치의 부모는 오지 않았다. 부부는 마쓰키치를 시작으로 일곱 자녀를 낳았는데, 날품팔이 목수로 일하는 부친의 벌이로는 먹고살기가 힘들어 모친이 이런저런 품삯 일을 하고 있다.

하루하루 생계에 쫓기느라 아들 마쓰키치가 사라진 전후 상황을 부부는 전혀 기억하지 못했다. 문제의 쌍륙에 대해서도 아는 바가 없었다. 그보다 당장 벌이를 못하면 나머지 여섯 자녀가 굶을 판이므로, 죄송합니다만 알아서 처리해 주세요. 마쓰키치가 걱정되지 않느냐고요? 물론 걱정입죠. 하지만 훌쩍거리며 걱정한다고 애들 밥이 나옵니까 동전이 나옵니까 집세가 나옵니까. 저희 사정이야 관리인께서 빤히 아시잖아요—하며(슬쩍 비꼬기까지 하며) 주절대니 도미칸도 두 손 다 들어 버린 듯하다.

하루 벌어 하루 먹고사는 가난뱅이 아닌가. 어쩔 수 없겠지, 하고 기타이치는 생각한다. 자식들 굶기지 않으려고 혀가 빠지게 일하는 것만도 훌륭하다.

어제 들은 후부터 '이상한 쌍륙'이 내내 마음에 걸렸던 기타이치는 허락을 받고 이 모임에 참석했다. 만약 부베 선생이 얼굴을 붉히며 호통을 치면 또래라는 점을 내세워 아이들을 조금은 옹호해 주리라는 생각도 있었다.

그러나 막상 와 보니 부베 선생은 그냥 붉은 귀신은 아닌 듯하다. 호통은커녕 겁먹은 마루스케를 끈기 있게 위로하고 있다.

"울 것 없다. 나도 있고 관리인도 있으니 아무것도 겁낼 거 없어. 너희가 나쁜 짓을 하고 숨기는 것은 아닐 테고."

"예, 우리, 셋이서, 쌍륙을, 했을, 뿐이에요."

흐느끼는 마루스케의 등을 오렌이 쓸어 준다. 그 옆에서 센타로가 입을 열었다.

“마루 짱, 그렇게 울 거 없어. 마쓰 짱은 틀림없이 돌아올 거고, 마쓰 짱이 없어진 것도 쌍륙 탓 같은 거 아냐. 봐, 나는 아무렇지도 않잖아.”

마루스케를 달래려고 이쪽도 열심이었다.

“네가 아무렇지도 않다는 건 무슨 뜻이지?”

도미칸이 묻는데 부베 선생이 말렸다.

“순서대로 듣도록 합시다. 센타로, 처음부터 이야기해 봐. 셋이 쌍륙을 한 것이 언제였지?”

“예.” 고개를 한 번 끄덕인 센타로의 볼에 생기가 살아나고 눈가가 희미하게 떨렸다.

“그제 수업이 끝나고 셋이서 집으로 돌아가다가 주웠어요.”

마루스케와 센타로는 집에 가면 장사를 도와야 한다. 언젠가는 부모의 가게를 물려받아야 하므로 일종의 훈련 같은 것이다. 그래도 한창 놀고 싶은 나이니까 하루도 쉬지 않고 장사만 돕는 것은 아니다. 도르래를 날리기도 하고 장대를 겨드랑이에 끼고 운하에서 낚시를 하거나 다른 사내아이들과 전쟁놀이를 하거나—노는 쪽으로도 바쁘게 마련인데,

“마쓰 짱은 놀 시간이 없어서.”

내내 일만 하는 부모를 대신하여 동생 여섯 명을 돌보고 청소, 빨래, 물 긷기 등 부엌일도 해야 하기 때문이다.

“막내가 쌍둥이인데다 아직 기어 다닐 때라 마쓰 짱 혼자서는 다

업어줄 수도 없어요."

친구 마루스케와 센타로는 잠시라도 마쓰키치가 즐겁게 놀 수 있도록 최대한 돕고 있었다. 부엌일을 마치면 같이 아기를 봐주며 즐겁게 놀 수 있다.

"놀기만 하는 건 아니고 마쓰 짱 바로 아래 누이동생과 남동생에게 읽기 쓰기 주판도 가르치거든요."

얼른 덧붙이는 모습이 기특하다.

"그래서 습자소에서 돌아갈 때는 우리 셋이서 일단 우오세이 앞을 지난 다음 마쓰 짱네로 갑니다.

기타나가호리초에 있는 이 습자소에서 귀가하자면 우오세이, 후지토미다나, 사사가와야 순서로 길이 멀다.

이 대목에서 오렌이 고개를 끄덕였다. "그렇게 지나갈 때 마루스케는 늘 저한테 얼굴을 보여 주고 가죠."

오렌은 잘 놀다 오라고 보내 주고 간식거리가 있으면 들려 보내기도 한다.

"세 아이가 친하게 지내는데, 그렇게 지낸 게 벌써 2년쯤 됩니다. 가게 일 돕는 것도 중요하지만 친구들과 잘 어울릴 줄 아는 아이가 되었으면 해서요."

"기특한 일이군" 하고 부베 선생이 말했다. 도미칸은 눈웃음을 지으며 두 아이 얼굴을 번갈아 쳐다보았다.

칭찬을 받아 마음이 놓였는지 센타로는 후우, 하고 숨을 크게 쉬고 이야기를 계속했다.

"그제도 우오세이에서 아주머니에게 인사하고 후지토미다나까지 걸어가다가—,"

도중에 길가 빗물 통화재를 대비하여 거리 곳곳에 빗물통 비치가 의무였다 뒤에 작은 종이상자가 떨어져 있는 걸 보았다고 한다.

"살펴보니 상자가 너널너덜하고 모서리는 깨져 있고 글자도 지워져서 절반 정도는 읽기도 힘들었어요."

읽을 수 있는 글자만 가까스로 읽어 보니 '○○쌍륙'이라고 적혀 있었다고 한다.

"그래서 열어 보았어요."

속에 정말로 쌍륙이 들어 있었다. 방석만 한 종이에 '도카이도53경치東海道五十三次' 도카이도는 에도 시대 초기에 정비된 5개의 주요 가도 가운데 하나로, 에도와 교토를 연결하는 가도로서 거리는 약 500킬로미터. 노정에 53개의 역참마을이 있었고, 역참마을들에 3천 개의 숙소가 있었다. 도카이도에는 유명 명소나 볼거리가 많아 회화, 노래, 시 등에 자주 다루어졌다 그림이 그려져 있고 금화처럼 생긴 타원형 그림들이 역참마을의 수만큼 가도 상에 그려져 있었다. 꽤 오래된 것이라 심하게 해져서 육필화인지 목판인쇄물인지도 분간하기 힘들었다. 좀먹은 작은 구멍들이 숭숭 뚫려 있었다.

"주사위도 한 개 들어 있었어요. 역시 오래돼서 누렇게 변색되고 눈의 까만색 물감도 몇 개는 지워져 있었어요."

여행 쌍륙이네. 이걸로 놀자. 세 아이는 기뻐했다.

"깨끗한 신품이었다면 함부로 가져가지도 않았을 거예요."

센타로가 눈길을 깔았다.

"파수막에 신고하거나 근처 가게 주인에게 물어봤겠죠. 하지만 그건 정말로 너덜너덜한 거라서."

"괜찮다. 혼내지 않겠다고 했잖아."

부베 선생이 다독인다.

"그래서 그걸 가져다가 셋이서 놀았겠구나."

"네. 하지만—," 센타로가 머뭇거렸다. "마쓰 짱네서 자세히 살펴보니 여행 쌍륙이 아니더라고요."

쌍륙 말을 두는 자리를 표시하는 타원형 원들은 대부분 아무 글자도 적혀 있지 않았다. 그리고 글자가 적혀 있는 원도 그 내용이 이상했다.

"출발점은 '시작', 종착점은 '막바지'였어요. 한자와 가나가 섞여 있고 어려운 한자도 있어서 전부는 기억나지 않지만."

"기억나는 거라도 말해 보렴."

센타로는 눈동자를 위로 굴리고 암송하듯 천천히 말했다.

"'부스럼', '금화 1냥', '고열', '눈병', '충돌'—"

"잠깐만" 하고 부베 선생이 두툼한 손바닥을 쳐들었다. "내가 받아쓰지. 같은 글자인지 봐라."

습자소이므로 지필묵은 상비되어 있다. 기타이치가 앉은뱅이책상 하나를 선생 옆으로 밀어 주자 "오, 고맙다. 세심하군" 하고 인사하더니 힘차게 커다란 글자를 써 나갔다.

시작. 막바지. 부스럼. 금화 1냥. 고열. 눈병. 충돌.

"이런 글자였나?"

"예, 아마도요."

센타로는 더욱 긴장한 얼굴이 되어 목울대를 꿀꺽거렸다.

"—언짢은 말뿐이군요." 옆에서 들여다보며 도미칸이 말한다.

"'막바지'라면, 뭔가에 부딪힌다는 걸까요?"

"단어 자체의 뜻은 그게 아니지만 이 단어들 속에 놓으니 좋은 의미로 읽히진 않는군."

"금화 1냥은 어떻습니까?"

부끄럽지만 기타이치 눈에는 그 글자가 제일 크게 들어왔다.

"말이 그곳에 놓이면 한 냥을 받을 수 있다는 의미 아닐까."

쌍륙은 주사위를 던져서 나온 눈의 수대로 앞으로 나가고, 먼저 끝낸 사람이 이기는 단순한 놀이다. 가장 높은 눈이 나와도 여섯 칸밖에 움직일 수 없으므로 종착점까지 가려면 여러 번을 멈추게 된다. 늘 앞으로만 나갈 수 있는 것은 아니고, 놓인 자리에 '한 번 쉼'이라든지 '세 칸 뒤로'라든지 '시작으로 돌아감' 같은 글자가 적혀 있으면 그대로 따라야 한다.

아이들 놀이이긴 하지만 목욕탕 이층에서 뒹구는 남자들이 푼돈을 걸고 쌍륙을 하는 것을 기타이치는 여러 번 보았다. 데운 술 한 병이라든지 노점의 초밥이나 튀김을 걸고 주사위를 던지기도 했다. 그렇게 되면 눈이 뭐가 나오느냐로 승부가 결정되는 노름이므로 버젓한 어른들도 열을 올리게 마련이다.

"이런 쌍륙이라면 오히려 1냥을 빼앗긴다는 뜻 아닌가?"

"'금화 3냥'과 '금화 5냥'도 있었는데요."

"그렇다면 손해가 더 커지는 거지."

"센타로, 그 쌍륙은 지금 어디 있지?" 부베 선생이 물었다. "직접 보는 게 빠르겠다. 마쓰키치 집에 있나?"

센타로는 머뭇거리며 고개를 저었다.

"그게요, 한 번 갖고 놀았는데, 어디론가 가 버렸어요."

상자도 주사위도 깨끗이 사라져 버렸다는 것이다.

"마쓰 짱은 아마 엄마가 불쏘시개로 써 버렸을 거라고 했어요. 우리도 그렇다면 차라리 잘됐다 생각했고요."

기타이치가 끼어들어 보았다. "그 쌍륙이 왠지 기분 나빠서 한 번밖에 놀지 않았고, 잃어버려도 찾지 않았던 거네."

센타로가 기타이치를 돌아보고 한순간 '누구지?' 하는 표정을 지었지만, 곧 순순히 고개를 끄덕였다. 제 손가락을 열심히 만지작거리고 있다.

"너희 셋은 각자 뭐라고 적힌 자리에 말을 놓았었지?" 부베 선생이 묻자 조금 차분해져서 울음을 그치고 있던 마루스케가 다시 훌쩍거리기 시작했다. 오렌이 아들의 어깨를 꼭 안아 준다.

"네. 각자 딱 한 번만 던졌는데요."

"어떤 자리였지?"

"마루 짱은 '금화 3냥'."

도미칸이 에? 하고 당황하며 오렌에게 말했다. "우오세이 씨, 아까 한 냥 빼앗긴다는 건 취소야. 그건 석 냥이 굴러들어온다는 뜻일 거야."

오렌은 난처한 듯 목을 움츠린다.

"마쓰키치는?"

센타로는 잠깐 머뭇거리다가 무의식적이라는 느낌으로 목소리를 낮췄다.

"'가미카쿠시직역하자면 '신이 감추다'. 누군가 홀연히 사라지는 것을 예전에는 신 혹은 천구라는 악귀의 소행으로 여겼다'였어요."

가미카쿠시. 흡사 천구에게 잡혀가듯 마쓰키치는 홀연히 자취를 감춰 버렸다—.

선생과 도미칸이 얼굴을 마주보았다. 마루스케는 "와아앙" 하고 울음소리를 높이며 엄마 품에 얼굴을 묻고 말았다.

"센타로, 너는 어떤 글자 위에 말을 놓았지?"

"저는, 저어."

센타로의 매끈한 이마에 땀방울이 송송 솟았다.

"저는, '염라대왕 앞'이었어요."

부베 선생이 재빨리 글자를 썼다. "이거?"

'閻魔の庁'

"아, 예."

기타이치도 맙소사 하고 생각했다. 그렇다면 염라대왕한테 간다는 의미인가? 결국은 목숨을 잃는다는 걸까?

"하지만 저는 아무렇지도 않아요. 그제부터 지금까지 변한 게 아무것도 없어요. 아픈 곳도 전혀 없고요."

센타로의 손가락 조몰락거리기가 한층 심해진다.

"—요상한 이야기로군."

부베 선생의 표정이 험악하다.

"괴담이로군요."

도미칸은 마루 밑에서 기어 나온 지네를 보는 듯한 눈초리로 부베 선생이 쓴 글자를 노려보고 있다.

"이렇게 불길할 수가 있나. 점점 마쓰키치가 걱정되는군요. 후쿠토미야에서 오늘밤에라도 배를 내준다니 일단 계속 찾아봅시다."

"그렇군."

고개를 끄덕이고 부베 선생은 제 턱을 비틀었다.

"나는 그저 습자소 선생일 뿐 군자라고 할 만한 인물은 못 되지만 초자연적인 것을 믿는 사람도 아니야. 그러나 이 이야기가 요상한 것은 분명하니 우오세이도 사사가와야도 정말 조심했으면 좋겠다. 마루스케, 그만 울고 마음 단단히 먹어야 해."

그렇게 타이르자 마루스케는 울어서 부은 눈을 비비며 고개를 끄덕였다. 센타로도 "예" 하며 고개를 숙인다.

부베 선생이 기타이치를 홱 돌아보았다. "자네는 센키치 대장의 수하였다지?"

"예. 기타이치라고 합니다."

"미안하지만 후지후쿠텐에 가서 그 이상한 쌍륙을 찾아봐 주겠나?"

"알겠습니다."

그러자 도미칸이 말했다.

"기타가 혼자 불쑥 찾아가면 점원들이 의심하겠지. 나도 같이 가자."

"그럼 훨씬 수월해지겠죠."

기타이치가 일어서자 센타로가 아까와 마찬가지로 이쪽을 돌아다보았다. 눈길이 마주쳤다. 아이 얼굴이 가지런한 탓인지 한순간 인형과 눈을 맞추는 기분이 들어 기타이치는 흠칫했다.

"우리 때문에 고생하시네요. 죄송해요."

센타로는 바닥에 두 손을 짚으며 고개를 숙였다.

후지후쿠텐 세입자들도 다들 마쓰키치를 걱정하고 있었다. "마쓰키치를 찾아낼 단서입니다"라는 말 한 마디에 나가야 주민들이 모두 나서서 쌍륙 찾기를 거들었다.

"불쏘시개? 마쓰키치네는 집에서 아예 밥을 짓지 않아요. 한겨울에 물을 끓일 때나 불을 피우지요."

수색 범위는 나가야 내부만이 아니었다. 후지후쿠텐 출입구 바로 밖에는 통 가게와 함 가게가 있다. 모두 폭이 두 칸인 작은 가게들이지만 취급 제품이 용기이므로 혹시나 해서 가게에 있는 물건은 전부 뚜껑을 열고 속을 확인했다.

그렇게까지 해도 으스스한 쌍륙 상자나 종잇조각, 화덕의 재조차 발견되지 않았다.

마쓰키치 밑으로는 일곱 살 남동생, 여섯 살 여동생, 다섯 살 남동생, 세 살 여동생, 한 살 쌍둥이 남동생들이 줄줄이 있다. 바로 밑의 남동생과 여동생은 혹시 그제 쌍륙 놀이 하는 걸 보고 뭔가를 기억하고 있을지 모른다고 생각하고 물어보았지만,

"마쓰 형이 돌아와서 점심을 차려 주었어요."

"어린 동생들과 낮잠을 자고 있었어요."

"주사위? 우와, 나도 놀래요."

이렇게 전혀 성과가 없었다. 생선가게 마루 짱과 밀랍초가게 센짱은 형이랑 친해요. 나랑 잘 놀아 줘요. 관리인님, 월세 받으러 왔어요? 아부지가 반년치가 밀려도 상관없다고 했거든요. 엄마가 관리인님 보고 웬수래요. 근데 형(기타이치의 소매를 당기며), 왜 상투가 없어요? 나무아미타불 하는 스님이에요? 재잘재잘 시끌시끌.

점심때까지 잠깐 같이 있었을 뿐인데 돌아갈 즈음에는 기타이치나 도미칸이나 녹초가 되었다.

"어떻게 저렇게 줄줄이 낳았을꼬, 재주도 좋지."

도미칸에 따르면 마쓰키치와 일곱 살 남동생 사이에도 실은 딸 쌍둥이가 있었는데 태어나고 얼마 지나지 않아 죽었다고 한다.

"굶기지 않는 것만도 대단하네요. 부베 선생은 마쓰키치의 월사금을 제대로 받고 있는 건지."

"글쎄다. 우리 아들한테는 학문 같은 거 필요 없다고 마다하는 것을 선생이 끈질기게 매달려서 겨우 습자소에 다니게 만들었다고 하니까."

마쓰키치 본인은 열심히 공부해서 읽기 쓰기 주산을 잘한다. 습

자소에서 선생을 보조하는 연상의 아이를 반장이라고 하는데 성적 좋은 아이 중에서 선생이 지정하는 모양이다. 작년에는 마쓰키치, 올해는 센타로가 반장이었다고 한다.

"열한 살이면 곧 일을 하게 되겠군요."

"바로 아래 동생이 집안일을 잘하게 되면 부친을 따라다니며 목수 일을 배우려나. 그래서야 당장은 벌이가 없을 테니 어디 다른 데 취직하게 될지도 모르지."

어쨌든 그리 멀지 않은 시기에 마쓰키치는 가족의 생계를 분담할 것이고 부모처럼 하루하루 혀가 빠지게 일해서 동생들을 먹여 살리게 될 것이다.

그걸 생각하며 기타이치는 말했다.

"마쓰키치가 아무리 착해도, 보통은 그런 짓을 벌일 아이가 아니라도, 역시 이건 가출이 아닐까요?"

가난한 가족을 떠맡기가 싫어 도망친 것은 아닐까?

"그렇게 똑똑한 아이이니 홀가분하게 홀몸이 되면 얼마든지 먹고살 수 있겠지."

"보증인이 없으면 제대로 된 곳에 취직할 수 없잖아요."

"그거야 둘러대기 나름이야. 화재로 고아가 되었다든지. 시내를 조금 벗어나 농가에 찾아가도 되고."

에도 근교에 논밭을 소유한 농가는 어지간한 상인보다 벌이가 좋다. 사치스럽고 입맛 까다로운 에도 사람들이 다양한 잎채소나 뿌리채소, 과일 등을 가격에 상관없이 사서 먹어 주기 때문이다.

그런 농가에 머슴으로 들어가는 거라면 까다로운 보증서나 보증인이 없어도 어떻게든 가능하다.

"그럼 쌍륙 이야기는 어떻게 되는 거지?"

도미칸의 진지한 물음에 기타이치는 크게 놀랐다. 이런.

"도미칸 씨, 아직도 그 얘기를 진짜라고 믿는 거예요?"

도미칸은 조금 움찔하고는 눈을 끔뻑거렸다.

"진짜가 아니라고 장담할 수도 없잖아. 기타는 안 믿어?"

"믿을 리가요."

당연히 말도 안 되는 이야기다.

"때마침 실물은 없지, 평소 함께 놀던 동생들이 쌍륙에 대해서만은 아무것도 모른다고 하지, 이상하잖아요?"

도미칸은 발밑에 깔린 두꺼비 같은 얼굴이 되었다.

"기타는 나보다 그 아이들에 가까운 나이인데 순박한 아이들이 하는 말을 믿지 않는군."

화난 듯이 말하지만 그건 오히려 정반대다. 저에게 아직 어린아이의 마음이 어느 정도 남아 있기 때문에 그 이야기가 전혀 순박하지 않다는 걸 아는 겁니다.

아이들도 거짓말을 할 때는 한다. 그것도 아주 교묘하게.

"이건 제 생각입니다만, 마쓰키치는 그냥 가출한 것일 뿐 쌍륙에 대해서는 아무것도 모를지도 모릅니다."

즉, 전부 센타로가 혼자 지어낸 이야기이고 마루스케가 거기에 장단을 맞추고 있을 뿐이라는 뜻이다. 복잡한 이야기를 한 것은 센타로 하나이며 마루스케는 '쌍륙 때문'이라며 울었을 뿐이라는 것도 그렇게 보면 납득이 간다.

이런 억측을 내놓으며 나도 모르게 콧구멍을 벌름거리고 있었던 모양이다. 도미칸이 곁눈으로 이쪽을 보며 코웃음 쳤다.

"아무리 영리해도 이제 겨우 열한 살짜리 밀납초가게 장남인데, 그런 아이가 뭐가 아쉬워서 그렇게 복잡한 이야기를 꾸며내야 하지?"

그렇다. 그런 요상한 보따리를 풀어 놓았다면 어떤 이유가 있을 텐데.

"사태를 과장해서 사람들로 하여금 마쓰키치를 찾아 나서게 하려고—."

도미칸은 기타이치의 말꼬리를 낚아채듯 대꾸했다. "내 세입자가 행방불명이 되었다면 누가 부탁하지 않아도 내가 먼저 찾아 나서."

이 역시 지당하다. 도미칸은 그런 관리인이고 후쿠토미야도 그런 주인이다.

"기타, 자기가 열한 살 때 어땠는지를 생각해 봐. 괴담 모임에서나 나올 법한 그런 이야기를 꾸며낸 적 있나?"

기타이치에게는 무리다. 하지만 센타로는 똑똑하니까.

"그 아이라면 가능할 것 같은데요."

"같은데요? 그런 엉터리 같은 말이 어딨나."

"죄송해요."

"게다가 마루스케가 겁에 질린 모습은 연극이 아니었어. 거짓으로 우는 게 아니었다고."

가짜 울음이라면 내가 질리도록 보고 있으니까, 하며 도미칸은 으스댔다.

"상대가 어른이든 아이든 내가 그 정도도 분간하지 못할 줄 알아? 그건 진짜 무서워서 우는 거였어. 센타로가 침착하게 앉아 있던 것도 마루스케가 그 지경이라 자기라도 정신 똑바로 차려야겠다고 기를 쓰고 있던 거겠지."

땀을 흘리고 뺨과 눈초리도 상기되어 있다. 그게 침착한 모습이었나? 그렇다면 손가락을 자꾸 만지작거리고 있던 것은. 인형 같은 표정은.

센타로는 사정을 다 알면서 이야기를 꾸며내고 있다. 허풍을 간파당할까 봐 열심히 연극을 하고 있다. 거짓말쟁이 얼굴을 질리도록 봐 온 것은 아니지만 거짓말을 해 본 경험이 있어서 그 정도는 알 수 있다.

중요한 것은 왜 거짓말을 하느냐이다.

"도미칸 씨 앞에서 가짜로 우는 사람들은 다 집세가 밀린 사람들인가요?"

"쓸데없는 걸 묻네."

이야기는 거기서 끝났다.

마쓰키치 수색은 계속되어, 해가 저물자 기타이치도 등롱을 들고 마쓰키치를 부르며 운하 변을 걸었다. 배가 고프고 다리가 저리고 피곤하고 졸음이 몰려와 흐리멍덩한 기분으로 아침을 맞았다. 이틀 연속으로 밤을 새니 견디기가 힘들다.

도미칸나가야로 돌아가 마루방에 깔린 돗자리 위에 벌렁 누웠다. 이 돗자리는 마님이 준 것으로 아직 새 거라 골풀 냄새가 향긋하다. 그러다가 금세 잠에 빠져들었다.

"기타, 기타!"

거칠게 장지문을 두드리는 소리. 다이치의 목소리다.

"어엉?"

잠에 취한 목소리로 대답하자 문이 드르륵 열리고 다이치가 뛰어 들어왔다.

"마쓰키치란 아이를 찾았어."

숨을 헐떡이며 말한다.

"방금 전 후지토미다나 출입구에 혼자 서 있었대. 가미카쿠시 당했다가 돌아왔어!"

3

마쓰키치는 건강해 보였다. 사정은 모르지만 잘 먹고 있었던 듯하다. 옷과 신발은 사라질 때 그대로 기운자리투성이에 닳고 닳았지만 몸은 때와 먼지도 없이 말끔해져 있었다.

기타이치는 천구나 가미카쿠시를 잘 모르지만, 납치한 아이를 씻기고 밥을 먹여 준다면 그리 사악한 존재는 아닐 것 같다는 생각도 들었다.

아들이 무사히 돌아오자 마쓰키치의 모친은 울음을 터뜨리고 동생들도 덩달아 울었지만 부친은 뚱한 얼굴 그대로였다. 물론 호통을 치거나 때리지 않은 것은 다행이었다.

그런데 당사자는 자취를 감춘 이틀 동안 무슨 일을 겪었는지 전혀 기억나지 않는 모양이다.

이번에도 습자소에서 부베 선생이 자세히 캐물었지만 무엇을 물어도 모른다고 한다.

"저, 이틀이나 없었던 건가요?"

어디 가 있었어? 목욕탕? 목욕한 적 없는데요. 밥이요? 그러고 보니 배가 고프진 않아요.

태평하고 멍한 얼굴은 흡사 만담에 나오는 요타로전통 만담 여러 편에 등장하는 가공의 인물. 낙천적이고 조금 모자란 인물로서, 하는 일마다 대개 실패하여 웃음을 부른다 같았다.

그런데 종잡을 수 없는 문답을 한참 이어 가던 중에,

"―그럼 나는 역시 가미카쿠시를 당한 거구나."

라고 말하다가 문득 정신을 차린 것처럼 팔짝 뛰었다.

"그렇다면 그 쌍륙 탓이야!"

마쓰키치는 센타로, 마루스케와 셋이서 이상한 쌍륙을 주운 일, 그걸 가지고 놀았던 일, 자기 말이 '가미카쿠시'란 글자가 적힌 칸에 놓이고 말았던 일을 부베 선생에게 매달리다시피 하며 말했다.

"마루 짱은 '금화 3냥'이지만 센 짱은 '염라대왕 앞'이었어요!"

이제는 센타로가 염라대왕 앞으로 끌려가는 것 아닌가, 마루스케네 생선가게는 무슨 재난을 당해 석 냥에 상당하는 피해를 입는 것 아닌가, 하고 침을 튀기며 말했다. 선생과 도미칸이 합세하여 마쓰키치가 침착해질 때까지 달래느라 잠시 애를 써야 했다.

"마루 짱과 센 짱을 만나고 싶어요."

눈물을 흘리며 보채므로 도미칸이 두 아이를 데려왔다.

"그건 염라대왕 밑에서 일하다가 칭찬을 받게 된다는 뜻인지도 몰라. 금 석 냥도 그만큼 피해를 보는 게 아니라 횡재한다는 뜻일 수 있지. 그렇다면 좋은 일 아니냐."

밖으로 나설 때 도미칸은 아이들에게 그렇게 말해 주었다.

부베 선생은 습자소 마루방 한가운데 팔짱을 끼고 앉아 천장을 올려다보고 있었다.

기타이치가 그 멋진 매부리코를 쳐다보자,

"아무래도 아귀가 너무 딱딱 맞는단 말이야."

하고 낮은 소리로 중얼거렸다.

"기타는 어떻게 생각해?"

어떤 대답을 원하는 걸까, 하고 기타이치는 생각했다. 하지만 이내 대답을 그만두었다. 생각하는 바를 그대로 말하기가 힘들었다.

"도미칸 씨가 의외로 아이들의 그런 허풍에 약하구나 하는."

부베 선생은 긴장이 풀린 듯이 웃음을 터뜨렸다.

"그러게 말이다."

오오, 다행이네.

"선생님도 그렇게 생각하세요?"

"흠. 세 아이가 미리 입을 맞췄겠지. 아귀가 너무 딱딱 맞아."

연극 냄새가 나, 라고 말했다.

"이야기가 그럴듯하고 꼼꼼하게 만들어져서 우리 습자소 아이지만 대단하다고 말하고 싶긴 한데 아무래도 맹탕 지어낸 이야기는 아니겠지. 뭔가 참고한 게 있을 것 같군."

"참고?"

"이런저런 잡담을 모아 놓은 잡담집이나 기담집 따위."

아, 그런가? 기타이치는 무릎을 쳤다.

"거기 그런 쌍륙 얘기가 있었던 거군요!"

가미카쿠시 쌍륙. 아니, '염라대왕 쌍륙'이라고 하는 게 더 나으려나.

"센타로는 책을 많이 읽는 아이야. 하지만 그건 나중에 얘기하고." 부베 선생은 한숨을 짓는다. "중요한 건 이유야."

무슨 필요가 있어서, 혹은 무슨 득이 있어서 세 아이가 이런 일을 벌이고 있을까.

"캐묻는다면 마루스케가 제일 만만한 상대 같은데요."

엄마 품을 찾는 울보니까.

품에 찔렀던 손을 꺼내며 부베 선생이 기타이치를 쳐다보았다.

"마루스케는 다른 두 아이의 아우뻘이야. 외동이라서 그런지. 센타로가 큰형, 마쓰키치가 둘째. 마루스케는 막내로 제일 응석꾸러기지. 그만큼 두 아이에게 의리가 깊어.”

다짜고짜 다그쳐서 두 아이를 배반하도록 종용하자니 가혹할 것 같고—라고 중얼거린다.

“제자니까 선생님 생각대로 하시면 되죠.”

부베 선생은 쓴웃음을 지었다.

“마쓰키치는 무사히 돌아왔지만 아이가 하는 얘기가 영 불길하니 우오세이나 사사가와야나 당분간 마루스케와 센타로를 집에 붙잡아 두고 습자소에는 보내지 않겠다고 했어.”

“부모니까 그럴 만도 하죠.”

“나도 부모로서 자식 걱정하는 심정은 알지.”

뜻밖에 선생은 자녀가 다섯이나 있다고 한다. 기타이치는 깜짝 놀랐다. 습자소 벌이만으로 그 자녀들을 먹일 수 있나?

“조심하고 싶다는데 웃어넘길 수도 없고. 이리 되면 나로서는 상황을 지켜보는 수밖에. 제자 때문에 동네가 소란스러워졌으니 면목도 없고.”

“선생님이 실수한 것도 아니고 아이들이 사라지면 어른들이 나서서 찾는 건 당연한 일이죠.”

“고맙군.”

과분한 말투다.

“알고 보니 아이들 숨바꼭질 놀이였다는 이야기로 끝나면 좋겠지만.”

“정말요.”

하지만 기타이치의 가슴에는 돌멩이 같은 것이 묵직하게 얹혀 있다. "……저 같은 게 나서는 건 주제넘은 짓인 줄은 알지만."

뭐지? 하며 선생은 무릎에 손을 놓았다.

"염라대왕 앞이란 말의 의미는 젖혀 두고 앞으로 만약 우오세이에 금화 석 냥이 굴러들어오거나 석 냥만큼 손해를 보는 일이 일어난다면—그러니까 정말로 돈에 얽힌 사건이 일어난다면 이건 누가 봐도 아이들의 놀이가 아니게 됩니다."

이는 센키치 대장의 가르침이었다. 기타이치, 아무리 소소한 말썽이라도 돈이 단 한 푼이라도 얽혀 있다면 무시해서는 안 돼.

"그리고 센타로는 사사가와야를 물려받을 아이예요."

"음, 아들은 그 아이뿐이지. 밑으로 누이동생이 두 명 있고."

자매는 여자 선생이 운영하는 다른 습자소에 다니므로 본인도 만나 본 적은 없다고 한다.

"사사가와야에서는 센타로를 올해까지만 습자소에 보내고 그 뒤로는 가게에서 장사를 시키고 싶다고 했어."

그렇게 해서 사사가와야를 물려받게 될 것이므로 그 아이는 좋은 조건을 타고났다. 아무리 애써도 가난을 벗어날 가망이 없어 보이는 마쓰키치하고는 하늘과 땅만큼 다르다. 지금은 사이좋은 동무인 세 아이도 앞으로 두어 해만 지나면 필시 소원해질 터이다. 그것 역시 어쩔 수 없는 일이다. 사람에게는 저마다 분수가 있게 마련이니까.

"선생님에게는 세 아이 모두 제자지만 뒷골목 쪽방에 사는 마쓰키치와 노점이나 다를 게 없는 우오세이의 아들 마루스케, 그리고 번듯한 상점의 장남 센타로는 애초부터 처지가 다릅니다. 그런 점과 관련해서 뭔가 숨기고 있는 사정이 있다면 일이 복잡해질지도 모릅니다."

이 역시 센키치 대장의 가르침이었다. 부유한 가게는 남들 눈에는 아무 문제도 없어 보이지만 흔히 상속이나 친척 간의 서열 문제로 불씨를 품고 있는 경우가 많단다.

"물론 섣부른 짐작은 곤란하지만."

라고 하며 머리를 긁적이자 부베 선생이 지그시 쳐다보았다. 선생의 살짝 튀어나온 눈방울이 꽤 박력이 있다.

"아, 죄송합니다. 역시 쓸데없는 말을 했네요."

"아니, 쓸데없는 말이 아니야."

평소 아이들을 가르칠 때는 이럴 것이다. 선생의 목소리가 묵직해졌다.

"기타이치, 당신, 몇 살이지?"

"네? 열여섯입니다."

"그래?"

콧김을 힘차게 내뿜고 선생은 고개를 끄덕였다.

"그 의견, 잘 기억해 두지."

습자소를 나서자 기타이치는 후유키초로 걸음을 옮겼다. 가미카쿠시 소동은 마님 귀에도 들어갔겠지만 직접 상세하게 알리고 싶었다. 대장이라면 어떻게 했을지 마님의 생각을 듣고 싶기도 했다.

한낮에 얼굴을 비치는 것은 장사를 소홀히 하고 있다는 증거인데도 마님은 기타이치의 목소리를 듣자 꾸짖기는커녕,

"기다리고 있었어. 어서 들어와."

라며 반겨 주었다.

오미쓰도 행주에 손을 닦으며 긴장한 얼굴로 뛰어왔다.

"후지토미다나의 가미카쿠시 당한 아이가 돌아왔다고? 이상한 쌍륙은 어떻게 됐지?"

역시 소문을 대강 전해들은 것이다.

여차저차 저차여차. 기타이치가 염라대왕 쌍륙 이야기를 들려주자 오미쓰는 손에 땀을 쥐고, 어마, 무서워라, 사사가와야 주인이 센타로 짱에게 호위꾼을 붙여 줘야 할 텐데, 우오세이 오렌은 나도 아는 아주머니인데 과자라도 사 들고 찾아가 위로해야 하나, 하며 흥분한다.

마님은 화로 귀퉁이에 팔꿈치를 괴고 담배를 뻐끔 뻐끔 피우며 생각에 잠겨 있다.

기타이치는 가장 궁금한 것을 물었다.

"대장이 계셨다면 이번 일을 어떻게 대처하셨을까요. 역시 아이들을 구슬려 자백을—,"

"아이 참, 호위꾼을 붙여야 한다니까, 기타!"

오미쓰가 목청을 키우자 부인이 입을 열었다. "오미쓰, 기타한테 점심밥을 차려 줘."

오미쓰는 한순간 의아한 표정을 지었지만 순순히 부엌으로 물러갔다.

마님은 기타이치에게 가까이 앉으라는 손짓을 하고 목소리를 조금 낮추었다.

"도미칸 씨는 산전수전 다 겪은 사람인데 어찌된 일인지 행실 바른 아이나 품성 좋은 아이한테는 약하거든. 의심하는 걸 잊어버리지. 전부터 그랬다고 대장한테 들은 적이 있어."

"품성이 나쁜 어른들을 질리도록 보았기 때문일까요?"

"그럴지도 모르지."

부인은 후후, 하고 웃었다.

"대장이라면 어떻게 했을지는 나도 모르겠네. 하지만 기타가 습자소 선생에게 한 말은 타당해. 자기 머리로 궁리해 낸 타당한 생각이니까 자신감을 가져."

우헤, 쑥스러워라.

"하지만 걱정이야. 생각을 고쳐 주면 좋으련만."

"생각을 고쳐요?"

"똑똑하다고 해도 어린아이니까 자기들이 지어낸 이야기가 어떤 결과를 부를지를 좋은 쪽으로든 나쁜 쪽으로든 대수롭지 않게 생각했겠지. 생각했던 것보다 소동이 커져서 지금은 겁을 내고 있을 테니까 무슨 일을 꾸미고 있든 이쯤에서 그만두면 좋을 텐데."

센타로 이야기로구나.

마님은 왼손 손가락으로 화로 테두리를 가볍게 만져 보고 오른

손의 담뱃대를 그 위치에 땅, 치더니 이내 밝은 얼굴로 말했다.

"『잡담덩굴』."

네?

"염라대왕 쌍륙 이야기는 필시 그 책을 읽고 지어냈을 거야."

하고 빙긋이 웃는다.

"교호(1716~1736) 연간에 료코쿠바시 근처에서 진료하던 의원이 환자들에게 들은 항간의 일화나 소문 따위를 모은 책이야."

전해들은 이야기들을 모아 놓은 것이니 잡담일 수밖에 없다. 기둥도 가지도 없이 순전히 이파리밖에 없는 잡담이어서 저자 스스로 '덩굴'이라는 겸손한 제목을 붙였다고 한다.

"한때는 꽤 잘 팔리던 책이라 나도 결혼 직후에 대장이 읽어 주어서 알게 되었지."

그렇다면 꽤 오래전 일 아닌가.

"……마님은 한번 들은 이야기는 다 기억하시나요?"

그래서 이렇게 척척 끄집어낼 수 있는 것일까. 궤에서 버선 꺼내듯이.

"다는 아니야."

거의 다지, 하고 말한다.

"하지만 그 이야기들 가운데 지옥행 여행을 하는 여행 쌍륙 이야기는 워낙 재미있어서 잊을 수가 없지."

지옥행 53풍경. 그렇다면 종점은 염라대왕 앞이었을까.

"아니, 미륵불 손바닥이 종점이었어."

미륵불이 나타나면 어떤 죄인도 정토에 갈 수 있으니까.

"그 책을 읽는 대장 목소리가 어찌나 낭랑하던지. 그립구나."

기타이치는 아무 소리도 못하고 배만 요란하게 꼬르륵거렸다.

센타로를 만나러 가 볼까. 『잡담덩굴』이란 제목을 들이밀며 이미 다 알고 있다고 흔들어 볼까?

하지만 기타이치는 한낱 문고 행상이고 보시다시피 이렇게 행색이 초라하다. 사사가와야 같은 번듯한 가게에, 하물며 후계자 신변에 무슨 일이 있어서는 안 된다고 잔뜩 긴장하고 있을 텐데 불쑥 혼자 찾아간다고, 네, 어서 오세요, 하며 들여보내 줄 것 같지도 않다.

망설이다가 하루가 가고 이틀이 지나고 사흘째 되는 날 아침, 우오세이 매대에 나란히 놓인 건어물상자 밑에 종이에 싼 금화 석 냥이 끼워져 있는 것이 발견되었다.

소식을 듣고 놀란 도미칸이 즉시 사사가와야로 뛰어갔다. 하녀가 나오다가 도미칸의 험악한 표정을 보고 깜짝 놀랐다.

"도련님은 아까 마당에 있었는데."

아니, 없다. 온 집안은 물론이고 사사가와야 근처와 동네 전체를 돌아다녀도 도무지 보이지 않았다.

센타로도 홀연히 자취를 감춘 것이다.

여기까지는 마쓰키치 때와 같았지만 다른 점이 두 가지 있었다. 하나는 미로쿠지 바로 앞 골목에서 가지런히 놓인 센타로의 신발이 발견된 것.

또 하나는 하루가 지나고 이틀이 지나고 사흘이 지나도 돌아오지 않았다는 것이다.

4

사사가와야는 혼란에 빠지지 않았다. 오히려 사람들에게 미안하니 센타로를 찾지 말아 달라고 말했다.

마쓰키치의 부모처럼 생계에 쫓기느라 시간이 없는 것은 아니다. 당주도 부인도 염라대왕 쌍륙 이야기를 믿고 있었던 것이다.

"센타로가 염라대왕 앞에 불려간 거라면 이승의 우리에게 무슨 방법이 있겠습니까. 정해진 천수가 있을 테니 언젠가는 돌아오겠지요."

걱정하며 찾아간 도미칸에게 사사가와야는 침울한 얼굴로 그렇게만 말했다.

"향후 대책은 스님과 상의해 보려고요."

모친은 불단방에 틀어박혀 얼굴도 비치지 않았다고 한다.

"처는 처음에 염라대왕 쌍륙 이야기를 들을 때부터 상심이 너무 깊어서……."

센타로 모친의 겁에 질린 모습은 가게 점원들도 알고 있었다. 도미칸이 상태를 물어보니 고참 점원 하나가 슬쩍 가르쳐 주었다.

"마님은 그런 무서운 쌍륙을 갖고 논 네가 잘못이다, 누이동생들한테까지 재앙이 미치면 어쩌려고, 하며 도련님을 꾸짖었습니다."

얼마나 겁에 질렸는지 우오세이의 마루스케도 벽장에 숨어 울고만 있다고 한다. 오렌도 겁에 질려 생선 장사에까지 지장이 있을 정도였다.

도미칸은 여러 가지로 마음이 무거워 안색이 어둡다.

기타이치가 물었다. "스님과 상의하겠다니, 설마 장례를 치르겠다는 건 아니겠죠?"

"그러면 안 되는 건가?"

"안 되죠."

"부모 마음이야 당연히 센타로가 돌아오기를 기다리겠지. 앞으로도 계속 기다릴 거야. 하지만 염라대왕 앞에 갔다면 이승 사람이 아니라는 말이니 불경이라도 한 대목 공양하지 못한다면 너무 불쌍하잖아."

이건 아니다. 이 사람은 착한 아이한테도 약하지만 괴담에도 쉽게 빠지는 기질인 것이다.

"마쓰키치는 어떻게 지내는지. 제가 만나러 가도 될까요?"

"그 아이는 괜찮아."

부베 선생이 찾아가 만났다고 한다.

"염라대왕 쌍륙 이야기는요?"

"무서우니까 다시는 입에 담지도 않겠다고 아주 얌전하게 말하더란다."

——센 짱이 무사히 돌아오게 해 달라고 아침저녁으로 기도하고 있습니다.

여전히 능청맞게 연극을 계속하고 있다. 입을 열 마음이 전혀 없는 것이다.

마쓰키치는 습자소에 가지 않게 되었으니 해가 뜰 때부터 질 때까지 나름 삯일로 벌이를 하고 있어. 동생들도 도맡아 돌보고—하며 도미칸은 입술을 잔뜩 일그러뜨렸다.

"걔네 엄마가 또 애를 뱄더군."

이 말에는 기타이치도 기함하고 말았다.

"여덟째를!"

"요새 알게 된 것도 아니라더군. 배가 눈에 띄게 불렀어. 작년 연말부터 입덧을 했대."

아기가 태어나면 마쓰키치의 어깨는 더욱 무거워질 것이다.

"달리 할 짓이 없는 건지, 그 부부는."

부베 선생도 달리 뾰족한 수가 없자, 어려운 일이 있으면 언제든 와서 상의하라 이르고 마쓰키치와 헤어졌다고 한다. 선생도 언제까지나 이 일에 매달리다 다른 제자들을 소홀히 할 수는 없는 것이다.

그렇다면 이제는 내가 머리를 써야겠군, 하고 기타이치는 마음을 먹었다.

진짜 금화가 나온 것이다. 한두 푼이 아니다. 무려 석 냥. 마쓰키치나 마루스케는 물론이고 제아무리 센타로라도 쉽게 구할 수 있는 돈이 아니다.

이 사건은 필시 어른이 뒤에서 조종하고 있다. 사이좋은 세 아이는 그 어른에게 감쪽같이 속고 있는지도 모른다. 그것이 무엇보다 두렵다.

열한 살 사내아이는 몸집 작고 빼빼 마른 기타이치보다도 작지만 그렇다고 쥐콩만 하다고 할 정도는 아니다. 제 발로 걸어서 어디로 간 거라면 사람들 눈에 전혀 띄지 않았을 리가 없다.

정말 아무도 두 아이를 보지 못했을까? 보았지만 기억하지 못할 뿐은 아닐까?

직접 돌아다니며 탐문해 보자. 머리가 아니라 몸을 쓰자.

우선 후지토미다나 출입문 밖에서부터 시작했다. 쌍륙을 찾을 때도 폐를 끼친 통 가게와 함 가게 주인들은 기타이치를 기억하고 있어서, 평소 마쓰키치가 나가야에 드나들던 모습이나 자취를 감춘 날 있었던 일들을 말해 주었다.

함 가게 주인은 오십 대 홀아비로 오랫동안 점원으로 일하던 차 도매상을 그만두고 이 장사를 시작했다고 한다.

"그만둘 때 주인이 차를 담는 함을 나눠 줘서 이렇게 나 하나 먹고살 정도는 벌고 있지."

함 가게 주인은 마쓰키치에게 몇 번인가 심부름을 시키고 푼돈을 쥐어 준 적이 있었던 모양이다.

"벌이가 좀 좋아지면 그 아이를 점원으로 쓰고 싶었는데."

통 가게 주인은 기타이치 못지않게 머리숱이 없는 노인과 그 딸

부부가 운영한다. 후지토미다나 세입자들은 통 같은 건 전혀 안 사. 평소 교류가 없으니 나야 아무것도 모르지. 그래도 가미카쿠시와 염라대왕이라니, 무섭네. 이젠 정월이 돼도 쌍륙 같은 건 안 해, 하며 잡담이나 늘어놓는다.

"내가 하는 장사는 빈 통을 떼어다 파는 거니까 삐거덕거리는 거라도 수레 한 대만 있으면 시작할 수 있으니 경쟁자가 많지."

걸걸거리는 목소리로 노인이 불평했다.

"이 길만 해도 통 장수 수레가 자주 지나다녀. 길바닥에 기름을 확 뿌려서 자빠지게 만들까부다."

"기름 아까우니 그만두세요."

요전에는 염라대왕 쌍륙을 찾는 것이라 두 되들이 통이나 세 되들이 통을 눈앞에서 봐도 별 생각이 없었지만 지금은 다르다.

이게 가미카쿠시에 이용된 건 아닐까 하고 기타이치는 생각했다.

빈 통이나 함에 숨어 그대로 수레에 실린다. 몸을 숨기는 모습만 들키지 않는다면 연기처럼 사라질 수 있는 것이다.

모습을 드러낼 때는 그 역순으로 돌아온다. 빈 통이나 함에 들어가 수레에 실려 오다가 틈을 봐서 밖으로 나가면 갑자기 나타난 듯 보인다. 마쓰키치와 센타로도 그렇게 사라지고 돌아온 게 아닐까.

다른 통 장수의 수레가 자주 지나다닌다면 아무도 주의 깊게 보지 않을 것이다.

"어르신, 자주 지나다니는 통 장수의 옥호나 표식 기억하세요?"

"굳이 살펴보진 않지."

어쩔 수 없다. 두 아이가 평소 다니던 길을 걸으며 탐문을 시작해 보았지만, 통이나 함 종류를 실은 수레라면 이 동네에서는 당연히 마주치게 마련이라 언제 어떤 수레가 어디를 움직이고 멈추고 했는지를 일일이 기억하는 기특한 사람은 없었다.

거리의 벚꽃은 철이 지나자 바람에 흩어져 빠르게 사라진다. 운하에 뜬 꽃잎을 헤치며 소금가마나 간장 통을 층층이 실은 작은 화물선이나 배들이 오간다. 그 풍경을 바라보며 기타이치는 탄식했다.

센키치 대장은 이렇게 끈기가 필요한 탐문은 수하들에게 맡겼지. 나는 혼자이니 내 손발에 기댈 수밖에 없구나.

이튿날도 탐문을 계속하여 이번에는 사사가와야 근처를 돌아보았지만,

"그러고 보니 수상한 수레가 있었지."

이런 솔깃한 이야기는 나오지 않았다. 그런 걸 누가 일일이 신경 쓰나. 예, 그건 그렇죠.

"거기, 붉은 술 문고 파는 장수 맞죠? 오늘은 장사 안 해요?"

기타모리시타초의 붓 가게 앞에서 젊은 부인이 그렇게 알은척을 했을 때는 깜짝 놀랐다.

"예, 잠시 볼일이 있어서."

"혹시 센타로라는 아이를 찾나요?"

"저 혼자 알아보고 있는데 품만 들고 성과가 없네요."

"딱하셔라. 센키치 대장이 있었으면 얼마나 좋을까. 내가 혼자 얼마나 좋아했는지 몰라."

그런 여자분들이 많았죠.

"사사가와야에는 가 봤수? 센타로 짱을 일찌감치 포기해 버리고 장례 준비를 하는 것 같던데."

"염라대왕 쌍륙이라는 저주 때문이겠죠."

"나라면 차마 포기하지 못할 텐데. 염라대왕 앞이든 마귀 앞이든 한달음에 쳐들어가서 내 자식을 찾아오고 말지."

하지만 사사가와야 부인은—하며 목소리를 낮춘다.

"소심한 건지. 집 안에 틀어박혀 울기만 한대요. 미로쿠지 주지 스님이 문안을 갔는데도 인사하러 나오지도 않았대요."

"잘 아시네요."

"우리나 사사가와야나 미로쿠지 신도니까."

소심하다고? 하지만 사사가와야 부인은 마쓰키치의 가미카쿠시 소동 때는 이상한 쌍륙을 갖고 논 센타로가 잘못이라고 꾸짖었다고 했다.

——누이동생들에게까지 재앙이 미치면 어쩌려고.

하지만 실은 이것도 센타로에게는 냉혹한 말이지.

원래 그런 모친인 걸까. 그렇다면 시각을 바꿔야 하는 건가?

"엉뚱한 걸 묻습니다만, 사사가와야 부인은 센타로의 친모인가요?"

붓 가게의 젊은 부인이 눈을 동그랗게 떴다.

"그런 줄 아는데. 양자라는 말은 못 들어 봤어요."

"센타로 씨가 후계자니까 각별히 엄하게 가르치는 건 아닐까요?"

"글쎄요."

물고 늘어지면 의심을 살 것 같아 기타이치는 실없는 웃음으로 인사하고 붓 가게를 떠났다.

센타로는 마쓰키치처럼 가난에 허덕이지 않는다. 유복한 상점의 귀한 후계자니까.

그래서 가출 가능성은 처음부터 접어 두었다. 그게 실수였던 건 아닐까.

사람과 사람의 관계라는 것은 부부지간이든 부자지간이든 밖에서 볼 때와는 딴판인 경우가 많지. 대장이 종종 했던 말인데.

기타이치는 제 뺨을 찰싹 쳤다.

이후로 수레 문제는 일단 젖혀 놓고 사사가와야의 가족관계에 대하여 에둘러 완곡하게 수수께끼 던지듯 떠보며 일대를 돌아다녔지만 기타이치의 언변이 서툰 탓인지 아무런 소득을 거두지 못했다. 헛걸음을 하는 동안에도 시간은 잘 흘러갔다.

——이러고 있느니 차라리 그쪽에 의지해 볼까?

기타이치는 발길을 돌려 후카가와 모토마치의 이발소 우타촌으로 향했다.

햇살이 눈부신 철이면 이곳 상가는 대개 갈대발을 세운다. 우타촌에서는 이 갈대발에 화려한 그림이 있는 천을 대어 간판이 보이지 않는 먼 곳에서도 금방 눈에 띄도록 해 둔다.

운이 좋다. 오늘은 차례를 기다리는 대기 손님이 없었다. 우타촌은 마루방에서 수습 옆에 서 있었다. 기타이치보다 어려 보이는 수습은 도구상자에 질냄비를 뒤집어 올려놓고 머리 미는 훈련을 받는 중이다.

"손을 그렇게 놀리면 두피를 베고 말겠다— 오, 기타."

"안녕하세요. 잠깐 실례할게요."

기타이치는 엉금엉금 기어서 마루 앞 귀틀에 앉아 상투를 올리고 있는 손님 사이를 빠져나가 두 사람 곁에 철퍼덕 앉았다.

"수습님, 이제 질냄비 대신 내 머리를 내드릴 테니 스승님 좀 잠시 빌릴까."

"오호, 반가운 말씀" 하며 우타촌은 커다란 얼굴로 활짝 웃었다.

기대한 대로 요즘은 우타촌에서도 염라대왕 쌍륙 이야기가 화제여서 손님들에게 온갖 풍문과 평판을 전해 듣고 있다고 한다. 이쪽에서 뭘 묻기도 전에 우타촌이 먼저 신이 나서 이야기보따리를 풀어 놓았다.

"가미카쿠시 이야기만 해도 한두 가지가 아냐. 너무 무서워 잠자리까지 뒤숭숭할 지경이라니까."

"그건 됐고요."

겨우 끼어들었다.

"세 아이들 얘기도 들어 보셨어요?"

"세 아이라…… 친한 사이라고 들었는데. 나머지 두 아이는 평범한 아이지만 센타로 짱은 아주 훌륭하다고 평이 났더군. 나쁘게 말하는 사람이 한 명도 없어."

너무 잘난 아이라 염라대왕 눈에 들어 염라대왕궁의 후계자가 된다—이런 말까지 하는 우타촌도 괴담에 쉽게 빠진다는 점에서는 도미칸 못지않다.

"우타 씨는 사사가와야 사람들을 이발해 준 적이 있어요?"

"없어. 미로쿠지 옆이라 여기서는 좀 멀거든."

"하지만 여자 머리를 다듬어 주는 곳은 없잖아요. 이 근방에서는 우타 씨뿐이에요. 사사가와야 부인에게 출장 이발을 간 적은 없나요?"

이발소는 '동네마다 한 군데는 있다'고 할 정도로 수가 많지만, 대개 남성 고객만을 상대한다. 조닌 여성은 제 손으로 머리를 틀어 올리거나 가족이나 이웃과 상부상조해서 해결하기 때문이다. 다만 화류계 언니들이나 놀잇배 집이나 요릿집의 여주인, 온갖 분야의 여성 사범처럼 영업을 위해 돈을 들여 몸단장을 해야 하는 여자들은 종종 이발사를 집으로 부른다. 이것이 출장 이발이다. 평범한 부인이라도 정월이나 오봉 같은 명절에 스스로 틀어 올린 머리가 비뚤어지거나 할 때는 이발사에게 부탁할 때가 있다.

"아쉽게도 한 번도 없었지만 소문을 듣자니 꽤 미인이라더군."

우타촌은 미녀라면 사족을 못 쓰는 게 아니고, 미녀를 동경하는 남자다. 그래서 여자 머리를 만지는 실력도 뛰어나다.

"그래요? 센타로 얼굴이 예쁘장한 건 미녀 어머니를 닮은 탓인가."

"그게 그렇지도 않아. 사사가와야를 잘 아는 손님 얘기로는 센타로 짱은 죽은 큰마님을 꼭 닮았다는 거야."

선대 마님. 센타로의 할머니?

"엄한 시어머니라 며느리를 독하게 시집살이 시켜서 부인이 내내 울면서 살았대."

당시는 근처 주민들이 딱하게 생각했다지. 그렇게 말하며 우타촌은 커다란 얼굴을 잔뜩 일그러뜨렸다.

"특히 심했던 게 센타로 짱을 낳자마자 시어머니한테 빼앗긴 거야."

집안의 귀한 후계자를 며느리 따위한테 맡길 수는 없다.

"부인은 젖만 줄 뿐 거의 제 손으로 키울 수 없었다는 거야. 센타로 짱, 용케 잘 자란 거지."

손자를 애지중지하는 조부나 조모 밑에서 어리광 부리며 자란 아이는 부모 밑에서 제대로 버릇을 배운 아이보다 모자라게 마련이다. 항간에서는 흔히들 그리 말한다.

기타이치는 등골이 서늘했다.

엄한 시어머니. 그 시어머니에게 갓난아기를 빼앗긴 며느리. 여러 자식 가운데 하나인 것도 아니고 첫 아이를. 얼마나 슬프고 괴로웠을까.

비슷한 이야기를 들은 기억이 있다.

3년쯤 전이었나, 그런 갈등으로 마음고생을 하는 부부를 센키치 대장이 중재한 적이 있다. 시어머니가 참견하는 바람에 딸을 자기 뜻대로 꾸며 줄 수도 없는 처지였다. 그 딸이 영 예쁘게 보이질 않는다, 내 자식 같지가 않다, 딸이 시어머니만 따르던 모습을 생각하면 얄미워 못 견디겠다. 그래서 실제로 며느리가 딸에게 가위를 휘둘러 다치게 하는 사건이 일어났던 것이다.

실성한 듯 우는 며느리에게 대장은 (그 비로드 같은 목소리로) 들려주었다. 못 견디게 괴롭다면 잠시 곁에서 떼어 놓는 건 어떤가. 떨어져 지내다 보면 그 아이도 내 배 아파 낳은 사랑스러운 딸이라고 생각할 수 있게 될지 모르지. 그렇게 남편 쪽을 설득해서 딸에게 예의범절을 익히게 한다는 핑계로 딸을 지인 집에 맡기자 모녀 관계가 점차 안정을 찾게 되었다.

그때 대장이 말했었지.

——아무리 어머니라도 제 자식이 무조건 귀여운 건 아냐. 사람 마음이 그렇게 편리하게 생긴 게 아니니까. 불행한 사정으로 정이 말라 버릴 수도 있지.

사사가와야의 경우는 그냥 갓난아기를 빼앗긴 정도가 아니었다. 센타로의 얼굴이 부인에게는 원수나 다름없는 시어머니 얼굴을 쏙 빼닮았던 것이다.

"기타, 왜 그래?"

정신을 가다듬고 기타이치는 말했다.

"우타 씨, 고맙습니다. 일이 해결되면 이 멍청한 머리를 여기 실습대 위에 다시 가져다 놓을게요."

염라대왕 쌍룩 건은 이상과 같은 의도로 벌인 일이 아닐까요?

마님은 기타이치의 추리를 말없이 듣고 나서 매끈한 눈꺼풀과 속눈썹을 희미하게 떨며 이렇게 말했다.

"기타가 제 머리를 써서 생각해 낸 줄거리야. 기타가 생각한 대로 해 봐."

다만, 신중히.

"이 줄거리를 먼저 누구에게 시험해 볼지, 그 상대를 그르치면 실패할 거야."

"실패를 피하려면 어떻게 해야 할까요."

"—배려해 줘야지."

기타이치는 밤새 곰곰이 생각하고 이튿날 아침 일찍 후지토미다나 출입구 앞에 있는 함 가게부터 찾아갔다.

"아저씨, 부탁이 하나 있는데요."

주인이 흔쾌히 들어주어 일단 도미칸나가야로 돌아와 청소와 빨래 따위를 하며 기다렸다. 문은 활짝 열어 두었다.

약속한 오전 열 시가 되자 문 앞에 아이 얼굴이 불쑥 나타났다.

마쓰키치다.

"실례합니다. 저어…… 어? 문고 파는 기타이치 형 맞죠?"

응, 하고 대답하며 기타이치는 들어오라고 손짓했다.

"들어와. 장지문 닫고 거기 앉아 봐."

일련의 소동이 벌어지는 동안 기타이치는 마쓰키치와 대면할 기회가 없었다. 이렇게 가까이서 보니 수척하고 꾀죄죄하고 머리카락도 성긴 것이 끼니나 잠을 제대로 취하지 못한 듯하다.

"함 가게 아저씨가 용돈벌이가 있다고 해서 왔는데요."

마쓰키치는 봉당에 세워 둔 멜대와 4첩 반짜리 방을 절반이나 차지하며 쌓여 있는 문고들을 신기한 듯 둘러보았다.

"이거, 붉은 술 문고?"

"그래. 잘 아네."

그러자 마쓰키치는 의아해하는 걸 지나 대번에 눈초리가 얼어버렸다.

"그럼 형은 돌아가신 센키치 대장의 수하세요?"

겁을 먹어 준다면 얘기가 쉬워지지. 이런 기타이치라도 열한 살 사내아이에게는 약발이 듣는 모양이다.

"그렇지, 뭐."

기타이치는 앞으로 나서며 자리를 고쳐 앉았다.

바로 지금이 느닷없이 치고 들어갈 순간이다.

"센타로가 어디 있는지 너는 알고 있지."

마쓰키치는 동작이 딱 그쳤다. 눈동자만 정직하게 흔들린다.

"네가 가미카쿠시를 당할 때 숨어 있던 곳이잖아. 거기서 잘 얻어먹고 목욕도 했지. 꽤 괜찮은 곳이야."

기타이치는 웃지도 않고 무서운 표정도 짓지 않고 담담하게 말했다.

"똑똑한 센타로가 책에서 읽은 이야기를 본 따 '염라대왕 쌍륙' 이야기를 만들 수 있어도, 그 줄거리에 맞춰 너와 마루스케가 연극을 할 수는 있어도."

마쓰키치는 반응하지 않는다. 차갑게 가라앉은 눈초리로 기타이치를 쳐다본다.

"우오세이 건어물상자 밑에 있던 금화 석 냥을 마련할 수는 없지."

말하면서 기타이치는 머리를 절레절레 저어 보였다.

"너와 센타로는 마술처럼 사라졌고, 너는 또 마술처럼 나타났어. 그 비밀은 통 가게에 있을 거야. 아, 그리고, 센타로 신발이 가지런히 놓여 있더라고 말해 달라는 자잘한 궁리까지 부탁했나? 그때도 수고료를 줘야겠지. 뭘 하더라도 돈이 드는 세상이라 살아가기가 만만치 않아."

마쓰키치의 여윈 턱이 움직였다. 말을 꺼내려는 걸까 이를 앙다문 걸까.

"돈을 낸 것도 통 가게 주인을 고용한 것도 숨을 장소를 제공한 것도 사사가와야 주인이지?"

다 알고 있어, 라고 말해 주었다.

"이런 일을 감당할 수 있는 어른은 센타로의 아버지 한 사람뿐이잖아."

마쓰키치는 킁, 하고 코를 훌쩍이고 아래를 보았다.

"——무슨 얘기인지 모르겠네요."

목소리가 떨려 '무슨 이기인지'처럼 들렸다.

"그럴 리가."

마쓰키치의 귀가 점점 빨개진다. 그것을 쳐다보며 기타이치는 계속했다.

"혼낼 생각은 없어. 난 너희 선생도 아니고 관리인도 아니고 사사가와야에 맞설 생각도 전혀 없어."

그저 알고 싶을 뿐이야. 내가 생각한 줄거리가 맞는지.

"사사가와야 주인은 부인과 사이가 좋지 못한 센타로를 잠시 떼어 놓고 싶었던 거겠지. 센타로도 지금 이대로 지내기가 힘드니까 그렇게 하자고 승낙했고. 낳아 주신 어머니와 사이가 냉랭한 것은 너무 괴로운 일이니까."

하지만 공공연하게 집을 떠난다면 사사가와야 간판에 흠결이 생긴다.

"출중하기로 소문난 후계자를 아무 잘못도 없이 가게에서 쫓아낸다면 무슨 말로 해명해도 세상이 납득해 주지 않겠지. 부인도 박정한 어미라는 악평을 들을 게 틀림없고."

그래서 사사가와야 부인이 또 상처를 입는다면 아들과의 관계 회복은 더욱 요원해진다.

"센타로가 멋대로 가출했다고 해도 사정은 마찬가지야. 그 착한 아이가 집을 나가 버리다니 사사가와야 주인도 정말 심한 부모로구나 하고—."

"정말로 심했거든요."

마쓰키치가 불쑥 그렇게 말했다. 속이 다 비쳐 보이겠다 싶을 만큼 닳고 단 옷의 무릎께를 꽉 쥐고.

"사사가와야 아주머니는 센 짱을 아들로 생각하지 않아요. 싫어해요. 누이동생들만 귀여워하고."

"이유가 있어."

마쓰키치는 고개를 번쩍 들고 기타이치를 노려보았다. "아무리 가난해도 우리 엄마는 우리를 싫어하거나 하진 않아요!"

기타이치는 마쓰키치의 날카로운 시선을 온전히 받아낸다. 마쓰키치는 몸을 부르르 떨며 시선을 거두고 다시 고개를 숙였다.

두 사람이 침묵하자 장지문 밖에서 소리가 들려온다. 도미칸나가야 세입자들은 하루 일을 하기 위해 다들 나가고 없지만 행상을 하는 다이치의 아버지 도라조는 이제야 일어나 밖으로 나온 모양이다. 우물가에서 버글버글 요란하게 입을 헹군다.

"한심한 주정뱅이 같으니. 아침해 보기가 창피하지도 않나. 차라리 나가 죽어."

제일 안쪽 집에 사는 오타쓰의 깐족깐족 악담을 날리는 목소리도 들린다. 아들 다쓰키치는 얌전하고 성실한 사람인데 이 노파는 음험하고 입이 걸다. 기타이치도 최근 알게 되어 될수록 가까이 가지 않으려 하고 있다.

마쓰키치도 노파의 카랑카랑한 악담이 들렸을 것이다. 고개를 들었다.

"사사가와야 아주머니도 센 짱에게 저런 말을 했어요."

죽어 버렸으면.

"너무하네. 어머니가 할 말은 아니잖아?"

"그래요."

"센 짱이 딱하군."

"그래요."

"사사가와야 주인은 전에 아주머니와 이혼하려고 했대. 하지만 그렇게 되면 딸들도 어머니를 잃어버리게 되니까 센 짱이 말렸대."

부인은 집을 떠날 수 없다. 부인이 떠날 수 없으니 센타로가 나가는 수밖에.

"그렇다면 센타로가 가미카쿠시를 당하는 것만으로 충분했잖아."

마쓰키치의 숨이 거칠어진다.

"—센 짱이 사라지는 것으로 끝내면 아무래도 의심을 사게 되고 사람들이 나서서 찾아다닐 게 뻔해요."

그렇지. 역시 도미칸은 방관하지 않을 테니까.

"동네 사람들이 이래서는 센 짱을 찾을 수 없겠다, 어쩔 수 없다 하며 체념해 버릴 사건으로 만들어야 한다고."

"사사가와야 주인의 생각이냐?"

"센 짱이 한 말이에요."

똑똑한 아들은 가족을 배려할 뿐 아니라 가게 간판도 보호하려 했다.

"그래서 염라대왕 쌍륙인가."

괴담 연극의 시작이다.

"마루스케는 울보에다 배짱이 없으니 어머니 곁을 떠날 수 없겠지. 그래서 집에 남아 소동을 피우는 역할을 맡았군. 그렇지?"

마쓰키치가 고개를 끄덕인다.

"금화 석 냥은 소동에 대한 대가이고. 근데…… 이런 건 어떤 말로 물어도 야비하게 들릴 것 같아서 나도 싫긴 하지만, 그렇게 감쪽같은 연기로 제 역할을 확실하게 해낸 너는 사사가와야 주인한테 얼마를 받았지?"

이 물음은 잠시 답을 얻지 못하고 허공에 떠 있었다.

"말하고 싶지 않아요."

마쓰키치 목소리에는 부끄러움의 울림이 있었다. 그래서 기타이치는 목소리에 힘을 주었다.

"엄마가 여덟째를 낳으면 너희 집은 먹고살기가 더 힘들어지겠지. 돈이 필요하단 것은 잘 알아. 네가 그 제안에 응한 것은 전혀 야비한 짓이 아니야."

마쓰키치는 고개 숙이고 주먹을 꼭 쥔 채 얼굴을 썩썩 문질렀다.

"나, 곧 돈 벌러 떠나요."

"그래?"

"엄마가 무사히 몸을 풀면 사사가와야 주인이 도와주기로 했어요."

그때까지 일가족이 먹고살 만한 돈이 마쓰키치의 보수일 것이다.

"받은 돈은 지금 어디 있지?"

기타이치는 그렇게 묻고는 얼른 말을 이었다. "빼앗을 생각 없어. 누가 가져가지 않게 꽁꽁 숨겨 두었느냐는 뜻이야."

뜻밖이었을까. 마쓰키치가 주먹을 펴고 기타이치 얼굴을 보았다.

"아무도 찾을 수 없게 숨겨 두었어요."

"그럼 됐어."

개운하네—라고 기타이치는 말했다. "나도 속이 풀렸어. 아, 통가게는 역시 사사가와야의 거래처인가?"

마쓰키치가 고개를 끄덕인다. "오래전에 사사가와야에서 일하던 지배인의 동생이래요."

"그럼 식솔이나 마찬가지군. 입도 무거울 테고, 안심해도 좋겠어."

"그쵸?"

되묻는 걸 보니 마쓰키치도 조금 불안했던 듯하다. 이 아이도 똑똑하다.

"센 짱이 있는 곳도 사사가와야에서 하녀로 일하다 시집간 사람의 집이에요. 농지도 많은 부잣집이에요. 내가 밥을 배부르게 먹어본 것도 처음이었어요."

"며칠간 가미카쿠시 당하는 것도 나쁘지 않군."

"아뇨." 마쓰키치는 즉시 고개를 젓는다. "나만 배불리 먹으면 뭐해요."

동생들이 먹어야지.

"너, 착하구나."

기타이치는 진심으로 그렇게 생각했다.

"센 짱은 언젠가 사사가와야로 돌아올 거예요."

"나도 바라는 바야."

"그러니, 이번 일은—,"

"아무한테도 말 안 해. 말해야 할 의무가 있는 것도 아니고."

마쓰키치가 눈에 띄게 안도했다.

"하지만, 너는 착하니까 이건 조금 생각해 봐. 마루스케가 가엾지 않냐?"

"왜요?"

"그 아이는 연극이 시원찮았어. 이런 엄청난 연극에 가담한 것이 무서워 진짜로 울었잖아."

도미칸이 "그건 거짓 울음이 아니야"라고 본 것은 정확했다.

"앞으로 계속 진실을 감춘다면 마루스케 마음에 계속 응어리가 남을 거야. 그 아이는 이제 습자소에도 못 다니게 될지 몰라."

거기까지는 생각해 보지 못했는지 마쓰키치의 메마른 얼굴이 또 굳었다.

"그러니까, 최소한 부베 선생님한테는 사실을 밝혀 둬. 센타로는 앞으로 한참 동안 돌아오지 않을 거고 너도 돈 벌러 떠나면 마루스케는 외톨이야. 그러면 더 가엾어지겠지."

알았어요—하고 마쓰키치는 작은 소리로 말했다.

"좋아, 내 볼일은 이게 다야."

기타이치는 품에서 얄팍한 지갑을 꺼냈다. 요즘 행상을 쉬어서 주머니사정이 이보다 나쁠 수 없었다.

"자, 품삯."

동전을 내밀었지만 마쓰키치는 받지 않는다. 귀틀에서 벌떡 일어나 이쪽으로 돌아섰다.

"됐어요."

"왜?"

마쓰키치는 비로소 얄미운 웃음을 짓더니 이렇게 말했다.

"가진 거 없는 건 형이나 나나 마찬가지잖아요."

별 걱정을 다하네, 건방진 녀석.

마쓰키치가 나간 뒤 기타이치는 유쾌한 듯 혼자 웃었다.

그로부터 닷새쯤 지나고 해 질 무렵, 기타이치가 멜대를 메고 돌아오자,

"수고하셨어요, 기타 씨."

귀여운 목소리로 인사한 사람은 오히데의 딸 오카요였다.

"어, 그래, 고마워."

"붉은 술 문고, 많이 팔았어요?"

"덕분에 오늘 가지고 나간 건 다 팔았다."

벚꽃무늬 다음은 철쭉무늬 문고다.

"내가 더 크면 문고에 그림 그리는 부업 좀 시켜 줘요."

예쁜 문고가 아니라 부업을 원하다니, 기특하기도 해라.

"그러려면 내가 더 벌어야겠구나."

오카요는 입가에 작은 손을 대고 간지러운 듯이 웃었다. 그 눈이 별안간 동그래진다.

"아, 그렇지. 오늘요, 부베 선생님이 오셔서 기타 씨한테 전하라는 말씀이 있었어요."

우오세이의 마루스케가 다시 습자소에 다니게 되었다고 한다.

그래? 다행이다.

"다시 오카요 짱하고 놀아 주겠구나."

"네. 그래서요, 선생님이 기타 씨에게 한턱내고 싶대요. 빚을 졌다면서, 그렇게 말하면 알아들을 거라고 하던데, 정말 알아들었어요?"

"그럼" 하고 기타이치는 말했다. "내가 뛸 듯이 좋아하더라고 내일 선생님에게 말씀드려."

뭘 사 주시려나 생각하자마자 기타이치의 배가 요란하게 꼬르륵거렸다.

제3화
이는이
킴 /
말없지

1

기타이치는 몸 둘 바를 몰랐다.

이런 데 오는 게 아니었다.

말만 들으면 쉬운 일 같다. 동네에서 일어나는 갈등을 중재하는 도미칸의 부탁으로 '만일의 불상사가 일어나지 않도록' 객실 한쪽에 앉아 지켜보기만 하면 된다고 했다.

도미칸은 노련한 관리인이므로 이만한 일은 혼자서도 너끈히 해결한다. 다만 이번에는 며칠 전 공교롭게 낙상하여 허리를 다

쳐서 뜻대로 움직이기가 힘드니 "기타가 좀 와 줘"라는 것이었다.

만나는 장소는 센다이보리 운하에 면한 가시세키모임이나 식사를 위한 객실을 빌려주는 업소의 한 객실이다. 이 근방 여러 사찰에서 행사를 끝낸 신도들이 쇼진오토시육식을 금하고 심신을 깨끗이 해야 하는 각종 제례, 순례, 장례 등이 끝나 음주가무가 다시 허용되는 것을 축하하는 일에 흔히 이용하는 업소이므로 창호나 가구도 격이 느껴지고 객실 분위기도 차분하다.

그런 업소에 문고 행상 차림으로 가기도 뭣하여 도미칸이 제대로 된 정장을 미리 빌려주었다. 줄무늬 유키쓰무기이바라키 현 유키 지방에서 나는 작은 점무늬나 줄무늬가 있는 질긴 명주옷이다. 이 업소는 점원들도 데다이규모 있는 상점의 중견 점원처럼 차려입었다. 기타이치는 혼자서 제대로 입을 수 있을지 불안해서 도미칸나가야의 이웃들에게 도와달라고 했다.

"좋은 옷을 입으니 한결 남자답네." 오히데가 칭찬해 주었다. "기왕 차려입는 김에 그 볼품없는 머리도 어떻게 좀 했으면 좋으련만 당장은 뾰족한 수가 없겠지."

보름쯤 전 가미카쿠시 소동 때 기타이치는 이발사 우타촌의 도움을 받았다. 그때 우타촌 수습의 이발 수련을 방해한 적이 있어서 대신에 조만간 이 머리를 실습용으로 제공하마 약속했다. 그 약속을 지킨 것이 여드레 전이었다. 매끈하게 사카야키를 했는데 이제는 면도한 자리에 검푸른 알갱이들이 오톨도톨 맺힌 것처럼 보여서 오히데의 말처럼 정말 볼품이 없다.

"차라리 한 번 더 싹 밀어 버리는 편이 낫잖아?" 이런 말을 지껄인 녀석은 생선 행상의 아들 다이치였다. 기타이치하고는 막역한 사이가 되어 비록 동생뻘이라도 거침없이 말한다.

"내가 밀어 줘? 칼 쓰는 일이라면 익숙하니까. 내가 손재주가 좋잖아."

"사양한다. 중이 될 것도 아니고."

"영양가 있는 걸 먹으면 머리카락은 금방 자라지."

그렇게 말한 오시카는 남편 시카조가 사입한 채소로 절임을 만들어 팔고, 팔다 남은 게 있으면 종종 기타이치에게 나눠 준다. 정말로 팔다 남은 찌꺼기여서 단무지꽁지라든지 야채절임 부스러기다. 이 부부도 평소 그런 것만 먹는다. 영양가 있는 거라니, 어떤 음식을 말하는 걸까.

——역시 닭고기나 계란 같은 거겠지.

설마 단무지꽁지가 아니라 단무지 몸통 부분을 먹으라는 건 아니겠지. 촉촉하고 아삭아삭하다고 하면서?

기타이치는 가시세키 객실 구석에서 아까부터 그런 쓸데없는 생각이나 하며 마음을 달래고 있었다. 그렇게라도 하지 않으면 정말로 견디기 힘들었기 때문이다.

도미칸이 중재에 나선 이번 일은 젊은 남녀의 연애에서 비롯되었다. 남자가 여자에게 수작을 걸었는데 처음 얼마 동안은 조심하던 여자도 경계심을 풀고 연인이 되었고, 그러다가 남자가 싫증을 내 다른 여자에게 눈을 돌렸고, 여자가 질투로 울고불고 하여 다툼이 계속되다가 결국 헤어지게 되었다는 것이다.

흔해 빠진 일이고 하품이 나오도록 뻔한 전개였다. 그러나 둘의 처지는 달랐다. 남자는 후카가와에서 이름난 과자점의 차남으로 제법 놀 줄 안다는 청년이고, 여자는 작은 실가게의 외동딸로 순진한 처자였던 것이다. 게다가 반년이 채 안 되는 짧은 만남 끝에 임신을 하고 말았으니 이게 또 하품이 나오도록 분쟁거리가 가득한 일이었다.

남자 이름은 오쓰지로, 나이는 열여덟. 여자 이름은 오싱, 나이는 열일곱. 오싱의 태아는 이제 슬슬 복대가 필요할 만큼 커졌다. 임부의 안색은 유령처럼 핏기가 없고 눈꺼풀만 퉁퉁 붓고 턱살은 쏙 빠졌는데 입덧과 눈물로 지낸 탓인 듯하다.

오싱은 이 자리에서도 내내 눈물을 흘리고 있다. 오쓰지로 쪽은 발바닥에 생긴 아픈 물집을 보는 눈빛으로 오싱의 우는 얼굴을 보고 있다.

——누가 이 물집 좀 최대한 안 아프게 떼어 내서 내 눈에 안 띄는 곳에다 버려 줘.

그런 눈초리다. 억울한 일을 당한 것은 나라고 말하고 싶은 얼굴이다. 풍류가랍시고 튼 혼다마게에도 중기에 유행한 남성 헤어스타일로, 젊은 층이 특히 선호했다. 정수리를 더 넓게 밀어내고 상투를 좁고 길게 만드는 것이 특징와 감색 줄무늬 조시치지미에도 중기에 조시에서 생산되어 전국적으로 유명해진 값비싼 직물로 지은 옷가 밉살맞다.

오쓰지로의 생가인 과자점 '이나다야'는 건과자를 판다. 가게를 방문하는 개별 손님에게도 팔지만 주요 거래처는 고급 요릿집이나 신사, 그리고 사찰이다. 대표 상품 라쿠간쌀 등으로 만든 녹말가루에 물엿, 설탕을 섞고 다양한 색을 입힌 후 틀에 넣고 건조시킨 화과자로 차 모임이나 불교 행사에 등장하는 고급품이다은 '아와유키淡雪'라는 이름으로 불리는데, 막 쌓인 눈처럼 새하얗고 혀끝에 닿기 무섭게 녹는다고 한다. 이나다야는 이 호사스런 라쿠간으로 한 재산 쌓았고, 덕분에 오쓰지로는 유흥비에 부족함이 없는 듯하다.

한편 오싱의 집은 한 칸 반짜리점포의 폭을 말한다. 에도 시대에는 점포의 폭을 기준으로 세금을 부과했으므로 점포는 대개 폭은 좁고 종심이 깊은 형태로 지어졌다. 부유한 상점일수록 점포의 폭이 넓었다 작은 점포에서 장사를 한다. 비단실, 모시실, 무명실 등을 취급하고 대략 30가지 색상을 상비한 실가게의 이름은 구레한이며, 어머니와 오싱이 매일 가게 안쪽에서 바느질을 하는 동안 아버지가 운영을 맡고 있다.

같은 후카가와에 살아도 지금까지 기타이치의 인생에 고급 라쿠간이 등장하는 장면은 없었다. 그러므로 에이다이지永代寺 문전 상가에 있는 이나다야를 알지 못했다. 도미칸나가야의 이웃들도 마찬가지였다. 도미칸조차,

"이름은 들어 봤지만 아와유키를 먹어 본 적은 없어."

라고 할 정도였으니.

그러나 도키와초에 있는 구레한이라면 누구나 안다. 실을 사더라도 타래째 사지 못하는 가난한 손님도 마다하지 않고 소량을 저울로 달아서 팔아 주는데다 소소한 수선이나 바느질일이라면 저렴한 삯으로 맡아 주기 때문이다.

무엇보다 구레한 일가가 사는 작은 점포의 관리인이 도미칸이었다. 기타이치에게도 구레한 일가는 '붉은 술 문고'를 사 주는 고객이다. 검소한 가게여서 문고의 문양이 달라질 때마다 사 주지는 않지만 매해 연말이면 자잘한 도구를 넣어 두는 용기로 쓰고 있는 문고를 새 것으로 바꿔 준다.

그러고 보니 작년 연말에 기타이치는 구레한에 문고를 파는 김에 입고 있던 솜옷을 수선했다. 헤진 어깨를 한 땀 한 땀 수선해 준 사람은 오싱의 어머니였지만 오싱도 곁에서 어머니의 바느질을 열심히 지켜보았었다.

오싱은 말수도 많지 않고 주제넘게 나서지도 않는다. 손님에게 인사하는 목소리도 작고 수줍음을 타는 탓에 손님에게 짓는 웃음도 어색해서 구레한이 채소가게나 생선가게였다면 쓸모없는 딸이었을 것이다. 외모도 신통치 않다. 아니, 말이 난 김에 확실히 말하자면 못생긴 편이다.

하지만 그렇다고 풍류객 흉내를 내는 부잣집 아들의 노리개가 된 것도 모자라 이런 말까지 들어야 한단 말인가.

"뭐라고 꼬드겼냐니…… 아, 답답하네."

"어허, 처음부터 갖고 놀자는 심보였을 거라니, 생사람 잡지 마쇼. 나는 연애라면 언제나 진지합니다. 이런 일이라면 도미칸 씨도 잘 아시잖아요. 근사한 소문이 꽤 들리던데, 헤헤헤."

"그게요, 오싱을 슬쩍 떠 본 거는…… 그냥 뭐, 어떻게 나오나 궁금해서죠. 남자라면 다 있잖아요, 그런 마음. 호감은 아니고 호기심이라고나 할까."

"물론 먼저 말을 걸었던 건 사실이지만 오싱이 확 달아오르니까 더럭 겁이 나서."

"그러니까 배 속에 있는 건 내 아이가 아니라니까요. 그 단계까지 가기 전에 제가 발을 빼고 도망쳤으니까, 헤헤."

"그게 말입니다, 잠깐 수작을 걸었을 뿐인데 그렇게 확 달아오를 정도라면 나 말고 다른 남자가 있어서 어찌어찌하다 배가 불룩해진 거 아니겠습니까. 그 뒷수습을 엉뚱하게 나한테 떠넘기면 곤란하죠."

돌처럼 꼼짝 않고 앉아 있는 기타이치는 자꾸 가슴이 답답해진다.

일층과 이층에 객실이 두 개씩 있는 아담한 가시세키였다. 대화에 앞서 도미칸은 말했다. 일이 일이니만큼 이층을 다 빌렸습니다. 오쓰지로 씨를 위해서나 오싱 씨를 위해서나 사람들 귀에 들어가지 말아야 하니까. 가시세키 여주인도 처음 인사하러 들어온 것을 끝으로 얼굴을 비치지 않고 다과도 내오지 않았다. 그래서 이 객실이니까 하는 얘기지만, 정말이지 오싱이 불쌍하다.

——어떻게든 해 봐요, 도미칸. 이런 놈은 찍소리 못하게 해 줘야 하잖아요.

오늘은 내 몸이 성치 않아, 라고 말하려는 것처럼 다친 허리에서 고약 냄새를 폴폴 풍기는 도미칸은 어느 한쪽을 비난하지도 편들지도 않고 아까부터 쌍방의 이야기만 끌어내고 있었다.

이나다야에서는 장남의 유모이기도 했다는 하녀장이 오쓰지로를 따라왔다. 전생에 메기였나 싶을 만큼 입이 커다란 여자다. 그 입 주위에 자글자글한 주름살로 보아 이제는 노파라고 해도 좋을 나이일 텐데, 커다란 입에서 나오는 목소리가 우렁차다. 그 목소리로 귀한 도련님이 하는 말마다 일일이 "예! 그렇지요", "지당하신 말씀", "우리 도련님 하는 일에 흠잡을 일이 없지요" 하며 장단을 맞추니 시끄러워 견딜 수가 없다.

오싱 쪽에서는 아버지가 따라왔다. 많이 닮은 부녀는 모두 아랫볼이 불룩하고 눈썹이 처졌고 말수가 적다. 임신한 딸과 동반하자면 어머니 쪽이 낫지 않을까–라고 생각하는데 도미칸이 구레한 부녀에게 인사하며 "아주머니 용태는 어떤가?"라고 위로했다. 아무래도 모친은 자리에 드러누운 모양이다.

이런 상황이니 양측의 대화가 제대로 진행되지 않고 있다. 시간을 반 각(한 시간) 정도나 헛되게 보내는 가운데 잔뜩 흐렸던 하늘에서 빗방울이 듣더니 금세 처마 때리는 소리가 희미하게 들려왔다.

구레한 부녀의 주장은 분명하고 흔들림이 없었다. 오싱과 결혼하라고는 말하지 않았다. 태어날 아기는 우리가 키우겠다. 이나다야에 폐를 끼치지 않을 것이고 돈도 필요 없다. 다만 아비 없는 아이로 만들고 싶지는 않으니 오쓰지로 씨가 아버지라는 것을 글로 써 달라. 물론 그 글은 아이를 위해 소중히 간직할 뿐 누구에게 보이거나 퍼뜨릴 생각은 없다. 앞으로 우리는 이나다야와 일체 상관하지 않을 것이고 번거롭게 할 생각도 없으니 당신들도 그렇게 해 주기 바란다.

부친이 마치 변명이라도 하듯 주뼛주뼛 말하는 옆에서 오싱은 눈을 끔뻑거려 눈물을 참으며 말없이 고개를 숙이고 있다. 그녀의 본심은 알 길이 없다. 오쓰지로의 아내가 되고 싶은 것일 수도 그게 아닐 수도 있다. 아기를 이나다야에 넘기고 싶은 것일 수도 그것만은 죽어도 싫다는 마음일 수도 있다. 본인이 일체 입을 열지 않으니 알 길이 없다.

오싱은 비단옷을 입고 있다. 삼잎무늬 기모노는 아마 유일한 외출복일 것이다. 최소한의 자존심일까. 조금이라도 곱게 보이고 싶었던 걸까. 그것도 알 수 없다. 구레한 부녀는 듣는 사람이 답답할 만큼 얌전하고 분노는 요만큼도 내비치지 않는다.

이나다야의 메기 하녀장과 오쓰지로는 상대방의 이런 태도 때문에 더욱 기가 살았다. 구레한 부녀를 내려다보느라 턱을 한껏 치켜드는 바람에 콧구멍 속까지 훤히 보인다.

"우리 도련님한테는 혼담이 쏟아져 들어오고 있는데 다들 좋은 배필감이라 차마 정하지 못하고 있어요."

메기 하녀장이 요란하게 몸을 비틀고는,

"이런 중대한 시기에, 말하기도 남우세스럽지만, 이렇게 뭐 하나 봐 줄 게 없는 실가게 딸 따위한테 애를 배게 하다니 있을 수 있는 일입니까. 그쪽이 꿈이라도 꾼 거 아닙니까."

마디마디 거북한 뜸을 두며 오싱을 가증스럽다는 듯이 노려본

다. 오쓰지로는 짐짓 조신하게 긴 한숨을 토하더니,

"제가 글 한 줄 쓴다고 끝날 거라 생각하지 않아요. 이 얘기에는 아무래도 수상한 점들이 너무 많아요. 억울합니다."

한탄하듯 말하고 눈을 끔뻑거렸다.

도미칸은 양가 사이에 앉아 손을 품에 지른 채 생각에 잠긴 표정이다.

"억울하다 하셨습니까" 하고 확인하듯이 묻는다.

"네. 애초에 나하고는 관계없는 일이니까요, 헤헤."

가까스로 기특한 표정은 유지하고 있지만 오쓰지로의 눈을 보니 재미있어하는 것이 분명했다. 순진한 처자를 꼬드겨 욕심을 채우고 상대방이 자기한테 빠지는 순간 내밀치고 멸시해서 울게 만들며 그걸 즐긴다. 이놈은 야비한 바람둥이다.

"그렇다면 얘기는 결렬되는 건데."

도미칸의 말에 오쓰지로는 코웃음을 쳤다.

"결렬이나마나 나로서는 느닷없이 날아든 모함이란 불티를 털어 냈을 뿐이죠. 오싱 씨, 부디 몸조리 잘해서 건강한 아이 낳으세요. 맹세코 내 아이는 아니지만."

"도련님도 참, 자꾸 그렇게 친절하게 대해 주시는 바람에 누구 씨앗인지도 모를 아이를 떠안게 될 뻔했잖습니까."

너무 친절한 것도 죄예요, 죄, 하며 메기 하녀장이 또 장단을 맞춘다.

"나도 구레한 씨의 말을 다 믿는 것은 아니지만."

도미칸은 생각에 잠긴 표정 그대로 담담하게 이야기를 시작했다.

"이번 일을 중재하기로 하면서, 오쓰지로 씨가 오싱 씨를 데려간 놀잇배집에도 가 보고 단골로 드나들던 장어집을 찾아가 이층에서 있었던 이야기를 듣고 보니—,"

말이 끝나기도 전에 이나다야의 두 사람이 "에!" 하고 소리쳤다. 메기 하녀장은 목소리가 갈라져 "구엑!" 하는 소리처럼 들린다.

"차, 찾아가다니."

"도미칸 씨, 왜 그런 쓸데없는 짓을. 당신은 그냥 관리인이에요."

도미칸은 주걱턱을 끄덕이고 그 턱 끝으로 기타이치 쪽을 가리켰다.

"말씀하신 대로 저는 그저 관리인입니다. 그런 조사는 저기 있는 기타이치 씨에게 부탁했습니다. 아직 젊지만 돌아가신 문고상 센키치 대장의 으뜸가는 수하였지요."

어림도 없는 허풍을 떤다. 너무 난데없는 말이라 이쪽이 기겁하고 말았다. 누가 으뜸가는 수하라는 거야. 지금이야 '유일하게 남아 있는 수하'이긴 하지만 이것은 의미가 전혀 다르다.

이나다야의 두 사람이 잡아먹을 것처럼 노려보자 기타이치는 목을 살짝 움츠려 보였다. 형식일 뿐이라도 야비한 바람둥이한테 고개를 숙일 수는 없다.

"어이, 너, 뭘 조사했다는 거지?"

오쓰지로의 눈에 핏발이 섰다. 메기 하녀장도 도련님을 보호하려는 듯이 몸을 앞으로 내밀며 말했다.

"센키치 대장은 이미 저승으로 갔는데. 망자의 가죽을 쓰고 행세하려고 들다니, 그건 안 될 말이지."

우와, 이 할망구가 말을 심하게 하네. 망자의 가죽을 벗겨 몸에 두른다니, 상상만 해도 속이 메스꺼워 구토가 나올 것 같다.

"그렇게 잠자코 있지 말고 뭐라도 말해!"

노파가 눈꼬리를 쳐든다. 입을 벌리고 '메롱'이나 해 줄까.

"빗줄기가 굵어졌군."

도미칸이 살창 쪽으로 눈길을 돌리며 태평한 목소리로 말했다.

"나나 기타이치 씨나 공교롭게도 삿갓이나 도롱이를 가져오질 않았습니다. 봄비는 변덕스러우니 그치기를 기다려 봅시다. 이나다야 씨는 이제 그만 돌아가세요."

짝짝, 경쾌한 소리로 손뼉을 쳐서 여주인을 부른다. 예, 지금 갑니다, 하는 목소리가 들리는 순간 장지 한 장을 사이에 둔 옆방에서도 "짝짝!" 하는 손뼉 소리가 울렸다.

"어이, 주인장."

남자의 갈라진 목소리가 묵직하게 울린다.

"여기 동백실에 도시락 좀 내줘."

분명히 이 방은 연꽃실이고 옆방에는 동백실이란 목패가 걸려 있다. 하지만 도미칸은 한 층을 전부 빌렸다고 하지 않았나?

"미안하이, 도미칸."

다른 남자의 목소리가 들리고 장지문이 스스륵 열렸다. 문턱 너머로 펼쳐진 동백실 광경에 기타이치는 눈알이 튀어나올 것 같았다.

하나, 둘, 셋. 저마다 옥호나 가문이 박힌 까만 지리멘 하오리를 걸친 상점 주인 여덟 명이 방석을 나란히 놓고 앉아 있었다. 다들 이쪽 연꽃실로 얼굴을 향했는데 그 눈빛이 형형하다.

상석에 앉은 멋진 은발을 가진 주인이 도미칸에게 말했다.

"우리는 정례 모임 중이네. 예약했던 가시세키를 갑자기 이용할 수 없게 돼서 여기 주인장이 안 된다고 하는 걸 억지로 밀고 들어왔지."

방금 전 들렸던 묵직하게 갈라진 목소리다. 그 말에 호응하듯 나머지 일곱 사람도 고개를 끄덕인다.

"이젠 우리도 젊지 않잖나. 반각쯤 느긋하게 쉬니까 좋군. 덕분에 이제 배도 슬슬 고파졌고 말이야."

바, 반각쯤 느긋하게라니. 그렇다면 내내 옆방에 있었다는 말인가.

이나다야 두 사람의 얼굴이 얼어붙었다. 구레한 부녀도 소스라치게 놀란 얼굴이다. 동백실의 상점 주인들은 다들 도미칸한테만 이야기할 뿐 연꽃실에는 다른 사람이 아예 없는 것처럼 군다.

――짰구나.

웃음이 터져 나오려 했지만 기타이치는 숨을 삼켜서 간신히 참아 냈다.

“어, 어, 어걱.”

오쓰지로의 얼굴에서 핏기가 가시고 꽉 다문 입에서 얼빠진 소리가 새어 나왔다. 메기 하녀장은 부릅뜬 눈으로 부르르 떨다가 마침내 둘이 서로를 끌어당겨 일어나더니 비척거리는 걸음으로 도망치듯 복도로 나가 계단을 내려갔다. 이내 꽈당, 하는 요란한 소리가 들렸다. 계단에서 한두 단 미끄러진 모양이다.

동백실의 여덟 사람 중에 가장 젊어 보이는 상점 주인이 얼른 창가로 가서 바깥을 내려다보았다. 그 얼굴에 웃음이 번진다. 그러자 또 다른 주인도 창가로 다가가 함께 쿡쿡거리며 웃었다.

“도망친다, 도망친다.”

“다리가 풀렸어, 저 노파.”

도미칸은 흐뭇한 얼굴로 상점 주인들에게 고개 숙여 인사하더니 가볍게 이쪽을 돌아보고 구레한 부녀에게 말했다.

“이분들은 모두 이나다야의 단골이십니다.”

쇼카쿠지正覺寺, 케이젠지惠然寺, 조린지增林寺, 카이후쿠지海福寺, 신교지心行寺, 겐신지玄信寺, 호조인法乘院, 요가쿠지陽岳寺의 신도 대표들이다.

“저분들에게는 구레한 씨의 얼굴이 보이지 않으니 아무 걱정 말고 돌아가세요. 여주인이 우산을 빌려줄 겁니다.”

보이지 않는다니, 그럴 리가 있나. 안 본 것으로 해 주겠다는 말이다.

구레한 부녀는 나란히 동백실 일동에게 절을 하고 조용히 나갔다. 오싱은 내내 눈길을 내리고 있지만 이제 울지는 않았다.

"끙."

은발 옆에 앉은 반백머리에 배가 우람하게 나온 상점 주인이 무릎을 풀고 허리춤에 질러 둔 담뱃대를 뽑았다. 마침 그때 여주인과 하녀가 차와 재떨이를 가져왔다.

"아이 반가워라. 담배를 참는 건 정말 고역이군."

"죄송합니다. 고생하셨습니다."

도미칸이 자세를 바로하고 정중하게 고개를 숙였다.

"덕분에 일이 잘 됐습니다."

담배연기에 기타이치는 그제야 숨을 돌렸다.

"도미칸 씨, 미리 준비해 놓으셨군요!"

"그런 셈이지."

"어르신들은 정말 내내 그 방에 계셨습니까?"

은발 주인이 뜨거운 차에 입김을 불며 시치미 뗀 얼굴로 말했다.

"있었지. 그 방에서 얘기가 시작되기 전부터."

미리 와 대기했던 듯하다.

"하지만…… 아무 기척도 없었는데요."

반각 이상 재채기나 기침 소리도 들리지 않았다.

"그러니 힘들었지."

"어깨도 결리고."

"닌자가 된 기분이었어. 안 그래?"

상점 주인들은 저마다 한 마디씩 하며 서로 노고를 위로했다. 반백머리가 기타이치를 쳐다보며 말했다.

"저 어린 처자는 딱하게 됐지만, 우리가 이나다야와 거래를 끊겠다고 하면 이나다야에서도 방탕한 아들을 가만두지 않겠지."

"사람들이 거래를 끊은 이유를 물으면 우리가 사정을 자세히 들려줄 테니까."

그렇게 말하고 은발 주인이 서슬 어린 웃음을 보여주었다.

"거기 젊은 분도 화가 나겠지만 이렇게 마무리 짓는 걸로 알아두시게."

조사 따위는 전혀 없었고 빌린 정장 차림으로 앉아만 있던 기타이치였다. 그런 말을 듣는 것도 미안할 지경이다.

"알겠습니다. 저 같은 것한테까지 마음을 써 주시고, 감사합니다."

"이런 일은 상인에게 돌이킬 수 없는 수치지."

살창 난간에 기대어 밖을 바라보던 젊은 주인이 말했다.

"인간으로서 신용을 잃었으니까. 저 오쓰지로라는 놈이 죽을 때까지 안고 가야 할 평생의 수치야."

"도망치는 꼴이라니."

창가에 있는 또 다른 주인은 여전히 웃음을 거두지 않은 표정이다. 그러다가 문득 손가락을 세우며 말했다.

"오, 한 구절 건졌네! 돌팔매에 쫓기듯 달아나는 초겨울 빗속.

어떻습니까?"

배불뚝이 주인이 담뱃대로 재떨이 가장자리를 쳤다.

"계어季語 와카를 지을 때 춘하추동의 계절감을 표현하기 위해 반드시 넣어야 하는 단어. 계어는 계절별로 일정하게 정해져 있으며, 여기에서는 초겨울에 내리는 비를 뜻하는 '시구레時雨'가 계어로 쓰였다가 틀렸군. 시구레는 겨울 계어니까."

그러더니 살짝 고개를 갸웃거리며 읊조렸다.

"봄비여 바람둥이의 꿈의 흔적."

"어디서 들어 본 것 같은데요?" 하며 도미칸도 긴장을 풀며 웃었다바쇼의 하이쿠 중에 '여름풀이여 무사들의 꿈의 흔적'이 유명하다.

그날 밤 후유키초의 마님 집에서 이번 일을 이야기하자,

"재미있네. 말이 난 김에, 오미쓰, 내일 아와유키 좀 사 와."

하며 마님도 웃었다.

"그 라쿠간을 대장이 아주 좋아했는데, 가게가 어떤지도 보고 오렴."

"예, 아침에 다녀올게요."

유채꽃고추무침을 주발에 수북이 담아내며 오미쓰가 말한다. 저녁밥상에는 송어된장찜도 있어서 제법 봄답다. 맛난 밥과 반찬이라면 언제나 고마운 기타이치이므로 뭐가 오르든 개의치 않지만.

"그런데 구레한의 따님이 어느새 그런 나이가 되었네."

"마님은 오싱 씨를 아세요?"

"바느질일을 많이 맡겼지."

마님은 어릴 적에 앓은 마마 때문에 앞을 보지 못한다. 센키치 대장과 살림을 차릴 무렵부터 늘 오미쓰 같은 하녀가 곁에서 시중을 들었지만 하녀에게 맡기기 힘든 일은 바깥에 부탁하곤 했다.

"착실한 가족이지. 바느질 솜씨도 뛰어나고."

대장이 건재했다면 오쓰지로를 혼내는 데 그치지 않고 이나다야에서 적절한 위자료를 받아 내 오싱이 무사히 출산할 때까지 이런저런 도움을 주었겠지, 라고 한다.

"여자들한테 인기가 많던 사람이라 바람둥이에게는 악귀처럼 엄격했거든."

그게 그렇게 되나.

"오쓰지로는 어떻게 될까요?"

"뭐, 부모가 의절하겠지. 의절하는 시늉만 낸다면 그 야비한 자의 말을 직접 들었던 상점 주인들이 용납하지 않을 테니까."

도미칸도 대단한 수완가로구나.

"하지만 상점 주인들이 그렇게까지 한마음으로 협조해 준 것은 오쓰지로가 이번 일 말고도 못된 짓을 많이 저질러서 그 소문을 듣고 있었기 때문이 아닐까."

오싱에 관련된 일 하나만으로는 역시 이런 사전준비가 곤란했을 것이다.

"기타도 그 점을 염두에 둬야 해. 오쓰지로가 그냥 야비한 바람둥이일 뿐이라면 이것으로 마무리되겠지만."

돈 잘 쓰는 바람둥이에게는 빨판상어들이 모여들게 마련이니까—.

"질 나쁜 동료들이 있다면 골치 아프겠군요."

마님의 매끄러운 눈꺼풀이 희미하게 떨렸다.

그로부터 불과 이틀 후 이나다야 당주는 오쓰지로와 의절하고 가게를 물려줄 장남 고이치로와 함께 예의 상점 주인들을 찾아다니며 사죄했다.

장남 고이치로는 동생과는 달리 견실한 사람이며, 오래전부터 동생의 방탕한 행동을 몹시 불쾌하게 생각했던 듯하다. 구레한에도 찾아가 가족 앞에 고개를 숙이고 출산 비용으로 금화 여러 매를 종이에 싸서 사양하는 오싱에게 부디 받아 달라고 부탁해서 건네주었다고 한다.

"고이치로 씨는 이미 결혼도 한 몸이니 이나다야는 곧 상속이 이루어질 거라더군."

하고 도미칸이 일러 주었다. 기타이치는 문고를 팔러 다니던 중이고, 도미칸은 기타나가호리초의 파수막을 막 나서던 참이었다. 다친 허리도 좋아졌는지 이제는 고약 냄새를 풍기지 않는다.

"제대로 마무리되었어. 상점 주인들에게 폐를 끼치며 그렇게 사전준비를 한 보람이 있었네."

이나다야를 성실한 장남이 운영하게 된다고 하므로 상점 주인들도 이나다야의 사죄를 받아들였다. 저 은발 주인과 배불뚝이 주인은 오쓰지로와 의절한다는 증서를 작성할 때 증인으로 서명까지 했다고 한다.

"하녀장은 어떻게 되었습니까?"

기타이치는 그 메기 하녀장이 제일 미웠다.

"고이치로 씨가 가게에서 철저히 재교육하겠다고 상점 주인들에게 약속했대."

그 전에 목에 밧줄을 걸고 구레한에게 끌고 가 사죄하도록 하는 게 먼저일 텐데.

"제가 잘 몰라서 묻습니다만 의절 증서까지 작성해야 진짜 의절인가요?"

부모도 아니게 되고 자식도 아니게 된다. 재산을 물려줄 일도 없고 부양도 못하게 된다.

"앞으로 오쓰지로는 어떻게 되는 거죠?"

"뭐, 일단 친척이나 지인에게 의지하겠지."

부모라도 거기까지 막는 일은 없다. 쫓아낼 때도 졸지에 사고무친이 되지 않도록 배려는 해 준다.

"그런 건가요……."

"납득이 안 돼?"

치렁치렁하게 긴 하오리 끈을 손가락 끝으로 휙 돌리며 도미칸이 쓴웃음을 짓는다.

"기타, 그날은 오쓰지로의 목을 비틀어 버릴 것 같은 얼굴을 하고 앉아 있더군."

그렇게까지 얼굴에 다 나와 있었나?

"그게 아니라 오쓰지로가 과연 누구에게 의지하게 될지가 걱정돼서요."

마님의 염려를 전하자 도미칸은 양쪽 눈썹 끝을 치켜 올렸다.

"정말이지 예리한 사람이군."

분명히 오쓰지로에게는 그다지 질이 좋지 못한 동료들이 있다. 비슷한 방탕아 두 명과 하타모토의 와카토무사와 계약을 맺고 일정 기간 종자로 일하는 젊은 무사 출신의 낭인 하나.

"사무라이도 있습니까?"

"풋내기이긴 하지만."

그자들이 주로 드나든다는 주점이나 유곽, 활터본래 요금을 지불하고 활을 쏘는 곳이지만 에도 중기부터 접대부를 두고 매춘을 하는 사창굴처럼 변모했다, 도박장 등은 도미칸도 대강 파악하고 있다고 한다. 그자들은 술에 취해 난동을 부리거나 시중드는 여점원을 희롱하거나 업소의 다른 손님과 패싸움을 벌이는 등 그야말로 개차반에 어울리는 짓을 하고 다닌다.

"오쓰지로가 의절당하면 방탕한 친구들도 다음은 자기 차례일지 모른다며 정신을 차리겠지. 상점 주인들도 쓴 약이 될 거라고 하면서 협조했던 거야."

과연. 그렇더라도 역시 상황을 예의주시하는 게 좋겠다. 의절을 계기로 오쓰지로가 폭주한다면 동료들도 덩달아 말썽을 부릴 수 있다.

“제가 잠깐 생각해 봤는데요, 오쓰지로가 도미칸 씨에게 앙심을 품었대도 이상하지 않겠더군요.”

“응. 그렇겠지.”

“보복이 있을지도 모르죠. 센키치 대장이라면 눈에 불을 켜고 경계하셨을 텐데.”

저도 모르게 중얼거리자,

“그럼 기타가 대신 눈에 불을 켜고 경계해 줘. 믿고 있겠어”란다.

됐어요, 이상한 말씀을 하시네.

“자꾸 추어올리시는데 제가 추어올릴 수 있는 건 이것밖에 없어요.”

기타이치가 멜대를 들어 올려 어깨에 메 보이자 도미칸이 짤막한 웃음을 터뜨렸다.

“헛된 기대였나. 섭섭하네.”

셋타대나무껍질로 만든 조리 신발. 밑바닥에 가죽을 대고 뒷굽에 쇠붙이를 박아 마모를 막았다 뒷굽 소리를 내며 멀어져 가는 도미칸의 뒷모습에 기타이치는 뭐라고 변명을 하고 싶었지만 마땅한 말이 떠오르지 않아 입술을 깨물었다.

──나는 대장의 후계자도 아니니까.

정말 위급한 사태가 일어난다면 도미칸도 기타이치 따위보다는 혼조 일대를 관장하는 에코인의 마사고로 대장에게 의지하겠지. 그 대장은 평판도 좋고, 센키치 대장 밑에서 일하던 선배들 중에는 마사고로 대장의 수하가 된 사람도 있으니까.

걱정할 필요는 없다. 기타이치는 그냥 문고 행상이다.

문고오~ 문고 사세요오~ 에헤~ 장안에 소문난 붉은 술 문고입니다아~.

사루에 목재적치장 쪽까지 걸음을 옮긴 것은 한동안 소식을 전하지 못했다는 생각이 났기 때문이지 특별한 목적이 있던 것은 아니었다. 하지만 느티나무집 띠지붕이 보이는 곳까지 다다르자 대문인 기도몬이 열리고 요닌 오우미 신베에가 얼굴을 내밀며 기타이치를 향해 말했다.

"오, 기타. 마침 잘 왔네. 냄새가 나던가?"

느티나무집—하타모토이며 고부신구미시하이의 조장인 쓰바키야마 가쓰모토 나리의 별저 부엌에서 기타이치는 라쿠간 아와유키가 옻칠한 주발에 수북이 담겨 있는 것을 보았다.

"이나다야에서 아들이 물의를 일으켜 죄송하다면서 요 며칠간 모든 건과자를 반값에 팔고 있더군."

그 일은 이런 식으로 후카가와 밖에까지 파문을 넓히고 있었다. 그런데 신베에 씨가 원래 거드름 피우는 사람이 아닌 줄은 알고 있지만 고작 라쿠간 염가 판매를 이렇게까지 좋아하다니 의외였다.

"어제 다카바시의 바둑모임에 갔다가 소식을 들었지."

"작은 나리나 세토 님도 아와유키를 좋아하세요?"

작은 나리란 쓰바키야마 가의 아들이고 세토는 여기 별저에서 제일 지위가 높은 하녀장이다. 두 사람 다 기타이치가 쉽게 만날 수 있는 사람이 아니다. 따라서 세토가 오쓰지로와 동반했던 하녀장처럼 메기 같은 얼굴인지 어떤지는 알 수 없다. 다만 신베에의 이야기를 들어 보면 검소함을 중시하고 예절에 엄격하지만 심술궂은 사람은 아닌 듯하다. 작은 나리라는 사람은 더욱 수수께끼라, 연령도 짐작이 가지 않지만 책을 좋아하고 붉은 술 문고를 애용해 주는 사람이므로 역시 나쁜 사람은 아닐 것이다. 별저에서 생활하는 것은 병약한 탓이라고 한다.

"두 분 모두 이나다야의 건과자를 좋아하시지. 그러니까 내가 모모다치(주름 잡힌 하의인 하카마는 양쪽 허리 밑으로 넓적다리를 따라 길게 터 놓았는데, 이를 모모다치라고 한다. 격한 동작을 할 때는 모모다치 부분을 허리띠 속에 여며 두어 동작을 편하게 했다)를 허리춤에 끼워 넣고 그 문전 상가까지 뛰어갔다 왔잖아."

"과자를 산다기보다 말하자면 정의 구현에 가세한 거군요."

라쿠간은 (아무리 고급품이라도) 그리 향이 나는 과자는 아니지만 따끈한 호지차는 향이 좋다. 신베에의 후의 덕분에 기타이치는 저택의 부엌 구석에서 잠시 쉴 수 있었다.

"오늘은 작은 나리와 세토 님이 출타중이시다."

신베에도 일손을 놓고 편하게 쉬고 있다. 조금 전까지 정원을 손질하던 중이었는지 봉당 구석에 진흙 묻은 가래나 전지가위가 세워져 있었다.

이 별저에서 신베에는 온갖 일을 도맡아 한다고 들었다. 살림비 변통부터 장부 작성은 물론, 드나드는 상인도 상대한다. 지붕 청소, 도랑치기, 소소한 집수리 같은 힘쓰는 일도 한다. 본인은 정원 손질을 좋아하고 감자나 콩, 수세미나 표주박 따위도 키운다. 이 근방은 주택보다 논밭이 많아서 논두렁길을 걸으면 철마다 나물도 캘 수 있다. 많이 캐면 내다팔 수도 있는 모양이다.

그런 사람이기 때문에 기타이치도 상대가 사무라이라는 사실을 번번이 깜빡하곤 한다. 그건 위험한 일이므로 조심해야 하지만 신베에와 차를 마시며 잡담을 나누는 시간은 즐겁다.

원래 기타이치는 느티나무집을 동경했다. 이런 저택에 사는 신분이 될 수는 없지만, 부럽네…… 하고 생각했다. 신베에와 알게 되고 동경하던 저택 내부도(그래 봐야 정원의 일부와 부엌뿐이지만) 볼 수 있었으니 꿈을 이룬 기분도 드니까 이곳에 들를 때마다 기운이 나는 거겠지.

듣던 대로 입에 넣기 무섭게 녹아 버리는 고급스러운 라쿠간과 뜨거운 호지차를 대접받자 기타이치는 이나다야 오쓰지로의 '방탕'을 간단히 들려주었다. 구레한과 오싱이란 이름은 밝히지 않고 '마음씨 고와 보이는 단정한 아가씨'라고 말했다.

신베에는 오쓰지로의 야비함에 분노하고 오싱을 동정하고 도미칸의 말끔한 수완을 칭찬했다. 그리고 마님과 똑같은 걱정을 했다.

"바람둥이치고 심지 굳은 사내가 없지만, 쓰레기끼리 어울리고 한패도 있다고 하니 도미칸이 원한을 사지나 말아야 할 텐데."

"저도 그렇게 생각해요."

"기타, 잘 지켜봐."

네? 제가요? 신베에 씨도 이런 말을 하네.

그러나 신베에의 말은 그뿐만이 아니었다.

"혹시 뭔가 도움이 필요하면 나한테 말해. 망설이지 말고."

입가에 라쿠간 가루가 묻어 있지만 꽤 진지한 표정이다.

"나도 가끔은 저택 밖에서도 누군가에게 도움이 되고 싶으니까. 그야말로 정의 구현에 힘을 보태고 싶으니까."

라며 호탕하게 웃었다.

붉은 술 문고.

기타이치가 팔고 다니는 세련된 문고가 그렇게 불리게 된 것은 세상을 떠난 센키치 대장의 붉은 술 짓테에서 비롯되었다.

본래 빨간색이나 주홍색 술은 마치부교쇼사무라이나 승려를 제외한 서민들이 사는 지역의 행정, 사법, 소방, 치안 따위를 관장하는 부서로, 규모 큰 도시에 설치되었다의 요리키나 도신도신은 최하급 관리로서 군대의 보병에 해당하는 지위. 요리키는 도신을 지휘하는 상관의 짓테 끝에 다는 술 장식으로 오캇피키에게는 허용되지 않았다. 다만 대장이 젊을 때부터 모셨던 혼조 후카가와 담당 도신 사와이 렌주로 나리는 대장을 깊이 신뢰하여,

"센키치는 내 눈이고 손발이다. 이 붉은 술은 그 표식이다."

라며 자신의 짓테에 달린 것과 같은 주홍색 술을 구해다 대장에게 주었다. 그것이 10년쯤 전의 일인데, 유래가 유래인 만큼 이

'붉은 술'이라는 말에는 긍지가 담겨 있다.

센키치 대장이 어느 수하에게도 오캇피키 자리를 물려주지 않기로 작정한 까닭은 이 긍지를 지켜 줄 만한 수하가 없다고 체념했기 때문일 것이다. 그분의 뜻이 그렇다면 도리 없는 일이지만, 대장의 급사로 그 본심이 별안간 세상에 알려진 건 실로 불행한 일이다.

자신들이 대장의 기대를 잃은 지 오래라는 사실을 갑자기 눈앞에 대면하게 된 수하들—기타이치의 선배들은 낙담하고 수치스러워하고 분노했다. 그래서 뿔뿔이 흩어지고 말았다.

문고상 쪽은 (일한 기간과 나이에서) 으뜸가는 수하였던 만사쿠가 물려받았는데, 이 사람이 '붉은 술'이라는 대장의 긍지를 얼마나 중시하는지 기타이치로서는 조금 걱정스러웠다. 그저 세련된 그림으로 장식된 문고를 만들어 팔아서 가게가 번창하면 된다고 생각하는 것 아닐까? 또 만사쿠의 처 오타마가 욕심이 많아 남편을 마구 닦아세우는 것도 마음에 들지 않았다.

식솔 가운데 막내였던 기타이치에게는 최소한 대장의 문고가 누리던 평판만은 지키고 싶다는 소망이 있지만, 정작 문고는 만사쿠의 가게에서 사입하고 자신은 행상을 하며 팔고 있을 뿐이다. 불만을 말하면 물건을 주지 않아 먹고살 길이 막혀 버린다.

——나 같은 건 훅 불면 날아가 버리는 먼지나 다름없지.

그런 먼지에게 도미칸은 '믿는다'고 말했다. 신베에는 정의 구현에 힘을 보태자고 말해 주었다. 조금은 기뻐해도 좋을지, 아니면 당장 도망치는 게 나을지, 아니면 주제 넘는 생각을 용서해 달라고 머리를 조아리며 사죄해야 하는지.

고민이라기보다는 곤혹스러워하는 기타이치에게 렌주로의 후계자인 사와이 신임 나리의 호출이 날아든 것은 가시세키 건으로부터 닷새 뒤였다.

2

후카가와 십만 평. 탁 트인 매립지에 논이 펼쳐져 있다.

그 벌판과 맞닿은 오나기가와 다리 맡에 고혼마쓰가 있는데, 그 근처에 이구치 하치에몬이라는 지주가 산다. 하치에몬은 자신의 저택에 다다미 6첩짜리 별채를 지었다. 이 별채에는 하치에몬의 연로한 모친이 몇 년을 누워 있었다. 그러다가 지난달 모친이 마침내 타계하자 이구치 가에서는 장례 후 별채를 철거하기로 했다. 오랫동안 고통을 주었던 노모의 병으로 인해 별채에도 어두운 분위기가 배어들었기 때문이다. 하치에몬의 지시를 받은 사람들은 장지와 창호지를 떼어 내고 다다미를 걷기 시작했다. 한데 마루판을 치우다가 깜짝 놀라고 말았다. 별채 바닥 밑, 새의 깃털과 짐승의 똥 사이에 묵은 유골이 누워 있었던 것이다.

"너무 오래된 유골이라 가령 살인이었다 해도 범인 찾기가 쉽지 않겠군."

사와이 신임 나리는 기하치조노란 바탕의 줄무늬 비단으로 지은 옷 소매를 조금 걷어붙인 채 쪼그리고 앉아 마루 밑을 들여다보며 말했다.

"그래도 망자를 위해 최소한 신원 정도는 찾아 주어야겠지. 그래서 기타이치, 자네의 얼굴을 떠올렸네. 자네는 이쪽까지 행상을 다니니까 단골이 있겠지."

사와이 렌주로의 아들인 사와이 렌타로는 부친 렌주로가 도신으로 일하다 은퇴하자 혼조 후카가와 지역을 물려받아 센키치 대장에게 목패를 주고 함께 일했다. 그래서 기타이치에 대해서도 알고 있는 것일 텐데, 설마 이런 일로 호출할 줄은 생각지도 못했다.

"단골이라고 할 정도는 아닙니다만……."

"그럼 해 볼 생각이 없는 건가?"

신임 나리는 이목구비가 단정하다. 그러나라고 할까 그래서라고 할까, 시원하게 생긴 눈이 차갑게 보인다.

"아뇨, 필요하다 하시면 뭐든 하겠습니다."

기타이치는 오우미 신베에의 얼굴을 떠올리며 대답했다. 기타이치가 보자면 이 근방은 신베에의 마당 같은 곳이다. 유골의 신상을 찾을 때 도움을 받을 수 있을 것 같았다. 이런 일도 일종의 정의 구현이 아니겠는가.

"그래? 기특하군. 그럼 우선 유골을 빠짐없이 수습해 주게."

그리 말하고 신임 나리는 일어났다.

"마루를 뜯어낸 목수 얘기로는 유골이 건드리기만 해도 힘없이 바스러진다고 하더군. 조심스럽게 파내야 해."

기타이치는 긴장했다.

파내라니, 그거, 나한테 하는 말씀?

"옷은 다 썩어서 흙이 돼 버린 모양인데 뭔가 단서가 될 만한 게 남아 있을지도 몰라. 신원 찾기도 그런 단서에서 시작되겠지."

이런 막일부터 하라는 겁니까?

"근데…… 저 혼자서."

"여러 사람이 밟고 다니면 현장이 망가지지 않겠나."

연장은 이 집에서 빌릴 수 있어, 밥도 지어 주라고 말해 두겠네, 하고 빠르게 말하더니 덧붙인다.

"정성스럽게 파 보게. 한 구만 있으란 법도 없으니까."

신임 나리가 이렇게 일방적인 분이었나, 하며 기타이치는 거반 울상이 되었다. 내 얼굴은 왜 쓸데없이 떠올려 가지고.

"이곳은 한적한 지역이라 구경꾼도 시끄럽게 모여들지 않아. 이 집 사람들에 대한 조사는 내가 해 두겠네."

"예, 알겠습니다."

도미칸을 상대할 때처럼, 내가 추어올릴 수 있는 것은 이 멜대뿐이라고요, 라며 대꾸할 수는 없다. 센키치 대장이 죽었으니 나는 이제 핫초보리 나리하고 아무 관계가 없습니다, 라고 대꾸하지도 못한다. 왜지? 배짱이 없어서다.

우선 가래와 괭이를 빌렸지만 이런 연장을 쓰다가는 유골이 박살날 것 같다. 차라리 맨손이 낫겠다고 생각했다. 흙먼지나 동물들의 바싹 마른 똥 가루를 마시지 않으려고 얼굴에 수건을 두르고 마루 밑에 엎드려 조금씩 흙을 파내야 한다. 이구치 가의 하인이라는 노인이 오물을 닦을 때 쓴다는 볏짚단과 하인방을 청소할 때 쓰는 짧은 비를 빌려주었다.

첫날 두개골을 파냈다. 안구 속까지 흙이 차 있었다. 말끔하게 털어 내고 넝마조각으로 닦아 냈다. 치아가 거의 남아 있지 않았다. 생전부터 이가 없었는지 따로 치아가 발견되지 않았다.

옷과 허리띠, 속옷 따위는 흐물흐물하게 썩어 손으로 집으려고 하자 부스러지고 만다. 색상과 무늬는 흙물이 들어 알아볼 수 없고 가문家紋이나 이름으로 짐작되는 흔적도 볼 수 없었다.

두개골에 합장하고 그날 작업을 마친 기타이치는 기운을 쥐어짜내어 후유키초로 가서 부인에게 사정을 이야기했다.

부인이 이렇게 말해 주기를 내심 기대하면서.

——기타가 그런 일까지 할 필요는 없어. 내가 사와이 나리께 잘 말씀드려 줄게.

섣부른 생각이었다.

"대장이 맡긴 일이라 생각하고 빈틈없이 해 봐."

저녁밥과 목욕은 우리 집에서 해결해. 낮에 현장에도 먹을 걸 가져다주라고 할게. 고혼마쓰 근처 이구치 가라니 위치는 알겠네.

그러더니 오미쓰에게 일러, 하도 여러 번 빨아서 부드러워진 수건 몇 장과 창호지 바를 때 쓰는 귀얄을 빌려주었다. 귀얄은 유골의 흙을 털어낼 때 비보다 나을 거라면서.

"내일부터는 소쿠리를 빌려서 흙을 채질해 봐. 작은 유골이 흙덩이 속에 있을지 모르니까."

예, 친절한 조언 고맙습니다.

맹세코 기타이치는 불만을 얼굴에 드러내지 않았다. 부인은 설법하는 스님 같은 투로 말했다.

"유골로 변한 망자를 귀하게 수습해 주는 것도 기타의 공덕을 쌓는 거니까."

오미쓰는 시종 '기타, 너무 딱하네'라는 표정이었지만 부인의 눈치를 살피며 아무 말도 하지 않았다. 내일 아침에 먹으라고 커다란 주먹밥을 두 개 만들어 준 것이 그나마 위로가 되었다.

이튿날 기타이치는 그 주먹밥으로 배를 채우고 아침부터 이구치 가의 별채 마루 밑으로 기어들어 갔다. 사와이 신임 나리가 나타나자 기타이치는 마루 밑에 물을 끼얹어 동물들의 똥 같은 오물을 흘려보내고 흙을 부드럽게 만들면 어떻겠냐고 물어보았다.

"아니, 그건 안 돼. 가능하면 있는 그대로, 쉬 깨지는 물건처럼 다루는 게 좋다."

'처럼'이 아니라 오래된 유골은 원래 잘 부스러지게 마련이다. 삭은 뼈라 조금만 힘주어 당겨도 부러져 버린다.

문고는 종이로 만든 것이므로 여러 개를 쌓아 놓아도 가볍다. 깨끗한 물건이다. 기타이치는 평소 깨끗한 장사를 하고 있었던 것이다.

——그런 내가 왜 이런 꼴이 되었을까.

이구치 가의 하인들도 별채를 멀찍이 에워싸고 지켜본다. 무서운 거라도 보는 눈초리로 기타이치를 쳐다보고 있다. 다들 겁을 먹은 모습이다. 당신네 마루 밑에 있던 뼈잖아, 와서 거들어!

그렇게 말할 수도 없다. 이구치 가 사람들은 현재 사와이 신임 나리에게 조사를 받고 있다. 의심을 받는 처지인 것이다.

좋겠네, 의심받는 게 낫겠어. 차라리 내가 범인이오, 라고 외칠까. 그러면 이 더러운 일도 끝나겠지.

사람 몸에는 뼈가 많고 복잡하게 얽혀 있어서 여간 손이 많이 가는 게 아니다. 목과 어깨, 늑골의 절반을 확인하는 데만 꼬박 하루가 걸렸는데, 울대뼈가 발견되었으므로 마루 밑 사체가 남자라는 사실은 알 수 있었다.

사흘째는 가랑비가 내렸다. 마루 밑에 빗물이 흘러들지 않도록 유골이 있는 자리 주위에 흙으로 둑을 만들었다. 그나마 이 작업은 이구치 가의 하인과 소작인들이 나서서 진흙범벅으로 변해 가며 기타이치와 함께해 주었다.

그들과 띄엄띄엄 대화를 해 보니 섬뜩한 유골 출현에 다들 당황하여 겁을 먹었음을 알 수 있었다. 이번 일을 입에 올리는 것조차 저어하는지 기타이치가 끈질기게 물어도 입이 무거웠다.

유골의 주인으로 짐작되는 인물은 없었다. 이구치 가는 악독한 지주도 아니고 소작인들은 먹고사는 데 이렇다 할 문제없이 살아왔다. 그동안 야반도주한 소작인도 없다. 하치에몬의 노모는 상냥한 사람이었고 허리와 하체가 약해서 자리보전하기 전부터도 바깥출입을 거의 하지 않았다. 일과의 대부분은 며느리와 고참 하녀의 시중을 받으며 별채에서 염불을 외웠을 뿐이다—.

그들은 기타이치에게, 고생하게 해서 미안해요, 하고 위로를 건넸다. 고맙다는 말도 했다. 댁은 핫초보리 나리 밑에서 일하시겠군요. 젊은 분이 훌륭하시네. 간도 크시고.

그래서 기타이치의 기분이 좋아지기까지 한 것은 아니지만 마음은 한결 가벼워졌다. 부담스러워하는 일을 내가 대신 해 주니까 고마워하는 거겠지. 뿌듯하다고는 할 수 없지만 기분 나쁜 말도 아니지, 암.

또 하루. 다시 또 하루. 마루 밑으로 기어들어 가 엎드린 자세로 귀얄을 놀리고 눈을 가늘게 뜨고 뼈를 살펴보고 낡은 수건으로 얼굴의 땀을 훔친다. 그런 일을 계속하다 보니 유골이 친숙하게 느껴졌다.

익숙해졌기 때문일 것이다. 체념한 탓도 있다. 하지만 그게 전부는 아니다. 마음가짐의 변화도 분명히 있었다. 기타이치의 마음은 이 외로운 유골로 변해 버린 남자에게 밀착되어 있었다.

당신은 어디 사는 누구이고, 왜 이런 자리에 홀로 누워 있었습니까? 제가 확실하게 밝혀낼게요. 어떻게 돌아가셨는지는 모르지만 온몸의 뼈를 빠짐없이 수습하면 당신 심정도 편해질까요?

한 사람분의 뼈를 전부 파내자 별채 마당에 덧문을 놓고 그 위에 늘어놓았다태풍 등에 대비하여 장지나 창문에 덧문을 달았는데, 그 덧문은 평소 들것

등으로 쓰였다. 누락된 부위가 없어 온전한 인간의 형상이 되었다. 손가락뼈까지 빠짐없이 수습했다.

——일단 됐다.

거기서 끝내지 않고 사와이 신임 나리의 말대로 또 누가(뭔가) 묻혀 있지 않은지 꼼꼼하게 확인했다. 그리고 뼈가 있던 자리 근처의 흙을 조금씩 걷어내 채에 걸렀다.

마님의 조언은 늘 옳다. 과연 크기로 보나 감촉으로 보나 까만 바둑돌 같은 것이 흙덩이 속에서 데구루루 굴러 나왔다.

바둑돌처럼 동그랗지는 않다. 상투가 있고 두 귀가 튀어나와 있고 턱도 있다. 그렇다, 사람 얼굴 모양이 새겨져 있다.

하지만 사람은 아니다. 부리가 있다.

"—까마귀천구로군."

네쓰케담배쌈지나 지갑의 끈을 허리띠에 지를 때 끈이 빠지지 않게 끈 끝에 다는 세공품일 거라고 사와이 신임 나리는 말했다.

"상투에 작은 구멍이 있지? 거기에 끈을 꿰는 거다."

그렇구나, 하고 기타이치도 생각했다. 까마귀천구니까 새카만 것이고. 천구니까 마귀를 쫓는 부적의 의미가 있는지도 모른다.

파낸 유골과 의류 잔해를 검사하기 위해 사와이 신임 나리의 상사이며 남부 마치부교쇼에도의 마치부교쇼는 남부, 북부로 2개 조를 두어 한 달 일하고 한 달 쉬는 월번제로 근무했다. 남부, 북부는 근무 조를 구분하는 이름일 뿐 지역을 뜻하는 말은 아니다에서 검시 능력이 가장 뛰어난 구리야마라는 요리키 나리가 왔다. 매일 관청에 출근하다가 이런 매립지까지 나오니 발이 아프다는 둥 안경 없이는 작은 게 잘 보이지 않는다는 둥 신임 나리를 상대로 투덜거렸지만 유골 다루는 손놀림이 익숙한 것을 보니 확실히 노련한 조사관 같았다.

"뼈가 가늘어. 찢어지게 가난했겠어. 이가 없는 것도 그 탓이겠지."

그렇게까지 굶주린 가난뱅이는 기타이치도 만나 본 적이 없다. 에도에 그런 사람도 있나?

"목뼈나 울대뼈에 손상이 없어. 어느 뼈에도 칼자국이 없고. 두개골에도 흠집이 없고."

칼에 베이거나 주먹질을 당하거나 딱딱한 물건으로 맞거나 목이 졸리거나 하지 않았다—설사 당했다 해도 죽을 만큼 심각한 타격은 없었을 것으로 생각된다고 했다.

"마루 밑에 혈흔도 없고."

"뼈로 그런 것까지 알 수 있습니까?"

"흙으로 알 수 있지."

그렇게 말하고 검시관 나리는 별채 방으로 가볍게 올라섰다. 무릎을 꿇고 유골이 있던 마루 밑을 들여다본다. 기타이치가 꼼꼼하게 채질을 했으므로 거기 있는 흙은 씨앗이나 모종을 심어도 좋을 만큼 곱고 부드러웠다.

"피를 머금고 굳어 버린 흙에는 그 흔적이 남지. 색깔도 변하고 냄새도 나. 이런 식으로 곱게 되질 않아."

사와이 신임 나리도 별채 방으로 들어섰다. 검시관 나리는 놀리는 눈빛으로 기타이치를 보며 물었다.

“어이, 꼬마, 흙을 채질해 보라는 건 누구 훈수야?”

기타이치는 당황해서 말을 더듬었다. “뭐, 뭔가 단서가 나올지 모르겠다고 생각해서요.”

“호오, 네 생각이었다고?”

우리 마님의 조언이었다고 말하면 번거로워질 것 같아서 기타이치는 더 말을 더듬었다.

사와이 신임 나리가 차가운 눈을 가늘게 뜨고 기타이치를 힐끗 쳐다보았다.

“뭐, 병사거나 아사겠지” 하고 검시관 나리가 말했다.

“그럼 스스로 여기 마루 밑으로 들어갔겠군요.”

“흠…… 비를 피하려고 했거나 누군가를 피해 도망쳤거나.”

검시관은 턱을 쥐고 고개를 갸우뚱거렸다.

“어쨌거나 이 집 사람들하고는 무관할 거야. 행로병자가 마루 밑으로 숨어들어 멋대로 죽어 버렸으니 이런 민폐도 없지.”

그 말에 사와이 신임 나리가 짧은 한숨을 토했다.

“다행입니다.”

겁먹은 사람들을 상대로 범인을 찾아내는 것은 신임 나리에게도 부담스러웠던 모양이다.

“잘 했다, 기타이치.”

불쑥 날아온 칭찬에 기타이치는 눈을 끔뻑거리고 말았다.

“이런 일이라면 필시 네가 도움이 될 거라고 도미칸이 추천하더라만, 솔직히 나는 그다지 믿지 않았었다. 미안하다."

센키치도 기뻐하겠지—라는 다음 말은 기타이치의 머리에 들어오지도 않았다.

도미칸 씨가, 나를 추천해?

덕분에 내가 이런 꼴이 되었던 거구나. 행상도 못 나가고, 밥은 마님 댁에 신세지고, 유골 섞인 흙을 뒤집어써서 온몸에 흙내가 배고 진흙과 빗물에 떨고 날마다 뼈를 친구 삼고.

——개고생했잖아!

그런데 웃음이 나오는 것이 신기했다.

3

고혼마쓰 근처 지주 집 별채 마루 밑에 무명씨의 유골과 함께 묻혀 있던 새카만 천구 모양의 네쓰케.

꼭 그렇게 생긴 문신을 하고 있는 사람이 있대—라는 소문이 날아든 것은 기타이치가 그 유골로 인해 호되게 했던 고생도 거의 다 잊어갈 즈음이었다.

봄비가 잦은 시기도 지나서 에도 시중은 시원한 바람과 빛으로 가득한 계절을 맞았다. 후유키초의 부인 댁에는 '후쿠토미야'에서 선물로 보낸 모란 화분이 꽃을 활짝 피웠다. 값비싼 모란이 무려 이마리도기 화분에 심어져 있었다. 벌벌 떨며 돌보는 오미쓰의 모습이 재미있다.

문신 소문을 전해 준 사람은 이 화분을 가져온 후쿠토미야와 거래하는 동산바치였다.

“오기바시초의 ‘조메이탕’이라는 목욕탕에서 가마 담당으로 일하는 사람의 오른쪽 어깨에 까만 천구 문신이 있다고 하더군.”

카더라로 전한 까닭은 동산바치도 직접 보진 못하고 전해 들은 이야기이기 때문이다.

“벌써 세 달쯤 지났나. 내 밑에서 일하는 젊은 아이가 그 목욕탕 근처 무가 저택의 머슴방으로 노름을 하러 갔는데, 운 좋게 조금 따고 노름판 동료와 조메이탕 이층에서 술을 마시며 놀았다는 거야.”

그러다가 옆에 있던 다른 손님과 싸움이 벌어졌다.

“상대가 제법 거친 건달인데다 잔뜩 취한 상태였는데 갑자기 단도를 꺼내 드는 바람에 난리가 났다지.”

젊은 동산바치도 평소 누가 시비를 걸면 배로 갚아 주는 자이지만 상대방의 서슬이 심상치 않은 데다 소매를 걷어붙여 두 줄짜리 팔뚝 문신에도 시대에 범죄자에게 내린 신체형의 일종을 과시하자,

“어이쿠 하며 헐레벌떡 도망쳐 나왔다니 한심한 일이지.”

아니, 도망친 게 잘한 일이다. 전과 있음을 표시하는 문신이 새겨진데다 흉기까지 꼬나든 자라면 성질 급한 건달하고는 전혀 차원이 다른 것이다.

“조메이탕長命湯은 옥호 그대로 주인 내외부터 지배인, 하녀까지

다 늙은이들뿐인데 우리 젊은 동산바치 패거리까지 도망쳐 버렸으니 그자의 난동을 제압할 사람이 없었지."

그걸 알면서도 도망쳤다고 해서 동산바치는 젊은 직원을 호되게 꾸짖었다고 하는데, 어쨌거나,

"그 뒤가 걱정돼서 이튿날 그 직원을 목욕탕에 보냈더니 목욕탕 주인영감이 뜻밖의 얘기를 하더란다."

——그 건달 놈이 자기를 말리려던 우리 목욕탕 가마 담당을 흠씬 두드려 패고 나서 성이 풀렸는지 얌전히 돌아갔소.

더욱 걱정스런 일이 벌어졌던 것이다.

"그런 말을 들었으니 우리 젊은 직원도 면목이 없었겠지. 가마 담당이 크게 다치지는 않았습니까? 직접 만나 사과하고 싶다면서 주인 영감에게 부탁해서 만나게 되었는데—."

조메이탕 가마 담당은 뺨이 퉁퉁 붓고 한쪽 팔을 쳐들지 못하고 한쪽 다리를 질질 끌었다. 늙은 하녀가 급한 대로 처치를 했다는데, 고약 냄새를 풀풀 풍기며 몸 여기저기를 무명천으로 칭칭 감고 있었지만 목숨에는 지장이 없는 듯했다. 땔감 구하기와 가마에 불 때는 일도 평소처럼 하고 있었다.

"화난 얼굴도 아니고 불평도 한 마디 없었다지. 우리 젊은 직원이 죄송하게 됐다고 사죄해도 고개를 까딱하며 응하는 게 전부였다더군."

그때 가마 담당은 웃통을 벗고 무명천을 칭칭 감고 있었는데, 무명천 틈새로 작지만 특이한 문신을 동산바치의 젊은 직원이 보

았다는 것이다.

“그걸 까마귀천구라고 하나. 새카만 천구 얼굴에 짧은 날개가 달린 모양의 문신이었다고 하더군.”

유골의 주인이 가지고 있던(혹은 가지고 있었으리라 짐작되는) 네쓰케는 유골과 함께 납골단지에 담겨 지주 이구치 하치에몬 가에 보관돼 있다. 허락도 없이 별채 마루 밑으로 기어들어 가 죽은 무명씨지만, 이구치 가는 이것도 인연이니 친척을 찾을 때까지 우리 집에서 향 정도는 공양하자, 라며 친절하게 맡아 주었던 것이다.

무명씨의 신원과 친척을 찾을 단서는 까마귀천구 네쓰케밖에 없었다. 기타이치는 사와이 신임 나리와 상의하여 네쓰케를 그림으로 그리고 회람장을 만들어서 오나기가와 강변의 여러 파수막에 돌렸다. 과연 보람이 있어(아마 동산바치의 젊은 직원이 또 노름판에 갔다가 회람장을 보게 된 듯하다) 그 이야기가 돌고 돌아서 동산바치 귀에까지 들어갔을 것이다.

“센키치 대장이 건재하셨다면 제일 먼저 알려 드렸을 텐데. 유감스럽게도 대장은 이제 안 계시고 후계자도 없으니. 해서 도움이 될지 어떨지는 모르지만 최소한 마님께는 알려 드려야겠다 싶었지.”

기타이치는 대장의 붉은 술 문고를 계속 팔고 있지만 오캇피키 일은 물려받지 못했다. 그런 자신이 한심하게 느껴지는 것은 바로 이럴 때이다. 죽은 대장에게 의리를 지키려고 하는 동산바치는 곤혹스러웠을 테고 마님은 서글펐을 것이다. 수하 가운데 누구도 대장의 관할구역을 물려받지 못한 것을 새삼 절감해야 하니까.

여하튼 솔깃한 이야기인 것은 분명하므로 기타이치는 즉시 오기바시초 조메이탕에 가보기로 했다. 만약 부동명왕이나 관음보살처럼 흔한 문신이라면 우연히 닮았다고 치부할 수 있지만 까마귀천구는 매우 희귀한 문신이다. 게다가 고혼마쓰 근처의 이구치가와 오기바시초는 오나기가와바시 다리나 신타카바시 다리를 건너면 바로다.

병꽃 무늬와 모란 무늬를 그린 붉은 술 문고들을 양쪽에 수북이 실은 멜대를 메고 소금가마나 간장통, 방물과 잡화, 각종 채소를 실은 배들이 어지러이 오가는 오나기가와를 곁으로 보며 기타이치는 외쳤다.

"문고~ 문고 사세요."

후카가와 동쪽 끝인 그 근방은 상가도 있지만 무가 저택도 많다(노름판은 그런 무가 저택의 머슴방에서 선다). 목욕탕 손님은 조닌만이 아니라 무가 저택에서 일하는 와카토나 가신, 잡역부도 있을 터이니 조메이탕도 평범한 목욕탕일 거라고 생각하며 찾아갔다가—,

깜짝 놀라고 말았다.

남탕밖에 없는 대중탕인데, 아담한 것은 그렇다 쳐도 몹시 낡은 건물이었다. 판자지붕과 벽은 널판이 몇 장 떨어져 나가 빗물이 새고 외풍도 심할 듯했다. 지붕의 판자 틈에서 자라는 잡초가 봄 햇살 아래 노랗고 하얀 작은 꽃들을 피우고 있었다.

당장이라도 꺼질 것 같은 이 이 층짜리 건물에서 정말 목욕탕을 운영하고 있을까. 바람을 타고 불티라도 날아들면 금방 불이 붙어 홀랑 타 버리겠는데.

묘한 것은 차양을 씌운 간판인데 건물에 어울리지 않을 만큼 커다란 편액으로 통판나무에 '長命湯'이란 한자가 새겨져 있었다. 차양 씌운 간판을 견디지 못해 건물 전체가 앞으로 기운 듯 보이기까지 하는 훌륭한 간판이었다. 한편 출입구 위 채광창에 적힌 '남탕'이라는 두 글자는 주정뱅이가 썼나 싶을 만큼 서툴러 '男'의 '田' 자리가 찢어진 상태였다.

멜대를 내려놓고 "실례합니다" 하며 들어가 보니 허리가 꼬부라진 진짜배기 영감과 노파가 있었다.

"뭐라고? 여기서 일하는? 가마 담당?"

주인이라는 영감은 가는귀가 먹었다. 그 아내라는 노파는 눈이 침침해서 손으로 더듬어 가며 탈의실을 비로 쓸고 있다. 말소리를 들었는지 자쿠로구치탈의실과 욕탕을 연결하는 출입구로 몸을 구부리고 들어가야 할 만큼 낮게 만들어 욕탕의 열기를 보존한다에서 늙은이가 또 하나 나타난다. 때밀이라는데 이 사람 역시 몸뚱이를 맡기는 게 내키지 않을 만큼 비칠거린다.

창문의 가리개 창살도 벗은 옷을 담아 두는 상자의 뚜껑도 모두 낡아서 맞음새가 틀어졌다. 옷상자에 한자로 적어둔 번호는

먹이 거의 다 지워졌다. 만듦새가 훌륭해 보이는 칼걸이도 옻칠이 군데군데 벗겨졌다.

아침 손님이 전부 돌아가 한가로운 시각인 듯했다. 가마 담당은 땔감을 구하러 나갔다고 세 노인이 저마다 말했다. 영감과 노파를 상대로 그 대답 하나를 얻어 내는 데도 여간 힘들지 않다.

"잠깐 기다리고 있어도 될까요?"

"으응?"

"가마 앞에서 기다릴게요."

"응? 어디?"

"가마 담당의 이름은 뭐죠?"

"뭐라고?"

틀렸다. 기타이치는 손을 살랑살랑 젓고 일단 밖으로 나가 가마로 가려고 건물을 돌아 뒤쪽으로 향했다.

조메이탕 출입구와 탈의실 옆쪽은 시선을 차단하기 위해 판자담을 둘러 놓았지만 뒤쪽에는 앙상해서 건너편이 훤히 보이는 산울타리만 있을 뿐이다. 하수구 덮개 한 장이 빠져 있어 냄새가 고약하다.

가마실 출입구는 원래 판자문이 달려 있었던 모양인데 지금은 떨어져 나가 누구라도 드나들 수 있었다.

――하긴 이런 곳을 들여다보려고 하는 사람은 없겠지.

목욕탕 가마 담당은 장작과 불쏘시개로 쓸 연료를 수집하는 일까지 한다. 낙엽이나 삭정이는 아무 계절에나 나오는 게 아니므로 보통은 근처 상가나 저택에서 쓰레기를 받아 온다. 망가진 가재도구부터 측간에서 나오는 휴지까지 아무튼 태울 수 있는 것은 뭐든지 모아다가 아궁이에 던져 넣는다.

자연히 가마 옆은 장작과 쓰레기를 쌓아 두는 자리가 된다. 따라서 말끔한 곳은 못 된다.

조메이탕 가마 담당은 아무래도 그런 곳에서 취침까지 하는지, 지저분한 잠옷이 둘둘 말린 채 장작더미 뒤에 쑤셔 박혀 있다. 밥은 어디서 먹고 있을까.

그런 생각을 하는데 밖에서 수레 소리가 다가왔다. 문 밖으로 얼굴을 내밀어 보니 지저분한 배두렁이와 바지, 낡은 시루시반텐을 걸친 젊은이가 쓰레기와 망가진 집기를 산더미처럼 실은 수레를 끌고 하수구덮개 앞에 멈춘 참이었다.

호되게 얻어맞기는 했지만 만취하여 단도를 휘두르는 무뢰배를 진정시키려 했을 정도니까 아마도 사내다운 모습이리라 짐작했는데.

기타이치는 입을 벌리며 놀랐다. 오늘 두 번째로 놀라는 것이다.

뜻밖에도 왜소한 체구에 궁색한 인상이었다.

동시에 생각했다. 수면에 비친 내 모습을 쳐다보는 것 같네.

아니, 허세를 부리려는 게 아니라 이자에 비하면 차라리 기타이치의 외모가 낫지 않을까. 기타이치는 이렇게 구부정하지도 않고 뼈다귀에 가죽을 발라 놓은 것처럼 수척하지도 않다. 가마 담당은 함부로 뻗친 머리카락을 목 뒤에서 하나로 묶었지만 제대로 씻지도 감지도 않는지 먼지와 재로 범벅이 되어 있었다. 성긴 머리카락이나마 짧게 친 기타이치가 더 산뜻해 보일 정도였다.

"시, 시, 실례"

실례합니다—라고 말하려는데 너무 놀라고 당황해서 혀가 꼬여 버렸다.

"어어, 저,"

기타이치가 말을 더듬자 가마 담당이 눈길을 들고 쳐다보았다. 검댕으로 까매진 얼굴에 눈자위만 유난히 하얘 보인다. 눈동자는 까만 점처럼 오그라들어 있다.

"가, 가마 일이 꽤 힘들겠군요."

가마 담당은 표정 하나 바꾸지 않고 수레 쪽으로 돌아서더니 뭔가를 힘껏 들어올렸다. 날아오르는 먼지. 그가 쥔 것은 헌옷이나 낡은 천으로 꼰 밧줄에 묶여 있었다. 그렇게 묶인 것이 여러 개나 된다. 옆구리에 끼고 손에도 들었다. 옆구리에 낀 것은 낡은 배내옷 같다.

"수고하시네요."

가마 담당은 짐을 든 채 말없이 다가와 기타이치 앞에 섰다.

"엇, 제가 길을 막았군요, 미안합니다."

옆으로 비킨다. 가마 담당은 얼른 건물 안으로 들어섰다.

"저, 저기요, 노형 오른쪽 어깨에 특이한 문신이 있다면서요?"

말을 걸어도 가마 담당은 기타이치를 돌아보지 않는다. 수레에서 짐을 부리고는 가마 앞으로 옮겨 휙휙 던져서 쌓아나갈 뿐이다. 그때마다 먼지와 부스러기가 요란하게 피어오른다. 퀴퀴한 냄새가 난다.

"까마귀천구—까만 천구 문신이라던데."

전혀 대꾸가 없다. 그래도 기타이치는 기운을 내서 물었다.

"노형 가족이나 지인 중에 그 문신과 똑같이 생긴 네쓰케를 가지고 있는 사람이 없나요?"

순간 가마 담당의 동작이 딱 멈췄다. 땔감더미 앞에서 이쪽에 등을 보인 상태이기는 하지만 분명히 기타이치의 말에 반응한 것이다.

"고혼마쓰 근처에 있는 저택의 별채에서 유골이 발견되었어요. 그런데 유골과 함께 희귀한 네쓰케도 발견되어서요."

가마 담당이 이쪽을 돌아다보았다. 그 얼굴과 눈을 보고 기타이치는 몸이 굳어 버렸다.

무섭도록 차갑고 음험한 눈. 뱀눈이다. 아니, 망자의 눈이다. 눈을 뜨고 죽은 자의 눈.

——그런 걸 본 적은 없지만.

본 적도 없는 것에 비유할 수밖에 없는, 지금까지 본 적이 없는 눈초리.

가마 담당은 여전히 한 마디도 하지 않는다.

"그, 그, 그 네쓰케의 주, 주, 주인으로 지, 짐작이 가는 사, 사람은 없나요?"

그때 가마실에 난 작은 창으로 노파의 느릿한 목소리가 들려왔다.

"기타 왔어? 들어왔으면 밥을 먹어야지."

오늘은 짧은 시간 동안 몇 번을 놀라는지.

"노, 노형도, 기타입니까?"

기타이치는 어색하게 웃었다.

"나도 기타인데."

가마 담당의 점처럼 날카로운 눈동자가 아주 조금 커진 것처럼 느껴졌다.

기타이치는 손가락으로 자기 코를 가리키며 말했다.

"기타이치라고 합니다. 그쪽 이름은?"

예리한 눈동자를 반짝거리며 가마 담당은 기타이치를 위아래로 훑어보았다. 그래서 어떤 생각을 했는지는 알 수 없다. 다만 부정적인 생각은 아닌 듯했다.

킁, 하고 코를 울리더니 여자아이처럼 가녀린 목소리로 가마 담당은 이렇게 대답했다.

"기타지."

기타이치와 가마 담당이 함께 있는 것을 작은 창으로 들여다본 늙은 하녀가 두 사람분의 삶은 감자와 더운 물을 가져다주었다.

늙은 하녀는 여주인 노파보다 더 허리가 굽었고 이도 없어서 발음이 무디었지만 눈과 귀는 밝았다. '기타지'가 감자를 보자 바닥에 앉아 먹기만 하므로 기타이치는 이 늙은 하녀에게 이런저런 이야기를 듣게 되었다.

"기타는 작년 연말 이른 아침에 여기 뒤뜰에 쓰러져 있었어."

웅덩이에 살얼음이 낄 만큼 추운 날이었는데도 기타지는 유카타 하나만 입고 쑥대머리와 맨발 차림인 채로 몸이 얼어 움직이지 못하고 있었다고 한다.

"다친 데는 없었지만 고열이 있었지. 마님이 집에서 보살펴 주자고 하셨어."

방을 따뜻하게 데우고 자리에 뉘여 죽을 먹이고 해열약을 먹이자 기타지는 하루 만에 좋아졌다. 그러나 이름과 나이, 어디서 왔는지, 왜 한겨울에 유카타 한 장 차림으로 쓰러져 있었는지, 무엇을 물어도 말을 하지 않았다.

보살펴 줄 때 그의 어깨에 별난 문신이 있는 것을 보고 착실하게 사는 자는 아닌 듯하다, 범죄자가 아닐까, 파수막에 가서 수배서가 나돌고 있지 않은지 확인해 보자는 등 조메이탕 노인들은 나름대로 걱정을 했지만, 이 행려병자는 얌전했고 보살펴 주면 그때마다 고개를 숙여 인사하고 음식은 뭐든지 맛있게 먹고 그릇 앞에 양손을 모을 줄 아는 예절 바른 구석도 있었다.

"이렇게 빼빼 마르고 작잖아. 아직 어린 게지. 나쁜 자는 아닐 거야. 우리는 진짜 나쁜 놈들을 매일처럼 보고 사니까."

후카가와는 간척지를 개발한 곳이라 수상쩍은 자들이 오오카와 강 건너 동네보다 많이 돌아다닌다. 조메이탕 근처 무가 저택에서는 매일처럼 노름판이 서고 거기 드나드는 사내들과 그들을 상대하는 여자들 덕분에 이런 낡아빠진 목욕탕도 영업이 잘된다.

"이 근방의 창녀들은 다리 밑이나 선착장의 작은 배에서 잽싸게 장사를 하여 하루 수입을 올리면 우리 목욕탕으로 시마이유다른 사람들이 다 이용하고 난 뒤에 하는 그날의 마지막 목욕를 하러 오지. 시마이유는 그런 여자 손님만 들어가게 되어 있거든."

그래서 간판이 '남탕'밖에 없는 것이다.

목욕탕 이층은 본래 서민의 놀이터이지만, 조메이탕 이층은 공공연하게 즐기기 곤란한 '술, 노름, 여자'를 찾는 자들이 모이는 곳이었다. 그래서 노름판 행수의 수하들도 드나들고 돈놀이꾼이나 뚜쟁이도 드나든다. 패싸움은 흔한 일이다. 변두리 낡은 목욕탕에다 일하는 사람도 모두 늙은이들뿐이지만, 배짱이 없으면 해나가기 힘들다.

그런 사람들이므로 아직 어린애 같은 행려병자를 두려워하지는 않았다. 아이의 출신을 의아해하기는 했지만 수상하다고 내치지는 않았다.

"이름도 모르는 아이를 어디서 써 주겠냐. 여기서 가마 일이나 해 봐라, 하고 주인이 이 사람을 거둬 준 거야."

이름이 없으면 불편하므로 주인 내외는 15년 전 태어나자마자 죽은 손자의 이름 '기타지'를 붙여 주었다.

"죽지 않았으면 꼭 이 아이 또래였을 테니까."

한자로는 '喜多次'라고 쓴다.

파수막과 동네 장로들에게는 죽은 줄 알고 포기했던 손자가 살아서 돌아왔다고 속이 빤히 들여다뵈는 거짓말로 신고하고 넘어갔다. 물론 금화 몇 개를 쥐어 주었다.

"기타지가 오기 전에는 우리끼리 땔감 조달하기가 얼마나 힘들었는지 몰라. 사람을 고용해도 금방 달아나 버리고, 심할 때는 돈을 들고 튀기도 하고."

어두운 곳에는 거기에 어울리는 뒤가 구린 자들이 꼬여들게 마련이다.

"이대로는 목욕탕을 그만두는 수밖에 없다고 속을 태우고 있었어. 그럴 때 불쑥 나타나 주었으니 목욕탕 신이 보내 준 사람이지."

고마운 일이야, 고마운 일이고말고. 늙은 하녀와 귀를 기울이는 기타이치 옆에서 당사자 기타지는 감자와 더운 물을 마시고 배가 차자 끄덕끄덕 졸기 시작했다. 자기 이야기를 하는데도 전혀 신경 쓰는 기색이 없다.

——센키치 대장이 살아 있었다면.

아무리 관할구역의 가장자리라지만 이런 수상쩍은 행려병자가 목욕탕에, 그것도 겨주머니비누 역할을 했다나 양치가루를 파는 것보다 노름과 매춘의 중계소 역할이 더 중요한 목욕탕에 정착하는 것을 잠자코 두고만 보지는 않았으리라.

아무것도 하지 못하는 기타이치는 막 쪄낸 감자를 먹고 목이 메려고 하면 더운 물로 넘길 뿐이다.

“다행이군요. 그런데 할머니, 제가 문고장수거든요.”

더러워져서 팔지 못할 물건이나 종잇조각, 손님들이 내놓는 낡은 집기 등 땔감이 될 것들을 구할 수 있다.

“적당히 모이면 가져다드릴 테니까 쓰실래요? 돈은 필요 없어요. 가끔 무료로 목욕하게 해 주면 됩니다.”

늙은 하녀는 크게 기뻐했다.

“그렇다면 기타에게 얘기해 봐요. 주인한테는 내가 말해 둘 테니까. 주인이 귀가 어둡거든.”

“부탁합니다. 저는 기타나가호리초의 도미칸나가야에 살아요. 기타이치니까 역시 기타로 통하죠.”

세상에, 이런 우연이 있나, 하며 늙은 하녀가 합죽합죽 웃으며 안으로 돌아가자 그걸 기다렸다는 듯이 기타지가 눈꺼풀을 번쩍 열었다. 잠기운이 요만큼도 남아 있지 않은 점처럼 날카로운 눈초리로 기타이치를 쳐다본다.

“잠자는 척했던 건가.”

늙은 하녀가 나에게 하는 이야기를 잠든 척하며 다 듣고 있었군.

왠지 오싹했지만 주눅이 들었다는 걸 드러내기는 싫었다. 기타이치는 호기롭게 계속 말했다.

“여기 주인영감 내외한테는 네쓰케 얘기나 유골 얘기는 알리지 않는 게 좋겠다고 생각했는데, 내가 괜한 오지랖을 떨었나.”

실은 ‘알리지 않았다’가 아니라 ‘알리지 못했다’고 말하고 싶었다. 뭔가 사정이 있는 거지? 내가 친절하게도 그걸 숨겨 준 거다. 너, 그걸 모르겠어?

기타지는 말이 없었다. 검댕으로 지저분한 얼굴에 땀이 흐른 자국이 나 있다. 기타이치는 눈앞에 송곳을 들이댄 것처럼 기가 죽었다.

이 녀석, 잘 보니 단정하게 생겼네. 눈코입이 인형 같아. 나랑 비슷한 건 체구밖에 없잖아.

"왜. 뭔데."

그 눈빛은 뭐야. 뭐 불만이라도 있냐.

"보고 싶어."

기타지가 말했다. 불쑥 튀어나온 말이라 기타이치는 미처 듣지 못했다.

"응? 뭐라고?"

눈길이 마주친다. 까만 송곳 같은 눈초리.

"보고 싶어."

"네, 네쓰케 말야?"

기타지는 고개를 끄덕였다. 오오, 얘기가 통하네. 이놈도 정신이 말짱하구나, 꼭두각시가 아니었어. 허수아비도 아니었어. 이런 쓸데없는 생각이 소용돌이치듯 기타이치의 머리를 스친다.

"그건 유골과 함께 지주 집에 맡겨 두었지만, 내가 그걸 그림으로 그려 둔 게 있어."

기타이치는 만일을 위해 늘 품에 넣어 두었던 회람장의 주름을 펴서 보여 주었다.

기타지가 회람장을 들여다보았다. 손을 대려고 하지는 않았다. 기타이치가 들고 있는 회람장을 코가 닿도록 가까이서 살펴본다.

"봐, 네 어깨에 있는 문신과 비슷하지?"

물어도 대답이 없다.

"우연히 닮았다고 하기에는 너무 진기한 거잖아. 네가 아는 사람이거나 가족 아냐? 까마귀천구를 옥호나 가문으로 삼는다는 건 아주 희귀한 일이지만."

회람장을 들여다보는 기타지의 눈동자가 다시 점으로 오그라들고 있다.

"지주 집에서는 이것도 인연이라며 유골에 향을 피워 주겠대. 고마운 이야기 아냐? 네 지인이라면 고맙다고 인사하고 유골을 받아 와야지."

어떻게 생각해—하고 다그치려 하자 기타지가 얼굴을 홱 돌리며 말했다.

"몰라."

기타이치는 쪼그리고 앉아 있는데도 무릎이 풀리는 기분이었다.

"모른다고?"

"기억이 없어."

그렇게 내뱉고 기타지는 일어섰다. 입고 있는 옷을 팡팡 쳐서 털자 먼지가 날아오른다.

"정말이야?"

"기억이 없어."

"그럼 왜 보고 싶다는 거지? 뭔가 짚이는 데가 있는 거 아냐?"

기타이치도 일어나서 추궁했다. 순간 등줄기가 서늘해졌다. 기타지의 눈이 또 뱀눈처럼 되어 있었던 것이다.

"……저, 정말로, 너하고는 관계없는 얘기야?"

"관계없어."

기타지는 몸을 빙글 돌려 높이 쌓인 땔감더미를 정리하기 시작했다.

더는 어쩔 도리가 없다. 기타이치는 화가 나기보다 어이가 없었다. 그리고 자신도 이유는 알 수 없었지만 슬퍼졌다.

"유골의 주인은 지주 집 별채 마루 밑으로 기어들어 가 그대로 죽어 버린 모양이야. 검시관 나리에 따르면 병으로 죽거나 굶주려서 죽은 듯하대."

어떤 경우였든 혼자 마루 밑 어둠 속에서 기력이 다해 쓸쓸하게 죽어 갔던 것이다—.

"큰비가 내리면 빗물이 흘러드는 곳이라 시신은 여러 번 흠뻑 젖었을 테고 짐승이나 벌레들에게 손상되었겠지. 살은 썩고 옷도 삭아서 뼈만 남은 채로 흙에 묻힌 거야."

아무도 모르게, 애도를 받는 일도 없이.

"별채를 철거하려고 마루판을 걷어 내다가 목수가 발견했어. 그래서 내가 흙을 다 파내며 수습했지."

기타지는 땔감을 정리하는 손을 멈추지 않는다. 다발로 묶은 낡은 천을 풀어서 태우기 쉽도록 갈기갈기 찢기 시작했다.

"나는 그냥 문고장수지만 죽은 대장이 오캇피키였거든. 대장에게 오캇피키 일을 주셨던 나리의 부탁이라 거절할 수도 없었어. 하지만 처음에는 힘들더라. 냄새나고 더럽고 내가 왜 이런 일을 해야 하나 싶어서 원망했고 속이 메스꺼워 도망치고 싶었어."

그래도 땅을 파며 유골을 수습하다 보니 중간에 때려치울 수 없다는 생각이 들더군—.

"너무 불쌍해서."

나도 이상한 놈이지. 왜 이런 곳에서 이런 놈에게 이런 이야기를 하고 있을까.

"유골을 수습해 가면서 내가 당신 가족을 찾아 주겠다고 망자에게 속으로 약속했어. 지킬 수 없을지도 모르지만 약속은 약속이니까. 꼭 지키고 싶어. 하지만 네가 짚이는 사람이 없다고 하니 괜히 귀찮게 했네. 미안하다."

그렇게 미련 없이 말하고 회람장을 품에 집어넣은 기타이치는 가마실에서 뒤뜰로 나섰다. 해가 중천에 있다. 밝은 데로 나오자 이상한 꿈에서 문득 깨어난 기분이었다.

——이 꾀죄죄한 목욕탕에 다시는 오나 봐라.

이젠 볼일이 없다. 삶은 감자와 더운 물을 내준 늙은 하녀에게 인사만 하고 그만 돌아가자.

기타이치는 화가 났지만 마음속에 여전히 남아 있는 슬픈 기분을 억누르려고 어금니를 꽉 깨물었다.

어쩌다 만난 단서인 만큼 성과로 이어지지 못한대도 어쩔 수 없다. 성과로 이어졌다면 그게 더 이상한 일인지 모른다.

그렇게 자신을 달래며 기타이치는 가마 담당 기타지를 머릿속에서 몰아냈다.

"까마귀천구 문신이 있다는 가마 담당은 어땠어?"

마님이 물었을 때도, 그쪽으로는 성과가 없었습니다, 다른 단서를 찾고 있습니다, 라고만 대답하고 상세한 설명은 그만두었다. 구구절절 이야기하기에는 마음이 무거웠다.

왠지 오싹하고 언짢은 놈이었다. 자, 그만. 그보다는 장사에 힘써야지. 나도 에누리 없는 하루살이꾼 아닌가. 까딱하면 기타지처럼 땟국 흐르는 말라깽이로 추락해 버릴지 모른다.

붉은 술 문고 모방품을 견제하기 위해 대장 도장을 만든 이래 장사 자체는 순조롭다. 그러나 기타이치와, 문고상을 물려받은 만사쿠 · 오타마 부부의 관계는 차츰 험악해지고 있었다. 특히 오타마는 대놓고 기타이치를 싫어해서,

——그 되바라진 고아 녀석은 우리 가게를 털어먹는 도둑이나 마찬가지야.

하며 상대를 가리지 않고 험담을 늘어놓았다.

아직은 만사쿠에게 센키치 대장에 대한 의리와, 아우 기타이치에 대한 정이 남아 있어서 붉은 술 문고를 나눠 주고 있다. 하지

만 반년 혹은 1년쯤 지나면 오타마의 감정에 꺾여 만사쿠도 기타이치를 내칠지 모른다.

"내칠지 모른다가 아니라 그걸 각오하고 장래를 생각해야지."

그렇게 비정하리만치 단호한 어조로 말한 사람은 도미칸이었다. 오타마의 기타이치 험담이라면 질리도록 들었다, 이제는 뭔가 수를 내야 한다—라며 아침부터 일삼아 나가야에 찾아와, 팔 물건을 제외하면 봉당 선반에 놓인 찻잔과 물잔 하나, 젓가락 한 벌, 질냄비 하나, 소쿠리 하나, 덕지덕지 기운 잠옷 하나, 빨래 장대 하나, 물 단지 하나가 전부인 기타이치의 집을 둘러보더니 심각한 표정으로 말했다.

"모든 일에는 때가 있는 법이지. 대장의 문고를 계속 팔고 싶은 기타의 마음은 이해하지만 정말로 대장의 마음이 담긴 문고를 팔고 싶다면 차라리 그 부부하고는 인연을 끊는 게 낫다고 봐."

정말로 그럴 각오가 됐다면 언제라도 자신과 상의하라고 말하지만, 기타이치는 그런 각오보다 당장 끼니를 잇기 위해 붉은 술 문고를 사입해야 하는 처지다.

"그럼 내가 독립할 때까지 집세를 미뤄 줄래요?"

"그건 또 다른 얘기지."

"그럼 상의고 자시고 없네요."

"성마른 놈이 손해 본다는 말도 모르나."

기타이치는 잠깐 도미칸이 얄미웠다.

——뭐야, 뭐든 해 줄 것처럼 굴더니.

먹고사는 데 걱정 없고, 다들 관리인님, 관리인님 하며 떠받들어 주고, 밖에 나가면 유지로 통하고, 그 나이를 먹고도 하오리 끈을 치렁치렁 늘어뜨리고 다니는 호색가로 속편하게 살고 있다. 기타이치 같은 빈털터리의 심정을 알 턱이 없지.

——가끔은 된통 당해 봐야 해.

그런 생각을 하는 자신에게 당황했다. 생각만 했지 입 밖에 내지 않길 다행이다. 아무한테도 말하지 않길 다행이다.

하지만 기타이치는 역시 안이했다.

도미칸과 얘기를 나누고 냉랭하게 집을 나섰던 그날 저녁. 장사를 마친 기타이치가 나가야 출입구에 들어서자 오킨이 그를 향해 달려왔다. 우물가에 모여 있는 이웃들의 모습이 심상찮아 보인다.

"기타, 들었어?"

"뭘?"

오킨의 눈에 눈물이 고이고 안색이 창백했다.

"도미칸 씨가 납치됐대."

수상한 자들이 가마에 강제로 욱여넣고 데려갔다—.

"장소는 시타야 어디래. 그걸 직접 본 사람도 있고."

오킨이 몸을 부르르 떨자 커다란 눈물이 도르르 굴러 내렸다.

"그자들과 가마가 떠난 뒤 조심스레 그 자리에 가보니 피가 많이 떨어져 있었대."

4

이러니저러니 해도 훌륭한 관리인이고 다들 신세를 지고 있어서 평소에는 의식하지 않았지만 사실 도미칸 간에몬은 상당히 특이한 사람이다.

먼저 나이가 분명치 않다. 얼굴과 목의 주름살을 보면 오십 줄에 들어선 지 오래일 텐데 워낙 활달해서 꽤 젊어 보이는데다 "연세가 어떻게 되세요"라고 묻는 상대에 따라 본인의 대답이 제각각이라 아무래도 모호한 것이다.

기타이치 같은 미아라면,

"몇 살?"

"세 살."

하는 식으로 본인에게 물어보고 키를 감안해서 나이를 짐작하는 수밖에 없으므로 나이가 확실치 않은 경우도 드물지는 않다. 하지만 도미칸에게 그런 불행한 내력이 있는지 어떤지는 알 수 없다.

두 번째 수수께끼는 출신도 분명치 않다는 것이다. 에도 사람인지 타관 사람인지. 부모형제는 있는지.

심지어 처자식이 있는지조차 분명치 않다고 한다.

어느 나가야에서 꽃놀이를 할 때 '부인으로 보이는 작고 고운 중년 여인'을 데리고 왔다는 이야기라면 기타이치도 들은 적이 있다. 그 여자가 두 번째 처라는 소문도 들은 적이 있다. 갓난아기를 안은 젊은 여자와 나란히 걸어가는 걸 보았다는 세입자도 있다. 그 젊은 여자가 도미칸의 딸이고 아기는 손자일 수도 있다. 아닐 수도 있지만.

도미칸은 제법 알부자(관리인이 대개 그렇지만)여서 여기저기 유곽에서 돈을 꽤 쓰는 듯하다. 기생과 어울리는 모습도 자주 보인다. 하지만 두 집 살림을 하고 산다는 소문은 들은 적이 없다.

결정적으로, 집이 어디인지 아무도 모른다.

관리인이라는 사람은 대개 집주인이 맡긴 셋집 가운데 한 집에 살게 마련이므로 도미칸도 후쿠토미야가 소유한 많은 셋집 가운데 한 곳에 살고 있을 것이다. 한데 그게 어디인지가 알려져 있지 않다.

집세는 관리인이 집집마다 찾아다니며 거둔다. 그러므로 세입자는 '어딜 걷고 있는 도미칸'이라면 자주 본다. 뭔가 실수를 저질렀다면 그 현장이나 근처 파수막이나 기도반기도반은 현대의 수위실과 비슷한 역할을 하는 건물로 공동주택인 나가야의 출입구에 설치하며, 서민의 구역인 각 '마치'에도 설치하여 출입자를 살펴보고 통금시간에 맞춰 문을 여닫는 일을 했다에서 도미칸에게 꾸중을 듣고, 아주 중대한 상황이라면 도미칸과 함께 후쿠토미야로 불려간다. 때문에 도미칸의 집을 알 수 있는 기회가 없다. 이곳 에도에는 '관리인 간에몬 씨는 우리 집 근처에 살아'라고 말하는 누군가가 있겠지만, 도미칸의 신세를 지고 있는 세입자들이나 그 이웃 중에는 그렇게 말하는 사람이 없다는 것이다.

기타이치도 지금까지는 그 사실을 깊이 의식해 본 적이 없다.

허름한 나가야의 하루살이꾼 세입자가 관리인의 사생활을 조사해 볼 필요나 이유가 있을 리 만무하다.

그러나 이번에는 사정이 다르다. 도미칸은 시타야 어디에서 납치되었고 현장에는 피가 낭자했다고 한다. 당장 가족에게 알려야겠다고 생각하는 게 당연하고, 세입자들은 모르더라도 집주인 후쿠토미야라면 관리인의 집을 알고 있을 테니까 도미칸의 처자식이나 손자가 나타날 줄 알았는데 끝내 아무도 나타나지 않았다. 점점 의아해졌다.

사와이 신임 나리에게는 후쿠토미야 측에서 신고했다고 한다. 신임 나리는 급하게 시타야 현장을 살펴보러 가서 그 지역을 관할하는 오캇피키와 이야기하고 도미칸이 납치되기 전에 방문했던 곳도 알아내 당일 행적을 조사했다고 한다. 카더라를 반복하는 까닭은 기타이치도 호출을 받지 못하고 전해만 들었기 때문이다.

마루 밑을 파헤쳐 뼈를 찾는 지저분한 일은 떠맡기면서 도미칸이 얽힌 중대한 사건에는 얼씬도 말라는 건가. 화가 난 기타이치가 부인에게 불평을 늘어놓다가 제법 매운 질책을 받고 말았다.

"그런 불평이나 하고 있을 때가 아냐."

"그건 그렇지만요……."

"우선 기타가 할 수 있는 일이 없다 싶으면 사와이 나리에게 방해가 되지 않도록 가만히 있어야지."

"하지만 마님. 누구 짓인지 뻔하잖아요."

이나다야의 방탕한 아들 오쓰지로가 틀림없다. 센다이보리 운하 옆 가시세키의 한 객실에서 폭로극이 벌어진 이후로 잠잠하기에 보복 없이 넘어가려나 하고 방심했는데, 그걸 기다렸다가 도미칸에게 앙갚음을 한 것이다. 그러니 당장이라도 이나다야에 달려가 호되게 닦달하면 도미칸을 금방 구해 낼 수 있지 않을까.

"그 폭로극 뒤에 마님도 말씀하셨지요. 그런 자에게는 빨판상어가 꼬여들게 마련이라고."

오쓰지로가 질 나쁜 자들과 짜고 이런 엉뚱한 짓을 저지른 것이다. 이쪽에서도 머뭇거리고 있을 때가 아니다.

"물론 나도 그자들을 의심하고 있어. 도미칸 씨는 섣불리 누구의 원한을 살 사람이 아니니까."

그러나 관리인이란 직업은 필요하면 세입자를 꾸짖고 다툼이 일어나면 중재도 해야 한다. 어디서 어떤 자들을 상대해 왔는지는 제삼자가 알기 힘들다.

"그러니까 단정하면 안 돼. 섣부른 단정이 오히려 도미칸 씨의 목숨을 위태롭게 만들 수도 있으니."

나 혼자라도 이나다야로 달려갈 생각이었는데.

"어리석은 소리. 짓테도 없는 처지인데 직접 찾아가서 어쩌려고."

맞는 얘기지만 마님에게 핀잔을 들으니 기타이치도 서글프다. 마음을 알아주지 않는 것 같아 서럽다.

"……최소한, 슬쩍 떠보기라도 해 보고 싶습니다만."

부인은 닫힌 눈꺼풀 속에서 보이지 않는 눈을 번쩍 뜬 듯하다.

"이야기를 들어 보면 오쓰지로란 자는 기타의 얼굴도 알고 있겠지."

"예. 하지만 제가 그 자리에는 참석은 했어도 이름을 밝히거나 하진 않았습니다."

"어디 사는 누구인지 알아보고자 한다면 어려운 일도 아닐 거야. 여하튼 기타는 어정거리면 안 돼. 이나다야에 찾아가는 건 말할 나위도 없고."

질책하는 목소리에 오미쓰도 부엌에서 나와 두려워하는 표정을 보였다. 기타가 말길을 못 알아먹네.

"알겠습니다. 죄송합니다."

분해서 눈물이 나올 것 같았다.

나가야 이웃들도 이런 비상사태에 '죽은 센키치 대장의 막내 수하'였다는 기타이치에게는 아무것도 기대하지 않고 있었다.

오킨의 울상, 오히데와 오시카의 근심어린 얼굴, 평소 세상의 모든 걸 저주하며 불만을 늘어놓는 오타쓰 노파의 여전한 투덜거림. 다쓰키치, 시카조, 도라조, 다이치 들도 모두 어두운 표정이지만 여전히 하루 일당을 위해 집을 나서고 저녁에 돌아오면 밥을 먹고 잠만 잘 뿐이다. 무력한 것은 누구나 마찬가지다. 자신이 그 '누구나'에 속해 있다는 사실이 못 견디게 초조했다.

도미칸이 납치되고 속절없이 하루하루가 흘러 사흘이 지났다. 기타이치는 혼자 애면글면하며 '지금 장사가 문제냐'라는 기분만 앞서서 행상에 집중하지 못했다. 그 탓에 문고 재고가 많아 만사

쿠 가게로 사입하러 가지도 못했다. 그러다가 역시 행상을 다니는 시카조와 다이치에게,

"문고상 오타마 씨가 난리야. 장사를 게을리하는 기타한테는 이제 문고를 내주지 않겠대."

"잠깐 얼굴을 비추고 인사라도 하는 게 좋지 않을까."

라는 소리까지 듣게 되자 맥이 탁 풀렸다.

매일 행상에 힘썼다면 판매가 시원치 않아도 당장 가진 돈으로 이삼일은 먹고살 수 있었겠지만 이제는 어렵게 되었다. 오늘은 재고를 오전 중에 다 팔고 점심때는 사입하러 가지 않으면 큰일 나겠다. 사입할 밑천까지 생활비로 다 써 버리기 전에 일을 해야 한다.

멜대를 메고 기타나가호리초의 도미칸나가야를 나서서 걷기 시작했다. 문고 사려~ 문고~ 붉은 술 문고입니다~. 스스로 생각해도 호객하는 목소리에 힘이 없고 발음도 무디다. 뭘 해도 흥이 나지 않는다.

역시 이나다야가 있는 몬젠나카초까지 가 볼까. 행상을 하러 가는 것이니 쉽게 눈에 띄지는 않으리라. 그러다 신사 참배객들이 문고를 사 주면 짐도 가벼워지겠지. 들키지만 않으면 마님에게 혼나지 않을 것이다. 하지만 들키려나? 마님 귀가 보통 귀가 아닌데. 벌써 사흘이나 지났으니 너무 늦은 게 아닐까? 아니, 상황을 살펴보러 가는 것뿐이다. 쳐들어가는 게 아니다. 하지만 오쓰지로가 보이면 놈의 멱살을 쥐고 윽박질러서—그건 어림도 없

지. 나 같은 겁쟁이는 정말 아무 짝에도 쓸모가 없구나.

무거운 걸음을 옮겨 다카하시 쪽으로 가다가 다리 맡에서 커다란 보퉁이를 진 상인과 마주쳤다. 그 상인이 낚싯바늘에 꿴 것처럼 어? 하고 비틀비틀 뒷걸음질을 쳐서 기타이치의 얼굴을 들여다보았다.

"실례합니다. 혹시 문고를 파는 기타이치 씨?"

기타이치는 체구가 작지만 상대방 상인은 키가 꽤 크다. 처마라도 올려다보는 기분이다.

"아, 그런데요."

오오, 이런 우연이 있나, 하며 보퉁이를 진 상인은 크게 안도하는 표정이었다.

"나는 사가초의 대본소 '무라타야'의 지헤에라고 합니다. 평소 도미칸 씨의 신세를 지고 있지요. 이번 일이 어떻게 되고 있는지 걱정인데, 기타 씨는 뭐 좀 아는 게 있습니까?"

무라타야 지헤에는 눈길을 끌 만큼 큰 키에 숯과 석탄을 붙여 놓은 듯 짙은 눈썹과 커다란 눈, 정중한 행동거지와 나긋나긋한 말투를 가지고 있어서 도미칸하고는 또 다른 의미에서 나이를 가늠하기 어려운 사람이었다. 그래도 사십 대 중반은 넘었겠지만, 강아지 하리코틀에 종이를 겹겹이 붙여서 말린 뒤 그 틀을 빼내어 만든 종이 인형 같은 동그란 눈동자에 애교가 있다.

길거리에 서서 이야기하기가 뭣했는지 지헤에는 기타이치를 근처 기원으로 데리고 갔다. 두 사람은 기원 앞에 있는 장의자에 나란히 앉았다. 지헤에가 기원에서 바둑 두는 사람들과 인사를 나누는 동안 기타이치는 문득 생각했다.

——이곳은 신베에 씨가 자주 오는 곳 아닌가?

지헤에의 거래처 가운데 하나인지 기원 하녀가 잔 두 개를 내왔다. 연하지만 따끈한 엽차였다.

"후쿠토미야 소유의 셋집이 사가초에도 있어서 이번 불상사에 우리 이웃들도 다들 걱정하는 중입니다."

지헤에가 이렇게 이야기를 꺼냈다.

"그런데 내가 시기를 잘 맞춘 건지 못 맞춘 건지 도미칸 씨가 납치되었다는 흉보가 날아들 때 마침 후쿠토미야에 가 있었습니다."

그렇다면 걱정하는 게 당연하다.

"내가 걱정한다고 도움 될 일이 없다는 건 잘 알지만 상황을 지켜만 보기도 속이 타서……."

보퉁이 속 내용물은 책상자다. 대본소 주인은 이런 상자에 책을 담아 단골들을 찾아다닌다. 지헤에는 지금도 후쿠토미야 같은 단골을 찾아가는 길이었을 것이다. 잘 지은 조시치지미 기모노와 하오리를 입고 사카야키는 말끔하게 밀어서 매끈매끈하다.

이렇게 기품 있는 상인이면서도 빈약하기 짝이 없는 행상 기타이치에게 정중하게 이야기한다.

"도미칸 씨 행방은 여전히 오리무중입니다."

그것밖에 모르는 자신이 한심해서 기타이치는 작은 소리로 말했다.

"찾아보려고 해도 사건이 일어난 곳이 시타야여서 혼조 후카가와를 관장하는 사와이 나리로서는 뾰족한 방법이 없겠죠."

기타이치의 말에 지혜에가 조금 멈칫하는 듯했다.

"아니, 그게 말입니다……."

크고 동그란 눈동자를 굴리며 주변을 살피더니 목소리를 낮춘다.

"그날 밤 후쿠토미야에 몸값을 달라는 편지가 날아들었다고 하지 않던가요?"

이번에는 기타이치의 눈이 휘둥그레질 차례였다. 지금껏 몸값의 몸 자도 들어보지 못했다.

"정말입니까? 저는 몰랐어요. 나가야에서도 아무도—그러니까 기타나가호리초의,"

"도미칸나가야죠."

지혜에는 고개를 크게 끄덕이며 기타이치의 말허리를 잘랐다.

"전에 거기 살던 사무라이가 제 가게에서 사본을 필사하는 부업을 맡아서 해 주신 적이 있어서 잘 압니다."

기타이치에게도 얼핏 떠오르는 기억이 있었다. "한밤에 누군가의 기습으로 돌아가셨다는?"

"네, 불행한 일이었지요."

말은 그렇게 해도 지혜에의 말투는 담담하다.

“후루하시 님이라는 젊은 낭인이었죠. 필사에 뛰어난 분이지만 수수께끼풀이에도 능하고, 복잡하게 얽힌 분쟁을 말끔하게 수습해 준 일도 있었습니다. 후루하시 님 다음에 기타이치 씨가 그 방에 살게 되었다고 해서 저 나름대로는 기타이치 씨에게 인연 같은 걸 느끼고 있었지요.”

그게 무슨 인연이라고. 기타이치는 초조해졌다.

“몸값 운운하는 단계라면 납치한 측과 싫더라도 거래를 하고 있을 겁니다.”

“네, 그래서 센키치 대장의 수하였던 기타이치 씨라면 일이 어떻게 돼 가고 있는지 아시지 않을까 해서…….”

기타이치로서는 가장 듣고 싶지 않은 말이다. 머리로 피가 몰렸다.

“유감스럽게도 이런 중대한 사건에는 저 같은 애송이 따위 부르질 않습니다. 그래도 뭔가 도움이 될 일이 있을지 모르니까 지금 당장 후쿠토미야에 가 보겠습니다!”

쫓기듯이 우당탕 말하고 벌떡 일어나 멜대와 문고는 잊은 채 뛰기 시작했다가 뒤늦게 깨닫고 뛰어 돌아와 멜대를 메고 허겁지겁 후유키초를 향해 걸었다. 사람 창피하게 지헤에는 놀란 얼굴로 내내 쳐다보고 있다. 기타이치는 얼굴에서 불이 날 것 같았다.

파는 물건을 앞뒤에 얹은 멜대를 메고 있으니 빠르게 뛸 수가 없다. 수치와 분노로 속이 부글부글 끓어 그 자리에 모든 걸 내팽개쳐 버리고 마구 악을 쓰고 싶어서 젠장! 젠장! 젠장! 하고 격분

하며 비칠비칠 달리고 있는데,

"어이, 기타이치!"

누가 멜대 뒤쪽을 붙드는 바람에 호되게 넘어지고 말았다.

"뭐하는 짓이야!"

소리를 지르며 돌아보니 '우에한植半'이라는 옥호가 들어간 한텐에 배두렁이, 작업복 차림의 젊은 사내였다. 우에한? 아아, 후쿠토미야에 드나드는 동산바치였군.

"급하게 붙들어서 미안. 하지만 부인이 그쪽을 붙잡아 달라고 하셔서."

동산바치는 기타이치를 일으켜 주고 길가에 내동댕이쳐진 문고들을 줍기 시작했다. 그때 숨을 헐떡이며 오미쓰가 뛰어왔다.

"아, 붙잡았네. 고마워요, 다케 씨."

헉헉거리며 동산바치에게 인사하더니 심각한 표정으로 돌변해서 기타이치를 노려보았다.

"기타, 지금 어디 가려는 거야?"

흥분해서 달리다 보니 마님의 집을 지나쳐 버린 듯하다. 후쿠토미야 통용문까지는 이제 잠깐이다.

"내 맘이지!"

"뭐래. 됐으니까 따라와! 다케 씨, 미안하지만 그놈 좀 끌고 와 주세요."

툇마루까지 나와 있던 마님은 기타이치가 들어오자 몸을 조금 일으켰다.

"다케 씨, 고생했어요. 기타이치, 이리 앉아."

마님은 눈이 보이지 않는 만큼 귀가 무섭게 밝다. 주위 기척에도 민감하다.

"우리 집 옆을 달려가는 네 발소리가 들리기에 마침 여기 와 있던 다케 씨에게 붙잡아 달라고 했지."

동산바치 젊은이는 마님에게 고개를 꾸뻑하고 그 자리에서 물러났다.

"흥분한 까닭은 몸값 소식을 들어서인가."

번번이 감탄하지만 마님은 천리안이다.

"누구한테 들었지? 누군지 정말 쓸데없는 말을 했구나. 사와이 나리와 후쿠토미야 씨도 너를 위해 말하지 않았던 건데."

"그래서 마님도 잠자코 계셨던 거고."

옆에서 오미쓰도 한 마디 거들었다.

"기타를 보호하려고 호출하지 않았던 거야."

이건 또 무슨 말인가.

"그 편지는 도미칸 씨의 몸값으로 삼백 냥을 통고하고, 문고 행상 기타이치에게 돈을 들려서 아카사카 류도초에 있는 하치만신사 경내로 보내라고 적혀 있었다."

이튿날 오후 여섯 시로 시한까지 지정했다.

"후쿠토미야라면 삼백 냥이라도 하루 안에 마련할 수 있을 거라고 본 거지."

기타이치는 도저히 얌전히 앉아 있을 수 없었다. 이를 갈며 발을 동동 굴렀다.

“그런 것까지 아셨으면 왜 저를 부르지 않으셨어요!”

기타이치를 지목했다는 것이다. 그렇다면 마땅히 내가 나서야 하지 않겠는가.

하지만 오미쓰가 소리쳤다. “몇 번을 말해. 너한테, 위험한 일을, 시킬 수 없으니까지! 모르겠어?”

“됐어, 위험하다는 것 정도는 알아! 그 정도는 해낼 수 있어!”

“되긴 뭐가 돼, 기타이치. 오미쓰한테 뭐라고 할 것 없다. 오미쓰도 이제 그만 소리 지르고. 대장이 놀라 위패가 뒤집히겠다.”

마님은 툇마루에 무릎을 꿇고 앉았다. 매끈매끈한 눈꺼풀은 닫혀 있다. 그런데도 이쪽을 지긋이 쳐다보는 것처럼 느껴진다.

“저는 아무 쓸모가 없다는 겁니까.”

말을 하고 보니 제풀에 북받치는 울음을 참을 수 없었다. 나를 믿지 못하겠다, 맡길 수 없다는 겁니까.

“아무도 그리 말하지 않았다.”

마님의 음성이 부드러워졌다.

“이리 됐으니 하는 수 없지. 내가 아는 사실을 다 말해 줄 테니 흥분하지 말고 잘 들어. 알겠니?”

오미쓰가 다가와 기타이치의 귓바퀴를 잡고 마님 앞으로 끌어다가 앉혔다.

“콧물 닦고.”

기타이치는 울고 있었던 것이다.

"도미칸 씨를 납치하더니 이제는 너를 보내라고 했다—."

차분한 목소리로 마님은 계속했다.

"몸값을 주면 그래 잘 가라 하고 무사히 돌아올 수 있는 손쉬운 이야기일 리가 없지. 이건 전에 짐작한 대로 너와 도미칸 씨에게 원한을 품은 이나다야의 타락한 아들이 꾸민 짓이라고 봐도 거의 틀림이 없을 것 같다."

사와이 신임 나리도 거기에는 의심의 여지가 없다고 했단다. 다만 오쓰지로 혼자서라면 이렇게까지 일을 크게 벌일 수 없다. 실제로 도미칸을 납치할 때 가마꾼이 두 명 움직였고, 삼백 냥이라는 거액을 제시한 것도 상대방이 패거리를 이루고 있기 때문이다—.

"이나다야는 오쓰지로와 절연한 뒤 형 고이치로 씨가 새로 당주가 되었는데, 새 당주는 동생 오쓰지로를 처가 쪽 집안의 머슴으로 보냈다고 하더군."

그 집안은 전답을 많이 가진 호농으로, 아오야마 서쪽에 저택이 있다. 오쓰지로는 거기에 살며 소작인들 틈에서 땀 흘려 일하라는 명을 받았다고 한다.

"이나다야에서는 오쓰지로가 반성하고 성실히 일한다면 머지않아 절연을 취소하지는 않더라도 다시 본가로 불러들일 요량이었던 모양이지만 일이 뜻대로 되지 않았던 거지."

오쓰지로는 본가에서 쫓겨난 지 열흘도 되기 전에 행방을 감추고 말았다.

"그때가 마침 기타가 고혼마쓰 근처에서 마루 밑을 조사할 때야."

처음 얼마 동안은 그 지저분한 작업이 못 견디게 싫었지만 곧 익숙해지자 유골에 친밀감과 동정심을 느낀 기타이치는, 당시 온 정성을 다해 수습하느라 바빴다. 오쓰지로나 보복 걱정도 깨끗이 잊고 있었다.

"농가를 도망친 뒤 오쓰지로는 딱 한 번 사람을 시켜 이나다야의 하녀장을 졸라 돈을 받아 냈다는데, 그대로 어딘가에 숨어 버려 거처를 알 수 없게 된 모양이야."

이나다야의 하녀장? 오쓰지로의 장남의 유모였다는 그 메기 얼굴을 한 노파다.

"그 하녀장도 놈의 거처를 모른다고 합니까?"

"본인은 그렇게 말하고 있지."

"귀한 도련님을 위해서라면 메기 같은 커다란 입으로 태연하게 거짓말을 해 대는 빌어먹을 늙은이예요. 닦달하면 실토할 겁니다!"

단단히 벼르는 기타이치를 오미쓰가 노려보았다. 마님은 고개를 살랑살랑 젓는다.

"그 정도라면 사와이 나리가 벌써 하셨어. 하지만 아무것도 모르는 게 사실이라고 하니까 이번 일은 이나다야로서도 도리가 없겠지. 고이치로 씨나 하녀장이나 도미칸 씨 납치 사실을 전해 듣자 낯이 파랗게 질렸다고 하더군."

유복한 과자점의 아들로 태어나 단물을 헤엄치는 데는 익숙해도 쓴물은 한 방울도 마셔 본 적이 없는 오쓰지로인지라 흙투성이 소작인들과 함께 일하라고 내쳐지자 눈앞이 캄캄해졌으리라. 과자나 술잔보다 무거운 물건은 들어 본 적도 없는 방탕한 아들에게는 맨몸으로 쫓겨나는 것보다 그게 더 무거운 벌이겠구나, 하고 기타이치도 생각한다.

자포자기한 오쓰지로의 분노는 자신을 함정에 빠뜨린 도미칸에게로 향했다. 때리거나 다치게 하거나 죽이는 것만으로는 성이 풀리지 않는다. 이참에 돈도 크게 벌어 보자. 그래서 쥐어짜 낸 꾀가 무지막지한 납치극과 몸값 요구였던 것이다.

"사와이 나리는 편지가 날아든 이튿날 아침 일찍, 그자들이 지명한 류도초의 하치만신사를 찾아가 신사 측에 부탁해서 경내에 방을 붙였어."

내용은 간략하고 알기 쉬운 것이었다. 몸값을 도미칸의 신병과 맞바꾸자. 도미칸이 무사한지의 여부를 확인하지 못하면 후쿠토미야는 동전 한 닢 내주지 않겠다. 부디 명심하라.

"그러고는 오후 여섯 시까지 파수막의 장정을 매복시켜 두고 방을 보러 다가서는 자가 있는지 감시했는데."

공교로운 일인지 아니면 납치한 일당의 꼼수인지 알 수 없지만 그 하치만신사에는 멋진 등나무시렁이 여러 개 있어서 근방에 등꽃의 명소로 알려지는 바람에 이 계절이면 보러 오는 사람들로 몹시 붐빈다. 경내에 들어오는 사람들을 일일이 붙들고 조사할

수도 없고 수상한 거동을 보이는 자도 눈에 띄지 않아서,

"결국 시한이 지나자 철수하는 수밖에 없었지……."

그러자 이튿날 오전에 어느 꼬마가 료코쿠바시 다리 맡에 있던 '멋있는 형'이 몇 푼을 쥐어 주며 심부름을 시켰다면서 후쿠토미야에 편지를 전했다.

"두 번째 편지는, 거래는 깨졌다, 간에몬의 목을 쳐서 전달할 테니 그런 줄 알라, 고 협박하는 내용인데 히라가나로만 쓴 서툰 필적이었다고 하더군."

기타이치의 등줄기가 서늘해졌다. 그러게 내가 말했잖아. 시키는 대로 하지 않으니까 납치범 일당을 체포할 기회도 놓치고 도미칸을 구해 낼 실마리도 잃어버린 것이다.

"기타이치, 또 입이 삐죽해졌겠지."

마님은 매끈한 눈꺼풀을 희미하게 떨며 입가로만 살짝 쓴웃음을 지었다.

"하지만 이 정도면 괜찮아."

"뭐가 괜찮다는 거죠? 일이 다 망그러졌잖아요."

"두 번째 편지에 적힌 협박은 별로 심각하지 않으니까."

납치한 일당이 정말로 거래를 깰 생각이라면 그 결심을 힘들게 알려 줄 필요가 없다. 분노에 겨워 후쿠토미야와 사와이 신임 나리에게 타격을 주려고 했다면 편지로 협박할 게 아니라 아예 도미칸의 목을 보자기에 싸서 전하면 그만이다.

마님이 끔찍한 말씀을 하시네.

"납치한 일당은 돈 욕심에 다시 연락을 시도할 게 틀림없어. 지금 그걸 기다리고 있는 거야."

"그건 마님 생각인가요?"

"사와이 나리의 생각이고 후쿠토미야나 나나 같은 생각이야."

도미칸의 목숨을 담보로 삼백 냥을 우려낸 뒤 그 돈을 가져온 기타이치까지 혼내 주겠다고 생각했는데, 계산이 엇나가자 상대방 일당도 지금 속이 탈 거라고 했다.

"애초에 그런 편지 하나로 일이 척척 진행될 거라고 생각한 게 어수룩한 거지. 머리가 둔한 자들이야. 내분이 일어나 허점을 드러내면 좋을 텐데."

"도미칸 씨가 납치된 직후에 살해되었을지도 몰라요."

"글쎄. 기타가 그 사람을 너무 과소평가하는 거 아닐까."

마님의 입가가 야무지게 오므라들었다.

"그 사람은 노련한 관리인이야. 언변 좋고 수완도 좋지. 납치되었다고 주눅 들어 있지는 않을 거야. 게다가 납치한 일당이 진짜 흉악한 자들이라면 애초에 첫 편지를 던질 때 도미칸 씨의 한쪽 귀든 치아든 납치의 증거가 될 만한 걸 함께 보냈겠지."

그런 짓까지는 하지 않는—아니, 하지 못하는 자들이 돈 욕심에 어설프게 행동하고 있는 게 아닐까. 상대가 어수룩한 자들임이 드러나면 도미칸도 마냥 시키는 대로만 하지 않을 테고, 놈들의 허점을 노려 도망칠 수도 있지 않을까.

"여하튼 지금은 참고 있을 때야."

오미쓰도 덩달아 기타이치를 아래로 내려다보며 말한다.
“기타 혼자 멋대로 움직이면 곤란해. 알겠지?”
뭐야, 내가 위험해질까 걱정하는 게 아니라 그쪽을 더 걱정하는 거야?
속이 부글부글 끓는데 또 다른 의문이 솟아났다.
“저는, 아무래도 걸립니다만.”
“또 뭐 불만이 있나?”
“아뇨, 불만이 아닙니다. 도미칸 씨가 왜 시타야 변두리까지 갔던 거죠? 멀리 갔다가 납치되었다면 납치한 일당은 도미칸 씨를 내내 미행했던 걸까요? 아니면 그날 도미칸 씨가 시타야로 간다는 것을 미리 알고 납치를 위해 가마를 준비하고 기다리고 있던 걸까요?”
어느 쪽이든 준비를 단단히 한 셈이다.
“일당 가운데 누가 후쿠토미야 근처에 있는 건 아닐까요?”
기타이치는 어쩐지 느낌이 좋지 않았다.
그러자 마님은 눈꺼풀 밑에서 눈동자를 도르륵 움직였다. 깜짝 놀란 듯하다.
“기타는 역시 총명해.”
어? 칭찬받은 건가?
“도미칸 씨가 시타야에 간 것은 재작년 봄 후쿠토미야에서 일하다가 그쪽 동네 이불가게로 시집간 하녀가 아기를 낳았기 때문이야.”

도미칸은 그걸 축하해 주려고 갔던 것이다.

"성실한 하녀였고, 혼담을 주선한 이도 후쿠토미야 주인이었지. 부모나 다름없었으니까. 첫 출산이 무사히 끝난 것을 축하해 주려고 도미칸 씨를 보낸 거야."

방문 날짜는 지난달 정해졌고, 경사이므로 후쿠토미야 내부나 거래처 사이에서도 화제가 되었던 모양이다.

기타이치는 이제 감이 안 좋은 정도가 아니라 소름이 확 돋았다.

"그렇다면 역시 후쿠토미야 가까이에 있는 누군가가 납치 일당과 내통해서 도미칸 씨의 위치를 일당에게 알려 주고 있었다는 뜻이 아닐까요?"

부인은 고개를 끄덕였다. "그래. 그러니까 함부로 얘기하고 다니면 곤란해."

내통자는 납치범 일당에게 협박당하고 있는 것일 수도 있고 매수된 것일 수도 있고, 모종의 이유로 도미칸에게 원한을 품고 일당을 돕고 있는지도 모른다.

"사정이 어떻든 조만간 밝혀내야 한다고 사와이 나리는 말씀하셨어. 서두르면 일을 그르칠 수 있으니까 기타가 섣불리 끼어들면 안 돼. 알겠지?"

말이 나와서 말인데, 하며 마님이 가르쳐 주었다. 사와이 신임 나리는 만일의 상황을 의심하며 구레한의 오싱도 단단히 심문했다고 한다. 이번 사건에서 오쓰지로를 돕고 있는 것은 아닌지, 무슨 부탁을 받지는 않았는지.

"설마요!"

기타이치가 펄쩍 뛰며 놀랐다.

"다른 사람은 몰라도 오싱 씨가 그럴 리가 있나요."

오쓰지로에게 희롱당하고 무시당하고 휴지처럼 버림받은 여자다. 분노할망정 돕는 일은 있을 수 없다.

"그렇게 단정할 수 있을까."

마님은 궁리하듯 고개를 갸웃거렸다.

"지금은 어떤지 몰라도 두 사람은 한때 다정한 사이였어. 오쓰지로는 뱃속에 있는 아이의 아비이고."

오싱이 정에 얽매여 흔들리지 말란 보장이 없다. 최소한 그것까지 염두에 두지 않으면 위험하다고 마님은 말했다.

"기타는 총명하지만 남녀 사이의 정까지는 아직 모르는 게 당연하겠지. 하지만 방범에 조금이라도 관여하고자 한다면 사람 의심하는 걸 두려워해서는 안 돼. 마음을 독하게 먹고 누구라도 의심할 수 있어야 해."

그게 일이니까 오캇피키가 사람들에게 미움을 받는 것이지—.

"센키치 대장은 기타의 따듯한 마음씨, 약자를 돕는 친절한 마음을 칭찬했어. 그건 기타가 타고난 천성이고 버리지 말아야 할 장점이라고."

생전의 대장에게 그런 말을 들어 본 적은 없다.

"그래서 나도 기타가 어설프게 오캇피키처럼 행동하기보다 대장의 문고를 더 중시해 주었으면 하는 거야. 만사쿠와 오타마보다는 기타가 붉은 술 문고를 계승했으면 좋겠어. 지금 당장은 뾰족한 수가 없지만 내 반드시 기타를 위해 방법을 찾아보겠다고 약속하지."

기타이치는 더는 대꾸할 말을 찾을 수 없었다.

넘어지는 바람에 길바닥에 쏟아져 더러워지고 찌그러진 문고는 팔 수가 없다. 기타이치는 일단 나가야로 돌아가 짐을 부리고 빈 멜대와 받침대를 메고 만사쿠와 오타마의 문고가게로 걸음을 옮겼다.

면목 없지만 사입할 돈이 부족하다, 팔아서 갚을 테니까 외상으로 달라고 고개를 숙이는 기타이치에게 오타마는 때는 이때라는 듯 험담을 퍼부었다. 언어의 돌팔매를 얼굴로 받아내며 얌전히 서 있자,

"그쯤 해 둬."

하고 만사쿠가 끼어들어 기타이치에게 간단한 증서를 쓰게 한 뒤에 물건을 내주었다.

"이번이 마지막인 줄 알아. 이런 뻔뻔한 수작이 번번이 통할 거라고 생각하면 오산이야."

라며 새된 목소리로 몰아세우는 오타마는 눈빛을 이글거리고 있었다.

나의 무엇이 그렇게 미울까. 저렇게까지 미워할 만큼 내가 오

타마 씨에게 무슨 잘못을 했던가. 이 수수께끼 역시 도무지 알 수 없다.

기타이치는 풀이 죽어 나가야의 네 첩 반짜리 방에 웅크리고 앉았다. 저녁밥은 걸렀고 물 마시기도 귀찮았다.

가난뱅이들이 모여 사는 허름한 나가야에는 값비싼 등잔기름을 태우며 일을 하는 사람이 없다. 세입자들은 일찌감치 잠자리에 들었고 기타이치는 밤의 밑바닥에서 홀로 무릎을 안고 깨어 있었다.

톡.

징두리널을 높이 댄 장지문에 뭔가 작은 것이 날아와 부딪히는 소리가 났다.

——비가 오나?

오늘은 반달이 뜨는 날인데 저녁 무렵에 구름이 몰려온 탓에 달빛이 희미하다. 드디어 쏟아지기 시작하나.

멍하니 앉아 있는데 또 톡. 기타이치는 고개만 돌려 장지문 쪽을 쳐다보았다.

사방 세 자짜리 봉당에는 구석에 물단지가 있고 선반이 달려 있다. 선반 위에는 소쿠리, 밥공기, 질냄비가 하나씩 놓여 있다. 기타이치가 여기로 이사할 때 부인이 마련해 준 것이다.

그 선반의 위에서 두 번째 칸에 닿을 만한 키의 사람 그림자가 장지문에 드리워져 있었다. 그러니까 기타이치처럼 작고 빈약한 그림자이다.

기타이치는 눈을 깜빡거렸다.

장지 저쪽에서 기타이치의 그런 모습이 보일 리는 없다. 하지만 기타이치가 쳐다보는 것을 알아차리기라도 한 듯 그림자가 한 손을 쳐들어 나오라는 손짓을 한다.

그러다가 어, 하는 순간 마술처럼 사라졌다.

기타이치는 당황해서 봉당으로 내려섰다. 내가 졸다가 헛것이라도 봤나.

징두리널 높은 장지문 옆에는 격자창이 나 있다. 그 밑에 풍로를 두고 밥을 지으므로 창호지는 연기에 그을어 갈색으로 변해 있어 빛이 잘 통하지 않는다. 그림자는 그쪽으로 숨은 걸까.

기타이치는 장지문을 열었다. 가만히 얼굴을 내밀어 본다. 솜을 잘게 찢어발겨 놓은 듯한 둥근 구름들이 잔뜩 떠서 밤하늘을 점점이 가리고 있다. 바람은 없고 밤공기는 축축하게 젖어 있다.

나가야 골목에는 아무도 없다. 오른쪽으로 돌면 기도가 나오고 왼쪽으로 돌면 공동우물과 측간이 보인다. 하수구덮개가 울퉁불퉁 길게 이어져 있다.

기타이치는 고개를 살짝 젓고 장지문을 닫았다.

오킨에게 듣기로 이 문은 예전에 맞음새가 좋지 않아 아무렇게나 여닫으면 문틀에서 튀어나와 버리곤 했다고 한다.

——그게 보기 싫어서, 방이 비었을 때 도미칸 씨가 목수를 불러다 수리했어. 비용이 꽤 많이 들어서, 그렇게 돈이 들 줄 알았으면 그냥 놔둘걸, 아깝네, 하고 투덜거렸지.

도미칸은 쓸데없는 데서 인색하게 군다. 자신의 목숨 값 삼백 냥은 어떻게 생각하고 있을까. 너무 저렴하다고 여길까, 아깝다고 여길까.

봉당에서 방으로 올라서려고 발을 들었을 때, 방금 전 자신이 무릎을 안고 앉아 있던 자리에 그림자가 웅크리고 있는 것을 알았다.

기타이치가 소스라치게 놀라 비명이나 고함을 지르거나 소동을 피우는 것보다 먼저 그림자가 입술 앞에 손가락 하나를 세웠다. 조용히. 소리 내지 마.

기타이치는 침을 꿀꺽 삼키고 목소리도 삼켰다.

눈에 익은 방의 어스레한 어둠 속.

목 뒤에서 한데 묶은 것이 전부인 아무렇게나 기른 머리카락. 바짝 여위어 가늘게만 보이는 그림자.

"어, 어, 너."

"응."

그림자가 목소리를 냈다.

"잠깐 나가서 얘기 좀 하자."

먼지와 쓰레기 냄새를 풀풀 풍긴다.

이런 놈이 또 있을 리 없다. 조메이탕의 가마 담당 기타지 말고는.

5

빨래 건조장을 통해 나란히 밖으로 나갔다.

도미칸나가야 뒤쪽에는 좁은 운하가 흐르고 있다. 그 가장자리에 있는 벚나무 밑을 지나 둑을 따라 밤길을 걸었다.

기타이치는 발소리를 없애려고 나막신을 벗어 들고 맨발로 걸었다. 기타지는 가죽 다비일본식 버선으로, 엄지와 네 발가락 사이에 홈이 패여 있다. 바닥에 가죽을 대고 작업화로 신기도 한다 같은 걸 신었는지 잰걸음인데도 발소리가 전혀 없다.

"나한테 무슨 볼일이지?"

근방에 불이 켜져 있는 곳은 미토 번저와 파수막 정도이리라. 아니, 도미칸나가야 근처의 통용문 쪽에도 작은 상자형 간판에 켜 둔 불빛이 보인다. 이 근방에 딱 한 집뿐인 약국일까? 뜻밖의 상황에 당황한 탓인지 기타이치의 눈에는 한밤의 둑에서 바라보는 시중 풍경이 평소 잘 아는 그곳과 다르게 보였다.

"후타쓰메바시 다리를 건너 무코지마로 가자."

기타지는 걸음을 늦추지 않고 대답했다.

"거기는 논밖에 없지만 작은 웅덩이 옆 잡목림에 움집이나 다름없는 오두막이 한 채 있어."

이 녀석, 말도 똑똑하게 잘하잖아.

"네가 잘 아는 간에몬이라는 관리인이 거기 있거든."

너무 놀라 기타이치는 걸음을 뚝 멈추었다.

"지, 지금, 뭐, 뭐라고 했어?"

기타지는 먼저 가 버린다. 걸음걸이가 고양이처럼 가뿐하고 날래다.

"도미칸 씨 말이야. 다치기는 했지만 목숨에는 지장이 없는 것 같아."

멀어져 가면서 기타지는 혼자 말을 잇는다. 기타이치는 허겁지겁 쫓아가다가 둑의 진창에 발이 빠져 넘어졌다.

"자, 자, 잠깐만!"

일어나려고 손을 짚는 바람에 흙탕물이 눈에 튀고 말았다. 꾸물거리고 있자 기타지가 돌아와 팔을 아무렇게나 잡아당겨 홱 일으켜 주었다.

"정신 똑바로 차려. 너는 이제 커다란 공을 세울 참이니까."

이놈이 대체 무슨 소리를 하는 거지? 기타이치는 기타지의 지저분한 시루시반텐의 목깃을 확 움켜쥐었다.

"너, 오기바시초 조메이탕의 가마 담당이지? 내가 잘못 본 거 아니지, 엉?"

반달을 등진 기타지의 얼굴은 한밤의 어둠 속에 숨어 있다. 흰자위만이 달보다 희게 보인다. 하긴 이놈의 얼굴은 검댕 때문에 밤이나 낮이나 까맣긴 하지만.

"그런 음침한 목욕탕의 가마 담당이 어떻게 도미칸의 행방을 알지?"

순간 기타이치는 어, 하고 깨달았다.

“혹시 너, 납치한 일당과 한패냐? 돈 몇 푼 받고 납치를 도운 거냐?”

말을 하면서도 후회했다. 바보 같은 생각이다. 기타지는 충분히 수상쩍고 이상한 놈이지만, 그런 기막힌 우연이 있을 리 없다.

그런데 멱살을 잡힌 기타지가 뾰족하게 여윈 턱을 끄덕였다.

“한패는 아니지만 납치에 가담한 놈을 알고 있지.”

우리 손님이야, 라고 말했다.

우리 손님. 조메이탕의 손님.

기타이치는 헛웃음을 터뜨리며 기타지를 힘껏 밀었다. 이 고양이처럼 구부정하고 빼빼 마른 놈이 장난을 해!

“사람을 놀려도 적당히 놀려야지.”

기타지는 한 발 물러서는 것으로 기타이치의 힘을 피했다. 반달 같은 흰자위는 기타이치를 쳐다보며 흔들리지 않는다.

“놀리다니. 그놈은 요시마쓰라는 건달인데 한 달에 절반은 우리 목욕탕 이층에서 노름을 하는 놈이야.”

“아하, 그러셔?”

“보름쯤 전에 그 요시마쓰가 우리 목욕탕 이층에서 누굴 열심히 꼬드기더군.”

——큰 돈 만질 일거리가 있는데, 생각 없어?

“노름으로 돈을 다 날리거나 노름빚에 징징거리는 놈을 골라 그렇게 꾀는 거야.”

——별로 위험한 일도 아냐. 잠깐 수고하고 목돈 버는 거지.

"요시마쓰가 그렇게 꼬드기는데 후쿠토미야란 이름이 몇 번 나오더군."

청소와 정리정돈을 위해 목욕탕에 출입하다가 그 말을 들었다고 한다.

기타이치는 헛웃음이 싹 가셨다. 그렇게 하려고 생각하기도 전에 헛웃음이 먼저 사그라진 것이지만.

"넌 하루 종일 가마 앞에 웅크리고 있는 거 아냐?"

"그렇지도 않아. 목욕탕에서 일하는 사람이 순 늙은이뿐이라 내가 뭐든지 하고 있지."

거둬 준 은혜도 있으니까, 라고 한다.

가만, 그러고 보니 이놈은 손님들 싸움을 말리려고 끼어들었다가 얻어맞은 일이 있었다지. 술에 취해 단도까지 꼬나든 위험한 손님이었는데도 이놈은 피하지 않았어. 실컷 얻어맞았지만 그 뒤에도 아무렇지도 않은 얼굴로 일하고 있었고.

"후쿠토미야가 뭘 파는 가게인지는 모르지만."

킁, 하고 코를 울리며 기타지는 계속했다.

"요시마쓰 같은 놈이 실실 웃으며 큰돈 벌어 보자는 이야기를 한다면 옳은 짓은 아니겠구나 생각했지. 그러니 우리 손님들 가운데 누가 그 꾐에 넘어가더라도 이상할 게 없어."

목욕탕 이층은 본래 고상한 곳이 못 된다. 서민들의 놀이터라고 할까. 그런 업종을 달리 찾기 힘들 만큼 온갖 층이 모여드는데, 건실한 상점의 점원, 직인, 깡패, 건달, 노름꾼 등이 뒤섞이는 곳이다.

게다가 조메이탕은 이미 본 대로 낡아빠진 건물에다 주인 내외는 귀가 어둡고 눈이 침침하다. 뒤가 켕기는 자들에게는 부담이 없는 곳이므로 자연히 그런 자들이 모여들게 되고, 그래서 물이 흐려지자 건전한 손님들의 발길은 더 뜸해지고 질 나쁜 자들만 남게 된다. 그러므로 아까 기타이치가 저도 모르게 뱉은 '음침한 목욕탕'이란 말은 다양한 의미에서 정확한 표현이었다.

"우리 영감 내외가 봉변을 당하면 곤란하니 나도 섣불리 나서지 않으려고 했어. 사실 떼강도나 살인을 저지르는 진짜배기 악당이라면 목욕탕 이층에서 섣불리 떠벌리거나 하지 않으니까 진짜 걱정한 것도 아니지만."

모르는 척하기로 작정했지만 그 뒤 요시마쓰의 언동에는 주의를 기울였다고 한다.

기타이치는 불쑥 찌르듯이 물었다.

"요시마쓰란 건달이 너한테도 그렇게 꼬드기지 않았어? 좋은 돈벌이가 있다고."

나름대로는 묵직하게 억제된 목소리로 말하려고 했지만 그냥 갈라진 귀엣말이 되고 말았다.

"기타이치."

기타지는 목소리도 자세도 차분하다.

"날 처음 만났을 때 어떻게 생각했지? 조금 맛이 간 놈이라고 여겼겠지. 꾀죄죄한 멍청이에다 주인 영감 내외 못지않게 귀가 어둡고 눈도 침침한 놈이라고."

기타이치는 움찔하고 말았다. 다리를 움직이자 다시 진흙에 빠진다.

"그, 그렇게는."

"생각했잖아. 그래도 상관없어. 내가 그렇게 행동했으니까. 우리 손님들한테도, 우리 인정 많은 영감 내외한테도 소처럼 일하는 살짝 맛이 간 놈처럼 보이도록 말이야."

지금은 사람이 딴판인걸.

"요시마쓰란 놈이 대체로 멍청하긴 하지만 굳이 나 같은 멍청한 놈에게 그런 위험한 음모를 흘릴 정도로 바보는 아니야."

"……알았다."

기타지는 기타이치의 얼굴을 쳐다보고 있다. 시선을 느끼고 기타이치는 고개를 숙였다.

"그렇게 지내고 있는데, 사흘 전인가, 후카가와 후유키초의 목재상 후쿠토미야가 소유한 나가야를 관리하는 간에몬, 통칭 도미칸이라는 사람이 납치되어 행방불명되었다는 회람장을 파수막에서 나눠 주더군. 나도 깜짝 놀랐지. 그때 아하, 하고 무릎을 쳤어."

요시마쓰는 이 관리인을 납치할 계획을 세우고 일당을 모집했던 거구나.

"엄청난 짓을 저질렀네 싶어서 요시마쓰를 다시 보았다고 할까, 과소평가했다고 할까. 그거야 아무렴 상관없는 얘기지만."

기타지는 엄지를 세워 어깨 너머를 휙 찌르며 기타이치를 재촉했다.

"서둘러야 해. 동트기 전에 해치워야 모든 점에서 유리하니까."

해치워? 무엇을? 혼란스럽기만 한 기타이치였지만, 아무튼 기타지를 따라가지 않을 수 없다는 것은 확실히 알 수 있었다. 두 사람은 다시 나란히 밤길을 걷기 시작했다.

"우리 영감 내외는 글을 못 읽어. 하지만 회람장을 모른 척하고 있을 수는 없으니까 파수막 사람에게 그때그때 읽어 달라고 하거든. 그렇게 내용을 알고, 납치라니, 이런 몹쓸 놈들이 있나, 아이고, 무서워라, 하고 야단이었지."

조메이탕의 주인 내외는 후쿠토미야도 도미칸도 알지 못한다. 다만 정월 초에 급사할 때까지 이곳 후카가와를 담당하던 문고상 센키치 대장은 알고 있었다.

"조메이탕 같은 후카가와 변두리까지 종종 얼굴을 비치며 장사는 잘 되느냐고 안부를 물어 주고, 좋은 대장이었지, 철포에 맞아 죽었다니 너무 안됐어, 대장만 건강했다면 이런 납치 같은 건 눈 깜빡할 사이에 해결해 주셨을 텐데, 하며 이도 없는 입으로 합죽합죽 말하더군."

앞장선 기타지가 빠르게 말하면서 기타이치 쪽은 돌아보지도 않고 걷는다.

"나도 네가 아궁이 앞에서 했던 말을 기억하고 있으니까."

기타이치는 그때 그 자리에서 기타지에게 무슨 말을 했는지 자세한 내용은 잊었다. 다만 이놈은 역시 자는 척했던 거구나 하고 생각했을 뿐이다.

"네가 말한 '죽은 대장'이 센키치 대장인가 보다 생각했고, 네가 살던 곳이 도미칸나가야라고 했으니 간에몬 씨는 네가 아는 사람이겠구나 싶었어."

기타지를 따라가자니 숨이 턱에 찬다. 기타이치는 헉헉거리며 말했다.

"난 도미칸 씨의 세입자야. 평소 신세지고 있지."

"그래? 짐작대로였군. 넌 은혜를 입은 관리인을 구해 내고 납치 일당을 잡아들이는 큰 공을 세울 수 있어."

아까도 비슷한 말을 했었다.

"수하인 네가 명성을 얻으면 센키치 대장도 기뻐하겠지."

"난 그냥 문고 행상이야. 방범 일을 하는 사람이 아니라고."

"그래도 네 대장은 도신 나리의 지시를 받고 일했을 거 아냐. 이때 네 능력을 보여 주면 너도 당당하게 짓테를 받을 수 있을지 모르잖아."

주위를 둘러보니 요코카와 강둑 아래를 걸어 나리히라바시 다리를 건너고 있었다. 기타지를 바짝 따라가느라 어디를 어떻게 지나왔는지 기타이치는 통 기억이 나지 않는다. 다만 기도나 파수막을 무사히 통과했고 능숙하게 어둠을 이용하여 몸을 숨겼다는 것은 분명하다. 흡사 밤도둑이나 간첩처럼.

——대체 뭐하는 놈일까.

지금은 이런 생각을 해도 소용없다.

"요시마쓰가 평소 우리 목욕탕에 죽치고 앉아 분별없이 떠든 덕분에 나는 놈의 거처, 놈이 드나드는 가게나 여자가 있는 곳도 대강 알고 있었어."

그러나 회람장을 본 뒤 땔감을 수집하는 척하며 그 주변을 돌아다녀 보아도 요시마쓰의 모습은 눈에 띄지 않았다.

"분명히 납치 하루 전에도 왔었는데, 그게 마지막이었어. 간에몬 씨를 납치한 뒤 지금은 일당과 함께 어디에 숨어 있겠지. 큰돈 만질 일거리라고 했으니 간에몬 씨를 인질로 후쿠토미야에서 돈이나 보석을 받아내려고 하는 게 틀림없어. 퇴물 호칸유곽 술자리에서 북을 치며 주흥을 돋우는 자이나 저지를 법한 짓이지."

기타이치에게는 기타지도 마님 못지않은 천리안처럼 보였다. 그래서 저도 모르게 이런 말을 흘리고 말았다.

"삼백 냥을 내놓으라는 편지가 날아들었대."

그 후의 상황을 대강 설명하자 기타지는 비로소 쿡쿡 웃었다.

"엉성한 계획이군. 하지만 그 핫초보리 나리도 꽤 하는걸."

"요시마쓰란 놈은 퇴물 호칸이야?"

"본인이 그렇게 말했어. 단골손님의 정부를 건드렸다가 나카막부가 공인한 대형 유곽 요시와라를 일컫는 속어나 스사키에도 말기, 요시와라에 버금가던 유곽에 발도 들여놓지 못하게 되었다고 하던데."

그렇다면 이나다야의 타락한 아들 오쓰지로와 교류가 있다고 해도 이상할 게 없다. 한 놈은 손님을 배신해서 쫓겨나고 한 놈은 방탕이 지나쳐 집안에서 의절을 당했다. 쫓겨난 자들끼리 어울린 셈이다.

"사실 도미칸이 당한 건 돈 때문만은 아냐."

이리 되었으니 더 감춰 봤자 답답하기만 할 뿐이다. 기타이치는 일의 시작인 가시세키의 함정극 이후의 과정을 빠르게 설명했다. 마음도 급하고 숨도 차서 헉헉거리며 말하다 보니 민가가 사라지고 무가 저택의 커다란 그림자도 보이지 않게 되어 주변은 논과 밭만 펼쳐져 있었다.

"좀 더 조심했어야 했어. 방심한 게 잘못이지."

지난 일을 떠올리자 기타이치는 뱃속이 서늘하게 식는 기분이었다. 보복이 있을지 모른다고 경고를 하자 도미칸은 이렇게 말했었다.

——그럼 기타가 대신 눈에 불을 켜고 있어 줘. 믿고 있네.

그때 기타이치는 그건 무리라며 내빼고 말았다.

——헛된 기대였나. 섭섭하네.

"그런 사정이 있었다면 더욱 네 손으로 일당을 잡아들여야지."

기타지는 여전히 그 점에 연연한다.

"왜 너는 날 앞세우는 거지? 그렇게 수완 좋은 가마 담당이라면 파수막에 신고하면 끝날 일인데."

회람장이 고하는 납치 사건에는 조메이탕의 단골 요시마쓰라는 자가 관련되어 있습니다, 조사해 주십시오 하고.

사와이 신임 나리의 귀에 들어가면 유력한 실마리가 되었을 것이다.

"맞아" 하고 기타지는 말했다. "쓸 만한 실마리니까 너에게 알려 주는 거다."

기타이치의 물음에 대한 대답인 것 같기도 하고 아닌 것 같기도 하고.

"하지만 욕심도 나더군."

응?

"욕심이라니, 무슨?"

"요시마쓰의 거처를 알아내고 싶은 욕심. 간에몬 씨가 갇혀 있는 장소를 알아낸다면 네 공이 더 커지겠지."

한 번으론 부족해서 다시 한 번 "응?"이다. 왜 계속 내 공으로 만들려는 거지, 이놈은?

"그래 봐야 내가 할 수 있는 일은 아까도 말했듯이 놈이 나타날 법한 곳을 자주 들여다보는 것밖에 없었지만."

"지저분한 수레를 끌고서 말이지."

"회람장을 본 뒤로 오늘 저녁 직전까지는 어딜 들여다봐도 걸리는 게 없었어."

"가마 일을 게을리한 것은 아니겠지."

기타이치가 일일이 어깃장을 놓아도 기타지는 상대해 주지 않았다.

"이대로 우물쭈물하다가는 도미칸 씨를 무사히 구해 낼 수 없게 될지도 모르겠다. 그만 포기하고 역시 너에게 알려 줘야겠다고 생각했지."

오후 네 시 종소리가 들리자 일단 조메이탕으로 돌아가 수집해 온 땔감과 수레를 정리했다. 외출하려면 주인 내외 가운데 아무한테나 양해를 구해야 하므로 출입문 쪽으로 돌아갔을 때 낯익은 얼굴이 보였다.

"요시마쓰의 단골 '찬합팔이 여자'가 출입구 앞에 서서 목욕탕의 늙은 하녀와 이야기하고 있더군."

찬합팔이란 술과 안주를 찬합에 담아 목욕탕 이층 같은 휴게소나 노름판 같은 곳에서 파는 사람을 말한다. 이것은 여자의 직업이며, 파는 것은 술과 안주만이 아니었다. 요시마쓰의 단골이란 것도 그런 뜻에서 한 말이다.

"여자가 하는 말이, 지금 무코지마로 장사하러 간다는 거야."

아이고, 그 멀리까지 애쓰는구랴, 하고 늙은 하녀가 찬합팔이 여자에게 간살을 떨었다. 여자도 간살부리는 웃음을 지으며 말했다.

——요즘은 매일 그쪽에 가느라 이쪽은 들여다보지도 못했네요. 담에 또 들를게요.

"그 말을 듣고 어라, 하고 생각했지."

기타지는 '어라' 대목에서 가볍게 가락을 붙여 말했다.

"요즘 매일, 이 여자를 무코지마까지 부르는 단골이라면 요시마쓰가 아닐까 싶었던 거야."

그래서 커다란 찬합을 들고 간들간들 걸어가는 여자를 미행했다고 한다.

기타이치는 어이가 없었다. 이놈은 진짜 바보다. 하지만 감이 좋고 운도 좋다. 대체 무슨 생각을 한 걸까. 똑같은 처지였다면 나는 어떻게 했을까. 역시 여자를 미행했을까? 해가 기울수록 길어지는 그림자를 밟지 않도록 조심하며?

"여자는 전혀 경계하지 않았어. 아마 고양이 쫓는 게 더 힘들었을걸."

그래서 당도한 곳이—.

"저기야. 나무들 사이로 등불이 새어 나오더군."

기타지가 가리키는 곳에는 논밭이 펼쳐진 평야에 주발을 엎어 놓은 것처럼 생긴 잡목림이 오뚝하게 웅크리고 있다. 그 속에서 과연 노란 불빛이 깜빡이고 있었다.

잡목림 덤불에 숨어 두 사람은 계속 소곤거리며 이야기를 나누었다.

"저녁에 내가 엿보고 있을 때는 허여멀건하게 생긴 젊은 남자와, 여자 앞이라고 한껏 멋을 부린 요시마쓰와, 머리가 아둔해 보이는 덩치 커다란 남자가 있었는데. 어깨에 두툼한 굳은살이 박인 걸 보면 가마꾼이 틀림없어."

도미칸을 가마에 밀어 넣은 가마꾼 가운데 한 놈이 틀림없다.

"요시마쓰가 제안하자 돈 욕심에 거들었겠지. 허여멀건하게 생긴 남자는 오쓰지로라는 과자점 아들일 텐데, 너, 그자 얼굴을 알아?"

"알지. 그쪽도 내 얼굴을 알 거야."

기타지 말대로 움집이나 다름없는 폐가는 불이 켜져 있지만 아무 소리도 없고 사람 목소리도 들리지 않는다. 하나 있는 여닫이 창을 활짝 열고 작대기를 받쳐 놓았는데, 거기서 새어 나오는 노란 불빛 속에서는 뭐가 움직이는 기척이 전혀 없었다.

"저 불빛을 보니 촛불이군. 접시도 갓도 없이 촛농을 바닥에 흘려서 세워 둔 거지."

그 탓에 종종 불빛이 요란하게 흔들린다. 기타이치 들이 있는 곳이 바람이 불어오는 쪽이다. 얌전한 밤바람은 두 사람 뒤에서 불어와 덤불을 스치며 지나갔다.

"찬합팔이 여자는 요시마쓰의 부탁을 받았는지 한동안 밥을 짓고 술을 데우더군. 방 두 칸에 봉당이 딸린 집인데, 도미칸 씨는 보이지 않았지만 유난히 커다란 함이 하나 있었고, 그 위에 허여멀건하게 생긴 남자가 내내 누워 있었어."

"함 속에 있겠네."

어두한 덤불 속에서 기타지는 고개를 끄덕였다.

"응. 여자가 돌아가자 하여멀건하게 생긴 남자가 함을 열고 오십 대쯤으로 보이는 남자를 끌어냈어."

남자는 손발이 묶여 있고 옷은 더럽고 잔뜩 구겨져 있으며 왼쪽 눈 주위와 입가가 부어 있었다.

"어떻게 생긴 사람이지?"

"주걱턱 같더군."

도미칸이 맞다.

"그런 취급을 받으면서도 태연했어. 허여멀건하게 생긴 남자에게, 저렇게 매일 찾아오다니, 좋은 여자네, 품삯을 조금 더 쥐여줘도 좋지 않나, 라고 말하던데."

——인질 주제에 오지랖 떨지 마라.

"허여멀건하게 생긴 남자가 구박을 하더군."

들을수록 도미칸이다.

"어깨에 굳은살이 박인 덩치 커다란 남자는 완전히 풀이 죽어 있었어. 돈은 정말 받을 수 있는 거요? 내일 아침 가마꾼 친구를 데리고 올 테니까 일단 나를 보내 주쇼, 하며 울상을 짓고 조르더라고."

나란히 웅크리고 있지만 기타이치는 아무래도 몸을 꼼지락거려서 덤불을 부스럭거리게 만든다. 반면에 기타지는 말을 하면서도 돌처럼 움직임이 없어 낙엽 한 장 움직이지 않았다.

"도미칸 씨는 가마꾼을 역성들며, 그래, 일이 이렇게 늘어져서 안됐군, 내 얼굴을 봐서라도 이 사람은 일단 돌려보내 주게, 병든 아내와 젖먹이가 있다잖아, 라고 했다가 또 구박을 받았지."

——아가리 닥치지 않으면 다시 함에 처넣는다!

——좀 봐줘. 당신들은 젊으니까 괜찮겠지만 난 나이가 있잖아. 허리 아파 죽겠어.

"나는 처음부터 왜 이자들은 인질을 함에 가둬 두지 않았을까 의아하게 생각했는데, 금방 이유를 알 수 있었지. 요시마쓰 들은 몸값을 받아내기 위한 묘책을 인질 간에몬 씨에게 훈수 받고 있었던 거야."

도미칸은 친절하게도 이리저리 궁리해 주었다고 한다. 붓과 종이를 받아 두고 좋은 생각이 떠오르면 적었다.

——일단 백 냥까지 내려서 당신들이 받으러 가면 어떨까. 내 몸은 이백 냥과 맞바꾸자고 하면 백 냥은 확실히 챙길 수 있지.

——우리 얼굴이 드러나잖아.

——가면을 쓰고 가면 되지.

——미행당하면 이곳이 드러날 텐데.

——미행당하지 않도록 돌아올 땐 이리저리 뱅뱅 돌아서 오면 돼. 지도 가진 거 없나? 알기 쉽게 내가 선을 그어서 알려 주지.

낮은 소리로 말하면서 기타지는 눈으로만 웃고 있었다.

"그래, 저런 상황이라면 인질 목숨을 걱정하지 않아도 되겠구나. 그렇게 생각하고 일단 물러났다가 밤에 너를 데려오기로 했던 거야."

기타이치는 여러 가지로 놀라고 감탄하느라 할 말이 얼른 떠오르지 않았다. 역시 마님은 간파하고 있었구나, 하고 감탄했다. 언변 좋은 도미칸은 납치 일당을 구워삶고 있었다.

"그자들은 지금 뭘 하고 있을까."

"잔뜩 먹고 마시고 잠들었겠지. 촛불이 아깝네."

그런 것까지 신경 쓰네, 이놈은.

"자, 잽싸게 들어가 간에몬 씨를 구해 내고 세 놈을 꽁꽁 묶어 버리자. 다 네 공이 되는 거야."

기타지가 거침없이 말한다.

지금 농담하냐. 아무리 잠들었다고 해도 상대방은 세 놈이나 된다. 그 가운데 한 놈은 덩치 큰 가마꾼이다. 기타이치에게는 그런 자들과 싸울 만한 주먹이 없다. 이렇게 밥상까지 차려 주었는데 자기 때문에 모든 게 망가지는 것은 싫다.

창문으로 새어 나오는 노란 불빛이 예쁘다. 처음 보았을 때보다 더 밝게 느껴진다.

"넌 여기서 망보고 있어. 내가 가서 사와이 나리한테 알릴 테니까."

덤불 속에서 기타지가 기타이치를 쳐다보았다.

"그렇게 충성스런 강아지처럼 굴지 않아도 당장 결판낼 수 있다니까."

"나한테는 무리야."

"내가 거들게. 공은 너 혼자 가져도 돼."

나는 여기 없던 걸로 해 줘. 기타지는 오히려 부탁하는 투로 말했다.

"나는 앞으로도 계속 살짝 맛이 간 가마 담당이야."

그러니 어둠으로 얼굴을 숨길 수 있는 지금 해치우자는 걸까.

"왜 바보 시늉을 하는 거지? 왜 나에게 공을 몰아주려는 거냐고."

"얘기하자면 길어지니까 나중에 하자."

쪼그리고 앉은 다리가 저려서 기타이치는 덤불을 부스럭거리게 하고 만다.

"안 돼. 나 혼자 해냈다고 한다면 어떻게 이 장소를 알아냈는지부터 설명하지 못해."

비로소 기타지가 초조한 듯이 한숨을 토했다.

"그건 일도 아냐. 아까 말했잖아. 우리 목욕탕에는 센키치 대장이 자주 찾아왔어. 우리 목욕탕에는 멍청하고 질 나쁜 놈들이 모여들게 마련이고, 그놈들이 하는 말이나 짓거리를 봐 두면 이런 비상시에 도움이 되니까."

좋은 오캇피키란 그런 존재다. 못된 짓을 저지를 법한 놈들을 평소 주목하고 있다가 사건이 일어나면 그런 짓을 저지를 법한 자를 추적하는 것이다.

"그러니까 대장이 죽은 뒤 네가 똑같은 일을 하고 있었기 때문에 요시마쓰를 의심할 수 있었던 거라고 하면 말이 되잖아. 너 혼자 요시마쓰를 미행해서 여기에 오게 된 거고. 그래서 도미칸 씨를 빨리 구하고 싶어서 그대로 혼자 해치웠다, 그래서 모든 일이 잘 해결되었다."

무리다. 이렇게 대충 꾸며낸 이야기로는 신임 나리를 납득시킬 수 없다. 가령 신임 나리는 속일 수 있다고 해도 부인한테는 안 통한다.

기타이치는 폐가의 창문으로 보이는 노란 불빛을 바라보았다.

더 밝아진 것처럼 보인다. 기분 탓일까.

"나한텐 그런 힘도 머리도 없어. 아무도 믿어 주지 않을 거야."

"공을 세우고 싶지 않나 보지?"

"거짓말은 안 돼. 못 버텨. 우리 마님은 천리안이야."

"대장의 부인? 너, 지금은 그 부인을 모시고 있냐?"

"네가 무슨 상관이야. 아무튼 나는 안 돼."

기타지는 입술을 오므려 횻토코입이 뾰족 튀어나오고 짝짝이 눈을 가진 익살스런 가면 같은 표정을 지었다. 덤불 사이로 희미하게나마 그 표정을 볼 수 있었다. 그 정도로 동녘하늘이 희뿌예지고 있다. 이러다 동트는 거 아냐?

"너, 욕심이 없구나."

"겁쟁이일 뿐이야. 주변 사람들도 내가 한천보다 물러 터졌다는 걸 다 아니까 거짓말은 통하—,"

기타지가 기타이치의 말허리를 끊으며 덤불에서 벌떡 일어섰다.

"이런! 큰일 났네."

유난히 밝은 빛이 그 몸뚱이를 비춘다. 그래서 무슨 일이 벌어지고 있는지 기타이치도 알아차렸다.

오두막 안에 촛불이 켜져 있는 게 아니라 불이 번지고 있었다.

이래서 맨 촛불은 위험하다. 툭 쓰러지면 금방 이렇게 되니까.

"불이 났어!"

바람이 불어오는 쪽에서 대화에 열중하느라 연기 냄새를 알아차리는 게 늦었다. 그래도 알아차린 순간부터는 잽싸게 움직였다. 아니, 기타이치가 아니라 기타지 얘기지만.

"넌 여기 있어. 내가 도미칸 씨를 데리고 나올게."

말하기 무섭게 기타이치가 눈 깜짝하는 사이에 덤불에서 튀어나가 뱀처럼 매끄럽게 오두막 안으로 숨어들었다. 기타지의 모습이 오두막 안으로 사라지는 동시에 오쓰지로인지 요시마쓰인지가 "어이, 불이야! 활활 타고 있어, 젠장할!" 하고 소리치더니 그 한마디를 끝으로 아무 소리도 없이 조용해졌다.

열을 셀 정도 되는 사이에 오두막 안에서 퍽, 우지끈, 탁, 하는 소리가 차례대로 들렸다. 에누리 없이 딱 세 번이었다.

기타지가 도미칸을 들쳐 메고 밖으로 나왔다.

도미칸은 아직 손발이 묶여 있고 얼굴에 수건이 씌워진 채 기타지 어깨에 힘없이 늘어져 있었다.

"여기를 벗어나 어둠 속에 숨어 있어."

기타지는 도미칸을 기타이치 어깨에 넘겨주고 다시 오두막으로 돌아갔다. 불길이 번져 혀처럼 날름거리는 불기둥이 창문으로 언뜻언뜻 비친다. 이번에는 스물을 헤아릴 만큼 뜸을 두었다가 기타지가 혼자 돌아왔다.

"뭐야, 여길 벗어나 있으라고 했잖아."

"하지만 네가."

"얼른 이리 와."

둘이서 도미칸을 메고 잡목림을 빠져나와 논두렁에 눕혀 놓았

다. 기타이치가 도미칸의 손발을 풀어 주려고 하자,

"잠깐. 너, 정말 공이 필요 없냐?"

전에 없이 심각한 말투로 기타지가 물었다.

"필요 없어."

그러자 기타지는 잠깐 눈을 꾹 감고 자기 자신을 납득시키려는 것처럼 고개를 두어 번 끄덕였다.

"좋아. 그렇다면 손발을 묶은 밧줄은 그냥 둬."

그렇게 말하고 도미칸의 얼굴에서 수건만 벗겨 냈다. 도미칸은 놀란 사람처럼 입을 절반쯤 벌린 채 기절해 있었다.

"급소를 살짝 쳤으니 금방 깨어날 거야."

그만 도망치자—라고 재촉해서 기타이치는 놀랐다.

"도미칸 씨를 놔두고?"

"저렇게 불이 났으니 곧 이곳 주민들이 달려와서 발견하게 될 거야. 우리는 그 전에 사라져야 해."

"오쓰지로 들은?"

"오두막 뒤쪽에 끌어내 뒀어."

기타지는 오두막 반대편 쪽을 턱짓으로 가리켰다.

"활활 타는 오두막이 놈들을 덮치면 어쩔 수 없는 일이고."

그러니까 꼼짝 못하게 해 두고 왔다는 말인 듯하다.

"죽인 건 아냐. 걱정되면 가서 확인해 볼래?"

기타이치는 오두막 반대쪽으로 뛰어갔다.

옷자락이 젖혀져 정강이를 다 드러낸 남자 두 명이 고이노보리

잉어 모양으로 만든 자루형 깃발. 바람을 받으면 살아 있는 잉어처럼 펄럭거린다를 늘어놓은 것처럼 땅바닥에 축 늘어져 있었다. 화려한 가부키문양 옷을 입은 쪽은 처음 보는 얼굴이다. 요시마쓰일 것이다. 또 하나 '허여멀건'한 쪽은 구레한의 오싱을 울려 놓고 빙글빙글 웃던 바람둥이 오쓰지로가 틀림없다. 이놈은 도미칸과 달리 악몽에 시달리는 것처럼 낯을 찡그린 채 기절해 있었다.

불기운이 거칠어져 지붕에까지 불길이 올라갔다. 기타이치는 당황해서 기타지와 도미칸 곁으로 돌아왔다.

"가마꾼은 없었어?"

"없었어. 이 사람 언변으로 일단 집에 돌려보낸 것 같아."

기타지는 땅바닥에 잠들어 있는 도미칸의 얼굴을 내려다보며 그렇게 말했다.

"배짱이 대단한 사나이야."

"너한테 그런 칭찬 듣고 싶진 않을걸."

그렇겠지—하고 중얼거리며 눈으로 웃음을 짓고 기타지는 자리에서 일어섰다.

"가자!"

두 사람은 다시 나란히 어둠으로 숨어들었고, 잠시 달리자 어두운 평야 한가운데서 불빛들이 깜빡거리며 켜지고 비상종 소리가 들리기 시작했다. 인근 주민들이 화재를 알아채고 뛰어나온 것이다.

"이봐."

기타지의 등을 향해 기타이치가 물었다. 올 때보다 더 숨이 차고 머릿속에서는 온갖 의문과 생각이 뒤얽히고 있었다.

"왜 불이 났을까."

"놈들이 촛대도 없이 초를 켜 두고 잠들어 버렸기 때문이지."

"우리 탓은 아니겠지?"

기타지는 기타이치를 힐끔 돌아다보았다.

"왜 그런 생각을 하지? 기타이치 탓일 리가 없잖아."

그건 천벌이야, 라고 말했다.

"덕분에 너는 거짓말을 하거나 둘러댈 필요도 없어졌지. 잘된 거야."

"……그래."

그 뒤로는 두 사람 모두 말없이 달렸다.

신쓰지바시 다리를 건너 후카가와로 들어서자 기타지는 그제야 걸음을 늦추고 기타이치를 돌아다보았다. 동녘 하늘에 아침노을이 걸리고 밤의 끝자락이 걷히기 시작한다. 구부정하고 빼빼 마르고 쓰레기와 먼지 냄새를 풍기는 가마 담당은 처음 만났을 때처럼 무뚝뚝한 표정으로 돌아가 있었다.

"너한테, 고맙단 말을 하고 싶었어."

불쑥 그렇게 말했다.

"네가 우리 아버지 유골을 수습해서 정성스럽게 모셔 주었으니까."

하룻밤 새 깜짝 놀랄 일들이 이어진데다 이 최후의 일격으로 기타이치는 딸꾹질이 튀어나왔다.

딸꾹.

"고혼마쓰 옆 저택의 마루 밑에 죽어 있던 건 우리 아버지야."

딸꾹.

"함께 나온 네쓰케 생김새를 보면 틀림없어. 그건 우리 일족의 가문家紋 같은 거니까."

기타이치의 딸꾹질이 멎지 않는다. 일족의 가문? 이놈, 가문씩이나 가지고 있는 집안 출신이셨습니까?

말보다 먼저 딸꾹질이 나온다.

딸꾹.

"아버지가 오래전 어디서 객사하셨으리라고 각오하고 있었어."

기타지는 전혀 슬퍼하는 기색이 없고 어두운 말투도 아니다.

"하지만, 지주 집에서 친절하게 공양하고 있다고 하니 나는 그냥 모른 척하기로 했던 거야. 내가 모셔 온다고 달리 방법이 있는 것도 아니고."

끅, 딸꾹.

"언젠가 그 지주가 공양하기가 귀찮아 아버지 유골을 내다 버린대도 상관없어. 잠시나마 공양해 준 것으로 충분해."

목울대를 꿈틀거리는 기타이치는 간신히 말을 할 수 있을 것 같았지만 무슨 말을 어떻게 해야 할지 당혹스러웠다.

기타지는 담담하게 말했다.

"너한테나 지주한테나 은혜를 입었어. 나는 변변치 못한 놈이지만 이게 얼마나 큰 은혜인지는 알아."

그래서 자신에게 공을 몰아주려고 했음을 기타이치는 그제야 납득했다.

"뭐든 어려운 일이 있으면—."

기타지는 뼈가 불거진 손을 쳐들어 옆머리를 북북 긁었다.

"언제든지 나한테 말해. 반드시 보탬이 돼서 보답할 테니까."

꾀죄죄한 머리를 긁적이며 말하는 것은 겸연쩍기 때문일까.

"다만, 부탁하는데 이 일은 아무한테도 말하지 말아 줘. 나는 머리가 모자란 가마 담당 그대로 조메이탕 영감 내외 곁에 있고 싶으니까."

뒤뜰에 쓰러져 있던 기타지를 거둬 준 은인이니까.

그렇게 보이지도 않고 그렇게 보이려고 애쓰지도 않지만 이놈은 조메이탕의 지킴이였던 것이다.

참으로 까마귀천구처럼 강하고 날래고 정체를 알 수 없는 놈.

기타이치는 그제야 목소리를 냈다. "도미칸을 구해 준 것만으로도 나한텐 충분해."

좀처럼 겪어 보지 못할 흥미로운 하룻밤이었다.

"네 얘기는 아무한테도 안 해. 약속하지."

머나먼 아침놀이 기타지의 검댕투성이 수척한 얼굴을 꼭두서닛빛으로 비추고 있다.

"그럼 이만, 기타이치."

기타지는 그렇게 말하고 사라졌다. 물론 걸어서 멀어져 갔지만 소리도 없고 동작이 빨라서 기타이치는 또 마술을 보는 기분으로 혼자 남겨지고 말았다.

도미칸은 그날 오후 그를 데리러 온 사와이 신임 나리의 수하를 따라 돌아왔다. 크게 다친 데도 없고, 엉뚱한 경험을 쌓더니 오히려 의기양양해하는 분위기였다.

요시마쓰와 오쓰지로는 활활 타는 오두막 바로 옆에서 기절해 있다가 발견되었다. 요시마쓰는 오른쪽 무릎, 오쓰지로는 왼쪽 발목이 탈구되어 제 힘으로는 걷지 못하는 상태였다.

'퍽' '우지끈' 소리가 나던 그때 기타지가 해치웠을 것이다(도미칸에 대한 급소 공격은 아마도 '탁'이었겠지). 그리고 두 명을 오두막 밖으로 질질 끌어냈다.

——관절을 어그러뜨려서 달아나지 못하게 하는 건 또 무슨 무술일까.

기타이치는 세세히 알고 싶지는 않다. 아니, 전혀 생각이 없다. 기억나는 것은 기절한 오쓰지로의 일그러진 표정이다. 어지간히 아팠나 보다. 구와바라, 구와바라재난을 피하고 싶을 때 외는 주문.

"내가 어떻게 불길을 피할 수 있었는지 기억이 안 나. 달리 사람도 없었으니 그 두 놈이 살려 주었겠지만…… 하여간 참 이상한 일도 다 있지."

고개를 갸웃거리는 도미칸 앞에서 기타이치는 다른 사람들과 함께 신기해하고 있었다.

"도미칸 씨, 비사문천 부적을 품고 계시길 잘했지 뭐예요."

이건 오미쓰의 주장이다.

요시마쓰와 오쓰지로는 자백하고 가마꾼 두 명도 곧 체포되었다. 두 명 다 오쓰지로와 노름판에서 어울리던 자들로, 상당한 빚을 지고 있었다. 어깨에 굳은살이 있는 사내는 병든 아내와 젖먹이 때문에 더욱 돈에 쪼들리던 터라 오쓰지로가 권하는 대로 납치극을 거들고 말았다고 한다.

그 오두막은 근처 지주의 소유인데, 오래전부터 폐가로 있었다. 가마꾼 하나가 무코지마 출신이라 그걸 알고 있었을 것이다. 귀신이 나온다는 소문도 있었다고 한다.

"날 살려 준 건 그 귀신인지도 모르지."

도미칸은 기분 좋게 납득하고 있다.

도미칸의 동향을 오쓰지로 들에게 알려 준 내통자가 있었는지, 있었다면 누구인지는 결국 알아내지 못했다. 도미칸이 무사히 돌아온 좋은 날, 후쿠토미야에 고용된 저목장 뗏목꾼저목장에 띄운 목재를 뗏목으로 묶는 기술자 한 명이 맨몸으로 자취를 감췄다. 그자도 노름판에 드나들다 빚을 졌다고 하니 능히 짐작이 갈 것이다.

기타이치는 거짓말이 서툴다. 자신도 잘 안다. 해서 이 사건에 대해서는 가능하면 말을 아끼고 있었다.

"묘하네요."

"어쨌든 무사해서 다행입니다."

"천망회회소이불실天網恢恢疏而不失이라더니 바로 이런 경우를 말하는 거군요『노자』 73장에 나오는 구절로, 하늘의 그물은 크고 넓어 엉성해 보이지만 결코 그 그물을 빠져나가지 못함. 즉 반드시 선한 자에게 선을 주고 악한 자에게 벌을 준다는 뜻."

입 밖에 낸 것은 이 정도가 전부였다. 문고 행상이란 본업에 힘쓰지 않으면 굶게 생겼다. 만사쿠 · 오타마 내외도 좀 더 잘하지 못하겠느냐면서 인내의 한계에 다다랐다고 야단이고(이것은 웃을 일이 아니라 사실이다), 시간이 흘러 사람들의 흥분이 가라앉을 때까지 얌전히 지내기로 했다.

나만 실수하지 않으면 된다. 부인의 눈도 속일 수 있다. 그렇게 하자. 속일 수밖에 없다.

일단 요즘은,

——기타, 요즘 좀 이상해.

라는 식으로 추궁 당하는 일은 없다. 괜찮다, 잘 넘기고 있다.

그래, 다른 누구하고도 나눌 수 없는, 기타이치만 아는 부담스러운 수수께끼지만 혼자 가슴 속에 봉해 두고 있다.

가마 담당 기타지의 정체는 무엇일까.

언젠가 알 수 있는 기회가 올지도 모르고, 오지 않을지도 모른다. 그런 기회는 필요 없다는 생각도 들고 역시 알고 싶다는 생각도 있다. 스스로도 자기 기분을 모르겠다.

다만, 입 다물고 있겠다고 약속했으니 침묵하고 있다. 그 정도라면 나 같은 겁쟁이한테도 어려운 일은 아니니까.

제4화

저승에서 돌아온 신부

1

에도 저잣거리에 비가 내린다.

그야 일 년 내내 언제든 있는 일이다. 다만 지금은 장마철이다. 장맛비는 봄여름에 보는 큰비하고는 또 다르다. 큰비 가운데서도 으뜸가는 비다.

그런데 올해 장맛비는 16년밖에 살지 않은 기타이치의 경험에 비춰 보더라도 유난히 온순한 풍경이다. 안개 같은 이슬비가 이 삼일 이어지다가 하루는 구름 사이로 햇살이 희미하게 비끼는가 싶더니 다시 안개비로 돌아간다.

나가야 이웃인 오히데는 "초상집에서 밤샘 하는 첩년 같은 장맛비네"라고 말했다. 주눅이 들어 구석에서 몰래 울고, 조문객들이 고인의 추억을 이야기하며 웃을 때도 마음껏 웃지 못하니까.

이 말에 기타이치 옆방에 사는 오시카가 고개를 갸웃거렸다. 남편 장례에 얼굴을 내미는 첩이라면 더 대놓고 울 거라면서.

"올 장맛비처럼 얌전한 비는 그런 뻔뻔한 첩을 대면해야 하는 불쌍한 본처의 눈물이라고 해야죠."

오시카와 오히데는 모녀 사이만큼이나 나이 차이가 나지만 두 사람 다 고집 센 여자는 아니다. 오히데는 "그러네, 그럴지도 모르겠어" 하며 선뜻 물러나고 오시카도 평소의 맹한 웃음으로 돌아가 대화는 싱겁게 끝났다.

오시카는 남편 시카조와 단둘이 사는데, 시카조는 채소 행상을 하고 오시카는 그 채소를 절임으로 만들어서 판다. 기타이치와 마찬가지로 하루 벌어 하루 사는 얌전한 부부다. 시카조는 말수가 적고 오시카도 쓸데없이 수다를 떠는 사람은 아니다. 해서 오히데의 말에 오시카가 이견을 내놓은 것은 이웃들로서는 드물게 놀라운 일이었다.

"내가 괜히 언짢은 말을 했나 봐."

당사자 오히데가 걱정을 하자, 그렇지 않아요, 하고 기타이치가 달래 주었다.

"이렇게 안개비가 청승맞게 추적거리니까 오시카 씨도 한 마디

해 보고 싶었겠죠."

그런데 며칠 뒤 오시카가 다시 도미칸나가야 주민들을 깜짝 놀라게 했다. 그녀가 팔려고 만든 절임에 곰팡이가 피어 버린 것이다. 요즘 같은 철에 많이 팔리는 여름 무와 스나무라에도 변두리는 근교농업이 발달했는데, 스나무라는 가지, 오이 등이 유명했다 오이절임을 망쳐 버리다니.

남편 시카조는 소금을 덜 친 모양이라며 오시카 대신 변명을 하고, 물에 잘 헹궈서 이웃 세입자들에게 공짜로 나눠 주었다.

"간장 좀 치면 반찬으로 먹을 만할 겁니다."

오시카가 만드는 절임은 식당이나 도시락가게가 단골이므로, 하룻밤이면 만들 수 있는 아사즈케라도 한철 제품을 단골에게 대주지 못하니 타격이 있을 터였다. 하지만 남편 시카조는 전혀 화를 내지 않고 오시카도 풀이 죽은 기색이 없으니, 매사 차분한 부부답네, 라고 생각한다면 그뿐인 일이었다.

뭐든 작은 질냄비 하나로 처리하는 독신인 기타이치는 이웃이 나눠 준 아사즈케를 질냄비에 담아 후유키초의 마님 집을 향해 천천히 걸었다. 그날은 안개비가 그치고 종일 엷은 해가 비치는 하루여서 서녘 하늘에 저녁놀이 타고 있었다.

기타이치가 가져온 무와 오이는 초무침이 되어 저녁 밥상에 올랐다. 꽉 쥐어짜서 소금기를 빼고 대강 썰어서 매실초로 버무렸다고 한다.

"요즘 같은 철에는 식초를 먹으면 피로가 덜하지."

혼자 먹으면 입맛이 없다면서 으레 마님이 상석에 앉고 기타이치와 하녀 오미쓰는 말석에 나란히 앉아 함께 저녁을 먹는다.

"두 사람 모두 오늘 하루도 열심히 일했겠지. 많이들 들어."

마님의 말을 어긴 적이 없는 기타이치였다. 우적우적 밥을 먹으며 이웃이 나눠 준 이 찬거리에 얽힌 사연을 이야기하자 마님의 매끈한 눈꺼풀과 닫힌 속눈썹이 살짝 흔들렸다. 이것은 눈이 성한 사람의 눈 깜빡임에 상당하는 것으로, 뭔가 관심을 끌었거나 눈치를 챘다는 표식이다. 아니나 다를까, 금방 이렇게 물었다.

"오시카 씨는 좀처럼 그런 실수를 하지 않는 사람이겠지?"

"네. 그래서 다들 놀랐습니다."

기타이치는 올 1월부터 도미칸나가야에 살기 시작했으니 넉 달이 지났다. 하지만 다른 세입자들은 그곳에 산 지 오래되었다. 행상 다이치는 열네 살인데, 그 나가야의 우물물로 씻고 태어났다고 했다. 그런 이웃들도 놀랐다고 할 정도로 정말 드문 일이었다.

"아사즈케에 곰팡이가 피도록 모른 것 말고 또 무슨 희한한 일을 하지는 않았나?"

"……있었어요."

기타이치는 밥을 꿀꺽 삼키고 오히데의 말에 오시카가 이견을 내놓았다고 이야기했다.

앞을 보지 못하는 마님이지만 천리안을 갖고 있다. 박식하고 기억력도 좋다. 지난 넉 달 동안 몇 번이나 놀란 기타이치지만, 이번에는 과연 어떨지.

사각사각 맛난 소리를 내면서 마님은 오이절임 초무침을 씹었다. 그러더니 일단 젓가락을 내려놓고 하코젠식기를 넣어 두다가 식사 때는 밥상으로 쓰는 도구 오른쪽 구석에 놓인 보리차 잔을 더듬어 집어 들었다.

마님 밥상은 하녀 오미쓰가 차린다. 특별한 준비는 필요하지 않다. 생선은 뼈를 발라 두고 조림은 먹기 좋게 한입 크기로 썰어 둔다. 양념장이나 간장을 쳐야 하는 음식이라면 소접시나 주발의 위치를 마님의 손을 잡고 미리 알려 준다. 그다음은 마님이 알아서 찾아 먹는다.

"나도 얼핏 들은 소문이라 확실하지는 않아. 소문의 출처는 도미칸 씨가 아니라 바람에 날리는 먼지처럼 어디선가 날아든 얘기니까 그리 알고 들어 줘."

마님은 그렇게 운을 떼고 이야기를 시작했다.

"오시카 씨라는 사람은 유복한 집안에서 태어났다고 해. 커다란 상점의 딸이었다지. 하지만 그 아비가 방탕한 생활로 재산을 날리고 일찍 죽어서 오시카 씨는 모친과 함께 고생이 많았다더군."

오시카는 처녀 적에 신부수업으로 춤과 노래, 샤미센까지 배웠다고 한다.

"남편과 함께 지금과 같은 처지로 떨어지기까지 어떤 일들을 겪었는지 자세히는 모르지만."

이 계절의 축축한 비에 뭔가 괴로운 기억을 떠올렸는지도 모르지, 하고 말했다.

"아니면 남편 장례에 찾아와 울고불고 하는 뻔뻔한 첩에게 안 좋은 일을 당한 기억이 있거나."

그래서 조용한 비에 마음이 흔들려 그녀답지 않게 오히데에게 이견을 내놓기도 하고 팔 물건에 곰팡이가 피도록 모르고—.

오미쓰가 기타이치의 얼굴을 힐끔 보고 말했다.

"사람은 겉으로만 봐서는 알 수 없어요."

"그래. 어떤 고생을 하고 어떤 부귀영화를 누렸는지 겉만 봐서는 알 수 없지."

함께 밥상 앞에 앉아 있어도 오미쓰는 늘 마님이 다 먹을 때까지는 자기 밥그릇에 젓가락을 대지 않는다. 마님이 먹다가 잠시 쉰다 싶으면 마술 같은 굉장한 속도로 식사를 마치고 태연한 얼굴을 한다.

"기타, 한 공기 더?"

"어, 그래."

오미쓰가 가볍게 손을 뻗어 기타이치의 공기를 받아들었다. 이 집에서는 마님의 취향대로 저녁에만 밥을 짓고 아침에는 남은 찬밥을 더운 물에 말아 먹거나 야채 죽으로 끓여 먹는다. 나무 밥통에 옮겨 놓은 갓 지은 밥에는 향긋한 김이 남아 있어 얼마든지 먹을 수 있다.

"사람 내력은 알 수 없지. 뒷조사를 해 볼 수 있는 것도 아니고."

마님은 다시 젓가락을 들고 뼈를 발라 놓은 말린 전갱이를 집었다. 기타이치는 새로 밥공기를 받아 볼이 미어지게 먹는다.

오시카의 뜻밖의 과거를 알게 된 참이지만 기타이치의 머리에는 엉뚱한 사람의 얼굴이 떠올랐다. 시든 동과처럼 아랫볼이 통통한 오시카의 얼굴이 아니라 비쩍 마르고 땟국이 꾀죄죄하게 흐르고 쑥대머리를 목 뒤에 한데 묶고 무뚝뚝하게 말하는 조메이탕 가마 담당의 얼굴이다.

사람의 내력은 알 수 없다.

기타이치에게 미아였던 과거가 있듯이 녀석—가마 담당 기타지에게도 그 나이에 걸맞은 과거가 있을 게 분명하다. 녀석의 과거는 어떤 것일까.

바람처럼 빠르고 덩치 큰 남자 셋을 요란한 소리도 내지 않고 기절시켜 버린 기술. 팽팽 돌아가는 두뇌, 두둑한 배짱.

——고혼마쓰 옆 지주 저택의 마루 밑에 죽어 있던 것이 우리 아버지야.

한밤의 어둠 속에서 그렇게 말했었다.

——함께 나온 네쓰케의 모양을 보면 금방 알 수 있지. 그건 우리 일족의 가문 같은 거니까.

일족이니 가문이니 하는 말도 하루 벌어 하루 사는 문고 행상이나 목욕탕 가마 담당하고는 인연이 없는 것이다. 그래, 그놈도 나랑 비슷한 처지인 게 틀림없어, 라고 기타이치는 믿고 있었지만, 그게 전혀 아닌 듯하다.

기타지는 어떤 사람일까. 그놈 하는 말을 곧이곧대로 믿어도 될까. 그 뒤로 수도 없이 생각해 왔지만 분명한 답은 찾지 못했다.

아버지 유골을 수습해 주었으니 은혜를 갚겠다고 했다. 조메이탕 주인영감 내외 곁에 있고 싶으니 자신은 그냥 조금 모자라는 가마 담당이면 된다, 아무한테도 말하지 말아 달라면서.

그놈이 조메이탕 주인영감 옆에서 살게 된 내력이라는 것도 수수께끼였다.

──작년 연말에 아침 일찍 나가 보니 뒤뜰에 쓰러져 있었지.

웅덩이에 살얼음이 낄 만큼 추운 날이었는데도 기타지는 유카타 하나만 입고 있었고, 쑥대머리와 맨발 차림에 몸이 얼어 움직이지도 못했다고 목욕탕의 늙은 하녀가 합죽거리며 이야기해 주었다. 다친 데는 없었지만 고열이 있어서 그냥 두지 않고 보살펴 주게 되었다고.

기타지는 그 은혜를 느끼고 가마를 담당하며 조메이탕 지킴이로 일하고 있다. 아니, 기타이치도 그의 실력과 뛰어난 두뇌를 목도한 덕분에 그가 지킴이라는 것을 알게 되었지 아무도 그렇게 여기고 있지 않으리라.

멍하니 생각하다 보니 젓가락질을 딱 멈추고 있었다. 기타지의 얼굴을 떠올리기만 해도 마님이 알아챌 것 같았다. 기타이치는 당황하며 생선으로 젓가락을 옮겼다.

"그건 그렇고, 기타."

마님 목소리에 움찔했다. 벌써 눈치 채셨나? 혹시 나한테 뭐 숨기는 거 있냐고?

"한 가지 의논할 게 있는데."

마님은 물 잔을 양손으로 감싸 쥐고 등을 곧게 펴며 기타이치 쪽으로 얼굴을 향했다.

"잘 먹었습니다. 네, 말씀하세요."

밥상을 향해 두 손을 모으며 고개를 꾸뻑 숙이고 나서 기타이치도 자세를 고쳐 앉았다.

"요즘 만사쿠 부부하고는 잘 지내고 있어?"

기타이치가 행상으로 파는 붉은 술 문고는 센키치 대장의 가게를 물려받은 만사쿠 · 오타마한테 사입하고 있다. 만사쿠는 몰라도 처 오타마는 그걸 몹시 못마땅해한다. 기타이치를 뻔뻔한 등치기꾼 정도로 생각하고 사람들에게도 그렇게 떠벌리기를 마다하지 않는다.

기타이치도 우선은 참고 있다. 무엇보다 대장의 최고참 수하 만사쿠와 다투고 싶지 않다. 하지만 이대로 영영 그 부부와 어울리고 싶은 마음도 없고, 마냥 참고 있으면 되는 걸까 하는 초조감도 있었다.

"그럭저럭 지내고 있습니다만."

기타이치가 작은 소리로 말하자 마님이 희미하게 쓴웃음을 지었다. 오미쓰는 안 듣는 척 밥을 먹고 있다.

"기타도 이제 그만 그 부부와 인연을 끊고 독립해서 문고 장사를 하고 싶다면 그렇게 해도 돼. 물론 붉은 술 문고라는 이름도 그대로 사용해도 좋아. 대장도 기뻐할지언정 노여워하지 않을 거야."

그렇게 대놓고 말하니 기타이치도 얼른 대답할 수가 없었다.

"기타가 계속 참고 지내는 것은 남은 수하들끼리 다퉈서 대장 이름에 먹칠하고 싶지 않기 때문이겠지. 하지만 이제 그런 배려는 필요 없어. 내 생계를 걱정할 필요도 없고. 대장이 남겨 준 저축으로 충분히 살아갈 수 있으니까."

대장이 죽은 직후에 있었던 협상을 통해 가게를 물려받는 만사쿠 부부가 부인에게 매달 일정 금액의 간판료를 지불하기로 약조했다.

물론 기타이치 마음에는 마님이 기타이치 편을 들다가 만사쿠 부부와 사이가 틀어져서 매달 들어오던 간판료가 끊기게 되면 곤란하다는 생각도 있었다. 만사쿠가 그렇게까지 배은망덕하다고는 생각하고 싶지 않지만 인색한 오타마의 속을 알 수 없기 때문이다.

"그래서 하는 말이야. 중요한 건 기타에게 상인의 재능이 있느냐의 여부라는 것이지."

"네?"

한심한 목소리가 나오고 말았다.

"만사쿠한테 사입하지 않고 기타가 독자적으로 문고를 만들어 팔 수 있느냐 하는 거야."

묻고 만드는 직인—이라고 할 만큼 대단한 기술자는 못되지만 재료인 종이를 구입하는 곳, 제작 기술, 붉은 술 문고를 장식할 그림을 그려 줄 사람을 구할 수 있느냐의 여부.

"머리로만 생각하면 암만 시간이 흘러도 지금 이대로겠지. 마음 굳게 먹고 한번 해 보지 않겠어?"

밥을 다 먹은 오미쓰가 밥상을 들고 가만히 방을 나갔다. 마님과 마주 앉은 기타이치는 마님의 다음 말을 기다렸다.

마님이 이런 이야기를 꺼낸 것은 센키치 대장과 친하게 지내던 후카가와 사가초의 된장가게 '이와이야'의 주인에게 주문이 들어온 것이 계기라고 했다.

"이와이야의 후계자 만타로 씨가 결혼을 하게 되었대."

해서 올해 료고쿠 가와비라키여름에 강가에서 놀거나 뱃놀이로 더위를 식히는 피서철이 시작됨을 축하하는 행사에 불꽃놀이 배를 예약하고 양가 친척과 단골 요리점 주인들을 초대하여 축하연을 갖는다고 한다.

"불꽃놀이 배에서 혼인식을 올리는 건가요?"

가와비라키 불꽃놀이를 구경하며 술잔을 나누는 혼인식이라면 호화스러우면서도 색다르다. 연로한데다가 생각이 고루한 친척 중에는 눈살을 찌푸리는 사람도 있지 않으려나.

"만타로 씨는 재혼이야. 그러니 초혼 때처럼 격식 차린 혼인식을 올리기도 좀 그렇겠지."

만타로는 서른여덟 살. 전처하고는 열여덟 살 때 결혼했는데, 아내가 1년쯤 뒤에 임신을 했지만 불행하게도 유산하면서 함께 세상을 떠나고 말았다.

슬픔에 빠진 만타로는 그 뒤 내내 독신으로 지내다가 이번에 마침내 재혼하게 되었다. 후처가 될 사람은 혼조에 있는 양초가게의 맏딸로, 나이는 스물셋. 늦도록 혼인하지 않은 이유는 세상을 일찍 떠난 어머니를 대신하여 집안일을 해 왔기 때문이란다. 작년에 장남인 남동생이 결혼을 하자 비로소 자신의 미래를 생각할 수 있게 되어 만타로 측의 혼담을 받아들였다고.

신랑신부의 형편이 이러하므로 오히려 불꽃놀이가 중심이고 결혼 축하연은 곁다리처럼 되고 말았다.

"그래서 일가친척만 모일 것이고 단골 중에 초청한 것은 단 두 곳뿐. 그 가운데 하나는 중매를 선 사람이라고 해."

면면을 보자면 이와이야 주인 내외, 신부의 부친과 남동생 내외, 요릿집 주인 내외 두 쌍에 신랑 측 숙부 내외. 합해서 열한 명이고, 신랑신부를 합치면 열세 명이다.

"이와이야 안주인이 답례품으로 붉은 술 문고를 원하셔."

이와이야 안주인은 당연히 만사쿠 · 오타마의 문고점에 주문하려고 했다. 결혼식 하객에게 주는 답례품이므로 문고에 붙일 문양은 정해져 있었다. 이와이야 옥호와 신부 친정의 옥호, 거기에 길상인 학과 거북이 그림을 곁들인다. 기념으로 이와이야 주인 내외도 하나 갖고 싶어 하고 신랑신부에게도 주고 싶어 한단다. 그러므로 주문량은 일곱 개가 된다.

이 주문에 오타마는 값을 터무니없이 세게 불렀다.

"겨우 일곱 개인데 손이 너무 많이 가는데다 그 문양은 다른 데 팔 수도 없어요. 딱 열 냥만 주세요."

좋은 말들도 많건만 "좋은 일이니 한턱 쓴다고 생각해 주셔요" 라고 지껄였다고 한다.

"오히려 이쪽에서, 결혼을 축하드립니다, 축하하는 뜻으로 값을 깎아 드리겠습니다, 라고 말해야 하는 것 아닌가요?"

기타이치가 말하자 마님은 반가운 말이라는 듯 이를 보이며 웃었다.

"그렇지? 이쪽에서 그렇게 나가면 이와이야에서도 고마워서 대금 외에 따로 챙겨 줄 테니 결국은 이득이 되지. 장사라는 건 그렇게 하는 거라고 나도 생각하는데, 오타마는 생각이 다른 것 같아."

이와이야 안주인은 하도 어이가 없고 남편도 기분이 상해서 아예 없던 이야기가 되고 말았다. 그래도 분이 풀리지 않은 안주인이,

"별로 좋지 않은 일이라 말씀드리기 뭣하지만, 하며 나한테 얘기해 주더군."

오늘 점심 때 만나서 들었다고 한다.

"나는 쩔쩔매며 사죄하는 수밖에 없었지. 그리고 잠시 시간을 달라고 부탁드렸어. 이 얘기를 당장 기타에게 해 줘야겠다 싶어서."

기타이치도 식은땀이 솟았다.

일곱 개라면 어깨너머로 배운 게 있으니 직접 만들 수도 있다고 생각한다. 하지만 결혼식 하객에게 주는 답례품이다. 조금이라도 허술한 데가 있으면 안 된다. 의장이라면 정해져 있어서 고민할 게 없지만, 기타이치는 그림 솜씨가 부족하다. 일일이 그리지 않고 그림을 오려 붙인다고 해도 원본 그림이 필요하다. 답례품이므로 아이들 낙서 같은 그림이어서는 곤란하다.

게다가 머뭇거릴 시간도 없다. 료고쿠가와 가와비라키까지는 겨우 보름 남았다.

“이와이야에서 사흘 말미를 받았어”라고 마님은 말했다.

“사흘 안에 가능할까. 기타가 한번 해 봐. 아니면 당장 거절하든지. 못하겠다면 그렇게 전할 테니까.”

이건 시련이다. 하지만 좋은 기회다.

“사흘 안에 만들어 볼게요.”

정신을 차리고 보니 맥 빠진 목소리로 그렇게 말하고 있었다. 믿는 구석이라곤 아무것도 없으면서.

그래도 해 보는 수밖에 없다. 지난 몇 달 동안 불만을 속으로 삭이고, 이대로는 안 된다고 생각하면서도 만사쿠 · 오타마에게 전적으로 매달릴 수밖에 없었던 울분을 풀어낼 때다.

“제게 맡겨 보자고 생각해 주셔서 감사합니다.”

두 손을 짚고 고개를 숙이니 얼굴로 피가 쏠린다.

“잘해 봐.”

마님은 미소를 지었다.

오미쓰도 어느새 돌아와,

"오타마 씨의 코를 납작하게 눌러 버려" 하고 부추기듯이 말했다.

"기타가 이 주문만 잘 해결하면 내가 붉은 술 문고에 찍을 도장을 만들어 주지. 만사쿠나 오타마도 아무 말 못할 거야."

이 문고 일곱 개는 그야말로 도미칸나가야에 사는 기타이치의 '붉은 술 문고'가 출범하는 것을 알리는 신호탄이 되리라.

2

말미는 사흘. 결혼식 하객에게 주는 답례품에 걸맞은 훌륭한 문고 일곱 개를 만들어 낼 수 있을까.

기타이치는 생각에 생각을 거듭했다. 믿을 데가 전혀 없는 것도 아니었다. 기타이치만의 바람으로 끝나 버릴지도 모르지만, 잡아당겨 보면 좋은 실마리가 될 수도 있다.

센키치 대장의 문고상은 최고참 스에조 영감이 기숙하며 문고를 만들었는데, 만사쿠 내외가 물려받은 뒤 영감이 그만두고 말았다. 안타깝게도 나이가 들수록 눈이 침침해지고 손가락도 떨려서 더는 일하기가 힘들다면서 대장의 사십구재가 끝나자 바로 그만두고 나갔다.

예전에 건강하게 일할 때부터도 스에조 영감은 가는귀가 먹었었다.

"우와, 오늘은 아침이 쌀쌀하네요."

"난 벌써 아침 먹었어."

"막대자 좀 잠깐 빌릴게요."

"막대사탕은 너나 먹어."

이렇게 대화가 어긋나는 일이 종종 있었다. 문고상 사람들은 그런 영감을 귀찮아하며 작업실 구석에 앉은 돌부처처럼 취급했다.

하지만 기타이치는 영감이 대답이 없거나 대화가 뒤죽박죽 어긋나도 종종 말을 걸었고, 함께 목욕탕에 가서 등도 밀어 주었다. 두 사람 모두 따돌림 당하는 처지여서인지 어쩐지 합이 잘 맞는 느낌이었다.

스에조 영감이 문고상을 그만두겠다고 할 때 기타이치는 놀라기보다 걱정이 앞섰다.

"지금 그만두면 어디로 가시게요?"

이것도 "지금! 그만두면! 어디로! 가시게요!" 하고 큰소리로 또박또박 물어야 했다. 그러자 영감은 빙긋이 웃었다.

"딸네 집."

영감에게 하나 있는 딸이 남편과 함께 다와라마치 3가에서 부채가게를 꾸리고 있는데 오래전부터, 아빠, 일은 그만하시고 저희 집으로 오세요, 저희에게 효도할 기회를 주세요, 라고 했던 모양이다.

"대장이 돌아가시니 나도 일할 맘이 없어졌어."

스에조 영감은 귀가 어두워지기 전부터 과묵한 사람이었는지 문고상의 어느 누구도 영감의 내력에 대하여 들은 바가 없었다. 기타이치도 따님 이야기는 전혀 알지 못했다.

따님이 오래전부터 그런 말을 했었다니, 따님으로 보이는 사람이 영감을 찾아온 일이 있었던가? 나만 모르고 있었나? 선배들도 영감에 대해서 전혀 신경을 쓰지 않았을 테고.

기타이치는 두 번 놀랐고, 그 놀라움에는 부러움도 조금쯤 섞여 있었다.

——나처럼 외톨이인 줄 알았는데.

옹졸한 생각이다. 스스로 생각해도 부끄럽다. 그걸 지워 버리려는 듯 한층 커다란 목소리로 말했다.

"그, 그럼 당연히 그리 가셔야죠. 잘 됐네요. 아마 대장도 기뻐하실 거예요."

영감이 문고상을 떠나는 날 다와라마치에서 따님이라는 사람이 사환아이와 함께 영감을 데리러 왔다. 그날도 기타이치의 머릿속 한구석에서는,

——영감 얘기가 진짜일까?

하는 생각이 떠올랐다. 자신의 비뚤어진 심성에 입안이 다 씁쓸해지는 기분이었다.

척 봐도 성실해 보이는 씩씩한 따님(이미 중년이지만)은 기타이치와 같은 어린 사람한테도 "그동안 아버지가 신세 많이 졌습

니다" 하며 고개를 숙였다.

문고상 주인과 안주인한테도 인사를 하고 싶다고 했지만 스에조 영감이 고개를 저었다.

"나한테 잘해 준 사람은 여기 기타이치뿐이야. 대장께는 이미 공양을 드리며 작별 인사를 해 두었으니 그만 됐다."

사환아이가 영감의 작은 보퉁이를 등에 졌다. 기타이치는 따님과 나란히 떠나가는 영감을 신오오하시 다리 밑까지 전송했다.

"우리는 마루야라는 부채가게를 하고 있어요. 동그란 부채 모양의 간판을 걸었으니까 근처에 오시면 꼭 들러 주세요. 아버지도 좋아하실 거예요."

영감의 따님은 그렇게 말하고 다시 기타이치에게 고개를 깊이 숙였다.

그 말을 핑계로 찾아가 보자.

재료를 가져가 스에조 영감에게 기술을 배우면서 기타이치가 직접 문고를 만드는 것이다. 어깨너머로 배운 솜씨가 아니라 이참에 제대로 배워 두면 나중에도 써먹을 수 있으니까.

소뿔도 단김에 빼랬다고 기타이치는 바로 이튿날 다와라마치로 가 보았다. 마루야는 사방등처럼 생긴 작은 이 층 건물에 있는 아담한 점포로, 스에조 영감이 한가롭게 가게를 지키고 있었다. 영감 옆에서는 커다란 소쿠리 속에서 갓난아기가 옹알거리고 딸 내외는 안쪽 마루방에서 열심히 부채를 만드는 중이다.

"오오, 기타가 왔네!"

스에조 영감이 반갑게 맞아 주었다.

소쿠리 속 아기는 볼이 발간 여자아이로 영감의 세 번째 손주라고 한다. 마루야는 딸 내외와 하녀와 사환이 한 명씩 있는 살림으로, 대를 쪼개거나 휘는 작업, 거기에 종이를 발라서 말리는 작업, 말린 부채에 그림이나 글자를 넣어 예쁘게 마감하는 작업을 분담하고 있었다. 일손이 딸릴 때는 다른 곳에 부업을 주는 모양이다.

그래, 부채도 그림이 들어가는 물건이지. 가르친다고 금방 배울 수 있는 건 아니지만, 당장 필요한 답례품에 넣을 그림은 이 가게에 부탁하면 될지도 모른다. 그런 셈을 하면서 잠시 가게를 둘러본 뒤 기타이치가 용건을 꺼냈다.

염치없는 부탁이라는 걸 잘 알기에 고개를 조아리며 부탁해야 할 텐데, 영감의 귀가 어두운 탓에 아무래도 목소리가 커진다. 그러자 따님 내외도 일손을 멈추고 다가와 이야기를 들어 주었다.

"기타가 독립한다니, 정말 잘된 일이야."

스에조 영감은 과연 손을 잘게 떨고 있었다. 만나 보니 금방 알 수 있을 정도였다. 눈도 보기는 잘 보지만 눈물이 괴어 있고 햇살이 눈부신 날도 아닌데 내내 눈을 꿈쩍거린다.

하지만 정신은 맑다.

"나도 전부터 그 생각을 했었어. 만사쿠 가게는 좋은 평판을 전혀 못 듣고 있으니까. 이미 대장의 문고상 시절하고는 달라졌지."

입 밖에 내지는 않았지만 영감도 새로 대물림을 한 문고상에 대하여 여러 가지로 생각하는 바가 있었던 듯하다.

"나는 이렇게 손가락을 제대로 쓸 수 없게 되었지만 가르치는 거라면 얼마든지 할 수 있어."

딸 내외도 흔쾌히 고개를 끄덕였다. 마루야 주인은 간판으로 걸린 부채처럼 동그란 얼굴에 귓불도 복스럽게 큼지막했다.

"언제든지 오세요. 여기라도 괜찮다면 장소도 빌려드리리다."

"고맙습니다. 폐를 끼치게 됐군요."

하지만 정작 중요한 그림 이야기가 나오자 주인은 고개를 갸웃거렸다.

"단정한 답례품에 넣을 만한 그림은 우리도 힘듭니다. 그 일은 역시 화공에게 부탁하는 게 좋겠지요."

최소한 밑그림이라도 화공에게 그려 달라고 하지 않으면 볼품이 없을 거라고 했다.

"우리 부채에 들어가는 그림이라고 해 봐야 뻔하거든요. 나도 제대로 배운 게 아니라서요."

"그렇습니까……."

"어차피 앞으로 기타이치 씨가 장사를 하자면 실력 있는 화공과 인연을 맺는 게 좋죠."

그러자 스에조 영감이 이 없는 입을 오물거리며 말했다.

"화공이라면 도미칸 씨한테 물어보라고. 그 사람이 발이 넓으니까."

역시 그렇게 되나.

"종이 파는 가게라면 우리가 거래하는 도매상을 소개해 드리죠. 풀 쑤는 요령도 가르쳐 드리고요. 화공만 있으면 나머지 일들은 그럭저럭 될 겁니다. 기타이치 씨, 기운 내세요."

마루야 내외가 친절하게 대해 주는 것은 기타이치와 스에조 영감의 소소한 인연 때문만은 아니고 영감이 만사쿠 · 오타마의 문고상을 좋게 말하지 않았기 때문일 것이다. 오히려 후자가 더 큰 이유가 아닐까.

이 가족에게 용기를 얻은 기분과 쌤통이란 기분, 그러면서도 죽은 대장에게 미안한 마음이 교차하는 심정을 곱씹으며 기타이치는 다와라마치를 떠났다.

긴 하오리 끈을 휘날리며 끈 떨어진 연처럼 여기저기 얼씬거리는 도미칸도 꼭 이럴 때는 눈앞에 나타나지 않는다. 그날은 행상을 다니는 것으로 끝나고 말았다.

이튿날 아침 나가야를 나서기 전에 이웃에게 어제 도미칸이 나타나지 않았는지 물어 보았다. 그러자 오히데가,

"도미칸 씨는 후쿠토미야에서 시킨 일 때문에 이삼일 동안 어딜 다녀온다던데."

"예? 어딜 간답니까?"

"그걸 밝히면 그곳 특산품을 사다 달라고 부탁하는 사람들이 있다면서 말을 하지 않던걸."

그럼 어디 유람 여행이라도 갔단 말인가. 참으로 때를 못 맞추는 관리인 같으니. 요전에 목숨을 구해 준 은혜도 모르고—하고

생각하다가 당황하며 그 생각을 지워 버렸다. 도미칸을 구해 준 사람은 기타이치가 아니라 기타지다. 기타이치는 옆에서 우왕좌왕했을 뿐.

이거 큰일이네. 오늘내일 중으로 화공을 찾아내지 못한다면 마님이 모처럼 이와이야에서 받아낸 말미가 다 지나 버린다.

아침에 흐렸던 날씨가 점심이 되자 구름이 가시고 한여름을 방불케 하는 햇살이 쏟아져 내린다. 간만에 화창한 해가 비치자 길 가는 사람들 얼굴에 생기가 넘친다.

땀을 뻘뻘 흘리는 기타이치는 그것마저 얄밉게만 보였다.

어찌 되었든 오늘 하루 일당을 벌어야 한다. 멜대를 메고 센다이보리 운하를 건너 천천히 걷는데 길 한쪽으로 나란히 달리는 무가저택 담장 기와 위에 두루마리나 책자를 펴 말리는 모습이 눈에 들어왔다. 종이는 곰팡이와 좀을 막기 위해 이렇게 햇빛과 바람을 쐬어 준다. 오오카와 강 동쪽에 있는 무가저택은 대개 하번저나 별장이므로 길가에 부담 없이 널어 놓을 수도 있는 것이다오오카와는 에도를 가로지르는 강으로, 강 저쪽은 에도 성을 중심으로 각 번의 상번저가 모여 있고, 동쪽은 하구를 매립하여 만든 혼조 후카가와 지역으로, 각 번의 하번저와 별장, 조닌이 모여 사는 저잣거리, 농토가 많았다..

그때 기타이치의 머리에 반짝 스치는 생각이 있었다.

책.

도미칸이 납치되는 소동이 일어났을 때 다카바시의 기원 옆에서 마주친 '무라타야' 주인. 빨래 장대에 닿겠다 싶을 만큼 키가 크고 굵은 눈썹과 강아지 인형처럼 동그란 눈을 가진 사람이었다.

무라타야는 사가초에 있는 대본소라고 했다. 그 가게에서 빌려주는 읽을거리에는 그림이 곁들여진다. 책이 망가지면 사본을 만드는 것도 그 장사의 일부일 터이니 무라타야라면 거래하는 화공이 있을 것이다. 아예 고용하고 있는지도 모른다.

"화공이라."

무라타야 지혜에는 말했다.

출납대에 앉아 있으니 키다리라는 것이 드러나지 않는다. 굵은 눈썹과 커다란 눈은 기타이치가 기억하는 대로였다. 내친김에 말하면 턱도 길다.

"화공이라."

다시 한 번 말했다.

대본소라면 먼지가 켜켜이 쌓인 곳인 줄 알았는데 무라타야는 청소가 잘 되어 있고 조금 어둡고 조용했다. 손님은 보이지 않았다. 대본소는 가게를 방문하는 손님을 상대하는 것이 아니라 배달 장사이니 당연하다. 그러고 보니 처음 만났을 때도 지혜에는 커다란 짐을 지고 배달하는 중이었다.

"화공이라."

세 번째는 왠지 꼭꼭 씹는 듯이 말했다.

기타이치는 슬슬 걱정이 되었다. 내가 무슨 곤란한 말이라도 했나. 설마 대본소가 화공을 불구대천의 원수로 안다든지.

지혜에가 권하는 동그란 방석 위에서 기타이치는 엉덩이를 조금 들썩거렸다.

"저어…… 뭐가 잘못되었나요?"

주뼛거리며 묻는 기타이치를 앞에 두고 지혜에는 길게 탄식했다.

"애를 먹고 있어요."

"예?"

"비싸서."

"아."

"필사본을 만들 때 고대로 베껴 그리는 거라면 실력이 고만고만한 사람이라도 쓸 수 있습니다. 그러나 우리 가게는 어느 가게에서나 빌려주는 유명한 책뿐만 아니라 세상에 알려지지 않은 숨은 명작을 발굴하는 게 강점이거든요."

그런 책에는 눈길을 확 잡아끄는 삽화를 곁들이는 것이 중요하다고 한다.

"그만한 그림을 그릴 줄 아는 재능이 있는 화공은 아주 비쌉니다."

구운 김을 잘라 붙인 듯한 눈썹을 늘어뜨리며 지혜에는 또 한숨을 지었다.

"기타이치 씨는 센키치 대장의 붉은 술 문고를 계승하겠지요. 그 호평을 받던 그림을 그린 화공에게 무슨 일이 있는 겁니까. 그래서 대신할 사람을 찾는 건가요?"

"아뇨, 그런 건 아닙니다."

기타이치는 대답이 궁해서 머리를 긁적였다.

"대장의 문고가 어디 사는 어느 화공에게 그림을 맡겼는지 저는 알지 못합니다. 행상만 하는 처지라—아니, 행상이었기 때문에."

지헤에가 동그란 눈으로 기타이치의 얼굴을 쳐다보았다.

"이었다면, 이제는 아니라는 겁니까?"

"네. 그 가게에서 사입할 수 없게 돼서 직접 가게를 꾸려 보려고 합니다."

지헤에가 하도 눈을 휘둥그레 떠서 눈동자가 굴러 떨어지지 않을까 싶었다.

"그거 잘됐군요."

뭐야, 칭찬해 주는 거였나.

"하지만 제대로 된 화공을 고용하는 건 어려울 겁니다. 문고는 물건 하나당 이윤이 적지 않습니까. 화공이 달라는 대로 주면 기타이치 씨 몫이 남질 않을 겁니다."

그렇다면 고만고만한 실력을 가진 화공이라도 괜찮다고 기타이치는 말할 뻔했다. 그 말을 가로막듯이 지헤에가 긴 턱을 살짝 쳐들고 입술을 일그러뜨리며 계속 말했다.

"센키치 대장은 그 인격과 인망으로 좋은 화공을 쓸 수 있었던 겁니다. 그 인연이 지금은 어떻게 되었는지, 가게를 물려받은 만사쿠 씨와 화공이 돈 문제로 다투고 있는지 어떤지도 저는 모르지만요."

말은 모른다지만 잘 알고 있음을 넌지시 내비치는 듯한 말투였다. 기타이치는 '어?' 하고 생각했다. 만사쿠 · 오타마의 가게가 대장 시절만큼 문고를 원활하게 제작하지 못하고 있는 걸까?

기타이치의 생각을 읽은 것처럼 지헤에가 천천히 고개를 끄덕였다.

"좋은 평판이 들리지 않아요."

스에조 영감과 같은 말을 한다.

"이럴 때 기타이치 씨가 독립하는 건 좋은 일입니다. 당신처럼 젊은 사람이 가라앉는 배에 남아 있을 필요가 없지요."

가라앉는 배. 그렇게까지 말하나.

"항간의 풍문이란 게 태반이 믿을 게 못 되지만, 어떤 가게가 잘 안 되더라는 소문만은 정확한 경우가 더 많습니다. 흘려들어서는 안 됩니다."

기타이치는 가슴이 철렁했다.

대장이 남긴 가게가 기울고 있다—.

"센키치 대장의 이름을 지키기 위해서라도 지금은 기타이치 씨가 분발해야 할 때입니다."

지헤에는 그렇게 말하고 양손을 품에 찔러 넣었다.

"하지만 이 무라타야에서는 도움 드릴 일이 없군요. 애초에 삯이 비싼 화공은 기타이치 씨 쪽에서 곤란할 테고. 고만고만한 화공이라도 내가 알선했다가는 필시 소문이 나서 나중에 말썽이 날 겁니다."

기타이치는 또 '어?' 하고 생각했다. 만사쿠 · 오타마와 사이가 틀어지는 것은 싫다는 말일까? 이렇게 품에 양 손을 찔러 넣은 모습은 훈계하는 모습이라기보다 구와바라, 구와바라, 하며 회피하는 몸짓인가.

아니나 다를까 지혜에가 소리 죽여 말했다.

"저는 오타마 씨가 영 질색이라서요."

기타이치는 웃음이 터지려는 것을 당황해서 어금니를 물고 참았다.

"그 사람이 좋다는 사람은 못 봤어요."

"역시 그렇죠?"

지혜에는 작은 소리로 웃고 왠지 몹시 분하다는 듯 인상을 찡그렸다.

"아아, 쇼 씨가 있었으면. 기꺼이 기타이치 씨를 도왔을 테고 좋은 문고를 만들기 위해 이런저런 지혜를 내 주었을 텐데요."

쇼 씨? 그게 누구지?

"어쨌거나 유감입니다. 제가 드릴 수 있는 말은 눈치 빠르고 그림 재주가 있는 사무라이를 찾아서 부업거리로 내주는 게 제일 무난하다는 겁니다. 급여만으로는 생계가 어려운 고케닌쇼군 직속의 하급무사도 좋고 낭인도 좋겠지요."

이렇게 조언을 듣기는 했지만, 막연한 말로 얼렁뚱땅 넘어가려한다는 느낌으로 기타이치는 무라타야를 쫓겨나듯 나섰다.

기타이치가 인사를 나눌 만한 사무라이는 단 두 사람뿐이다. 한 사람은 나가야 근처의 습자소 선생이고 또 하나는 사루에에 있는 느티나무집의 요닌 오우미 신베에다.

느티나무집이란 기타이치가 멋대로 부르는 이름이고, 실은 고부신구미시하이 조장 쓰바키야마 가쓰모토 나리의 별장이다. 쓰바키야마 가는 하타모토이므로 신분이 꽤 높지만, 거기서 일하는 신베에라면 생계가 고달픈 말단 고케닌 중에 그림 재주가 있는 사람을 알고 있을지 모른다.

수소문을 한다면 그쪽이 먼저다, 라고 생각하고 기타이치는 느티나무집으로 향했다. 신베에는 다스키로 소매를 단속하고 하카마 모모다치를 허리춤에 여민 채로 마당에 쪼그리고 앉아 잡초를 뽑고 있었다. 그 모습을 보니 요닌은 사무라이보다는 머슴에 더 가깝다는 인상이다.

"여어, 오래간만이군."

기타이치를 보자 신베에가 일어나 끄응, 하고 하늘을 우러르며 허리를 폈다.

"하루도 거르지 않고 잘도 쏟아지더군. 기타도 팔 물건이 눅눅해져서 힘들지 않았나?"

느티나무집 주인 '작은 나리'는 출타 중이고 시녀이며 신베에의 상사이기도 한 세토 님도 작은 나리를 따라 나갔다고 한다. 편안

한 마음으로 집을 지키던 신베에는 기타이치를 통용문을 통해 저택 안으로 불러들였다.

용건이 분명한 기타이치가 부엌 봉당에 무릎을 모으고 앉았다.

"오우미 나리, 오늘은 부탁드릴 일이 있어서 찾아뵀습니다."

웃통을 벗고 땀을 닦던 신베에가 "으잉?" 하는 이상한 목소리를 내고 말았다.

"무슨 일인데 그래."

실은—을 시작으로 기타이치가 상황을 자세히 털어놓았다. 신베에는 마루턱에 앉아 수건을 목에 두르고 차분한 건지 활달한 건지 모호한 표정으로 기타이치의 이야기를 듣다가 무라타야의 한숨과 화공은 삯이 비싸다는 대목부터 빙글빙글 미소를 짓더니, 비싸지 않은 삯으로 붉은 술 문고 제작을 도와줄(기타이치에게 맞춤한) 그림 재주가 있는 사람을 오늘내일 중으로 찾아내서 흥정을 해야 한다—라는 대목에 이르자,

"아하하하."

웃음을 터뜨렸다.

기타이치는 조금 상처를 받았다.

"웃을 일이 아닙니다."

"미안, 미안."

신베에는 손을 들어 다독이는 시늉을 했다.

"기타, 제대로 찾아왔어."

그 일이라면 이 오우미 신베에가 도와주지.

"스에조라는 영감이 사는 곳에 나도 기타와 함께 가보자고. 문고 제작의 기초를 배워 두면 나도 직인이 될 수 있을 테고, 누굴 고용한다면 가르치는 사람이 될 수도 있겠지."

지금 무슨 소릴 하는 거야, 이분은.

"오우미 나리가 직인 흉내를 내시겠다고요?"

"나는 뭐든지 다 하는 만능꾼이니까."

양손을 무릎 위에 놓고 등을 펴서 의젓한 자세를 취한다.

"언제든 기타를 돕겠다고 약속한 바도 있고."

이런 의미는 아니었던 것 같은데.

"오우미 나리만 괜찮으면 저야 큰 도움이 됩니다만."

문제는 화공을 찾는 것이다.

"오우미 나리, 그림 솜씨는—."

"없어."

그러더니 다시 아하하하, 하고 웃는다.

"그리 실망할 것 없어. 안심하라고. 그 일이라면 믿음직한 사람이 있으니까."

늘 명랑한 신베에지만 지금 그의 얼굴에는 몹시 기뻐하는 표정이 떠올라 있었다.

"그림이라면 우리 작은 나리의 도움을 받을 수 있어. 어지간한 화공 뺨치는 솜씨를 갖고 계시지."

기타이치는 그야말로 여우에 홀린 심정이었다.

3

이와이야가 주문한 답례품을 완성하기까지는 결국 하나부터 열까지 오우미 신베에와 느티나무집 신세를 지고 말았다.

신베에는 기타이치가 막연히 짐작했던 것 이상으로 수완이 좋은 사람이었다. '만능꾼'이란 말이 결코 허풍이 아니었다.

신베에는 성격이 대범하고 오만한 구석이 없어 스에조 영감과 마루야 식솔들도 이내 '오우미 나리'에 익숙해지고 친해졌다. 손재주도 좋아(어쩌면 기타이치보다 손끝이 더 여문지도 모른다) 문고 제작 요령도 금방 이해했다. 시험 제작을 몇 번 거듭해 보더니 배운 지 나흘 만에,

"이 정도면 어디 내놔도 부끄럽지 않겠군요."

라고 스에조 영감이 보증한 문고가 완성되었고, 그때는 이미,

"신베에 님."

"신 님"

이라 불리고 있었다.

급했던 그림 쪽은 기타이치와 신베에가 문고를 만드는 동안 이와이야의 주문대로 느티나무집의 작은 나리가 장식용 그림의 밑그림을 세 종류나 그려 주었다. 그것들을 늘어놓고 스에조 영감하고도 상의하여 하나를 결정하자,

"나리께서도 문고에 직접 그리는 것은 자칫 실수라도 하면 문고를 통째로 버려야 한다고 하시더군. 자, 이제 오려 붙이자고."

그렇게 일곱 매의 그림이 완성되기를 기다려 스에조 영감의 지휘 아래 기타이치와 신베에가 신중하게 오려 붙였다. 금박 장식으로 마무리하는 작업은 스에조 영감이 해 주었다. 작업하는 동안 마루야 내외도 곁에서 마른침을 삼키며 지켜보고 있었다.

"좋은 그림이군."

"장식도 세련됐어요."

"신베에 님의 작은 나리께서는 그림 공부를 하셨나요? 초보자가 이렇게 그릴 수는 없습니다."

"앞으로 저희 부채에 넣을 그림도 부탁드릴 수 없을까요. 밑그림만 그려 주셔도 좋습니다만."

다들 기분이 좋아 한바탕 이야기꽃을 피운다.

"앞으로 할 일은 기타가 답례품을 무사히 납품한 뒤에 얘기해 보자고."

그렇게 말하면서도 신베에는 벌써 앞날을 궁리하고 있는지,

"근처 농가에서 부업으로 문고를 만들어 줄 법한 사람들에게 운을 띄우고 있어. 늙은이들뿐이지만 눈이 밝고 손놀림도 빠릿빠릿한 사람들이야. 스에조가 한번 그리로 가서 가르쳐 줄 수도 있다니까 장소는 내가 알아보지."

기타이치로서는 "오, 그렇습니까, 정말 감사합니다"라는 말밖에 할 수 없었다.

이 단계에 이르는 동안 기타이치는 수시로 느티나무집에 드나들었지만 작은 나리를 만날 수는 없었다. 아니, 이렇게 말해서는

안 되지, 알현을 허락받지 못했다. 세토라는 관문에 막혀서다.

지금까지 느낀 바로서는 신베에는 세토한테 쥐여살며 매일처럼 혼나고 닦달당하고 혹사당하는 것 같았다. 실제로 세토라는 사람을 만나 보니 생각했던 것 이상이었다.

"오우미 님!"

"오우미 님?"

"오, 우, 미, 님!"

어떤 식으로 부르든 신베에는 즉각 반응하며,

"예, 세토 님, 무슨 일이세요."

"앗, 이런, 세토 님, 죄송합니다."

"오오, 세토 님, 고맙습니다."

늘 저자세다. 하지만 신베에가 결코 세토를 싫어하지는 않는다는 것을 기타이치도 왠지 알 수 있었다.

세토는 사실대로 말하자면 매실 장아찌처럼 쪼글쪼글한 노파다. 주름살이 자글자글하고 비쩍 말라 오그라든 사람처럼 보인다. 그러나 목소리는 낭랑하고 허리는 막대기라도 댄 것처럼 꼿꼿하다. 반백머리는 다리를 잔뜩 넣어 틀어올리고 에도즈마예복용 정장으로, 주로 검은 바탕에 금박은박 문양을 밑자락에서 비스듬하게 올라가도록 배치한다를 궁정여인처럼 밑자락이 길게 끌리도록 입고 거동은 늘 차분해서 거의 엄숙한 분위기마저 풍긴다.

"나도 한 번밖에 보지 못했지만 진짜 급할 때는 세토 님도 그런 옷차림으로 엄청 빨리 달리시거든."

신베에는 진지한 표정으로 그렇게 말했다.

"기모노 자락을 걷어 올리고 윗몸을 숙이고. 이렇게 사사사삭 바람을 가르며 달리지."

정말일까.

"그 정말 급할 때란 어떤 때였죠?"

"작은 나리께서 어릴 때 목마에서 떨어지셨을 때."

아카사카에 있는 쓰바키야마 가 상번저 안채에 있던 세토가 당시 다섯 살이던 작은 나리의 울음소리를 듣고 승마 훈련용 목마가 설치된 정원 끝까지 달려왔던 것이다. 그 모습이 흡사 귀신이 달리는 듯했다고.

정말 사실일까?

——그럼, 그전에 신베에 씨는 작은 나리가 어릴 때부터 곁에서 모셨던 걸까? 상번저에서 지낸 시절도 있었나?

별장에서 고용한 요닌이 아니라 본래 쓰바키야마 가의 가신이었나? 그렇다면 이렇게 무람없게 어울리는 것은 터무니없이 무례한 짓 아닌가.

새삼 걱정해도 이미 늦었지만, 기타이치는 가슴에 죄책감이 응어리로 고이는 것을 느꼈다.

——신베에 씨가 하자는 대로 군말없이 따라왔지만, 이래도 되는 걸까.

그런데 세토는 아직 기타이치의 이름을 기억하지 못하고 있다.

처음 인사할 때는 "미천한 자".

두 번째는 "이 녀석".

세 번째는 "장사치".

네 번째 이후로는 "문고장수".

뭐 이 정도면 충분합니다.

세토가 보자면 기타이치 같은 신분을 작은 나리에게 알현케 하는 것은 용납할 수 없는 무례한 일이다. 문고에 쓸 그림을 그려주는 것은 어디까지나 작은 나리의 놀이일 뿐 장사꾼을 위한 거래 같은 것이 결코 아니다.

"좋은 그림을 받을 수만 있다면 놀이든 심심풀이든 상관없습니다만 작은 나리께서도 싫어하시지는 않겠지요? 조금은 좋아하시는 것도 같습니다만."

기타이치의 불안을 신베에는 웃음으로 넘겨 버렸다.

"걱정할 것 없다. 작은 나리는 이 부업을 퍽 마음에 들어 하신다."

"아뇨, 부업이라고 하면 안 될 것 같습니다만."

"흠, 세토 님 귀에 들어가면 내가 할복이라도 해야 하려나. 그럼 기타도 처벌을 받겠지."

그러므로 이때다 싶은 기회가 오면 세토 님의 눈을 피해 조심에 조심을 거듭해서 작은 나리를 만날 수 있게 해 주겠다고 했다.

"작은 나리도 센키치 대장의 붉은 술 문고를 좋아하셨어. 그걸 계승하겠다는 기타의 기량을 궁금해하시지."

기량? 대장에 비하면 기타이치 같은 건 밑 빠진 국자나 다름없다. 그것도 측간 앞 손 씻는 곳에나 놔두는 국자다.

“저도 작은 나리께 인사드리고 싶은 마음은 굴뚝같지만 목숨이 하나밖에 없으니 제발 무리하진 말아 주세요.”

“아무렴. 우리는 귀한 동업자가 돼야 하니까 말이지.”

이 역시 진심으로 하는 말인지 어떤지도 불안하지만, 어쨌거나 이와이야의 주문 건은 해결할 수 있었다. 기한에 늦지 않게 납품했다!

완성된 답례품 문고 일곱 개를 일단 후유키초로 가져다가 마님에게 보여 주었다.

“어머, 예뻐라!”

오미쓰가 환성을 지르고 문고의 만듦새를 마님에게 조목조목 설명했다. 마님은 고개를 끄덕이며 설명을 듣더니 말했다.

“잘 했어, 기타.”

“고맙습니다. 앞으로 어떻게 하면 저 혼자 문고를 만들어 팔 수 있을지도 대략 계획이 섰습니다.”

스에조 영감이나 오우미 신베에의 협력도 이야기하자 마님은 무슨 생각인지 기타이치에게 가까이 오라고 손짓했다.

“이리 가까이.”

기타이치는 조심스레 다가갔다.

“손.”

마님은 기타이치의 손을 잡고 팔을 더듬어 어깨부터 머리 위까지 손바닥을 옮겨갔다.

그러더니 “착하지, 착하지” 하고 말해 주었다.

“머리도 제법 자랐구나. 이제 이발소 실습 재료 노릇은 그만 둬.”

기타이치는 눈물이 나올 뻔했다.

소중한 답례품은 그 뒤 마침내 사가초의 이와이야로 전했다. 기타이치가 직접 주인 내외가 기다리는 곳으로 가져갔다.

“자, 살펴보시지요.”

이번 검품에는 환성에 박수까지 나왔다.

“그쪽에 맡기길 잘했네. 센키치 대장이 살아 계실 때 보던 붉은 술 문고랑 똑같이 나왔어. 고맙소, 고마워.”

돈을 받고 물러나려고 하는 기타이치에게 이와이야의 안주인이 들뜬 말투로 말했다.

“기타이치 씨, 당일 우리 배가 뜨기 전에 하객들에게 인사하러 오세요. 누가 이렇게 멋진 답례품을 만들었는지 내가 다 말씀드릴게요. 가와비라키 날이면 놀잇배집은 어디나 손님들로 미어터지니까. 아마 좋은 선전이 될 거예요.”

“당신, 답례품을 엉뚱한 사람들한테까지 보여주려고?”

“우리 몫을 보여주는 건 괜찮지 않나요? 대기실에 장식해 놓고 자랑합시다.”

기타이치는 이 고맙기 짝이 없는 제안에 응하기로 했다.

이와이야의 결혼식 피로연을 위해 예약한 놀잇배는 아사쿠사 산야보리 운하변에 있는 놀잇배집 ‘긴류’ 소유라고 한다.

산야보리 운하에 죽 늘어선 놀잇배집들은 위치가 위치인지라 평소에는 작은 배를 타고 요시와라 유곽에 드나드는 사내들을 손님으로 받고 있다. 에도 시중에는 이나리 신사의 수만큼이나 놀잇배집이 있다지만, 결혼 피로연을 왜 굳이 산야보리에 있는 놀잇배집에서? 하고 의아해하는 소리도 없지 않았다. 그런데 사정을 듣고 보니 긴류로 결정하기까지는 이루 말할 수 없는 고충이 있었다고 한다.

"우리 같은 뜨내기손님이 촉박한 시일을 두고 꽃놀이 배를 예약하자니 힘들지요. 좋은 장소에 정박할 수 있는 놀잇배집은 단골들로 이미 빈 배가 없어요. 대개 한 해 전부터 예약금을 걸어두고 배를 예약하니까요. 그 틈을 비집고 들어가 배를 잡는 것은 염라대왕의 눈을 속이려는 것처럼 힘든 일이었어요."

그 난관을 극복할 수 있었던 것은 마침내 이루어진 아들 만타로의 재혼이 기뻤기 때문이다. 그만큼 아들의 행복을 바라기 때문이다.

좋은 아버지 좋은 어머니로군. 부럽네.

——나도 독립해서 충분히 먹고살 수 있게 된다면. 그렇게 많이 벌게 된다면.

마님을 꽃놀이 배에 태워 드리고 싶다. 밤하늘을 수놓는 불꽃은 보지 못하시지만 소리는 들으실 수 있다. 여름밤의 오오카와 강물 냄새, 팡팡 터지는 불꽃의 화약 냄새, 뱃전을 치는 물소리. 구경꾼들의 환성, 마님이 그런 걸 전부 느낄 수 있게 해 드리고 싶다.

그런 생각을 하며 도미칸나가야로 돌아온 탓일까. 기도 앞에서 마주친 다이치가 놀려댔다.

"기타 씨, 뭐 좋은 일 있었나 봐?"

"어, 어떻게 알았어?"

"걷는 게 꼭 헤엄치는 것 같더라."

그러다가 아차, 하는 표정을 짓더니 말했다.

"점심 때 대본소 무라타야 씨가 왔었어. 기타이치 씨는 장사하러 나갔을 테니 나중에 말이나 전해 달라고 하던데."

——대본소 부근에 오실 일이 있으면 가게에 들러 주세요. 별 일은 아니지만 상의할 일이 있습니다.

뭘까. 이제야 화공을 소개해 주겠다는 건가. 이미 끝났는데.

"그래? 고마워."

16년 인생에서 오오카와 가와비라키를 이토록 손꼽아 기다린 적이 없었다.

그날 인사하러 갈 때는 옷을 제대로 차려입어야 한다. 다행히 '필요할 땐 보이지 않는 도미칸'이 이번에는 금방 나타나 준 덕분에 예전에 가시세키의 회합에 참석할 때 빌렸던 정장과 오비, 신발을 빌릴 수 있었다.

"이건 아직 비밀인데, 제가 직접 가게를 시작합니다."

기타이치가 말하자 도미칸은 긴 턱을 쥐고 교태를 부리며,

"나으리, 야릇한 말씀을 하시는데, 마님도 아세요?"

하고 게이샤 시늉을 내더니 쌩긋 웃었다.

기타이치도 장단에 맞춰 대답했다.

"모를 리가 있나. 너도 열심히 일하려무나."

비가 내리지 말아야 할 텐데. 바람이 너무 불어도 곤란한데. 하늘을 올려다보며 마음을 졸이고, 사루에의 느티나무집에서 신베에와 앞날을 놓고 상의해도 마음은 내내 싱숭생숭하다. 행상을 나가서도 마음은 딴 데 있는지라 거스름돈을 잘못 계산하는 것은 애교에 속한다.

기타이치의 소망이 하늘에 전해졌는지 가와비라키 당일은 날씨가 화창했다.

이와이야 일행은 오후 네 시에 긴류에 도착했다. 기타이치는 그보다 한걸음 먼저 놀잇배집에 도착하여 문간에 달린 초롱불 곁에서 대기하고 있었다. 산야보리 운하는 불꽃놀이 배에 타려는 손님들과 요시와라 유곽에 가려는 손님들이 뒤섞이기 시작하여 여기저기서 "어세오세요" "다 왔습니다" 하는 소리들로 어지럽다.

손님뿐만 아니라 각 놀잇배집과 거래하는 주문요리점, 어물전, 술도매상, 기름가게 사람들도 어지럽게 드나든다. 잔교로 옮겨지는 술통 중에 붉은 술통명절이나 경사에 쓰는 술통이 섞여 있는 까닭은 이와이야 외에도 불꽃놀이 배에서 경사를 치르려는 손님들이 있기 때문일 것이다. 놀잇배집 사환이 양 옆구리에 풍로를 끼고 잔교를 겅중겅중 뛰어간다. 저러고도 물에 빠지지 않으니 용하다.

기타이치는 또 선 채로 망상에 빠진다. 화사한 외출복을 차려

입은 마님의 손을 오미쓰가 끌어 주고 나도 하오리를 차려입는다. 오랫동안 신세를 졌으니 도미칸도 초대할까? 물론 신베에 씨와 스에조 씨, 마루야 부부도. 아니, 아예 나가야 이웃을 전부 불꽃놀이 배에 태워 버리자—.

그때 문득 자신을 향한 시선이 느껴져 얼른 정신을 차렸다.

어지러이 오가는 사람들, 쉴 새 없이 여닫히는 징두리널 장지. 강가에 죽 늘어선 배들의 이물이 천천히 끄떡거리고 있었다.

운하 냄새에 바닷물 냄새가 희미하게 섞여 있다.

기분 탓일까—하며 주위를 둘러보다가 건너편 운하 울타리 옆에 서 있던 젊은 여자와 눈길이 마주쳤다.

어? 하고 흠칫할 정도로 강렬한 눈초리.

여자는 문득 눈길을 거두며 몸을 돌려 이쪽에 등을 보인다.

까만 공단 목깃을 댄 옥사 명주옷쌍고치실로 짠 견직물로, 굵고 마디가 많아 품질이 낮다 시마다마게여자 머리 모양의 하나로, 주로 처녀나 결혼식 때 틀어올린다를 치장한 것은 알록달록한 지리멘 조각뿐이다. 차분한 평상복 차림이므로 놀잇배집을 이용하려는 손님은 아닌 듯하다. 그렇다고 하녀 같지도 않다. 버선을 신었고 나막신이 아니라 조리를 신고 있다.

한손에 작은 두루주머니를 들었는데 묘하게 힘을 꼭 주어서 끈을 쥔 모습이다.

운하 변에 골똘히 생각에 잠긴 표정으로 서 있는 젊은 여자. 운하에 몸을 던지려나 하는 의심도 드는데, 아무리 그래도 오늘 이

시간의 산야보리 운하는 투신에 전혀 어울리지 않는다.

——곱게 생겼네.

날씬한 몸매에 뒷덜미가 뽀얗다. 어깨가 잔뜩 긴장한 듯 보이는 것은 기분 탓일까.

"오, 문고상 주인장. 일찍 오셨네."

밝은 목소리에 기타이치는 흠칫 놀랐다. 이와이야 주인 내외를 선두로 한 무리의 사람들이 웅성거리며 다가온다. 가까운 친인척만 참석한다고 하지만 결혼식인 만큼 남자들은 하오리를 입고 여자들은 정장을 차려입었다.

만타로로 보이는 남자와 신부는 금방 알아볼 수 있었다. 만타로는 키와 체격이 이와이야 주인을 쏙 닮았고 이목구비는 안주인을 닮았다. 그 뒤에, 부끄럽지만 아무리 참아도 웃음이 나오네요, 라는 듯 웃음을 머금은 채 조신하게 눈길을 내리깔고 있는 사람이 신부일 것이다. 두 사람 모두 온몸이 행복하게 빛난다.

기타이치는 속으로 인사말을 연습했다. 신랑은 만타로, 신부는 오나쓰. 이름을 헷갈리면 큰일이지. 이쪽은 이와이야 씨이고 신부 측은, 그러니까 음, 옥호가 뭐였더라?

내 가게의 출범을 알리는 신호탄으로 정성껏 만든 문고 일곱 개를 선뵈는 날이다. 스스로 생각해도 나는 지금 흥분해 있다. 도미칸이 마을 장로나 상가 주인들에게 하듯, 두 발을 굳게 딛고 양손으로 무릎에 짚으며 구부정하지 않게 허리 숙여 인사한다. 문고상 기타이치입니다, 여러분, 오늘 경사를 맞으신 것을 축하드립니다—.

"만타로 씨!"

여자의 새된 목소리가 그 자리의 흥청거리는 공기를 날카롭게 찢었다.

산야보리 운하 변의 이 공간만 시간이 멈춘 것 같았다. 손님, 상인, 뱃사람, 남녀노소, 지나가던 사람, 짐 나르던 사람, 웃는 사람, 땀 훔치는 사람 할 것 없이 모두가 만타로를 소리 높여 외친 목소리의 주인에게 눈길을 빼앗겼다.

그 목소리는 그토록 절박했다.

울타리 옆에 서 있던 젊은 여자였다. 한손에 두루주머니 끈을 쥐고 다른 손은 주먹을 쥔 채로 가슴을 누르고 있다. 하얀 얼굴이지만 뺨은 발갛게 상기되고 눈은 눈물로 젖어 있다.

조리를 신은 한쪽 발이 반 보 앞으로 나섰다. 젊은 여자가 뚫어져라 쳐다보는 곳에는 만타로가 있었다.

"저, 오키쿠예요!"

입술을 바르르 떨며 소리친다.

"당신의 아내 오키쿠에요!"

목소리가 드높았다. 눈물 한 방울이 그녀의 볼을 타고 내린다.

"미안해요. 믿기지 않겠지만 저는 오키쿠예요."

이와이야 일행은 아연실색하여 꼼짝도 못하고 있다. 기타이치도 허리를 절반쯤 숙인 자세 그대로 젊은 여자를 쳐다보았다.

——당신의 아내, 오키쿠?

20년 전 만타로와 부부가 되었고, 첫 아기를 유산할 때 아기와 함께 세상을 떠난 전처의 이름은 분명 오키쿠였다. 일전에 이와이야 주인 내외가 그렇게 말했었다.

——만타로도 오키쿠를 잊은 건 아니에요. 굳이 잊을 필요도 없고. 다만 새로운 행복을 찾아야 오키쿠도 성불할 수 있겠지요.

——심성이 착한 며느리였어요. 오키쿠도 저승에서 기뻐해 줄 거예요.

기타이치의 기억이 잘못될 리 없다. 대체 어찌된 일일까.

"만타로 씨!"

오키쿠를 자처하는 젊은 여자의 외침은 간절한 바람으로 비통하게 갈라졌다.

"저, 환생했어요."

다시 한 번 당신과 살려고.

"저승에서 돌아왔어요. 제발 부탁해요. 다시 나와 부부가 되어 주세요!"

4

"아무리 생각해도 수상한 얘기야."

후유키초 마님이 긴 담뱃대를 쥐고 중얼거렸다. 마님이 좋아하는 연초에는 산초 냄새가 희미하게 섞여 있다.

"예, 정말 기이한 얘깁니다."

고개를 꾸뻑하는 기타이치의 왼쪽 눈 주위에 멍이 둥글게 에워싸고 있다.

간밤의 가와비라키 불꽃놀이는 성황이었다. 그러나 이와이야 일행은 배에 오르지도 못하고 만타로와 오나쓰의 결혼식도 무산되고 말았다. 물론 죽은 처 오키쿠의 환생이라는 여자가 나타난 탓이다.

놀잇배집 앞에서 만타로 이름을 외칠 때는 혼자였지만 그녀에게는 일행이 있었다. 그게 그녀의 부모라고 하니 기가 막힌다. 세 사람씩이나 나타나, 만타로의 진짜 아내는 지금도 오키쿠다, 환생했으니 인연을 살리는 게 도리다, 하며 소동을 일으켰으니 이와이야 일행은 혼란에 빠질 수밖에. 신부 오나쓰는 굳세게 지켜보고 있었지만, 오키쿠를 자처하는 여자가 만타로를 끌어안은 채로 떨어지지 않고, 그걸 떼어 놓으려는 이와이야 주인이나 숙부 내외, 여자의 부모가 뒤엉켜 밀고 당기고를 시작할 즈음 마침내 정신을 잃고 쓰러졌다.

아연실색한 기타이치도 오나쓰의 창백한 얼굴을 보고서야 정신을 수습했다. 드잡이를 벌이는 사람들 속으로 파고들어 갔다가 한 대 얻어터지는 바람에 생긴 결과물이 왼쪽 눈 주위의 멍이다. 너무 혼잡한 와중이라 누구 주먹에 맞았는지도 기억나지 않는다.

"참으로 괘씸한 얘기 아닌가."

마님이 노여워하자 닫힌 눈꺼풀의 떨림이 심해졌다.

"어떤 일에나 순서라는 게 있어. 만약 그 여자가 진짜 오키쿠 씨의 환생이라 해도 그걸 이와이야 측에 밝히고 상의해야겠다면 지금까지도 얼마든지 시간이 있었을 거야. 굳이 결혼식 당일에 쳐들어오다니, 정말 고약한 사람들이군."

"그렇습니다. 저쪽에서는 이런저런 변명을 늘어놓았습니다만."

어제 그 자리에서는 무엇보다 오나쓰의 건강이 걱정이므로 신부 측 일행을 먼저 돌려보내고 남은 사람들끼리 대화가 오갔다. 이와이야 측으로서도 불쑥 등장한 일행 세 사람을 황당한 소리 하지 말라며 몰아내기에는 도무지 납득이 되지 않았으니까. 특히 만타로는 자세한 이야기를 듣고 싶어 했다.

양측의 대화는 꽃놀이배 손님들이 다 나가서 비게 된 긴류의 객실 한 칸을 빌려서 이루어졌다. 일동이 감정을 가라앉히는 동안 기타이치는 안주인에게 부탁해서 인편을 보내 도미칸에게 소식을 알렸다. 긴 하오리 끈을 휘날리며 도미칸이 달려왔을 때는 울고불고 하던 오키쿠의 환생이란 여자도 마침내 차분해져서 부모와 나란히 앉아 얌전히 고개를 숙이고 있었다.

"죄송합니다. 만타로 씨가 재혼해서 행복해지면 제가 사실은 오키쿠임을 밝히지 말고 잠자코 살기로 마음먹었는데."

이와이야가 가와비라키 날에 불꽃놀이 배에서 화려하게 혼인한다는 소문은 듣고 있었다. 만타로를 위해 잘된 일이라고 생각했다. 그러나 당일이 되니 아무래도 견딜 수 없었다. 이대로 물러나 버리면 후회만 남을 거라는 생각에 안절부절못하게 되었다.

“그 변명을 듣고도 저는 계속 화가 치밀었지만, 도미칸 씨는 역시 노련해서 상대방 이야기를 능숙하게 끌어냈습니다.”

오키쿠의 환생이라는 여자의 이름은 오사키, 나이는 열일곱이라고 한다. 부모는 고마가타초에서 작은 밥집을 운영하는데 오사키는 그 가게가 자랑하는 ‘간판아가씨’인 모양이다.

부친 마타키치와 모친 오카쓰는 조슈의 소작농 슬하에 태어난 소꿉동무였다. 조금씩 철이 들 무렵 두 사람은 돈을 벌려고 에도로 올라왔는데, 마타키치가 시타야의 주문요리점에 취직한 것을 계기로 살림을 차렸다. 이후로 두 사람이 낳은 네 명의 아기 가운데 막내딸 오사키만이 무사히 자랐다.

마타키치도 오카쓰도 부담스러울 정도로 말이 많은 사람이었다. 부부는 주문요리점에서 함께 오래도록 일해서 지금의 밥집을 열기까지 고생이 많았다고 하는데, 그 와중에도 오사키를 아껴서 보물처럼 애지중지 키웠다고 떠벌렸다.

그렇게 귀한 딸이 아무래도 이상하다고 느낀 것은 오사키가 열두세 살 때였다고 한다.

“우리 같은 가난한 집에서는 먹어 볼 일이 없는 음식 얘기며 가부키극장에 갔던 기억을 가끔 얘기하더라고요.”

가미가타당시 경제와 문화의 중심지였던 교토와 오사카를 이르는 말에 주문한 정월 나들이옷 얘기, 철마다 명승지에 피는 벚꽃과 등꽃이 얼마나 아름다웠는지, 습자소의 무서운 여선생한테 글씨를 예쁘게 썼다고 칭찬받은 일에 대해 말하더니 심지어는,

——가르친 적도 없고 배운 적도 없는 춤을 곱게 추고 샤미센도 연주할 줄 알더군요.

전부 마타키치와 오카쓰의 살림과는 인연이 먼 것들이었다.

마침내 오사키는 열여섯 살이 되던 해 연말에 하늘하늘 내리는 눈을 올려다보며 이런 말을 꺼냈다.

——엄마, 아빠. 내 진짜 이름은 오키쿠예요. 우리 집은 후카가와 사가초에 있는 '쓰노야'인데 유채기름과 간장을 파는 가게예요. 옆집은 이와이야라는 된장가게인데, 난 그 집의 만타로 씨와 소꿉동무였고 만타로 씨의 아내가 되었지만 금방 죽고 말았어요.

만타로가 그리워 이렇게 환생했다. 내가 실은 오키쿠라는 사실을 어릴 때는 어렴풋하게 떠올릴 뿐이었지만 요즘은 날이 갈수록 기억이 또렷해지고 있다.

——만타로 씨와 결혼한 날도 이렇게 가랑눈이 내렸어요. 2월 초여서 뜰이 있는 홍매에 내리는 눈이 얼마나 예쁘던지. 이와이야의 시아버님이 이런 눈은 길조라며 기뻐하셨죠.

——하지만 나는 임신한 아기를 유산하면서 목숨을 잃고 말았어요. 만타로 씨하고는 1년 정도밖에 부부로 살지 못해 이별이 너무 슬프고 고통스러웠어요.

당연히 마타키치와 오카쓰도 딸의 말을 곧이곧대로 믿진 않았다. 다만 지금 하는 가게를 마침내 개점해서 살림에도 여유가 생기기 시작했던 때였으므로 약간의 돈과 사람을 구해서 딸이 하는 말이 사실인지를 조사해 보았다.

그러자 후카가와 사가초에 정말로 이와이야라는 된장가게가 있었다. 그 옆집은 지물포와 이불가게인데, 지물포 쪽은 전에 유채기름과 간장을 파는 쓰노야라는 가게가 있었다고 했다.

"이와이야에는 정말로 만타로라는 아들이 있고 쓰노야의 딸과 결혼했는데 1년 정도 만에 사별했다는 사실도 알게 되었습니다."

그 뒤 쓰노야는 장사를 접고 다른 데로 이사하고 그 자리에는 지물포가 들어왔다—.

"그 대목까지 듣자 이와이야 내외와 만타로 씨의 얼굴이 파랗게 질렸죠."

특히 만타로는 혼란에 빠져 부모가 만류하는 데도 불구하고 오사키에게 연거푸 질문을 던졌다. 이웃한 두 가게 사이에 커다란 은행나무가 서 있던 것을 기억하느냐. 둘이 은행을 주워 어디에 묻었는지 기억하느냐. 달구경 하던 밤이면 늘 둘이 가까운 사당에 참배하고 소원을 빌던 걸 기억하느냐.

"연달아 날아드는 질문에 오사키도 척척 대답하는 겁니다. 은행 묻은 자리는 이와이야 뒤뜰에 있는 개구리 모양의 돌 옆이었다. 사당에 가서 장차 두 사람이 부부가 되게 해 달라, 아이는 딸 둘에 아들 셋을 낳게 해 달라고 빌었다고요."

오사키는 묻는 사람보다 더 많은 것을 기억하고 있었다. 만타로 씨의 왼손 검지에 베인 흉터가 있는 것은 열세 살 때 단도를 만지작거리다 깊이 벤 탓이다. 나는 여자애들만 다니는 습자소에 다녔지만 만타로 씨가 다니는 습자소에 가고 싶어서 몰래 따라가 다른 남자애들 틈에 섞여 있다가 호되게 야단맞은 적이 있다. 만타로 씨는 감을 좋아했지만 막상 먹으면 배를 앓았다. 조키치라는 날품팔이 목수의 아들과 친해서 그 아이가 살던 뒷골목 나가야에 놀러가 거기 세 들어 살던 땜장이 집의 장지를 찢는 바람에 혼난 적이 있다. 그 장지에 새로 창호지를 바를 때 자신도 도와주러 갔는데, 땜장이가 자신을 공주님처럼 예쁘다고 칭찬하자 만타로 씨의 얼굴이 새빨개졌다—.

"그런 이야기까지 나오자 만타로 씨는 물을 뒤집어쓴 것처럼 땀을 흠뻑 흘리고."

이 사람은 진짜 오키쿠의 환생인지 모른다고 말했다.

"땜장이네 장지를 찢은 일은 아버지 어머니에게도 숨겼던 일입니다. 오키쿠밖에 모르는 일이었어요!"

사당에 가서 소원을 빈 일도,

"거기에 단 둘이 가서 어, 어, 언젠가 부부가 되게 해 달라고, 예쁜 아들딸 많이 낳게 해 달라고, 아무한테도, 마, 말하지 않았는데."

흥분해서 음성은 한껏 높아지고 눈물을 글썽이고 있다. 그 자리에 있던 사람들은 모두 압도된 것처럼 아무 말을 못했다.

"도미칸 씨도 아무 말이 없었나?"

"예. 긴 턱을 손으로 비틀기만 하고."

마님은 후후후, 하고 웃더니 담배통으로 화로 가장자리를 탁 쳤다.

"그리고? 또 무슨 얘기가 나왔지?"

시시콜콜한 내용은 제삼자인 기타이치가 도저히 다 기억할 수 없을 만큼 많이 나왔다. 다만 옆에서 봐도 만타로와 이와이야 내외에게 결정적이 아니었나 싶었던 순간은 오사키가 '미카리사마'라는 신에 얽힌 추억을 꺼냈을 때였다.

"미카리사마?"

"저도 잘 모르던 거라 나중에 도미칸 씨한테 자세한 설명을 들었는데요, 그걸 터주신이라고 해야 하나요? 쓰노야 주인이 남몰래 받들던 수호신이랍니다."

쓰노야는 본래 오미 출신으로, 본가는 고향에서 성씨와 칼을 허락받은사무라이의 특권이며 서민은 특별한 예외를 제외하면 금지되어 있었다 유지였고 마을 신사에서 신직으로 일했다. 그러다가 분가 가운데 한 가족이 에도로 옮길 때 그 신사의 신을 집안의 수호신으로 삼아 깍듯하게 모셨던 모양이다. 덕분에 장사가 잘되어 오키쿠 일가는 철마다 유람을 즐기는 유복한 생활을 했다고 한다.

"미카리사마라는 신은 그 신사에 있던 고목이 신체神體라고 합니다. 그 신을 다른 지방으로 모셔갈 때는 그 고목 뿌리에 있는 흙을 작은 병에 담아 부적으로 봉해서 가져갔다네요."

쓰노야에서도 후카가와의 우지가미그 고장을 수호하는 신 위패와 대흑천 목상을 신단에 모셔 놓고 예배를 드렸는데, 미카리사마를 모신 그 작은 병만은 일가의 불단 속 깊숙이 넣어 두고 직계가족들끼리만 관리하면서 점원들이 가까이 가지 못하게 했다.

“하지만 만타로 씨는 미카리사마를 모신 병에 예배를 드린 적이 있다는 겁니다.”

만타로가 열두 살, 오키쿠가 열한 살이던 해의 여름, 후카가와 일대에 마마라는 돌림병이 돌아 사람들이 두려움에 떨고 있을 때였다.

“쓰노야의 안주인, 그러니까 오키쿠 씨의 어머니죠, 이 사람도 함께 불단에서 미카리사마를 모신 작은 병을 꺼내 그것을 두 사람의 이마에 대 주었답니다.”

——이렇게 해 두면 미카리사마의 영력이 너희를 마마로부터 지켜줄 거다.

과연 두 사람은 당시 무서운 돌림병을 면할 수 있었다. 만타로는 오키쿠와 함께 미카리사마의 영력을 믿고 자기 부모한테도 이 일은 말하지 않았다.

“26년이나 지난 일이고 나도 지금 여기서 듣기까지는 까맣게 잊고 있었습니다.”

감격의 눈물을 흘리며 만타로가 말했다.

“오키쿠를 잃고 나서는 예전의 좋은 추억도 괴로운 기억일 뿐이었습니다. 그래서 지워 버리려고 애써 왔는데.”

미카리사마를 알고 있고 어제 일처럼 생생하게 말할 수 있는 이 여자 오사키는 오키쿠의 환생이 맞다. 달리 생각할 수 없다!

“만타로 씨와 오사키 씨가 손을 맞잡고 우는 바람에 이와이야 안주인도 덩달아 울고 말았지요. 주인은 파리채에 얼굴을 문지르는 듯한 표정을 하고 있었지만.”

마님은 입술을 일그러지도록 꾹 다물고 다시 담배통에 살담배를 이겨 넣기 시작했다.

한시라도 빨리 마님에게 어제의 전말을 보고하고 의견을 듣고 싶어서 오늘은 행상을 시작하기도 전에 후유키초까지 달려온 기타이치였다. 마님은 평소 낮에는 담배를 피우지 않는다고 들었는데, 그렇게 초조하신 걸까.

“죄송해요. 문고를 선뵈는 자리였는데 이상한 소동에 말려들어서.”

장마가 지나면 열흘 정도는 매일처럼 쨍쨍 내리쬐는 것이 에도의 여름이다. 오늘 아침에도 일찍부터 햇살이 따갑다. 화로 건너에 앉은 마님은 얼굴 가득 아침햇살을 받고 있는데도 왠지 표정이 어두워 보인다.

“기타 잘못이 아니야.”

낮은 목소리로 마님은 말했다.

“문고 일곱 개는 어떻게 되었지? 이와이야 씨가 가지고 돌아갔나?”

“네. 그건 틀림없습니다.”

돈을 받았으니 물품은 이미 이와이야의 소유다. 돌아가기 위해 다시 포장할 때는 기타이치가 거들었다.

긴류 앞에서 그런 소동이 일어났으니 대기실에 장식했던 문고를 다른 손님들이 구경했는지는 알 수 없다. 기이한 소동을 흥미롭게 구경하는 손님도 있고, 저런 일에 관계하고 싶지 않다, 어서 배를 띄워라, 하며 뱃사람을 재촉하는 손님도 있었다. 그 자리에 있던 사람들이라면 아무도 작은 문고 따위에 관심을 기울일 여유가 없었을 것이다.

“만타로 씨와 오나쓰 씨의 혼인이 깨진다면 답례품도 쓸모가 없어지겠군.”

기타이치가 생각하고 싶지 않은 것을 마님은 아무렇지도 않게 말한다.

“그게 아니라도 좋은 날 건네는 선물로서는 이미 마가 끼고 말았어. 이와이야 쪽에서 내다 버리면 곤란하니 내가 다시 사들이겠다. 내가 센키치 대장 이름을 거론하며 부탁하면 저쪽에서도 싫다고는 하지 않을 거야. 나중에 오미쓰를 보내서 받아 오게 할 테니까, 기타, 이와이야 씨에게 미리 그렇게 인사를 해 둬.”

“하지만 그래서는 마님께서 쓰지 않아도 되는 돈을 쓰시는 거잖아요.”

“바보 같은 소리. 왜 이게 쓰지 않아도 되는 돈이냐. 어렵게 출범을 알리는 문고를 만들었는데 쓰레기처럼 버려진다면 오우미나리나 스에조 영감 들에게 면목이 없지 않니.”

그건 그렇습니다만.

“혼인이 깨질까요? 마님도 아까 수상한 얘기라고 하셨잖습니까.”

“이런 이야기를 냉정하게 의심해 볼 수 있는 건 우리 같은 생판

타인들밖에 없겠지."

당사자들은 그렇게 하지 못한다.

"만타로 씨는 오사키라는 여자의 이야기를 완전히 믿는 것 같구나. 이와이야 안주인은 아들이 바라는 대로 따라 주고 싶을 테고, 주인은 왠지 수상쩍고 사기 냄새가 나도 그 생각을 솔직하게 꺼내기가 힘들겠지."

사기 냄새?

"마님은 환생이라는 게 정말 있다고 생각하세요?"

"그걸 내가 어찌 아누."

모른다. 마님이 무뚝뚝하게 대답했다.

"세상은 넓으니까 신기한 일도 많겠지. 어쩌면 환생이란 게 있을지도 몰라. 하지만 이 오사키란 여자 이야기를 믿겠느냐고 묻는다면."

마님은 고개를 천천히 좌우로 저었다. 믿지 못하겠다.

"도미칸 씨는 뭐라고 했지?"

"사기라고 했어요."

간밤에 집으로 돌아갈 때, 녹초가 되었다는 듯이 목덜미를 쓸며,

——사기치고는 정성을 꽤 들였군.

앞으로 어떻게 전개될지 우리는 잠시 지켜보는 수밖에 없으니 기타도 경거망동은 삼가야 해.

——경거망동이 뭐죠?

——훈도시 끈도 여미지 않고 바지를 올리는 것처럼 선불리 움직이는 거지.

"과연 도미칸 씨답네."

마님은 웃음을 터뜨리고 그제야 밝은 목소리가 되었다.

"이와이야 근방은 후쿠토미야의 땅일 거야. 벌써 20년이나 지났으니 장부가 남아 있지 않을지 모르지만, 도미칸 씨에게 조금 발품을 팔아 달라고 부탁해서 쓰노야 씨가 어디로 이사했는지 알아냈으면 좋겠구나. 오키쿠 씨 부모를 만나는 게 제일 확실한 길이니까."

"그건…… 친부모라면 오사키가 정말 오키쿠 씨의 환생인지 정확히 볼 수 있다는 건가요?"

"아니. 그러리라는 보장은 없지. 하지만 솔직한 생각을 들어 볼 수 있지 않을까."

죽은 딸이 친부모 슬하가 아니라 아무 인연도 없는 엉뚱한 집안에서 환생했다는 것을 어떻게 생각하느냐.

"나라면 화가 날 것 같은데."

마님은 강한 투로 단언했다.

"무슨 수작일까. 부모자식의 인연이란 것을 우습게 알고."

과연 듣고 보니 그랬다.

"백보 양보해서 시댁 이와이야 씨의 친척으로 환생했다면 또 모르겠는데, 엉뚱한 곳에 있는 밥집이라니."

그런 생각은 해 보지 않았던 터라 기타이치는 놀랐다.

"오키쿠 씨가 죽은 게 19년 전. 그리고 오사키는 지금 열일곱 살이지? 그 사이 2년 공백이 있는데, 이건 또 왜일까?"

마님 말투에 가시가 박힌다. 콕콕, 콕콕 찌르는 듯하다.

"아무한테도 말하지 않기로 했던 어린 시절 얘기를 오사키가 알고 있으니까 믿을 수 있다고? 그런 정도에 넙죽 넘어가 버리다니 만타로 씨도 어수룩하네. 이와이야의 장래가 걱정돼."

비밀로 하자, 우리끼리만 아는 얘기다, 라는 약속은 어른들 사이에서도 지켜진 예가 없다. 하물며 아이들 사이에서 절대로 단 둘만의 비밀로 한다는 게 있을 수 있나.

"만타로 씨는 옛날 일 자체를 잊고 있었지. 그렇다면 당시 누군가에게 비밀이라고 속삭이며 건넸던 말들을 다 잊고 있었다 해도 이상하지 않아."

그리고 지난 일들은 뜻밖에 캐내기가 쉽다. 사람들은 옛날을 그리워해서 좋은 일 즐거운 일은 물론이고 화나는 일 몹시 겁났던 일까지 다시 떠올리며 이야기하고 싶어 하니까.

오사키 일가 세 사람이 오키쿠의 환생이라고 사기를 치고 나설 만한 이유가 있다면.

"뭔가 이득이 있거나 큰돈 들어올 일이 있다면."

지난 일은 얼마든지 조사할 방법이 있다. 오키쿠인 척하는 목적이 확실하다면 표적을 정하기도 쉬울 것이다.

"이와이야 주인은 아들 만타로 씨만큼 흥분한 것 같지는 않으니 도미칸 씨가 말한 대로 상황을 지켜보는 수밖에 없겠지."

그보다 기타는 문고를 팔아야 하는 사람이야, 하며 마님이 기타이치의 메마른 궁둥이를 찬다.

"문고 선전은 된장으로 범벅이 되고 말았지만, 그냥 썩도록 놔둘 수는 없지. 아아, 이것도 다 이와이야가 된장가게인 탓인가."

소소한 재담이지만 기타이치는 웃음으로 마음을 다잡을 수 있었다. 마님 말대로 이와이야에 그리 언질을 해 두자 그날 중으로 오미쓰가 답례품 문고를 회수해 준 것도 고마웠다.

오나쓰의 심정을 생각하면 마음이 아프지만 제삼자로서 할 수 있는 일도 없었다. 오우미 신베에와 앞으로 해 나갈 장사를 준비하는 한편으로 지금 당장 인연을 끊을 수 없는 만사쿠 · 오타마 부부의 기분을 맞춰 주면서 사입과 행상에 힘써야 한다. 기타이치는 그래서 푼돈을 모아 가며 열심히 생활했다.

그리고—오오카와 가와비라키로부터 정확히 보름 뒤.

사건이 일어났다.

5

예전에 이와이야의 만타로에게는 오토시라는 유모가 있었다. 이와이야 고용인이 아니라 근처 나가야에 살던 가마꾼의 아내였다.

이와이야 안주인은 만타로를 낳은 뒤 몸이 허약해 젖이 잘 안

나와 어려움을 겪고 있었다. 오토시는 오카미보다 보름 전에 쓰네키치라는 아들을 낳았는데, 이쪽은 넘칠 정도로 젖이 나왔다. 그래서 당시 만타로는 관리인(도미칸의 선임) 소개로 오토시의 젖을 먹게 되었던 것이다.

오토시는 이와이야에게 후한 대가를 받고 풍족한 젖으로 만타로와 쓰네키치를 키웠다. 젖형제가 된 두 아기는 젖을 뗄 무렵에는 친형제처럼 지냈고 이와이야 안주인도 오토시를 의지하며 신뢰하게 되었다.

오토시의 남편은 술 좋아하고 여자 밝히는 노름꾼으로, 자기 벌이로는 부족해서 아내가 이와이야에서 매달 받는 돈까지 탕진하는 형편없는 자였지만 그래도 부부간에 정이 있는지 오토시는 인내심 있게 살림을 꾸렸다. 그런데 쓰네키치가 세 살 되던 해 여름, 남편이 노름판의 칼부림 사태에 휘말려 허망하게 죽고 말았다.

과부가 된 오토시를 이와이야는 모른 척하지 않았다. 만타로를 돌보고 안주인을 시중드는 하녀로 채용하여 집 안에 기숙하게 했다. 물론 아들 쓰네키치도 함께였다.

오토시는 이와이야의 은혜를 생각해서 바지런히 일하고 만타로와 쓰네키치는 사이좋게 컸다. 그러나 젖형제는 어디까지나 젖형제일 뿐 혈연은 아니다. 이와이야 주인은 쓰네키치가 철들기 시작할 무렵, 이대로 오토시 모자를 이와이야에 살게 하기보다 확실하게 선을 긋는 게 낫겠다고 생각했다.

쓰네키치는 열 살이 되자 오오덴마초 남쪽 신자이모쿠초에 있는 창호가게에 취직했다. 여기에는 아들에게 기술을 가르치고 싶다는 오토시의 바람도 있었다.

다행히 쓰네키치는 형편없던 아버지가 아니라 성실한 어머니를 닮아 창호가게에 정착해서 기술을 익혀 나갔다.

그때까지 계속 이와이야에서 일하던 오토시는 만타로가 열여덟 살에 오키쿠와 결혼하자 고참 하녀로서 젊은 신혼부부를 시중들게 되었다. 오키쿠가 유산과 함께 세상을 떠나는 비극적인 장면도 곁에서 지켜보았다.

비탄에 빠진 만타로와 이와이야 주인 내외를 오토시는 성실하게 보살폈다. 그러나 사람의 마음이란 본인 뜻대로 다스려지지도 않거니와 불행할 때는 더욱 억제할 수 없게 마련이다. 이와이야 주인 내외—특히 안주인이 점점 오토시를 멀리하게 되었다. 만타로는 아내를 잃고 아기도 잃었고 안주인은 귀여운 손주를 잃었는데 오토시에게는 쓰네키치가 있다. 물론 기술을 배우러 집을 떠나 있어서 오토시가 아무 때나 쓰네키치를 만나러 가지는 못하지만, 그래도 아들이 건강하게 살아 있는 것이다. 앞으로 쓰네키치가 결혼을 하면 손주도 보겠지.

매일 곁에서 시중드는 하녀는 행복하고 내일의 희망도 있는데 그런 행복의 기초를 놓아 준 자신은 비탄에 빠진 아들이 죽은 아내와 아기를 뒤따를까 봐 노심초사하는 것이 매일의 일과다. 이게 온당한 일일까. 이와이야 안주인은 오토시를 점차 차갑게 대하기 시작했다.

오토시는 총명한 여인이라 안주인의 심정을 금방 이해하고 이와이야를 떠났다. 이때 만타로와 쓰네키치는 스무 살이었으니 지금으로부터 18년 전 일이다.

당시 쓰네키치는 여전히 가게에 기숙하는 직인이었지만 오토시가 이와이야를 떠난 것을 계기로 주인의 허락을 얻어 가게 근처 허름한 나가야에서 어머니와 함께 살게 되었다. 오토시는 운하 변 싸구려 여인숙에서 하녀로 일하고 쓰네키치는 창호가게에서 일하며 계속 기술을 쌓았다. 그리하여 어디 하나 부족한 데가 없는 직인이 된 스물다섯 살 때 결혼하여 아기도 잇달아 얻었다.

오토시는 자신을 닮아 성실한 아들과 착한 며느리, 세 손주와 함께 행복하게 살았다. 일가는 마침내 뒷골목 나가야를 벗어나 작은 독채 셋집으로 이사하고 쓰네키치는 독립하여 수입도 좋아졌다. 부지런한 오토시는 할머니가 되어서도 여인숙 하녀 일을 계속했다.

한편 이와이야는 유모와 젖형제를 까맣게 잊은 지 오래였다. 소식도 끊긴 지 오래였다. 그러나 오토시 쪽에서는 잊을 수 없었다. 특히 상처한 뒤 내내 독신으로 나이가 들어가는 만타로를 걱정하고 있었다. 사가초와 신자이모쿠초는 거리가 조금 멀지만 이와이야의 상황과 만타로의 근황에 늘 관심을 갖고 소문에 귀를 기울였다.

이런 상황이었으므로 만타로가 오나쓰와 결혼한다는 소식을 들었을 때 오토시는 크게 기뻐했다. 신자이모쿠초 근방에는 상인을 상대하는 싸구려 여인숙이 많은데, 거기서 일하는 사람 가운데 마침 오나쓰의 생가인 양초가게 고노야 주인과 알고 지내는 사람이 있어, 결혼 소식은 그쪽을 통해 오토시 귀에 들어갔던 것이다. 그게 올해 정월 초의 일이다.

오토시는 적당한 때를 봐서 축하를 전하자고 아들 쓰네키치와 이야기했다. 만타로가 마침내 재혼하여 다시 행복을 찾게 될 터이니 오토시가 이와이야에 품은 미안한 감정은 이제 지워도 좋지 않겠나.

──내가 언제까지 일을 할 수 있는 건 아니니까 이렇게 건강할 때 이와이야 주인 내외에게 제대로 인사를 드리고 싶은 거야.

환갑까지 몇 년을 남겨둔 오토시는 그렇게 말하고 만타로의 혼인을 흐뭇한 마음으로 기다렸다고 한다.

하지만 사람의 운명이란 역시 알 수가 없다. 오토시가 초봄에 감기로 고열을 내더니 금세 쇠약해지기 시작했다. 다리에 맥이 풀려 일어서지 못하고 치매 기운이 나타나서 거리에 벚꽃이 눈처럼 질 즈음에는 식구들 얼굴과 이름도 잊고 말았다.

──슬픈 일이지만 이래서는 어머니를 이와이야에 모시고 갈 수 없으니, 나라도 찾아가서 제대로 축하 인사를 드려야겠어.

이제는 창호가게 주인으로서 기숙하는 제자와 하녀도 거느린 쓰네키치는 아내에게 그렇게 말하고 하오리도 새로 맞췄다.

그러던 차에 가와비라키 당일 저녁 만타로와 오나쓰가 혼인하는 불꽃놀이 배에 오키쿠의 환생이라 자처하는 여자가 나타났다는 해괴한 소식이 날아든 것이다. 양초가게 고노야를 아는 사람들은 다들 놀라고 오나쓰의 심정을 걱정하며 분개했다. 쓰네키치도 그 가운데 한 사람이었는데, 더욱 놀라운 점은 내내 자리보전 중이고 치매 기운이 있던 오토시가 이 소식을 듣자 갑자기 정신이 맑아져 누구보다 격하게 분개하기 시작했다는 것이다.

하필 지금, 게다가 그런 난폭한 행동으로 만타로의 행복에 찬물을 끼얹으려 하다니, 그 여자는 사기꾼이 분명하다. 죽은 오키쿠는 상냥한 사람이고 만타로를 진심으로 아꼈다. 이제 와서 만타로를 혼란에 빠뜨리고 고통을 줄 리가 있는가. 잘 돌아가지 않는 입으로 대략 그런 말을 쏟아 내며 분개해서 주변 사람들 간담을 서늘하게 했다고 한다.

——뭣하면 내가 그 여자를 만나겠다. 만나서 가짜라는 걸 까발려 줘야지. 난 오키쿠 님이 세상을 떠나는 순간에도 곁에서 시중을 들던 사람이야. 절대로 속아 넘어가지 않아.

바득바득 고집을 피우는 오토시를, 남이 끼어들 일이 아니니 일단 상황을 지켜보는 수밖에 없다면서 아들 내외가 겨우 말렸다고 한다.

그로부터 보름 뒤 동틀 무렵이었다.

오토시는 만타로에게 해괴한 일이 일어났다는 소식에 한때 맑은 정신을 찾았지만 그렇다고 회복된 것은 아니므로 다시 조금씩 치매 기운이 돌아오고 있었다. 정신적 흥분이 몸에 좋지 않았는지 쇠약해지는 속도가 더욱 빨라져, 전에는 자리에서 일어나거나 앉기도 했는데 이제는 내내 누워만 있게 되었다. 부쩍 더 어머니의 건강을 염려하게 된 쓰네키치는 매일 아침 일어나면 곧장 어머니의 방을 들여다보았다.

그날은 덧문을 열어 보니 화창한 날씨여서 오토시가 있는 안쪽 방으로 이어지는 짧은 복도에 일찌감치 강한 아침 햇살이 비껴들고 있었다.

그때 쓰네키치는 오토시의 목소리를 들었다. 어머니가 뭐라고 말하고 있다.

——제가 잘못했습니다. 정말로 오키쿠 님이 돌아오신 거라면 나 같은 게 주제넘게 나설 일이 아니었는데.

사죄하시는 건가? 어머니 곁에 누가 있는 걸까?

——용서해 주세요. 다시는 주제넘은 말을 하지 않겠습니다. 이렇게 빕니다.

오토시의 목소리는 절박했다. 쓰네키치는 흠칫 놀랐다. 그 자리에서 그만 몸이 굳어 있는데,

——용서해 주세요, 아파! 아파요! 아아, 용서해 주세요, 미카리사마!

오토시의 목소리가 비명으로 변하고 꺄악! 하며 찢어지는 비명이 터지더니 이내 쥐죽은 듯 조용해졌다.

쓰네키치는 오토시의 방으로 뛰어들었다. 이불 위에 누워 있는 오토시는 눈을 크게 부릅뜬 채 숨이 끊어진 상태였다. 이마에는

지름이 두 치쯤 되는 둥근 멍이 들어 있었다. 마치 그만한 크기의 병에 강하게 짓눌리거나 맞은 것처럼.

"―그렇게 됐다는 겁니다."

오늘도 기타이치는 후유키초 마님 앞에 앉아 있었다.

마님은 담배쟁반을 앞에 놓고 아끼는 담뱃대를 만지작거리고 있다. 옆에는 오미쓰가 동근 쟁반을 꼭 껴안고 눈을 반짝이며 앉아 있다.

"기타, 이 얘기를 누구한테 들었어?"

마님이 찡그린 얼굴로 말이 없자 오미쓰가 이야기를 꺼냈다.

"도미칸 씨한테. 오토시 씨가 죽은 것은 어제 아침이고."

쓰네키치가 겁에 질린 모습으로,

――어머니가 미카리사마의 노여움을 샀습니다. 이 일을 사가초 이와이야에 꼭 알려야 합니다.

라고 주장하자 신자이모쿠초 파수막에서 이쪽 관리인 도미칸에게 알려 주었던 것이다. 해서 도미칸이 이와이야에 알렸다.

이와이야 주인 내외와 만타로는 오토시와 쓰네키치라는 이름을 듣고 놀랐다. 집에서 내보내 소식이 끊긴 지 오래인 유모와 젖형제이기는 해도 잊고 있었던 것은 아니었다.

"그래서 도미칸 씨가 이와이야 주인과 만타로 씨를 신자이모쿠초로 데려가 오토시 씨 시신을 보게 해 주었던 겁니다."

오토시의 이마에는 정말로 둥근 멍이 있었다.

"오키쿠 씨의 친정 쓰노야가 신앙하던 미카리사마의 신체가 바로 그만한 크기의 병이었기 때문에—,"

이와이야의 두 남자는 소스라치게 놀랐다고 한다.

"미카리사마의 노여움이라."

표정을 일그러뜨린 채 마님이 낮은 소리로 중얼거렸다. 오미쓰가 몸을 앞으로 더 기울이며 말했다.

"그러니까 오사키라는 밥집 딸이 오키쿠 씨의 환생이라고 나섰는데, 그건 사기다, 오사키는 가짜다 하며 오토시 씨가 화를 내다가 미카리사마에게 벌을 받았다는 거네?"

그러니까 오사키는 오키쿠 씨의 환생이 맞네, 미카리사마가 보증해 준 거네!

"맞아. 한데 오미쓰는 미카리사마 이야기를 어떻게 알고 있어?"

오미쓰는 솔직하게 혀를 쏙 내밀었다. "어머, 그건, 으음."

얼마 전에 마님과 했던 대화를 엿들은 건가? 하여간 못 말린다니까.

"그렇잖아. 서로 사랑하는 남녀가 환생해서 다시 만난다니, 얼마나 멋진 얘기야. 그래서 나도 모르게 그만—."

마님이 담뱃대를 빙글 돌리며 말했다. "어떻게 알고 있는지 나도 궁금하네."

"죄송해요. 하지만 정말 그냥 들려서 들었던 거예요, 마님."

"네가 아니라 쓰네키치 씨 얘기다."

마님은 기타이치 쪽으로 얼굴을 돌렸다. 오늘은 내리감긴 눈꺼풀 가장자리까지 일그러져 있다. 몹시 불쾌하게 생각하고 있나 보다.

"쓰네키치 씨가 어떻게 미카리사마를 알고 있던 거지?"

"오토시 씨한테 들었다고 합니다."

오토시는 이와이야에서 지낼 때 있었던 일들을 아들 쓰네키치에게 종종 이야기해 주었다고 한다.

"그것도 이상하네. 오토시 씨는 또 어떻게 알고 있었을까. 쓰노야가 미카리사마를 수호신으로 모신다는 사실을 아는 사람은 이와이야에서도 가족뿐이었을 텐데."

"아뇨, 그러니까 그건 마님이 저번에 짐작하신 대로였습니다."

──만타로 씨는 옛날 일 자체를 잊고 있었지. 그렇다면 당시 누군가에게 비밀이라고 속삭이며 건넸던 말들을 다 잊고 있었다 해도 이상하지 않아.

"만타로 씨가 미카리사마에 대하여 오토시 씨에게 말했던 겁니다. 아기 때부터 돌봐 준 유모니까요. 어린아이가 이건 비밀이라며 얘기해 주었겠죠."

그리고 그 비밀을 오토시는 소중한 추억으로서 아들 쓰네키치에게 이야기해 주었다는 것이다.

──만타로 씨와 오키쿠 씨는 미카리사마라는 쓰노야의 수호신에게 가호를 받았단다. 정말로 왕자님 공주님 인형처럼 어여쁜 부부였고 금슬도 좋았지.

"그래서 쓰네키치 씨도 어머니가 미카리사마에게 사죄하는 소리를 듣고 상황을 바로 이해했다는 겁니다."

기타이치는 그렇게 말하고 목에 두른 수건으로 얼굴을 훔쳤다. 식은땀이 난다. 오늘 마님의 불쾌한 표정은 전에 본 적이 없을 만큼 역력하다. 이만저만 노하신 게 아니구나.

"—드디어 죽는 사람까지 나왔어."

마님은 담뱃대를 꼭 쥐며 말했다.

"아아, 속상하네. 대장이 건강했다면 일이 이렇게 되기 전에 수습해 주셨을 텐데."

센키치 대장만 있었다면.

기타이치에게 이 말은 언제 들어도 아프다.

"수습이라시면 오사키 씨가 오키쿠 씨의 환생이라는 걸 순순히 인정하고 만타로 씨와 같이 살게 해 준다는 건가요?"

오미쓰가 노골적으로 묻는다. 기타이치는 마님이 담뱃대를 부러져라 꽉 쥐는 걸 보고 당황했다.

"그럴까? 내가 생각하기에는 대장도 도미칸 씨처럼 이런 이야기에 의심부터 품으실 것 같은데."

"그렇지 않아. 대장은 사랑하는 남녀한테는 잘해 주셨으니까."

아니, 만타로와 오사키는 세상에 흔한 사랑하는 남녀가 아니지 않은가.

"오미쓰, 심부름 좀 다녀오너라."

마님이 날카롭게 말했다.

"산토쿠야에 가서 늘 사 오던 그 살담배를. 두 꾸러미."

산토쿠야는 마님이 애용하는 담뱃가게다.

"마님, 목이 칼칼하니 담배를 조금 줄여야겠다고 하셨잖아요?"

"됐으니까 다녀와!"

마님 서슬에 오미쓰도 움찔했는지 얼른 나가 버렸다.

기타이치와 둘만 남자 마님은 손에 든 담뱃대를 담배쟁반에 내려놓으려다 실수를 했다. 담뱃대가 다다미 위로 굴렀다. 평소에는 이런 일이 없다. 역시 마님은 분노로 흥분해 있는 것이다.

"죄송합니다."

기타이치는 고개를 숙이고 담뱃대를 주워 담배쟁반에 올려 놓았다.

유감스럽지만 19년 전의 불행 직후 쓰노야가 어디로 이사했는지는 조사해 봐도 알아낼 수 없었다. 먼저 이와이야에 물어보니, 쓰노야 내외는 딸과 태아의 죽음에 충격을 받고 당시 본가가 있는 고향 오미로 돌아갔을 거라고 했다.

쓰노야 내외는 본래 외동딸 오키쿠를 이와이야에 시집보내고 무사히 손주를 보면 장사를 접고 고향에 돌아가 은퇴 생활을 할 생각이었던 모양이다. 그래서 혹시 이와이야가 원한다면 간장과 유채기름 장사를 넘겨주겠다는 이야기가 오가고 있었다고 한다.

19년이란 세월에 에도와 오미의 먼 거리를 감안하면 쓰노야 내외의 소식을 찾는 일은 어려울 듯싶다. 도미칸이 넓은 발을 활용하여 쓰노야 내외와 지금도 소식을 주고받는 사람이 있는지 수소문 중이지만(기타이치도 행상을 하면서 그 수소문을 거들고 있다) 이렇다 할 성과는 없다.

이와이야에서는 만타로가 가와비라키 당일 저녁 이래 여전히 흥분한 상태로 지내고 있다. 오사키를 오키쿠라고 완전히 믿고, 오미쓰의 말을 빌리면 '사랑하는 남녀'가 되어 버렸다.

연심과 그리움에 사무쳐 매일 오사키를 만나 손을 맞잡고 지난 이야기를 나누며 울고 웃느라 정신이 없단다. 기타이치가 직접 본 것은 아니지만 도미칸이 이와이야에 여러 번 드나들며 보았고, 그때마다 긴 턱을 제 손으로 비틀며 물러났다.

도미칸이 말하기를, 지금까지는 오사키가 허점을 드러내지 않았다. 지난 일을 참으로 잘 기억하고 있고 만타로와 대화하면서도 당황하거나 막히는 모습이 없다.

"도미칸 씨는 그래도 오사키를 가짜라고 생각하세요?"

"음. 너무 능숙하니까 더 사기처럼 보여."

"그건 또 무슨 말씀이세요."

"이런 건 논리가 아니라 그냥 감으로 아는 거야. 기타는 아직 몰라."

이와이야 주인은 아들 만타로보다 훨씬 냉정하여, 오나쓰와의 혼담을 일방적으로 취소하는 건 고노야에 너무 미안하다, 어른답게 잘 생각하라, 하며 아들을 설득하고 있다.

하지만 안주인은 생각이 달랐다. 내내 외롭게 지내 온 아들의 심정을 배려하는지,

"고노야 쪽은 내가 어떻게든 사과해서 양해를 얻을게요. 오나쓰에게는 더 좋은 혼담을 주선해 줄 테니까 부디 지금은 만타로를 위해서 오사키와 재혼하게 도와주십시오. 아니, 재혼도 아니지, 오키쿠가 돌아왔을 뿐이니까."

이렇게 간곡히 설득하며 남편을 압박하는 형국이다.

불꽃놀이 배에 하객으로 나란히 앉을 예정이던 만타로의 숙부 내외나 단골거래처 주인은 이와이야 주인 의견에 동조하다가, 안주인이 제발 만타로가 오키쿠와 한 번 더 혼인할 수 있게 도와 달라고 눈물로 호소하자 생각이 흔들려 그쪽으로 기울고 있다. 참으로 줏대 없는 사람들이다.

다만 흥미로운 점은 이 사람들이 모두 오사키와 오사키의 부모를 좋게 보지는 않는다는 것이다. 후유키초 마님과 마찬가지로 만타로와 오나쓰의 혼인 당일에 등장한 그 뻔뻔스러움이 못마땅했으니까. 그래도 동요하는 까닭은 오로지 죽은 아내를 향한 만타로의 한결같은 사랑이 애처롭기 때문이다.

누구보다 분노해야 마땅한 고노야와 오나쓰는 한동안 망연자실해 있었지만, 곧 누구보다 침착하게 할일을 시작했다. 오사키 일가의 배경을 의심하고 뒷조사를 했던 것이다. 이때도 도미칸의 넓은 발이 보탬이 되어, 고마가타초 주변을 관장하는 오캇피키나 유지들에게 연락해서 오사키 일가가 본인 말처럼 밥집을 하는 부부와 간판아가씨인지, 나쁜 소문은 없는지, 오사키에게 다른 남자는 없는지를 자세히 조사했다.

만타로 처지에서 보자면 오사키 들이 했던 말에 거짓은 없었다. 한 가지만 말해 두자면 오사키가 매우 다정한 아가씨여서, 밥집 간판아가씨란 위치를 활용하여 젊은 남자 손님이 이끄는 대로 유람 여행을 다녀오거나 가부키극장에 가거나 값비싼 비녀나 신변잡화를 선물 받은 일은 있었다. 다만 연애로 발전한 적은 없고 오사키에게 수작을 거는 남자들도 결혼을 생각했다기보다 가볍게 즐기려는 속셈이었다.

오사키의 부모는 전부터 그 자리에서 밥집을 해 온 것이 아니라 5, 6년 전 불쑥 나타나 가게를 열고 정착한 타관 사람이었다. 부친은 이른바 떠돌이 요리사로서, 식칼 한 자루를 허리춤에 꽂은 채로 여기저기 가게를 전전했고 모친도 그런 남편을 따라다니며 살아왔다. 이 부부가 지금의 밥집을 시작할 때 오사키는 보이지 않았다는 이야기도 있었다. 흘려들을 수 없는 이야기이므로 신중하게 조사해 보니 이 부부가 떠돌이 생활을 그만두고 한 곳에 정착하기로 작정했을 때 그들을 도와준 사람이 있었다. 그는 요쓰야 시오초에 있는 관록 있는 요리점 '야마노이'를 운영하다 은퇴한 노인인데, 부부의 밥집이 자리를 잡기까지 오사키를 1년 정도 맡아 주었다고 한다.

은퇴 노인이 재작년에 타계하기 전까지 오사키 부모는 야마노이의 주방장과 점원으로 열심히 일해서 나쁜 평은 남기지 않았다. 그래서 은퇴 노인도 부부의 밥집을 후원해 주었을 것이다.

촌장 같은 지역 유지를 제외하면, 에도 808개 마치에 바글거리며 살아가는 상인, 직인, 가난한 서민들은 원래 이름도 없고 뿌리도 없는 사람들이다. 우연히 이번 소동에 휩쓸린 기타이치부터가 미아였는지 부모에게 버림받았는지도 분명치 않다. 따라서 이런 배경을 들먹이며 오사키 일가를 의심하는 건 옳지 않으리라.

오사키 일가에 커다란 흠결도 거짓도 없다면 고노야와 오나쓰로서는 뾰족한 방법이 없다. 만타로에게 매달려 마음을 바꿔 보려 해도 그는 이미 오사키에게 빠져 있다. 고노야 내외는 집안의 체면도 있으므로 아직 공식적으로 파혼하지는 않았지만 신부가 되었어야 할 오나쓰는 이미 체념해서 "만타로 씨하고는 인연이 없었던 걸로 알겠습니다"라고 말하기 시작했다.

이런 상황이니 오사키를 오키쿠로 인정하는 것을 분명하게 반대하는 사람은 이와이야 주인뿐이었다.

"오토시 씨의 변사를 이와이야 주인은 어떻게 받아들이고 있을까."

매끈한 눈꺼풀을 희미하게 떨면서 마님이 중얼거렸다.

"오사키를 받아들이는 사람들에게 오토시 씨의 변사는 무엇보다 설득력 있는 사건이야. 쓰노야 수호신이 오사키를 사기라고 말하는 사람을 처벌할 정도이니 오사키는 오키쿠의 환생이 틀림없다는 거지."

수건 끝을 잡아당기며 기타이치는 고개를 끄덕였다.

"실제로 그런 바람이 불고 있는 것 같아요. 아직은 너무 최근의 사건이고 이와이야 씨로서는 쓰네키치 씨를 만나는 게 너무 오래간만이라 여러 가지로 당황스러울 것 같습니다만."

마님은 입술이 일그러지도록 꾹 다물고 흠, 하며 콧바람을 냈다.

"기타, 그러니까 눈과 귀를 활짝 열고 잘 지켜봐야 해. 나는 이와이야 주인의 안전이 너무 걱정돼."

정말로, 정말로 감이 안 좋아—.

기타이치는 눈과 귀를 활짝 열고 예의주시하고 있었다. 문고를 사입하고 행상을 다니고 신베에가 있는 사루에에 찾아가 자기 가게를 시작하기 위한 준비를 하면서 파수꾼 역할을 하는 셈이니 빈틈이 많고 불안하다는 것은 스스로도 잘 알고 있었지만, 나름 최선을 다했다.

하지만, 역시나였다. 오토시의 죽음으로부터 나흘째 되는 날, 다음 수가 나왔다. 그것도 나쁜 쪽으로.

이번에는 이와이야의 안주인이었다.

6

후유키초 마님의 걱정이 이만저만이 아니므로 기타이치는 제대로 갖춰 입지도 못하고 사가초의 이와이야로 달려갔다. 거기에는 이미 혼조 후카가와를 관할하는 도신 사와이 렌타로가 와 있었다.

"노고가 많으십니다, 사와이 나리."

잘생긴 사와이 신임 나리는 마침 이와이야 안채에서 나오는 참이었다. 바로 뒤에는 도미칸이 따르고 있었다.

"오, 기타. 이제야 왔군."

도미칸은 그렇게 말하며 과장되게 인상을 썼다.

"아무리 신참내기 오캇피키라지만 센키치 대장의 후계자가 되겠다는 사람이 관리인인 나보다 늦어서야 쓰나. 시신은 이미 저기 파수막으로 옮기고 검시관을 기다리고 있네. 자네도 볼일 마치면 그리 와."

——어? 도미칸 씨가 지금 뭐라는 거야.

기타이치가 당황하는 사이 신임 나리와 도미칸이 휙 지나쳐 버린다. 지나가는 결에 훤칠하고 잘생긴 사와이 나리가 기타이치를 힐끔 내려다보며 고개를 살짝 갸웃거린 듯했다.

소식을 듣고 달려왔습니다, 참으로 있어서는 안 되는 일이라 황망하기 짝이 없습니다. 제가 도울 일이 없을까요. 기타이치는 그렇게 인사하며 이와이야 식솔의 안내를 받아 안으로 들어갔다.

놀랍게도 안쪽 살림채에서는 오사키가 창백한 얼굴로 눈물을 흘리고 만타로가 그녀의 어깨를 안아 주고 있었다. 두 사람 모두 유카타를 입고 있다. 이와이야 정도 되는 상가에서 한낮에 여자들이 유카타를 입고 지낼 리는 없으므로 이건 결국 자다가 달려 나온 탓일 것이다.

오사키는 이미 만타로의 동거녀가 되어 한 지붕 아래 살고 있는 것일까.

"어머님…… 어머님이……."

오사키는 계속 흐느껴 울고 만타로의 뺨도 눈물로 젖어 있다. 만타로는 나이치고는 젊은 편이므로 누가 보더라도 금슬 좋은(그리고 아무래도 꼴도 보기 싫지만 잘 어울리는) 젊은 부부의 모습이다.

이와이야 주인은 시신을 파수막으로 옮길 때 따라간 듯하다. 주인 내외가 없는 상점 내부는 불온한 웅성거림으로 소란스러웠다. 점원들이 겁에 질려 목을 움츠린 이유는 단순했다. 급사한 안주인 이마에 유모 오토시의 멍과 비슷한 둥근 멍이 나 있었기 때문이다.

"미카리사마야!"

"미카리사마의 노여움이 이번에는 안주인님에게 떨어진 거야."

바보 같은 소리라고 기타이치는 생각했다. 이와이야 안주인은 처음부터 만타로를 위해 오사키를 오키쿠의 환생으로 인정하자던 사람이다. 일전에 '미카리사마의 노여움을 사서 맞아 죽은' 오토시하고는 정반대 생각을 갖고 있었다.

그러나 이야기를 잘 들어 보니 바로 그 오토시의 괴이한 죽음을 계기로 안주인도 생각을 바꾸기 시작했었다고 한다.

――오토시가 지금도 만타로를 아껴 주고 있었던 게 분명한데, 그런 사람을 때려죽이다니.

미카리사마는 너무나 속 좁고 관용을 모른다. 애초에 쓰노야의 수호신 미카리사마는 쓰노야와 인연이 깊은 오사키만 편들어 주고 이와이야는 지켜 주실 생각이 없는 게 아닐까.

오사키를 '쓰노야와 인연이 깊은 사람'이라고 말하는 것을 보면 여전히 속고 있음은 사실이지만, 안주인은 분명 눈을 뜨고 있었으리라. 안주인이 예전에 오토시를 질시하여 내보낸 일을 생각한다면 '오토시가 지금도 만타로를 아껴 주고 있었다'라는 말에는 한층 무게가 실리게 된다.

오토시에 얽힌 이런저런 추억을 떠올리는 것이 안주인에게는 좋은 쪽으로 작용한 셈이다. 이와이야 주인도 아내의 변화를 반가워했고, 요즘 부부가 힘을 모아 만타로를 설득하려고 했던 듯하다.

그런데 얄궂지만 오사키가 이와이야에서 지내기 시작한 것도 오토시의 변사가 계기였다고 한다. 오사키가 "어머님과 만타로 씨를 곁에서 위로해 드리고 싶다"고 하자 만타로가 반색하며 받아들이고 말았던 것이다.

그러나 이와이야 주인은 물론이고 안주인도 그녀의 이런 행동을 좋게 보지 않았다. 그래서 오사키에게 손님방을 내주고 어디까지나 손님으로 대했다고 한다.

――그래도 저렇게 만타로와 꼭 붙어 있으니.

모처럼 이와이야 안에 들어섰으니 이를 기회로 활용하지 않을 수 없다. 기타이치는 이와이야 점원들에게 이야기를 듣고 집 안팎을 돌아보고 안주인의 방도 살펴보았다.

오늘 아침 안주인이 늦도록 일어나지 않기에 궁금해서 들어갔다가 시신을 발견했다는 하녀는 기타이치 또래였다. 하녀는 이야기를 하려다 울음을 터뜨리고 말았지만, 안주인은 이부자리에 똑바로 누운 채 숨이 끊어져 있었고, 방 안은 특별히 어지럽혀져 있지 않았다고 눈물을 삼키며 말해 주었다.

"불과 나흘 전, 만타로 씨의 유모였던 오토시 씨란 분이 죽은 것은 알고 있어요?"

"예. 미카리사마에게 벌을 받았다고…… 그래서 안주인도 똑같이 벌을 받아 돌아가신 거라고."

"똑같은지 어떤지는 아직 모르죠. 다만 오토시 씨는 죽기 직전, 제가 잘못했습니다, 용서해 주세요, 라고 사죄하고 겁에 질려 비명을 질렀다던데."

이와이야 안주인 방에서 그런 소리는 들리지 않았다. 그랬다면 내가 그냥 두었겠느냐며 하녀는 분개했다.

"만약 그런 이상한 소리가 들렸다면 내가 온 가게 사람들이 다 듣도록 소리쳐서 사람들과 함께 마님을 구하러 들어갔겠죠."

하녀가 양손을 꽉 쥐고 말하므로 기타이치는 고개를 끄덕이며 납득했다.

간밤에 잠자리에 들 때까지만 해도 이와이야 안주인은 건강했다. 어디 불편한 기색도 없고 별다른 일이 있는 것처럼 보이지도 않았다. 오사키가 오키쿠 환생을 자처한 이래 안주인은 마음고생이 그칠 새가 없었을 테고 오토시의 변사로 한층 번뇌가 많아졌겠지만, 그렇다고 그리 쇠약해진 것처럼 보이지도 않았다.

이와이야 주인 내외가 각방을 쓰는 까닭은 주인이 종종 밤새 장부 정리 작업을 하기 때문이며 어제오늘 시작된 일도 아니다. 이번 사태를 두고는 서로 생각이 달랐지만 본래 차분하고 금슬 좋은 부부이며 낯을 붉히며 싸운 적도 없었다.

기타이치는 센키치 대장이 이 사건을 조사한다면 먼저 어떤 것을 궁금해했을까—를 생각하며 움직였다. 안주인 침실은 출입구가 몇 군데나 있을까. 덧문과 장지는 잘 여닫히나, 잠금장치는 어떤가.

수상한 발자국도 없고 가재도구에는 무슨 흔적 같은 것도 보이지 않았다. 부서진 것, 사라진 것도(적어도 하녀가 금방 알아차릴 만한 것 중에는) 없다. 침실 다다미에 스민 얼룩도 없고 특이한 냄새도 없다.

집 안팎을 둘러본 뒤 파수막으로 갔다. 검시는 이미 끝나 사와이 신임 나리도 보이지 않고 도미칸 혼자 기타이치를 기다려 주고 있었다.

"잘 살펴봤나? 누가 침입한 흔적은 없었겠지?"

대뜸 그렇게 물어서 기타이치는 고개를 끄덕였다.

"신에게 벌을 받은 거라면 무슨 흔적이 남아 있을 리가 없죠."

"진심으로 하는 말인가? 오캇피키답지 않게."

"농담은 그만하세요. 난 그냥 문고팔이예요."

그렇게 툭툭 주고받다가 동시에 입을 다물었다. 도미칸이 엄지를 세워 어깨 너머 파수막 안쪽을 가리켰다.

"안쪽에 아직 시신이 누워 있어."

이와이야 주인은 장례를 준비하러 집으로 돌아갔다고 한다. 기타이치는 또 길이 엇갈리고 만 것이다. 한심한 일이었지만, 만나지 않아서 안도했다. 그건 너무 괴롭기 때문이다.

"안주인 얼굴을 한번 보게."

기타이치는 신을 벗고 서기에게 인사하며 가만히 마루로 올라섰다. 이와이야 안주인은 얇은 담요 위에 뉘여 있고 얼굴과 몸에 흰 천이 씌워져 있었다.

기타이치는 합장한 뒤 얼굴을 가린 천을 들췄다.

이마에 둥근 멍이 보인다. 미카리사마의 노여움. 그 부위의 피부에는 붉은 기운은 없고 살짝 패여 있다.

"오른쪽 입가를 보게."

가만히 뒤따라 온 도미칸이 말한다.

"침이 거품처럼 들러붙어 있지? 이건 강제로 숨이 틀어막혀서 죽은 증거라고 하더군. 검시관 구리야마 나리가 그리 말씀하셨어."

검시를 전문으로 하는 노련한 요리키이므로 그의 판단에 오류는 없다고 한다.

"목을 졸린 거라면 목덜미에 흔적이 남지만 이건 그게 아니라 이마를 뭔가로 꾹꾹 짓누른 게 아닐까 하시더군."

"그럼, 안주인이 고통으로 몸부림쳤을 텐데요."

침실에는 특별히 그런 흔적이 없었다.

"힘센 남자라면 혼자서라도 그 정도는 해치울 수 있을 거야. 나중에 재빨리 정돈했는지도 모르고. 다만 범인이 한 명이 아닐 수 있다는 점도 염두에 두어야겠지."

소곤소곤 말하는 도미칸의 주걱턱을 보며 기타이치는 센키치 대장이라면 다음에 어떤 질문을 던질까를 생각했다.

"신자이모쿠초의 오토시 씨는 어떻게 죽은 거죠?"

도미칸이 흠, 하고 콧숨을 토했다. 기타이치의 귀에 그것은 (복권에 당첨되었다든가) 기쁠 때 내는 콧숨처럼 들렸다. 좋은 질문이다, 라는 걸까?

"역시 침실이 어지럽혀진 흔적도 없고 없어진 물건도 없고 부서진 것도 없었지. 오토시 입가에는 침이 묻어 있지 않았어. 다만 앙상한 가슴에는 손으로 강하게 짓눌린 듯한 흔적이 있었네."

오토시는 가슴을 거칠게 떠밀려서 넘어진 걸까? 그렇다면 울고 사죄하고 겁에 질려 소리친 것은 어느 단계였을까.

"이와이야 안주인보다 훨씬 늙고 쇠약한 사람이었어. 삭정이 같은 노파였으니까. 발버둥 칠 힘도 없었고. 범인으로서는 숨통을 끊는 게 별로 힘들지 않았겠지."

그리고 두 사람 이마에 있던 둥근 멍.

"이 멍은 요렇게 생긴 물건으로 얻어맞아서 생긴 게 아닌가요?"

"그랬다면 좀 더 멍이 선명했을 거라고 하더군."

피가 맺힌 물집처럼.

"이런 멍은 살아 있을 때가 아니면 생기지 않는 건가요? 죽은 직후라면 생길 수도 있는 건가요?"

기타이치가 묻자 도미칸은 입술을 오므렸다.

"좋은 지적이야. 구리야마 나리 얘기로는, 시신의 몸이 식어 버린 뒤에는 외부에서 무슨 공격을 해도 멍이나 흔적이 남지 않는다고 하더군. 하지만 숨이 끊어진 직후 몸이 더울 때라면 살아 있을 때와 마찬가지로 멍과 흔적이 남지."

흐음. 기타이치는 성긴 머리카락을 긁적였다. 범인은 오토시와 이와이야 안주인의 숨통을 끊고 이부자리 주변을 아무 일도 없었다는 듯 깨끗이 정돈한 뒤에 두 사람 이마에 이만한 크기의 병 같은 것으로 강하게 짓눌러 멍을 만들고 연기처럼 사라졌다—라는 건가.

신의 벌까지 갈 것도 없이 사람도 충분히 할 수 있는 짓이다.

그런데도.

"이와이야에서는 또 미카리사마의 벌이라고 점원들이 수군거리고 있어요."

도미칸이 다시 한 번 콧숨소리를 냈다. 이번에는 명백히 화를 내고 있다.

"가장 냉정했던 주인의 생각까지 무너지고 있지. 아까 여기서 검시를 지켜보며 이렇게 말하더군."

——내가 처음부터 오사키를 순순히 받아들였다면 이런 일이

벌어지지 않았을까요?

"흔들리고 있군요."

"음, 그래. 여우한테 홀리듯이."

하지만 여우나 너구리라면 사람 목숨을 이런 식으로 앗아 가지는 않는다. 사람을 죽이는 것은 늘 사람의 손이다. 그리고 거기에는 반드시 목적이 있다.

후유키초 마님은 이를 갈며 분노했다.

"이 흉악한 음모를 어떻게 쳐부숴야 좋을꼬."

더는 아무도 죽지 않도록 지켜 줘야 한다. 그리고 이 사기극을 연출한 여우인지 너구리인지를 한 마리도 남기지 말고 붙잡아야 한다.

후유키초의 셋집 지붕 아래 마님과 도미칸과 기타이치와 하녀 오미쓰가 앉아 있다. 그동안 마님이 종종 타일러도 '환생'이니 '미카리사마의 벌'이니 하는 생각이 여전히 남아 있는 오미쓰였지만, 마님의 분노를 목도하자 요전번처럼 잠꼬대 같은 소리는 하지 않았다.

다만 역시 어떤 사기극인지 파악이 되지 않는 모양이다,

"저어, 괜찮으시다면, 저도 알 수 있게끔 풀어서 말씀해 주세요."

흉악한 음모가 무엇인지 설명해 달라는 말이다.

"그리 어려운 얘기도 아니다." 긴 턱을 비틀며 도미칸이 대답했

다. "쉽게 말해서 오사키가 죽은 오키쿠 씨의 환생이니 뭐니 하는 얘기가 사기라는 거지."

오사키와 부모 세 명이 한통속이 되어 그런 거짓말을 하는 이유는 무슨 일이 있어도 오사키를 이와이야 만타로에게 시집보내기 위해서다.

"보잘것없는 밥집으로서는 이와이야의 재산을 차지한다면 시쳇말로 초대박이니까. 단단히 준비해서 일을 벌여 볼 만한 가치가 있다는 거지."

"딸을 만타로 씨에게 시집보내서 장차 가게를 고스란히 가로채겠다는 겁니까."

"양가를 비교해 보면 오사키 쪽이 나이가 어리니까."

마님이 그렇게 말하고 한쪽 입가를 살짝 일그러뜨렸다.

"오사키와 만타로 씨보다 모친 오카쓰와 만타로 씨의 나이가 훨씬 가까울 정도지. 재혼이라도 이런 조합은 바람직하지 않아."

애초에 이와이야와 마타키치 · 오카쓰의 밥집은 혼담이 오고 갈 만한 조합이 아니다. 상인으로서도 너무 차이가 난다.

"그 무리를 뒤집으려면 만타로 씨가 오사키를 아내로 간절히 원해야 해."

오미쓰는 눈을 끔뻑거렸다. "하지만, 그렇다면 오사키는 그냥 자연스럽게 만타로 씨를 유혹하면 그만 아닌가요? 지금도 넋을 빼앗겼잖아요."

마님이 매끈한 눈꺼풀을 떨고 도미칸은 턱 끝을 긁으며 쓴웃음을 지었다.

“자연스럽게 유혹하기가 어려우니까 궁리가 필요했던 거지. 견실한 만타로 씨가 홀딱 빠져든 것은 오사키가 그저 젊은 미녀여서가 아니라 죽은 오키쿠 씨의 환생이라고 자신 있게 얘기하고 그런 사람처럼 행동하고 있기 때문이지.”

그런 건가요…… 하고 오미쓰는 중얼거린다. 마님은 혼잣말을 하듯이 말했다.

“사람의 감정이란 게 그런 거야. 네가 장차 사랑하는 사내를 여의는 슬픔을 겪으면 안 되겠지만, 만약 그런 일을 겪으면 아마 뼈저리게 실감하겠지.”

이 말에 움찔한 것은 오미쓰만은 아니다. 도미칸도 기타이치도 가슴이 찡했다.

죽은 아내 오키쿠를 잊지 못하고 외로움에 갇혀 살던 만타로의 마음. 그 모습은 센키치 대장을 여읜 마님의 마음과 꼭 닮았을 것이다.

“만약에 센키치 대장의 환생이라고 주장하는 남자가 나타나, 내가 어떤 질문을 해도 대답을 그르치지 않고 예전 대장이 그랬던 것처럼 나에게 마음을 다해 준다면 나도 그 남자를 믿어 버릴지 모르지.”

사람은 그렇게 약한 거야—하고 마님은 말했다.

“하지만 대장은 환생이라는 편리한 얘기를 전혀 믿지 않았다는 걸 나는 잘 알아. 그래도 교묘하게 속이면 맥도 못 추고 넘어가 버릴지 모르지."

다시 만났다고 생각하니 얼마나 기쁘겠냐고.

"센키치 대장은 이런 얘기를 원래 믿지 않으셨나요?"

기타이치가 묻자 마님은 고개를 끄덕였다.

"사실 이런 사기는 결코 드문 수법도 아냐."

죽은 사람을 다시 만나고 싶어 하는 것은 인지상정이다.

"대장을 찾아와 상담을 청한 것만 해도 부부, 친자, 약혼자 등 각기 다른 조합으로 세 건이나 있었거든."

대장은 세 번 모두 '환생'이라고 주장하는 측의 뒤를 자세히 캐서 거짓을 밝혀냈다고 한다. 이번처럼 사망자까지 나온 사악한 소동이었다.

"다만 세 번째 건만은 금전 목적이 아니라 짝사랑에 사로잡혀서 나온 허언이었고."

대장이 훈계를 하고 끝내서 오라를 받는 데까지는 가지 않았다고 한다.

"세 건 모두 잘 해결돼서 좋았지만 대장은 나중에 이렇게 말했어."

──속은 사람은 여전히 마음 한구석에서 아쉬워하고 있어.

"대장도 이런저런 조사를 하다가 이 환생 이야기가 진실이면 얼마나 좋을까 하고 생각한 적이 있다는 거야. 죽음으로 헤어진 사람을 다시 만나 행복해질 수 있을 테니까."

그러나 유감스럽게도 진짜 환생은 본 적이 없고 그런 이야기도 들어 보지 못했다.

"죽음은 무슨 수를 써도 면할 수 없고 돌이킬 수도 없어."

——그러니까 지옥과 극락이 있겠지. 이승에 있는 사람과 죽은 사람을 명확하게 떼어 놓기 위해서 말이야. 체념하지 못하는 이승 사람을 체념케 하는 지혜라고나 할까.

"대장이 하던 말을 나도 다 이해했다고 믿었는데, 설마 이렇게 빨리 대장을 잃고 그 말을 실감하게 될 줄이야. 내가 먼저 죽을 줄만 알았지."

마님은 입가에 미소를 머금고 온화하게 말했다. 닫힌 눈꺼풀이 살짝 붉게 변한 것처럼 보이는 건 기타이치의 기분 탓일까.

그때 뭔가가 흐르는 듯한 축축한 소리가 났다. 훌쩍훌쩍.

오미쓰였다. 불쑥 울기 시작하여 얼굴이 눈물 콧물로 범벅이 되었다.

"마님, 죄송해요. 제 생각이, 짧아서."

도미칸이 엉엉 우는 오미쓰에게 휴지를 건네준다. 자, 자, 코 풀어.

"나는 오사키가 너무 자신만만하고 당황하는 기색이 전혀 없는 게 처음부터 마음에 들지 않았어."

도미칸도 처음부터 사기라고 단언했었다.

"누가 환생했다고 해도 당사자인 망자한테나 그 부모한테나 순전히 좋기만 한 일은 아니지. 미안함도 있을 테고 오싹하기도 할 거야. 그런데 그 여자와 밥집 주인 내외한테는 그런 기색이 요만큼도 보이질 않고 고심을 거친 모습도 없었지."

그래서 아무래도 수상했고 도저히 믿을 수 없었다고 도미칸은 말했다.

기타이치는 산야보리 운하 울타리 앞에 서 있던 오사키를 떠올려 보았다. 생각해 보면 조금 불안해 보인 것은 그때뿐이었다. 막상 '내가 오키쿠입니다'라고 자처한 뒤로는 힘차게 밀어붙이며 요염하게 착착 감겨든다는 인상이었고, 망설임이나 조심성은 전혀 찾아볼 수 없었다.

"밥집 일가 세 명만으로 이런 사기극을 벌이기는 어려워. 함께 발맞출 배우가 더 필요해" 하고 마님은 말을 이었다. "지금까지 흐름으로 추측건대 그건 오토시의 아들 쓰네키치밖에 없어."

이 네 사람이 이 흉악한 음모를 설계했을 것이다.

"지금부터 할 얘기는 내가 머리로만 생각한 것이지만, 일단 죽 말해 볼 테니 들어 봐."

기타이치, 도미칸, 울어서 눈이 부은 오미쓰를 앞에 두고 마님의 갸름한 얼굴이 차갑게 긴장한다.

"만타로의 유모였던 오토시는 지금까지 살아 오면서 만타로의 젖형제였던 아들에게 종종 옛날 일들을 들려주었을 거야. 그건 이상한 일도 아니지."

오토시와 쓰네키치 측에서 보자면 전부 지나간 일들이었고 비밀로 숨길 일도 아니므로 자연히 주변 사람들과 이야기할 때도 있었을 것이다. 사가초의 이와이야에는 예전에 신세를 많이 졌지요. 그래? 창호 만드는 쓰네 씨에게 젖형제가 있었다고?

"밥집 쪽에서 그 이야기에 주목했던 거라고 나는 생각해."

오토시와 쓰네키치의 추억담은 밥집의 오사키를 오키쿠의 환생으로 다듬어 내는 데 사용된 재료였다는 것이다.

"하지만 마타키치 · 오카쓰 부부는 어떻게 연결되는 거죠? 쓰네키치가 밥집 손님이었을까요?"

기타이치의 질문에 마님은 바로 대답했다.

"여러 가능성을 생각해 볼 수 있지만, 쓰네키치는 창호 만드는 직인이잖아. 마타키치와 오카쓰는 5, 6년 전 지금의 밥집을 열 때 쓰네키치에게 일을 맡겼을지도 모르고—."

도미칸이 손뼉을 짝, 치며 끼어들었다.

"그 전에 그 부부는 요쓰야 시오초에 있는 요리점 야마노이에서 일했습니다. 요리점이라면 객실 설비를 종종 교체하지요. 기타, 이건 조사를 해 봐야 할 거야."

기타이치는 뱃속에서 간이 꿈틀 긴장하는 기분이었다. 이런 거, 오캇피키답네.

"이 음모는 물론 악독하지만, 그리 오래 묵혀 두진 않은 것 같아. 처음 얼마 동안은 그냥 잔꾀였을 거야. 이와이야 주인이 믿어 준다면 뜻밖의 횡재라는 정도의 가벼운 수준이 아니었을까."

그만큼 내용이 얄팍하니까.

"오사키를 오키쿠의 환생으로 다듬어 내자면 몇 년 전부터 그럴듯하게 꾸며내서 조금씩 이와이야 측에 접근했어야지. 시간을 두고 끈기 있게 이와이야 측의 신뢰를 얻는다면 환생 이야기는 어디까지나 계기일 뿐 온전하게 재혼 상대가 될 수 있었을지도 모르는데."

그렇게 하지 못하고 만타로와 오나쓰가 결혼하는 자리에 갑자기 쳐들어오다시피 한 까닭은 앞뒤 재지 않고 실행을 서둘렀기 때문이겠지.

킁, 하고 콧물을 훌쩍이며 오미쓰가 입을 열었다. "어쩌면 음모를 다듬고 있을 때 만타로 씨와 오나쓰 씨의 결혼이 결정돼 버리자 초조해진 게 아닐까요?"

충분히 타당한 말이다.

"오사키가 외모도 좋고 남자들이 좋아할 상이니까 조금 무리해도 통할 수 있다고 판단했을까."

"실제로 만타로 씨는 금방 흐물흐물해졌으니까요."

기타이치에게 만타로를 비난할 생각은 없었지만,

"19년 전 오키쿠 씨와 사별한 이래 통 여자를 만난 적이 없는 사람이니까."

도미칸은 만타로를 옹호하는 것이었다.

시끄러운 소동으로 세간을 뒤흔들고 선명하게 등장한 오사키는 만타로를 멋지게 녹였고 아들 심정을 생각한 안주인도 제 편으로 만들 수 있었다. 그러나 이와이야 주인의 의심은 매우 어려운 난관으로 남았다. 오사키를 이와이야로 밀어 넣으려면 어떻게든 이 난관을 무너뜨려야 한다.

"더욱 곤란했던 문제는," 마님은 목소리를 낮추었다. "오토시가 이 일을 알고 화를 냈다는 거야."

일당 측에서 보자면 쓰네키치의 모친은 뜻밖의 변수였다. 늙고 쇠약하고 치매 기운까지 있다. 이와이야와 오사키 이야기를 전해 듣고 크게 분노하여 직접 오사키를 만나 가짜임을 까발려 주겠다는 말까지 하다니—그렇게 적극적으로 나올 거라고는 전혀 생각지도 못했다.

놀랐을 테고 당황했으리라. 안 그래도 급히 서두르는 음모는 허술해지기가 쉽다.

"그래서 오토시 씨의 입을 틀어막은 건가요?"

눈을 동그랗게 뜨고 오미쓰가 물었다.

"그런 끔찍한 짓을…… 쓰네키치 씨 입장에서 보자면 엄마를 죽인 거잖아요."

분위기가 차가워졌다. 마님이 고개를 가만히 저었다. "설마 쓰네키치가 저지른 일은 아닐 거라고 생각하고 싶은데. 하지만 오토시가 침실에서 미카리사마에게 사죄를 했다든가 용서해 주세요, 라고 소리쳤다는 것은 쓰네키치가 지어낸 이야기일 거야."

제가 잘못했습니다—라는 오토시의 목소리를 들은 사람은 쓰네키치뿐이었다. 쓰네키치가 그렇게 말하고 있을 뿐이다.

"오사키와 만타로를 방해하는 오토시에게 분노해서 미카리사마가 벌을 내렸다는 이야기도 오사키 측에게만 유리한 이야기이고."

도미칸이 손을 품에 찌르며 씁쓸하게 말했다.

"이와이야 안주인을 검시할 때 사와이 나리가 말씀하셨지요."

——우리 아버지가 발바닥 터진 자리에 바르는 고약이 꼭 그만한 크기의 병에 들어 있네.

이런 짓에 사용됨 직한 병은 쉽게 구할 수 있다는 의미일 것이다.

검시관이란 말에 기타이치는 떠오르는 생각이 있었다. "오토시 씨 침실도 이와이야 안주인 침실도 어지럽혀지거나 문고리가 망가진 흔적이 없었어요. 이건 어느 경우나 범인을 끌어들인 자가 집 안에 있었기 때문에 매끄럽게 진행된 거겠죠."

오토시의 경우는 아들 쓰네키치, 이와이야 안주인의 경우에는 오사키다. 오사키는 나흘 전 오토시의 변사를 핑계로 이와이야에 들어가 머물고 있었다. 이렇게 보니 참으로 수상쩍은 일치 아닌가.

"게다가 그날 제가 이와이야에 갔을 때 오사키는 보통 슬프게 우는 게 아니었습니다. 만타로 씨가 달래 주던데, 얼굴에 핏기마저 없었어요."

그것은 (아무리 흉악한 음모를 꾸민 일당이라도) 나이 어린 오사키가 살인에 가담했다는 사실에 겁을 먹었기 때문이 아닐까. 신자이모쿠초의 오토시 때와 달리 이와이야 안주인의 변사는 오사키 옆에서(어쩌면 오사키가 지켜보는 가운데) 이루어진 끔찍한 짓이었으니까.

"오사키가 그런 '종자'였나요?"

오미쓰의 말투가 신랄하다.

기타이치는 특별히 오사키 편을 들 마음은 없지만, 그 울던 얼굴을 떠올리자 그런 생각이 들었던 것이다.

마님이 미간을 찡그렸다.

"계획상으로는 미카리사마의 벌을 받을 두 번째 인물은 역시 이와이야의 주인이었겠지."

오토시를 제거한 기세로 "미카리사마가 노여워하셨다!"를 휘둘러 이쪽까지 해치워 버리면 이제 방해할 자는 없다. 만타로는 외아들이고 안주인은 오사키를 인정하고 있다.

서둘러, 빨리. 한 명 죽이나 두 명 죽이나 뭐가 다른가.

"그 길잡이로 오사키가 이와이야에 들어간 거야. 하지만 공교롭게도 오토시의 변사를 계기로 안주인의 마음이 변하기 시작했어―."

그래서 두 번째 벌은 안주인 쪽으로 향하게 된 것이다.

"이와이야 주인으로서는 아들을 역성들던 아내가 이제야 자기 말에 귀를 기울여 주게 된 참에 미카리사마의 벌이 내렸으니 의심이 흔들리는 것도 무리는 아니야. 아니, 주인의 의심을 흔들려고 그때 안주인의 목숨을 빼앗았겠지."

손이 차갑다. 기타이치는 양 손바닥을 비볐다. 그러자 몸도 식어 있는 것을 느꼈다. 오늘도 밖은 푹푹 찌는데.

이와이야의 재산? 물론 큰 재산일 것이다. 덮밥과 반찬으로 근근이 살아가는 밥집에서 보기에 얼마나 부러웠으랴. 예전에 이와이야에서 조용히 쫓겨난 쓰네키치에게도 재산을 가로채는 것은 가장 만족스러운 앙갚음이었으리라.

하지만 모처럼 끈기 있게 기술을 배워 어엿한 직인이 되고 가정을 꾸리고 제자를 가르칠 정도로 성장한 쓰네키치는 뭐가 불만이었을까. 모친 오토시는 이와이야의 은혜를 잊지 않고 있었는데 쓰네키치 마음에는 원한밖에 남지 않았단 말인가.

어머니는 헌신적인 유모였고 나는 만타로의 젖형제였는데, 그런 어머니와 나를 외면하고 쫓아내고 망각해?

그렇다고 그게 사람을 죽일 이유가 될까.

기타이치는 센키치 대장의 얼굴을 떠올렸다. 대장, 어떻게 생각하세요? 대장이라면 이자들을 어떻게 하시겠어요? 저는 이자들 소행을 생각만 해도 온몸이 오싹하도록 피가 식어 버리네요.

그러다가 문득 깨달았다.

——대장도 심각한 분쟁이나 사건을 만날 때마다 혼자서는 가슴이 답답해서 이렇게 마님과 의견을 나누셨겠지.

그 모습이 눈에 선하다. 화로를 가운데 놓고 마주앉은 대장과 마님. 마님 담뱃대에 불을 붙여 주는 대장. 대장이 생각하는 바를 말하면 마님은 고개를 끄덕이거나 눈꺼풀을 살짝 떨거나 그건 아니라고 고개를 젓거나 했겠지. 그러다 함께 웃기도 하고.

그래서 마님이 문고상 센키치 대장의 활동 내력을 다 알고 있는 것이다.

"오사키는 정말 만타로 씨에게 반한 걸까요?" 오미쓰의 신경질적인 목소리에 기타이치는 상념을 그만두었다. "그것도 연극이어서 이와이야 재산을 성공적으로 차지하면 만타로 씨까지 죽이고 말까요?"

도미칸은 대답하지 않는다. 기타이치는 뭐라고 해야 좋을지 알 수 없었다.

"그런 일은 일어나지 않아. 흉악한 음모도 곧 끝날 테니까."

마님이 단호하게 말했다. 눈꺼풀이 팽팽해 보인다. 그 속에서 인왕처럼 눈을 부릅뜨고 있는 것이다.

"내 이자들을 허둥대게 만들고 비명을 지르게 하고 말 테야. 큰 창피를 주고 사람들 앞에서 모든 걸 자백하게 해서 오라를 받도록 하겠어."

안 그러면 그자들 사기극에 놀아난 사람들도 눈을 뜨지 못할 것이다.

"안주인이 죽었으니 이와이야 주인과 주변 사람들도 겁을 먹었겠지. 이제는 아무도 미카리사마의 뜻을 거스르지 못해. 사악한 놈들은 잘됐다 싶을 테고."

하지만 어딜, 그렇게는 안 되지.

"여기 후카가와에는 내가 있으니까."

문고상 센키치 대장의 아내 마쓰바라는 이 몸이.

"이제 곧 후카가와만이 아니라 온 시중 사람들이 다 듣도록 큰 소리로 외칠 거야. 오사키는 오키쿠의 환생이 아니다, 전부 사기이고 미카리사마의 노여움이니 뭐니도 거짓의 가죽을 댄 북이라고."

터무니없이 힘차고 크게 울리는 북. 둥둥두둥.

"이와이야는 오사키와 재혼해서는 안 돼. 그런 일은 하늘이 허락지 않아."

설사 하늘이 허락하고자 해도 여기 후카가와를 관장하던 센키치 대장의 혼이 허락하지 않는다.

"대장의 명예를 걸고 나도 용서하지 않겠다고 말해 줘야지. 이와이야에 매일 찾아가 얼마든지 외쳐 줄 거야."

이러다가는 마쓰바 씨, 이번엔 댁이 미카리사마의 노여움을 삽니다, 라고 하려나? 그래도 괜찮아, 얼마든지 해 보라고.

"나는 이 집에서 기다릴 테니까. 벌을 내리려면 내려 보라지."

도미칸은 노련한 관리인답지 않게 마님 서슬에 압도된 모습이다. "그건 결국…… 마님 스스로 미끼가 되어 범인들을 끌어들이겠다는 말입니까."

그렇게 해석할 수밖에 없는 말이다.

"그렇게 하면 무도한 살인자들의 덜미를 잡을 수 있겠죠?"

"안 돼요!" 하고 오미쓰가 소리쳤다. "너무나 위험해요."

"응? 어째서? 우리한테는 기타도 있고 후쿠토미야에서도 사람들을 보내 줄 텐데. 나도 내 몸 정도는 내 힘으로 지킬 수 있고."

아니, 안 된다, 그건 받아들일 수 없다. 기타이치도 오미쓰와 같은 생각이었다. 마님이 그런 위험한 다리를 건너게 놔둘 수는 없다.

게다가 이쪽이 기대하는 대로 꼭 마님이 표적이 되리란 보장도 없다. 언제 공격이 올지도 예측할 수 없다.

달리 무슨 수는 없을까.

허둥대게 만들고 비명을 지르게 해서 저들 스스로 울면서 죽을 죄를 지었습니다 하고 자백하도록 유도해야 한다.

미카리사마의 노여움. 미카리사마의 벌.

벌에는 벌로.

그래. 똑같이 응수해 주면 된다.

기타이치의 머리에 꾀죄죄한 가마 담당의 모습이 떠올랐다. 그 녀석 목소리가 들려왔다.

──언제든지 나한테 말해. 반드시 보탬이 돼서 보답할 테니까.

"마님."

기타이치는 너무 기뻐서 그만 웃고 말았다.

"방법이 있습니다. 이번 일은 저한테 맡겨 주시겠습니까?"

7

이튿날 아침.

사가초 이와이야에서 끈덕지게 버티는 오사키가 아침에 일어나자 옷 갈아입는 것을 도와주러 들어왔던 하녀가 그녀의 얼굴을 보더니 꺄악, 하고 비명을 지르며 도망쳤다.

"어마, 왜 저래?"

오사키의 이마에 오토시나 이와이야 안주인의 사체에 있던 것과 꼭 닮은 둥근 멍이 들어 있었기 때문이다.

오사키만이 아니었다. 고마가타초 밥집에서도 아침에 여전히 졸린 얼굴로 일어난 마타키치와 오카쓰 부부가 서로의 이마에서 멍을 발견하고 비명을 질렀다.

신자이모쿠초 쓰네키치는 요즘 자기 전에 술을 마시게 된 탓에 술 냄새를 풍기며 늦잠을 자는 것이 버릇이 되어 버렸는데, 그런 남편을 깨우려던 아내가 남편 이마에서 둥근 멍을 발견하고 비명을 질렀다.

미카리사마의 노여움의 표식. 그런 게 왜 이 네 사람 이마에 나타났을까.

소문은 금세 퍼졌다. 만약 이 소문이 바람을 품고 있었다면 푹푹 찌는 후카가와에 사는 사람들은 그날 하루를 한결 상쾌하게 보낼 수 있었으리라.

미카리사마가 노하셨다.

그 소문으로 온 후카가와를, 여러 가닥의 운하를 가득 채우고 하룻밤 보냈으니, 자, 이제 후유키초 마님이 나설 차례인가.

기타이치는 마님이 정장을 차려입은 모습을 처음 보았다. 검은색 여름용 비단옷에는 꽈리무늬가 그려져 있다. 이파리와 줄기는 그림이고 붉은 열매는 자수로 처리한 공들인 옷이다. 땀받이 내의 위에 꼭두서니색 사메코몬상어껍질처럼 작은 점으로 그린 둥근 호를 겹쳐 놓은 듯한 무늬를 넣은 옷을 받쳐 입고 광택이 나는 검은 비단 목깃이 아리땁다. 평소 느슨하게 틀어 올리던 머리도 도로빈전통적 머리모양의 하나로, 고래수염으로 만든 발을 넣어 좌우로 크게 튀어나온 모양이 특징으로 틀어 올리고, 머리빗과 고가이일본식 비녀의 일종으로 머리장식으로 꽂는다. 머리빗도 장식으로 꽂는다, 센키치 대장이 몇 년 동안 하나하나 사 주었다는, 대모갑으로 만든 매우 고급스러운 물건들이다. 후유키초 집으로 부름 받은 이발사도 이런 방물은 십 년에 한 번 볼까 말까 할 정도라며 감탄했다.

그러나 이 몸단장의 꽃은 뭐니 뭐니 해도 사라사 오비에 꽂은 센키치 대장의 짓테였다. 지금은 은퇴한 사와이 나리가 예전에 대장에게 특별히 마련해 준 붉은 술도 그대로 달려 있었다. 이번 사건에 대한 대응책을 도미칸을 통해 알게 된 사와이 노인이 전에 마님이 반납했던 붉은 술 짓테를 굳이 빌려준 것이다.

그렇게 당당한 모습으로 도미칸에게 한 손을 맡기고 기타이치를 뒤에 거느린 마님이 이와이야를 방문했다.

"주인장과 만타로 씨 계신가?"

이와이야에 지금 누가 와 있는지는 기타이치 들도 파악하기 힘들었다. 오사키만 있는지, 오사키도 고마가타초로 도망치듯 돌아갔는지, 역으로 밥집 부부까지 이와이야에 와 있는지. 쓰네키치도 이런저런 핑계를 대고 와 있다면 재미있겠다. 배우 네 명이 한

자리에 모여 있을 경우를 대비하여 도미칸이 사와이 신임 나리에게 부탁해 놓고(사전 교섭이란 말은 이럴 때 쓰는 거야, 기타) 후쿠토미야에서도 몇 사람을 빌려 무슨 일이 생기면 즉각 뛰어올 수 있도록 손을 써 두었다.

하지만 막상 뚜껑을 열어 보니 오사키 한 명뿐이었다. 만타로 곁을 떠나기가 그렇게 싫었는지. 이마의 둥근 멍은 아래쪽 절반 정도가 까져서 피가 살짝 비쳐 꽤 심한 상처처럼 보였다. 손가락으로 마구 문질렀거나 손톱으로 긁은 듯했다.

그 상처에는 오사키의 나약함도 배어 나오고 있었다. 기타이치는 한순간 동정심이 울컥하는 것을 느꼈다. 자신의 방책이 효과를 보리라고 확신했다.

잘 차려입은 마님은 이와이야 부자와 오사키 앞에서 붉은 술 짓테에 한 손을 얹은 자세로 차분히 수수께끼 풀이를 시작했다. 후유키초 집에서 나왔던 내용이다. 마타키치 · 오사키 일가 세 명과 쓰네키치의 은밀한 관계. 악랄한 음모와 무도한 살인. 그때 마님이 '머리로만 생각한 것'일 뿐이라고 전제했던 예측을 당당하게 펼쳐 보였다.

도미칸은 나중에 기타이치에게 이렇게 말했다.

"그렇게 흥미로운 볼거리도 없었지. 하지만 다시는 보고 싶지 않은 볼거리이기도 했고."

마님의 말에 충격을 받은 오사키는, 얼굴이 귀신처럼 빨개지다 유령처럼 파래지는가 싶더니 근거도 없이 죄를 뒤집어썼다는 듯한 모습으로 변명을 늘어놓았다. 하지만 그 말이 종잡을 수 없는 횡설수설로 바뀌어 마침내 "그만, 그만해요!"라며 비명을 지르고 귀를 막아 버렸다.

이와이야 주인과 만타로는 처음에는 핏기를 잃어 시체 같은 얼굴이 되었다가, 마님의 설명이 진행됨에 따라 되살아나더니 이야기가 끝나자 생기를 되찾았다.

"아니에요, 엉터리 소리예요. 아닙니다."

만타로는 끄떡거리는 나무 인형처럼 연방 절을 하고 있는 오사키를 더 이상 건드리려고 하지도 않았다.

마님은 붉은 술 짓테를 오비에서 뽑아 들었다. 둔중한 은빛을 발산하는 짓테 끝을 정확히 오사키 얼굴로 향했다.

"진실은, 여기 있습니다!"

미카리사마가 노여워하셨다!

이 모습은 설령 눈이 멀쩡한 사람의 행동이었더라도 박력이 차고 넘쳤으리라. 하물며 마님의 눈꺼풀은 감겨 있다. 그런데도 짓테 끝은 정확히 오사키를 겨냥했다.

이것은 마술일까, 아니면 마음의 눈으로 보는 걸까. 어느 쪽도 아니고 그저 마님의 귀와 감이 좋기 때문임을 아는 기타이치조차 한순간 등골이 서늘했다.

젊은 오사키는 굳세게 버텨 내는 것 같아도 이 흉악한 음모에 가담한 일당 중에서 가장 약한 고리였다. 이 사기극을 까발리려면 오사키를 표적으로 삼았을 때 가장 큰 효과를 볼 수 있으리라고 기타이치는 판단했다. 새파랗게 질려 울던 얼굴을 보았기 때문이다. 얼굴을 마주하고, 너는 피도 눈물도 없는 살인자라는 소리를 들으면 오사키는 버티지 못한다.

아니나 다를까 오사키는 짓테를 보자 부들부들 떨며 털썩 주저앉아 손톱으로 이마의 멍을 뜯어내려 하면서 봇물 터진 듯 자백했다.

"죄송합니다, 죄송합니다, 저는, 사람을, 죽일 줄, 생각도 못했어요! 아버지랑 엄마가, 시키는 대로, 했을 뿐이에요."

죽은 센키치 대장의 대리인 마쓰바가 대장의 짓테를 쳐들고 받아낸 자백이다.

즉시 도미칸이 파수막에 알려서 사와이 신임 나리가 달려왔고, 마타키치 · 오카쓰, 쓰네키치는 각자의 집에서 이마에 둥근 멍을 드러낸 채 오라를 받았다.

관리에게 체포되자 오사키에 이어 쓰네키치가 깨끗하게 체념했다. 조사 과정에서 알아낸 사실 가운데 기타이치 들의 짐작이나 마님의 추측과 달랐던 것은 단 한 가지뿐이었다. 밥집 부부와 쓰네키치가 연결된 계기. 그것은 맥이 빠질 만큼 엉뚱했다.

마타키치와 쓰네키치는 노름판에서 알게 된 사이로, 벌써 10년 전부터 여기저기 머슴방이나 목욕탕 이층에서 만나 재미 삼아 노름을 하고 가끔 술도 마시는 사이였다고 한다. 다만 고마가타초 밥집을 시작할 때는 마타키치가 아는 사이라고 쓰네키치에게 일

을 맡기며 비용을 대폭 깎았던 모양이다. 그때,

——이런 푼돈을 놓고 옥신각신하는 생활은 이제 질렸어. 어디 돈벼락 맞을 일은 없을까.

하고 투덜거리다가 이번 음모를 꾸미게 되었다고 쓰네키치는 자백했다.

오토시의 숨을 틀어막아 죽인 이는 마타키치였고, 이와이야 안주인의 코와 입을 젖은 수건으로 틀어막아 죽인 이는 쓰네키치였다. 오토시가 미카리사마에게 사죄했다는 그럴 듯한 이야기는 이야기책이나 기뵤시를 좋아하던 오카쓰가 지어냈으며, 쓰네키치에게 그렇게 말하라고 가르쳤던 것이다.

환생 역할을 맡은 오사키가 만타로를 어떻게 생각하고 있었는지는 아직 알아내지 못했다. 살인과 사기에 대한 조사에서는 그다지 필요한 사항도 아니므로 조사에 임한 관리가 굳이 수고롭게 오사키를 심문하지 않았는지도 모른다.

고노야의 오나쓰는 만타로를 걱정하면서도 사람을 보내 정식으로 파혼을 제안했다.

"매듭을 지어야 한다고 봅니다. 저희는 인연이 없었던 것으로 알겠습니다."

이와이야 측도 이의를 제기하지 않았다. 만타로는 넋이 빠진 사람처럼 되었다고 한다.

기타이치가 양가를 위해 만든 문고는 이로써 고스란히 창고에 처박히게 되었다. 이미 예상하고는 있었지만 역시 실망스러웠다.

그러나 이번 소동에서 기타이치의 낙담은 문제도 아닐 정도로 가장 피해가 컸던 것은 요쓰야 시오초의 야마노이였다. 예전에 마타키치와 오카쓰를 고용했던 이 관록 있는 요리점은 뒤늦게, 왠지 꺼림칙하다, 재수 없다, 라는 악평을 한몸에 받는 처지가 되었다. 부부를 도와주고 한때는 오사키를 맡아서 키워 주었다는 야마노이의 은퇴한 주인이 그 꼴을 보지 않고 세상을 뜬 것이 그나마 다행이었다.

쓰네키치가 만든 창호를 단 가게나 저택에도 마가 끼었다고 해야겠지만, 그 수가 너무 많아서 일일이 철거하거나 하진 않았다. 창호는 음식과 달리 입에 들어가는 것이 아니라는 핑계를 댈 수 있다는 점이 그나마 다행이었는지 모른다.

사건은 해결된 뒤에도 어딘지 개운치 않은 맛을 남기게 마련이다.

센키치 대장이 살아 있을 때는 물론이고 사후에도 세상에 나서지 않고 숨어 살던 후유키초 마님은 이번 사건으로 대번에 이목을 끌었다. 사실 후카가와에는 센키치 대장에게 의지하거나 오래 교류하면서도 대장에게 눈먼 부인이 있다는 사실을 모르는 사람이 많았다. 애초에 부인을 만나 본 적이 없다는 사람도 많았다. '마쓰바'라는 별난 이름을 모르는 사람도 많았다.

"대장이나 나나 그쪽이 편했으니까."

지금은 다들 떠들썩하게 주목해도 몸을 낮추고 조용히 지내면 어느새 사라지겠지. 마님은 그렇게 말하지만 기타이치의 생각은 다르다. 더할 나위 없이 명쾌한 해설을 듣고 말았으니. 응원하는 사람들이 생긴다고 해도 이상할 게 없다.

또 하나, 마님의 활약과 관련해서 기타도 별난 일을 겪었다.

마님이 이와이야를 찾아가 사건을 해결하고 사흘 뒤 이른 아침, 기타이치가 그날 팔 물건을 사입하러 만사쿠 가게에 가 보니 오타마가 눈에 쌍심지를 켜고 기다리고 있었던 것이다.

"너, 대체 무슨 꿍꿍이야?"

무섭다기보다 너무 뜻밖이었다.

"무슨 말씀이세요?"

"시치미 떼지 마! 너, 마님 집에 묵으며 그 사건에도 관여했지?"

"그 사건이라뇨?"

오타마는 으르렁거리듯이 말했다.

"마님이 사가초에서 대장의 붉은 술 짓테를 쥐고 흔들었다며? 너도 그 자리에 있었다며? 왜 우리한테는 알리지 않았지?"

어? 이제 와서 무슨 소리를. 언제 적 얘기인데.

"마님이 무슨 일을 하시든 오타마 씨하고는 상관—,"

없잖아요, 라고 마치기도 전에 기타이치는 뺨을 얻어맞고 입을 다물었다. 오타마는 기타이치의 뺨을 친 손을 내리기는커녕 멱살을 움켜잡았다.

"센키치 대장 자리를 물려받은 건 우리 남편이야! 남편을 젖혀두고 왜 너 같은 형편없는 놈이 마님을 따라다니며 오캇피키 행세를 해!"

악을 쓰는 오타마와 비틀거리는 기타이치를 문고상 점원들이 빙 둘러 구경하고 있다.

어? 마루방 안쪽 복도에 만사쿠도 있네. 그만 말려 주겠지 했는데 슬금슬금 내빼고 말았다.

"어라, 너, 왜 히죽거려?"

기타이치는 전혀 히죽거리지 않았지만 오타마의 행패는 그치지 않았다.

"우리 남편이 완전히 따돌림 당해서 체면이 말이 아냐. 그 뒤로 다들 비웃고 있단 말이야. 이거 어떡할 거야, 엉?"

이런 생트집이라니. 아무도 만사쿠를 비웃지 않는다. 오미쓰 말을 흉내 내자면 만사쿠가 그런 '종자'가 아니라는 것은 다들 안다. 저잣거리에서 사람들이 웃으며 수군거리는 것은 마님이 얼마나 대단했나 하는 이야기뿐이다.

아니면 당신, 대장의 짓테가 그렇게 화려하게 세상에 나온 게 분한 거야?

"뭐라고 말 좀 해 봐, 이 못된 놈아."

기타이치를 쥐고 흔들며 고래고래 악을 쓰던 오타마가 흘려 버릴 수 없는 말을 했다.

"마님을 먹여 살리는 건 우리 가게야. 얹혀사는 주제에 고맙단 소리 한 마디가 없잖아."

기타이치의 가슴속에서 뭔가 묵직한 것이 지이잉~ 하고 울린 듯했다.

멱살을 쥔 오타마의 손목을 콱 움켜쥐고 그대로 밀어 버린 기타이치가 옷매무새를 고치며 당당하게 섰다.

오타마의 얼굴이 새빨갛다. 눈초리를 바르르 떨며 입가에 침을 흘린다.

"그게 당신 본심인가?"

기타이치는 애써 천천히 말했다. 기분대로 퍼부으면 목소리가 뒤집혀 볼썽사나워질 테니까. 심장이 쿵쿵 뛰고 마음은 달리지만 지금은 침착해야 한다.

"마님을 욕하면 누구든 내 적이야. 오늘을 끝으로 인연을 끊자."

오타마는 조금 움찔했지만 이내 입가를 쳐들며 깔깔 웃었다.

"연을 끊자고? 아주 잘 됐네. 마음대로 해 봐. 우리한테 사입하지 않으면 당장 굶어 죽을 놈이. 거지나 다를 게 뭐야. 그런 놈이 건방지게."

말본새 참 더럽네. 오타마가 이런 여자였나. 좋은 점도 있고 친절한 구석도 있는 사람이었을 텐데.

"사입 못해도 상관없어. 어떻게든 내 힘으로 해결할 수 있으니까."

기타이치는 그렇게 말하고 먼지를 털어 내듯 옷을 탁탁 털었다.

"방금 그 말은 죽어도 용서 못하지만, 이 가게의 문고 덕분에 지금까지 먹고산 것은 사실이니까. 그동안 폐가 많았습니다."

가와비라키 날 저녁, 산야보리의 긴류 앞에서 이와이야 일행을 맞을 때처럼 기타이치는 정중하게 허리 굽혀 인사했다.

"이제부터 당신들과 나는 경쟁하는 사이야."

"흥, 무슨 헛소리야."

오타마는 여전히 깔깔거리며 웃는다.

"이 가게와 나 중에 어느 쪽이 붉은 술 문고란 이름에 어울리는지는 세상 사람들이 정해 주겠지. 분명히 말해 두는데, 내가 그렇게 호락호락하진 않아."

기타이치가 노려보자 오타마 얼굴에서 웃음기가 가셨다. "뭐라고? 다시 말해 봐, 거지같은 놈아."

기타이치는 몸을 돌려 오타마를 뒤에 두고 밖으로 나섰다. 한여름 눈부신 햇살이 눈으로 날아든다.

실은 올여름을 넘기고 깨끗하게 연을 끊을 작정이었다. 도미칸과 상의해서 입회를 부탁할 생각이었다. 뜻밖에 이렇게 되고 말았지만, 뭐, 좋다.

기타이치 문고를 만들어서 팔자. 느티나무집 오우미 신베에와 스에조 영감 덕분에 준비는 다 되었다. 하지만 구색을 더 갖춰야 한다.

결단은 내려졌다. 차라리 잘됐다고 기타이치는 생각했다.

후카가와 동쪽 끝에 있는 누추한 목욕탕 '조메이탕'. 화구 앞에 산처럼 쌓인 땔감과 불쏘시개로 쓰는 각종 쓰레기들이 악취를 폴

퐁 풍긴다. 몇 번을 찾아가도 이 냄새에는 좀처럼 익숙해지지 않는다.

기타이치가 도착할 무렵 기타지는 빈 수레를 끌고 막 나가는 참이었다. 그의 발길은 사루에의 저목장 쪽으로 향하고 있었다. 기타는 왔지만 기타는 북쪽으로이 문장을 원어로 읽으면 '키타와키타가키타와키타에' 나선 참이네, 라는 시시한 말장난이 머리에 떠오른다.

"왜?" 하고 기타지가 말했다. "싸우기라도 했어?"

헐.

"어떻게 알았어?"

"누구한테 뺨을 처맞은 얼굴이네."

기타이치는 오타마에게 맞은 뺨을 문질러 보았다.

"그런 일 없어. 그냥 근처에 온 김에 들러 본 거야."

이건 거짓말이다. 오타마에게 멱살을 잡히고 기분이 상해서 걷다 보니 오기바시 다리로 향하고 있었다. 기타지를 만나면 기분이 풀릴 것 같았다.

"지난번엔 고마웠어."

"그딴 거, 자꾸 고맙다고 할 만한 일은 아니지."

그런 정도일까, 이 녀석한테는.

이와이야 손님방에서 자고 있는 오사키와, 고마가타초 밥집 안쪽 방에서 잠자는 마타키치 · 오카쓰 부부, 그리고 신자이모쿠초의 셋집에서 술에 취해 코를 고는 쓰네키치. 야음을 틈타 그 네 명의 베갯맡으로 접근해서 반항하지 못하게 살짝 기절시켜 놓고 이마에 둥근 멍을 만든 뒤에 유령처럼 소리도 없이 사라진다.

그 정도는 식은 죽 먹기인 것이다, 이 녀석한테는.

도미칸을 구출할 때도 구사했던 그 기술. 가벼운 몸놀림. 기타지는 그냥 완력 좋은 남자 정도가 아니다. 보통 사람이 아니다.

그래서 기타이치도 의지할 수 있었다.

"그 작은 병, 바로 돌려주었지?"

목욕탕에서 일하는 늙은 하녀가 약쑥을 담아 두는 나무 뚜껑 달린 병이 마침 멍을 만들기에 딱 좋은 크기여서 잠깐 실례했던 것이다.

"응."

"다음에 약쑥을 선물로 가져올게. 오늘은 맨손으로 와서 미안해."

발처럼 드리운 앞머리 너머에서 기타지가 눈웃음을 지었다. 이 녀석, 얼굴과 몸을 씻고 아무렇게나 한데 묶은 머리만 정리하면 배우 뺨치는 미남이 될 텐데.

"그 건은 해결되었겠지."

"응."

쪼개서 땔감으로 쓰려는지 곁에 작고 낡은 나무통이 나뒹굴고 있어서 기타이치는 그것을 세워 놓고 앉았다.

기타지는 수레 손잡이에 기대고 섰다.

"그럼 네가 얻어맞은 것은 다른 건 때문인가?"

오타마의 손바닥이니 그리 아프지는 않았다. 그런데 왜 만지면

쓰라릴까.

"어느 여자가 있는데, 영 장점이 떠오르질 않아. 분명히 있었을 텐데."

"네 여자야?"

"설마!"

"그럼 냅둬."

목욕탕 쪽에서 목소리가 들려온다. 이곳 주인영감과 노파가 함께 욕탕을 청소하고 있는 모양이다.

"내가 형편없는 놈이니 못된 놈이니 하는 욕을 들었어."

"흐음."

"황당하지."

기타지는 뼈가 불거진 어깨를 으쓱해 보였다. "네가 형편없는 놈인지 못된 놈인지 나야 모르지."

"뭐?"

"내가 아는 건 네가 내 아버지 유골을 수습해 준 은인이라는 사실뿐이야."

그래서 기타이치의 부탁을 듣자 힘을 보태 준 것이다.

"이상한 부탁이었지만, 덕분에 살인자를 체포할 수 있었다."

기타이치는 고맙다고 말했다.

"나, 독립해서 문고상이 될 거야."

"오!" 기타지가 눈을 깜빡거린다.

"오캇피키 쪽으로는 겨우 흉내밖에 못 내지만, 우리 마님은 지

략이 대단한 분이니까 나 같은 놈이라도 도울 일이 있다면 뭐든 돕고 싶어."

"흐음."

"혹시 너한테 또 뭘 부탁해도 될까?"

"말했잖아. 너한테 은혜를 입었다고."

"아니, 너도—,"

왜 좀 더…… 확실하게 이야기하지 못할까.

자신이 답답해서 기타이치는 땅바닥을 내려다본다.

마님과 지인들에게 기타지에 대하여 사실대로 밝히지 못했다. 오사키 일당의 이마에 멍을 만들어 줄 사람을 알고 있습니다, 그러니 저한테 맡겨 주세요, 라고 말했을 뿐이다.

마님은 기타이치를 도운 사람이 오우미 신베에인 줄 아는 듯하다. 기타이치도 마님이 그렇게 오해하게끔 말한 것 같다—'같다'라는 말은 비겁하지, 네, 그렇게 암시하듯이 말하고 말았습니다.

그때 마님이 흔쾌히 허락하자 기타이치가 오기바시 근처 조메이탕으로 달려가 기타지에게 여차저차 부탁했고, 기타지가 그날 밤 요구 사항을 척척 들어주어서 이튿날의 활극으로 이어졌던 것이다.

기타이치는 땅바닥을 내려다보며 자기 생각을 전할 적당한 말을 궁리했다. 나는 너와 함께 오캇피키 흉내랄까 오캇피키 수련 같은 일을 해 보고 싶은데.

분명하게 제안하면 싫다고 거절당할지 모른다. 보은은 보은일 뿐, 이것과 그것은 다르다고.

"나쁜 놈을 찾아내서 잡아들이면 아마 이런 기분이겠지 하고 상상했었는데, 상상보다 훨씬 기분 좋은 일이었어."

그렇게 말하고 고개를 들어 보니 기타지는 수레 손잡이에 기댄 채 눈을 감고 있었다.

"졸지 마!"

남은 이렇게 바짝 긴장해서 말하고 있는데.

"이봐, 기타지."

대답이 없다. 정말로 자나?

"이런 거 물어도 될지 어떨지 몰라서 말을 안 하고 있었는데."

너랑, 뼈로 변해 있던 아버지는 후카가와 변두리인 사루에와 오기바시에 있었지. 엄청 가까이 있었던 셈인데, 그건 순전히 우연이었어?

"너는 여기 주인영감 내외가 발견해서 거둬 주었지. 그 전에 어디 다른 곳에 살다가 거기서 도망쳐 온 거야?"

기타지는 꼼짝도 하지 않는다.

"네 아버지가 지주 저택 별채 마루 밑 같은 데서 죽어 있던 것도, 달아난 너를 찾아다니다가 거기서 움직이지 못하게 되어서 그런 건가?"

너와 아버지, 까마귀천구 문신을 가진 일족. 사무라이겠지? 무슨 일로 도망친 건가? 네 아버지도 실은 그런 데서 객사할 만한 신분은 아니었던 것 아냐?

목욕탕 청소가 끝났는지 주인영감과 노파의 목소리가 들리지 않는다. 매미 소리가 사방에서 내려온다. 이곳은 악취가 풍겨도 그늘이 많아 비교적 선선하다.

"우연은 아냐."

기타지가 불쑥 말을 꺼내며 망자가 살아난 것처럼 몸을 일으킨다.

"아버지는 에도 중에서는 여기 후카가와에 단골집이 있었어— 뭐, 단골집이라고 할 정도는 아니지만."

잠시 망설이다가 "친분이 있는 사람이었지"라고 고쳐 말했다.

"그래서 정착할 데를 찾다가 어찌어찌해서 이쪽으로 흘러들었고, 멍청한 사람이라 그렇게 죽고 말았겠지."

"아버지를 멍청한 사람이라고 하다니."

"그럼 주변머리 없는 사람이라고 할까."

신랄한 말이다. 기타이치 귀에는 배척하려는 말처럼 들렸다.

"이런저런 사정이 있어서 서로 어디 있는지 모르게 되자 오히려 내가 아버지를 찾아 나섰지. 그래서 아버지가 자주 찾던 이곳으로 내가 찾아온 거야."

"아버지는 이곳에 지인이 있던 건가?"

기타지는 고개를 젓는다. "이젠 없어. 아주 오래전 얘기야. 아버지의 아버지의 형님이 후카가와에 살았던 적이 있다는 것뿐이야."

그것도 얼마 동안이며 오랜 세월은 아니었던 듯하다고.

"나야 가계도로만 알고 있던 조상이지."

"네 할아버지의 형님이라면 역시 까마귀천구 일족에 속한 사무라이겠지. 이쪽에 저택이 있었나?"

"사무라이 아냐. 그때는 이미 신분을 버린 뒤였으니까."

스스로 버릴 정도의 신분을 가지고 있었다. 그것부터가 벌써 기타이치와 크게 다르다.

"그래서 음식점을 했어" 하고 기타지는 계속했다.

"뭐?"

기타이치 무릎에서 맥이 풀렸다. 너무 뜻밖이었다.

"모르냐? 타관 사람이 에도에 올라와 먹고살자면 음식점이 제일 간편하지. 하지만 번듯한 가게는 아냐. 노점 수레를 끌며 후카가와의 어느 운하에 걸린 다리 맡에서 아담하게 장사를 했대."

노점인가. 소바나 초밥이나 튀김. 그것도 맛있지. 노점에서 파는 음식이라면 기타이치라도 어떻게든 사 먹을 수 있고 도미칸에게 얻어먹을 때도 있다.

"원래 요리를 좋아하는 사람이었대."

기타지의 아버지는 그 사람(아버지에게는 숙부)이 만든 음식을 먹어 본 적이 있다고 했단다.

"그분은 돈보다 요리가 좋아서 그런 장사를 하신 건 아닐까."

"글쎄, 그렇게 여유로운 사람이었는지 어떤지는 나도 몰라. 말했잖아, 나도 만나 본 적이 없다고."

한순간 기타지는 멀리 있는 뭔가를 바라보는 눈길이 되었다.

"아버지는 숙부가 만든 유부초밥이 맛있었다고 했지만, 그건 우리 고향의 명물이었지."

숙부님이란다. 그런데 거짓말이군. 기타이치는 입을 삐죽거렸다.

"유부초밥이 어디 명물일 리가 있나. 그건 에도 음식이잖아. 에도에서는 사당에 공양하는 음식이야."

놀랍게도 기타지가 웃었다. "에도를 벗어나 본 적도 없으면서. 네가 모를 뿐이야."

그래? 그럴까? 기타지와 까마귀천구 일족은 더욱 수수께끼투성이다. 이런저런 사정이 있었다고? 서로 어디 있는지 알 수 없었다고? 흠, 수수께끼로군.

"명물이었다니, 네 고향이 없어지기라도 했단 거야? 집안은 어떻게 되고?"

기타이치는 진지하게 묻는데 기타지는 고양이처럼 기지개를 켜며 요란하게 하품을 했다.

"나는 너처럼 한가하지 않아. 독립한 문고상 주인장. 지금 출발하지 않으면 정해진 시간까지 목욕물을 끓일 수 없어."

"아, 나도 할일 있어."

"그럼 이런 데서 딴짓 하면 안 되지, 독립한 문고상 주인장. 종이가 볕에 바래고 풀이 바짝 말라 버릴 텐데."

무뚝뚝하지만 목소리는 차갑지 않다. 기타지는 빈 수레를 끌고 삐걱삐걱 소리를 내며 거리로 나선다.

그 뒷모습을 향해 기타이치가 말했다.

“담에 또 올게, 기타.”

기타지는 놀란 듯 기타이치를 뒤돌아보았다. 검댕투성이 얼굴에 땀이 한 줄기 내려온다.

“매일 기타라고 불리지만 내 입으로 불러 보는 건 처음이네. 좋은 이름이야.”

잠깐 멎었던 매미소리가 다시 사방에서 시작되었다.

“나도 장사를 시작해야지!”

기타이치도 매미에 질세라 목청에 힘을 주었다.

역자 후기

미야베 미유키의 시대소설에 새로운 콤비가 등장했습니다. 아니, 콤비가 아니라 삼인조나 사인조가 될지도 모르는데 후속 작품이 나와 봐야 분명해질 듯합니다. 어느 쪽이든 과수댁 마쓰바와 예쁜 종이상자를 파는 행상 기타이치가 핵심이 되겠지요. 시리즈의 내레이터가 될 기타이치는 고아나 다름없는 처지에 체격이 가냘프고 배짱도 없어 사건 추적에는 어울리지 않아 보이는 16세 청년입니다. 마쓰바는 앞을 보지 못해서 범죄를 좇기에 어울리지 않기는 마찬가지지만, 안락의자에 앉아 뜨개질을 하며 전해 듣는 사연으로 사건을 해결하는 미스 마플을 연상케 할 만큼 혜안을 가진 사람입니다. 당시 사회에서 '뒷전에 있던 여성'과 '입장이 약한 주변부 인물'에 애정을 보여 준다는 점에서 미야베 미유키 작가의 이야기다운 설정이죠.

마쓰바는 연륜을 말하기엔 젊은 편이고 앞을 보지 못하는 핸디캡이 있어 관찰력에서도 불리한 처지지만, 그이에게는 시중에서 일어나는 온갖 사건을 두고 시시콜콜 상의하던 오캇피키 남편이 있었습니다. 유능하기로 소문났던 센키치 대장이 사건을 능숙하게 해결한 데는 천리안을 가진 아내가 있었기에 가능했던 게 분명합니다. 이후로는 골목골목 돌아다니며 문고를 파는 행상 청년이 매일 저녁 식사를 함께하며 시중에서 일어나는 사건과 사고를 들려줍니다. 심신이 약하고 착하기만 해서 오캇피키 체질이 아니라고 했던 기타이치지만, 천리안을 가진 마님의 도움으로 조금씩 오캇피키의 꿈을 가꿔 가게 됩니다. 앞이 보이지 않는 마님과 연약한 청년 행상 콤비에 부족한 것이 무력일 텐데, 닌자 가문 출신이 아닌가 '의심'되는 기타지가 신출귀몰한 무술로 기타이치를 남몰래 지원합니다. 나약한 청년 행상 기타이치가 마님이라는 두뇌와 기타지라는 전투력을 얻을 수 있었던 것은 그의 심성이 워낙 착한 덕분이지요. 마님과 기타이치의 합도 기대되지만 기타이치와 기타지의 합도 매력적일 듯합니다. 미미 여사의 에도 시대물이 대개 그러하듯이 이 시리즈도 추리물과 시대소설과 괴담이 잘 버무려진 이야기가 될 것 같습니다. 전작들에 비해 문체가 더 경쾌해서 읽어 나가기가 한결 수월해졌고요.

북스피어의 '미야베 월드 제2막' 시리즈를 죽 읽어 온 독자라면 시대물 읽기에 익숙하겠지만, 막 입문한 분들에게는 아무래도 낯선 장면과 용어들이 눈에 밟힐 것입니다. 이런 낯섦이 시대소설 읽기의 어려움이자 즐거움일 텐데, 역주를 여러 개 달아 놓았지만 인문학 서적도 아니고 쪼그만 활자들이 주렁주렁 달리는 것이 달가울 리 없습니다. 해서 미처 역주에서 다루지 못한 내용을 몇 가지 덧붙입니다. 파고들자면 저마다 방대한 주제여서 애초에 역자의 능력 밖의 일이므로 소설의 이해에 약간의 보탬이 되는 선에서만 소개하고자 합니다.

1) '마님'의 이름 '마쓰바'——에도 시대 서민 여성들의 이름은 2음절로 짓는 것이 관례였습니다. '타마', '키쿠', '하나', '나쓰' 등. 한자로 표기하자면 玉, 菊, 花, 夏처럼 외자가 됩니다. 여기에 접두사 '오'를 붙여 '오타마', '오키쿠', '오하나', '오나쓰'로 부르지요.

그런데 마님의 이름은 관례를 깨고 3음절인 '마쓰바松葉'입니다. 당시라면 귀에 확 들어오는 파격적인 이름일 겁니다. 이는 여성 주인공에게 애정을 보여주는 작가의 시선이 느껴지는 대목으로 '마님'의 비범함을 보여주기 위한 설정이겠지요. 참고로 '하나코', '마치코'처럼 '~코'형 이름은 황실에서만 쓰는 작명법이었고, 이것이 평민 일반에 유행한 것은 민권의식이 성장한 20세기 이후입니다.

2) 기타이치의 나이는 16세——옛날 사람들이 현대인보다 조숙했다지만, 16세 청소년이 혼자 방을 얻어 행상으로 산다는 것이 비현실적으로 보일지 모릅니다. 에도 시대 도시 서민은 10살 무렵부터 머슴 생활을 시작하고 16세 전후에 관례를 올렸으며 18~20세 정도면 상점이나 공방의 중추로 일했습니다. 부모의 직업이 곧 자식의 직업이 되었던 사회였고 사회화도 교육기관보다 가정을 통해 이루어졌으므로 현대보다 조숙할 수밖에 없었습니다.

3) 등장인물들이 사는 동네 '마치'——마치는 평민 거주 지역이

고, 조닌은 그곳에서 상공업에 종사하는 평민입니다. 이들은 주로 나가야(직역하자면 '긴 집')라는 공동주택에 사는데 큰 길에 접한 나가야는 대개 이 층 상가이고 그 뒷골목은 단층형 벌방 혹은 쪽방 형태여서 월세가 더 저렴했습니다. 얄팍한 목재로 간단하게 지은 탓에 방음 방열은 기대할 수 없지만 그만큼 월세가 쌌습니다. 목수라면 하루이틀치 일당에 상당했다고 하죠.

미미 여사의 시대물은 조닌이 등장하는 장면들이 대부분이므로 에도라는 도시가 '마치'로 구성된 도시처럼 생각되기 쉽지만, 잘 알려졌다시피 에도는 사무라이의 도시였습니다. 사무라이가 전 인구의 1퍼센트네 2퍼센트네 하던 시절에 에도는 1백만 인구 중에 사무라이 비율이 50퍼센트였다고 합니다. 250명이 넘는 영주들이 에도 성 주변에 각자 대저택을 가지고 있었고, 그 대저택도 상번저, 중번저, 하번저로 여러 곳을 갖고 있었지요. 도쿄대 혼고 캠퍼스가 예전에 가가 번의 상번저였다는 것을 생각해 보면 이들 무가 저택의 규모를 짐작할 수 있겠지요.

이렇게 많은 번저 외에 수많은 사찰과 신사도 저마다 커다란 면적을 차지하고 있었으니 에도는 물리적으로 보더라도 조닌의 도시, 마치의 도시라고 하기는 힘듭니다. 조닌이 모여 살던 마치는 무가 저택과 사찰 신사들 사이에 옹색하게 끼어 있는 틈새라고 보는 게 적절할 정도입니다. 그 좁은 틈새 틈새에 50만 명이 껴 살자니 나가야라는 공동주택이 등장하지 않을 수 없었겠죠. 에도가 확대되어 스미다 강 동쪽의 해안 저지대를 매립하고 들어

선 혼조 후카가와는 스미다 강 서쪽 에도 성 주변보다 마치 면적이 더 많아 조닌의 기풍이 강했습니다만.

4) 운하와 해자가 많이 등장하는 까닭——에도라는 도시가 애초에 해안가 저지대를 개발한 곳이고, 미야베 미유키 작품의 단골 무대인 혼조 후카가와는 바닷가 하구를 매립한 곳이어서 자연히 물길을 많이 내야 했습니다. 육상 운송보다 배를 이용한 운송이 훨씬 효과적이라는 점도 있어서 운하는 요즘의 간선도로 역할을 했습니다. 에도의 운하는 오사카를 비롯한 주요 도시는 물론이고 일본 전역과 연결된 물류망이었습니다. 게다가 에도 성 주위에 이중 삼중으로 해자를 둘렀고요. 에도는 한 마디로 '물의 도시'였습니다.

5) 도미칸의 직업은 관리인——관리인은 집주인에게 고용되어 상가나 공동주택 나가야를 관리하는 사람입니다. 요즘의 관리인이나 수위하고는 전혀 다른 역할입니다. 세입자가 죄를 저지르면 집주인이 연대 책임을 지는 게 관례였으므로 집주인은 아무나 세입자로 받아들이지 않고 신원이 확실한 사람의 보증을 요구했는데, 그 관리를 관리인에게 맡겼습니다. 세입자와 관리인의 관계는 현대와 같은 평등한 계약의 관계가 아니라 다분히 상하관계에 가깝고 긴밀한 것이었습니다. 해서 '관리인은 부모요 세입자는 자식'이라는 말도 있었고요.

6) 오캇피키――에도는 기본적으로 사무라이의 도시였고, 이들은 각기 주군(다이묘, 쇼군)의 통제를 받았습니다. 어느 사무라이가 범죄를 저질렀다면 소속 번의 주군인 다이묘가 책임지고 처리하며 다른 번의 다이묘나 쇼군은 이래라 저래라 간섭하지 않는 것이 통례였죠. 마치에 사는 평민 조닌은 형식상 에도의 주인인 쇼군의 통제를 받았지만, 기본적으로는 자치제에 가까웠습니다. 조닌의 범죄가 일어나면 범인이 속한 '마치' 내에서 해결하는 것이 기본이며, 막부도 연대 책임이란 형식을 통해서 마치의 자치를 유도했습니다.

에도의 조닌이 50만 명을 헤아려도 이를 관리하는 막부 관리는 극단적일 정도로 수가 적었습니다. 현대의 주민등록 같은 행정 업무도 사찰이나 신사에 맡겼고요. 에도의 경찰 업무를 맡는 관리가 15명에 불과했으니, 이들은 개인적으로 정보원을 고용하지 않고는 업무를 해결할 수 없었습니다. 이들 15명의 하급 관리는 박봉을 받는 처지였으나 지역 유지 등에게 음성적으로 받는 돈이 상당했으므로 정보원을 고용할 수 있었다지요. 그런 정보원 혹은 협력자가 '오캇피키'인데, 막부가 만든 합법적 직책이 아닐뿐더러 대개는 '뱀의 길은 뱀이 안다'는 속담대로 '그 바닥'에 사는 자들 가운데 최하급 관리가 임의로 정하는 탓에 이들에 의한 부정이 많았습니다. 해서 종종 막부에서 오캇피키 고용을 금지하는 명령을 내리기도 했지요. 미야베 미유키 소설에 나오는 모시치, 마사고로, 센키치와 같은 훌륭한 오캇피키도 있었겠지만, 대개는 사람들의 인식이 좋지 않은 자들이었습니다.

왜소하고 못생긴 기타이치는 과연 번듯한 문고 상인으로 성장할 수 있을지, 또 오캇피키로 임명되어 센키치 대장의 뒤를 이을 수 있을지 기대됩니다. 그나저나 기타이치의 버디 기타지가 『맏물이야기』에서 정체를 놓고 작가가 실컷 변죽만 울리던 유부초밥 노점 주인, 지역 야쿠자들도 감히 자릿세를 거두지 못하던 그 사람과 핏줄이 닿는 모양입니다. 이번 시리즈에서 그 정체가 확실하게 밝혀질 것도 같은데, 이래저래 후속작이 기다려지는군요.

편집자의 덧붙임

에도 시대를 배경으로 펼쳐지는 미야베 월드 제2막(현대물은 '미야베 월드', 시대물은 '미야베 월드 제2막'으로 구분합니다)의 한국어판을 내기 시작한 지도 올해로 15년째에 접어든다. 헤아려 보니 스무 종, 『기타기타 사건부』까지 포함하면 스물한 종이다. 이중에서 애착이 가는 작품을 꼽으라면 역시 맨 처음 시대물을 만들며 '이렇게 낯선 텍스트가 과연 한국에서 팔릴까?', '용어가 너무 어려운데 어떡하지?' 하는 등의 온갖 고민을 안겨 주었던 『외딴집』이겠다. 하긴, 어느 정도 판매가 궤도에 올랐던 『흑백』 이전의 시대물들은 낼 때마다 고민이어서 돌이켜보면 전부 애착이 가긴 하지만……. 그렇게 심지가 꺼진 사방등 같은 얼굴로 애면글면하던 게 엊그제 같은데 이제는 시대소설을 낼 때마다 "다음 편은 언제 나오나요?", "얼른 내 주세요" 하고 재촉하는 형제자매님들이 사쿠라지마 섬의 활화산처럼 늘어 가고 있으니 감개가 무량하다고 할까, 기쁠 따름이다. 남은 걱정이라면 '오하쓰 시리즈'와 '유미노스케 시리즈'의 후속편이 나오긴 나오는 건가, 나온다면 언제 나오는가, 하는 정도인데. 이건 출판사 홈페이지로 숱하게 들어오는 독자 질문이기도 하다. 때문에 자연스레 이런 궁금증이 생겼다. 한국어판을 내는 출판사와 비교할 수도 없을 만큼,

미야베 미유키 작가야말로 “아니, 대관절 유미노스케는요?” “도대체 오하쓰는 언제쯤?” 하는 문의를 많이 받을 텐데, 그런 와중에 어째서 또 새로운 시리즈를 시작한 걸까.

언젠가 모 인터넷 서점에서 이런 리뷰를 본 적이 있다. “『하루살이』를 읽었는데 눈에 띄는 사건도 없고 전개도 심심하고 결말도 시시했다. 이 시리즈는 이제 그만 읽어야겠다.” 그때 내가 했던 생각은 눈에 띄는 사건도 없고 전개도 심심한 건 맞지만 절대로 시시하지 않은데……, 라는 것이었다. 안타까웠다. 그러나 어쩌랴. 이건 어디까지나 취향의 문제인 것을. 시시하다고 느껴서 더 이상 시리즈를 읽지 않겠다고 마음먹었다면 어쩔 수 없지 않겠나. 물론 재미있다고 느끼는 독자가 훨씬 더 많지만(그러니까 책이 팔리는 거겠죠), 시시해졌다고 느끼는 독자도 분명히 존재한다. 시시해졌다는 반응을 접하면 그의 책을 번역해서 출간하는 내 입장에서는, 속상하다. 하지만, 그뿐. 나는 창작자가 아니라 출판업자이니 어떤 반응을 들어도 한 귀로 듣고 한 귀로 흘리며 좋아하는 책을 만들 뿐이다.

그렇다면 작가의 경우는 어떨까. 소설을 쓴다는 것, 지금까지 없었던 새로운 이야기를 만들어 낸다는 것은 어려운 일이다. 아니, 어려울 거라고 생각한다. 얼마나 어려울지 나는 해 본 적이 없으니 모르겠지만, 대략 무無에서 ‘피타고라스 정리’를 발견하는 행위와도 좋은 승부가 될 만큼 어려운 일이겠지. 한데 몇 년 동안이나 끙끙거리며 이어 왔던 시리즈에 대해 시시하다는 반응을 들으면, 어떠려나. 낙심까지는 아니더라도 나름 이런저런 생각을 해 보게 되지 않을까. 미야베 미유키 작가는 『삼귀』에 이런 문장을 쓴 적이 있다. "아무리 좋은 것이라도 질릴 때는 있다. 그리고 '질리는' 데 이유는 없다. 아무런 잘못도 하지 않고 누구의 탓도 아닌데 손님은 지겨워지면 그냥 지겨워한다"라고…….

마찬가지로 독자도 지겨워지면 그냥 지겨워한다. 이럴 때 작가는 어떻게 해야 할까. 몇 개의 선택지가 있겠다. 시리즈를 계속 밀고 나가거나, 서둘러 마무리하거나. 미야베 미유키 작가는 '다른 이야기를 시작해 보자'고 생각한 게 아닐까. 아직도 하고 싶은 이야기가 많이 남아 있기 때문이다. 이것도 쓰고 싶고 저것도 쓰고 싶은데, 마침 기존에 썼던 이야기를 '지겨워하는 독자'들이 생겼구나, 그럼 그 이야기를 지겨워했다는 게 조금쯤 잊힐 때까지 스킵하고 이참에 다른 이야기를 써 보자, 라고 생각한 게 아닐지.

『기타기타 사건부』의 출간을 기념하여 만들어진 특설 페이지를 통해 작가는, 이미 몇 년 전부터 구상해 왔던 이야기임을 밝히며 다음과 같이 말했다. "이번 시리즈가 태어난 계기가 된 『맏물 이야기』에서는 명탐정 이미지의 모시치 대장이 지혜를 짜내어 사건을 해결하지요. 그와 비교하면 『기타기타 사건부』의 주인공은 명탐정이 아니라, 시중에 일어나는 크고 작은 트러블을 해결하는 트러블 슈터, 즉 심부름꾼입니다. (때문에) 중요한 역할로 센키치 대장의 아내 마쓰바가 있습니다. 그리고 공중목욕탕의 솥에 불을 피우는 일을 하는 기타지, 기타이치의 든든한 지원군 오미쓰,

기타이치 응원단의 한 사람인 신베에도 있지요. 생각해 보면 히어로는 없고 입장이 약한 사람들뿐인 이 이야기는 필생의 과업인 '미시마야 시리즈'와 함께, 제가 현역으로 있는 이상 앞으로도 쭉 이어가고 싶습니다."

성실하고 부지런하지만 명민하지 못하다는 점에서 에도판 스기무라 사부로를 연상시키는 기타이치를 비롯하여, 히어로는 없고 입장이 약한 사람들이 힘을 합쳐 사건을 해결해 나가는 시리즈. 조만간 여기에, 어지간한 화공 뺨치는 그림 실력을 가진 작은 나리와 그를 그림자처럼 보좌하며 급할 때는 사사사삭 바람을 가르고 달리는 하녀장 세토 님도 합류할 듯하다. 출판사 창업과 비슷하게 예열을 마치고 본격적으로 시작될 문고 사업에 대한 이야기도 흥미진진하게 펼쳐지겠지. 그러다 보면 또 언젠가 오하쓰도 유미노스케도 컴백할 게 분명하다. 왜냐면 미야베 미유키 작가가 그들을 잊었을 리 만무하니까. 1994년에 연재를 시작했던 『맏물 이야기』 속 등장인물의 사연이 2021년 신작 『기타기타 사건부』에 등장하는 것이 바로 그 증거 아니겠습니까. 그러니 부디, 너무 격분하지 마시고 슬슬 기다려 주시길.

덧)

오랜 시간에 걸쳐 에도 시리즈를 애정해 준 형제자매님들에게 감사드리며, 이제 막 입문하여 "대관절 미야베 미유키의 시대물은 뭐부터 읽어야 할지 모르겠다"는 분들을 위해 출간 시기와 상관없이 따라 읽으면 좋을 시대물의 '가급적 이런 순서로 읽어 주세요'를 적어 보았습니다. 각 작품에 대한 보다 자세한 설명과 『기타기타 사건부』에 관한 이런저런 이야기는 북스피어 블로그 (https://blog.naver.com/hongminkkk)에 올려 두었습니다.

오하쓰 시리즈

01) 말하는 검——보통 사람에겐 보이지 않는 것을 느끼는,
02) 흔들리는 바위——신비한 힘을 가진 소녀 오하쓰가,
03) 미인——기이한 사건의 진상을 파헤치는 미스터리.

유미노스케 시리즈

04) 얼간이——누구를 좋아하고 싫어하는 감정에서 생긴,
05) 하루살이——말썽을 해결하는 얼간이 무사 헤이시로와,
06) 진상——천재 미소년 유미노스케 콤비의 사건 해결집.

미시마야 시리즈

07) 흑백——'우리는 왜 사랑과 인간관계에서 상처를 입고,
08) 안주——또 상처를 주는가'라는 운명철학적 질문을,
09) 피리술사——괴담이라는 소재로 증폭시켜,
10) 삼귀——단숨에 완성한 이야기로써,
11) 금빛 눈의 고양이——작가 미야베 미유키가 자신의,
12) 눈물점——'라이프워크(필생의 과업)'로 삼은 시리즈.

바쁠 때 잠깐씩 읽으면 좋은 단편집

13) 신이 없는 달——달력의 열두 달에 얽힌 열두 편의 기담.

14) 혼조 후카가와의 기이한 이야기——일곱 가지 불가사의.

15) 맏물 이야기——사건의 실마리를 요리에 숨겨 놓은 소설.

16) 괴이——귀신보다 무서운 것은 인간임을 알려주는 이야기.

17) 그림자밟기——현대에서도 볼 수 있는 애틋한 사연들.

긴긴 밤에 읽으면 좋은 장편소설

18) 메롱——인간미 넘치는 다섯 귀신들의 한바탕 소동극.

19) 괴수전——봉준호의 〈괴물〉에서 힌트를 얻은 괴수 대활극.

20) 외딴집——미야베 미유키 에도 시대물의 끝판왕.

기타기타 사건부
초판 2쇄 발행 2021년 6월 8일

지은이 미야베 미유키
옮긴이 이규원

발행편집인 김홍민 · 최내현
편집 조미희
표지디자인 이혜경디자인
용지 한승
출력 블루엔
인쇄 · 제본 현문

펴낸곳 도서출판 북스피어
출판등록 2005년 6월 18일 제105-90-91700호
주소 (03961) 서울특별시 마포구 방울내로 11길 43 101-902
전화 02) 518-0427
팩스 02) 701-0428
홈페이지 https://blog.naver.com/hongminkkk
전자우편 editor@booksfear.com

ISBN 979-11-91253-31-3 (04830)
ISBN 978-89-91931-29-9 (SET)

책값은 뒤표지에 있습니다.
파본은 구입하신 곳에서 교환해 드립니다.